Qianxun－Culture

—图书·影视—

# 傲娇系男神 2

潇潇红尘 著

江苏凤凰文艺出版社
JIANGSU PHOENIX LITERATURE AND ART PUBLISHING, LTD

# 目录

CONTENTS

# 目录

CONTENTS

# 第一章

## 旧事上心头

秦芳薇和邓溯相识于十六年前——

那一年，秦芳薇读四年级，一个周日的下午，她做完作业往学校跑，看到有一群男生在打篮球，其中大多是她认识的男生，只有一个例外。

那人长得白白净净的，个子和她差不多高，脸孔圆润，一身白色运动服，加上出汗，令他的脸孔显出了几丝透明的白，一笑，牙齿雪白，给人的感觉是，比阳光还要明亮多姿，养眼得很。

“正缺一个，要不要一起啊？”有个知道她会打篮球的同学朝她招手。

“好。”她扔下车就冲进了男孩的世界。

后来，她和那个陌生男生被分配在两个不同的小组，一场激烈的战斗就这样拉开了帷幕。

最后，双方打了一个平手，是那个男生在最紧要的关头投入了一个三分球，终将比分追平。

为此，那男生被他们组的架起，转起了圈圈，一伙人快乐得不得了。

她笑了笑，第一次对一个小男生有了不错的印象。

那会儿父亲过来找她，她都没来得及和那个男生打招呼就匆匆地飞奔出去，飞身骑上自己的自行车，跟着父亲而去。

离开时，她回头冲操场上看了几眼，那男生正注视着她驶离的地方，还笑得特别的耀眼。

那时，她就在想：那人是谁？怎么以前没见过？

第二天，她早早到了学校，早自修后，语文老师让她过去一趟。

来到办公室时，她看到了那个昨天和她一起打篮球的男生，穿着和她一样的校服，正站在语文老师面前低低地说话。

“咦，你怎么也在这里呀？”她感觉很惊讶。

男生冲她笑笑，笑弯嘴时，脸上还露出了一对浅浅的小酒窝，甜得不要不要的。

“薇薇，这是新来的转校生，你边上不是空着吗？带他过去坐着吧！还有这是两份表格，你们俩一起去填一填，回头作文竞赛你们一同去。”

秦芳薇愣了愣，没想到他们这么有缘分，昨天一起打球，今天就成了同桌！

“好，你跟我来。”

她拿了表格，将人带去了班级，让他坐到了她边上。

秦芳薇的身边本来坐着一个女同学，之前因为摔伤了，家长就给办了休学，后来那座位就一直空着。现在突然之间来了一个男同学，她觉得有点怪怪的，特别是同学们投来的目光都带着打量。

“都没问你叫什么名字呢，和同学们打个招呼吧！”

作为班干部，她有责任照顾好这位同学，让他尽快融入这个集体。

男生笑笑，站了起来，冲所有人点了点头：“大家好，我叫邓溯，邓家军的邓，‘溯洄从之，道阻且长’的溯。”

他一开口，秦芳薇就觉得这是一个有才华的人，试问他们才四年级，有几个人读过《诗经》？

后来，同学们一一来和他打招呼，而他很有礼貌地和他们寒暄着。

等他重新坐下后，秦芳薇把那表格递给了他：“快填吧，等一下去交给老师。”

“谢谢。还没请教你叫什么名字……”他接过表格，歪着头看着她，笑吟吟地问。

“我叫秦芳薇。”她回以盈盈一笑，低头填表。

他瞄了一眼，也填起来。

两人填好后，一对比，秦芳薇的字迹娟秀清丽，一笔一画皆工整端正，而邓溯的字潇洒飘逸，似行云流水，一气呵成。

这是她从来没见过的漂亮字体，至少他们班除他外就再无别人了。

或者，这就是缘分吧，秦芳薇和邓溯遇上的第一天，两个人就开始惺惺相惜。

秦芳薇是这里的天之骄女，是所有师生喜欢的对象。至于邓溯，后来秦芳薇了解到：他刚从国外转学回来，在他们学校，他也是个全能优等生。因为他父母的发展重心从国外转移到了这里，他就跟着回到了国内。

四年级期末考时，秦芳薇依旧是当之无愧的年级第一，而邓溯则是第二，两个人的成绩只有一分之差。

大约就是从那个时候起，这对孩子就成了学生当中的榜样：成绩，他们可以各门功课通吃；竞赛，他们能一起为学校争光；体能训练，他们依旧是拔尖的……

不过大班长一直由秦芳薇当着，因为班主任觉得女孩子比男孩子早熟，会更尽心尽职，邓溯则成了当之无愧的英语课代表。他们在班上有着强大的凝聚力，让他们班的成绩一直稳定在全年级第一。

两年之后，他们俩以名列前茅的好成绩，同时考进了全市最好的初中。

接下来的三年初中生活里，他们二人齐头奋进、势均力敌，最后又以高分考进了全市最好的高中。

秦芳薇认识封绍昀珩，则始于高一军训的第一天。

前一日，她发高烧，到天亮时烧才退。坚持起床后，她骑着自行车赶到学校，在下一个陡坡时，竟发现刹车失灵，眼看就要和前面一字排开的三个骑着自行车的男生撞到了。

情况危急，她嘴里直叫嚷着：“让开、让开、让开……我停不下来了……”

这话还没说完呢，前头三个人还没来得及会过意来，等感觉不妙时，其中有两辆自行车倒是闪开了，另一辆车上的车主转头看，直接就被她的车给撞上了，强大的冲劲生生将那男生连人带车给撞倒在地。而她则隔着两辆自行车，压到了那个戴着口罩的男生身上，两个人发出了一阵惨叫。

在这一过程中，秦芳薇觉得自己的头还狠狠地撞到了人家下巴上，疼得要死。

“喂喂喂，你会不会骑车啊？不会骑就别出来祸害人啊……”

被撞车主的两个同伴看到朋友被撞了，惊呼着扔下了车，先将她给扶起来了，而后把底下被压得惨兮兮的男生给搀起来。

“封大，你没事吧？有没有伤到？”

“对啊，要不要去医院看一看有没有伤到筋骨？”

那两个男生关切地询问着。

口罩男生站起来后，抚了抚被撞疼的下巴，一双眼睛就像电灯泡一样明亮，懒懒地开口道：“去什么医院啊？被一个小女生压了压就坏掉的男人，那还是男人吗？”

两个男生瞪大了眼：“……”

秦芳薇本来怀着满满的歉意，可是因为这人这样一句流里流气的话，那份负疚感一下全消失得无影无踪了。

好家伙，她居然撞到了一个流氓学生——是的，他们穿着军训的服装，很显然是高一始入学的学生。

“同学，恕我有眼不识泰山，原来你是金刚之身啊……今天我真的算是长见识了……”秦芳薇伸出大拇指故意冲他翘了翘，“够牛。既然你是牛人，那我就不陪你去医院了，再见……”

她坐上自行车就要走人，却被另一个长相不俗的圆脸男生给拦住了：“等会儿……等会儿……哎，你叫什么名字？突然发现你长得秀色可餐啊，认识一下啊……做我女朋友怎么样？”

一中是出了名的校风纯净，这种品行不端的学生大约就是那种走后门进来的、所谓有家底的有钱人家的学生——他们出得起赞助费，就能进来混日子。

她眯了一下眼，顿时冷下了脸：“同学是多少分考进来的？”

“做男女朋友和多少分进来有什么关系？”那圆脸男生饶有兴趣地

问道。

“分数在一定程度上体现了人与人之间人生观、价值观的差异，而那些差异会左右一个人未来的发展方向……一般来说，成绩好的，家教不会坏到哪里去。我进一中为读书，你进一中好像就是为了泡妞。不好意思，道不同不相为谋，希望以后我们不要再见，就算见了面，也尽量绕道走……”

不带一个脏字将人家悉落了一番之后，她脚一蹬，飞车而去，只留下那圆脸男生一脸目瞪口呆的模样：“这这这……这丫头这嘴也太损了吧！封大，和你有得一拼啊……”

“至少有一点她说对了。”口罩男生揉着肩膀应了一句，声音懒懒的。

“什么？”圆脸男生转头问。

“人家是优等生，我们是学渣——眼光还是不错的……”

人家把她给撞了，他居然还赞人家，这是何道理？

圆脸男生想不明白，张嘴想说什么却说不出来。

另外一个男生个头最矮，搓着下巴打量起口罩男生：“咦，封老大，你怎么知道她是优等生？”

“一中的校花，一中秦牧老师的掌上明珠。你敢得罪秦老师吗？敢吗？”

淡淡的目光那么一扫，两个同伴缩了缩脖子，无他，他们都知道，秦老师是一中最严厉的老师，完全不畏贵权……

“等一下，不对啊，封大，你怎么对这个校花的背景这么了解啊？”圆脸男生马上稀罕了起来。

口罩男生跨上自己的自行车，什么也不说，往前踩了起来。

“喂喂喂，你为什么避而不谈？”

圆脸男生和矮个子男生对视了一眼，纷纷骑上自己的车，奋力追了上去，不肯放过这个问题。

秦芳薇找了一个车位停好车后，看到了守在附近的邓溯，他穿着军训的衣服，正在那里踱步，耳朵里塞着耳机。看到她来时，他笑着迎了上来："我还以为你不来了呢……怎么样啊，烧退了吗？"

他很想摸摸她的额头，但苦于这里是学校，来来往往的通学生都在停车，他们过于亲密会影响不好，只能自我克制。

"要是烧没退，怎么来军训？走了！"

她笑着往集训的方向点了一下下巴，转头时却正好看到刚刚和自己发生车祸的三个男生也在停车。

那个矮个子男生靠在车栏杆上，吹了一记响亮的口哨："怪不得不甩我们，原来已经有相好的了……"

这话直直钻进了邓溯耳里，看到秦芳薇脸色很不好地转过了头，他那漂亮的眉毛拧了一下。

两个人走远了之后，他才问："发生什么事了？"

"没什么，和他们撞了一下……一个个说话不怎么有规矩，不理他们就是了。"

秦芳薇不高兴归不高兴，但没编排他们的坏话。

其实这也不是很大的事，在一个学校里，有品性优良的人，自然也有品性低劣的人。那一个个的，也就说了一两句很大胆且有点不正经的话，比起社会上的混混，他们就是一些品行稍显不端的普通学生而已。

另一头，圆脸男生和矮个子男生在议论："那女生看到那男的就笑那么开心，看到我们就板着脸，这待遇差别也太大了。"

"对，那男的一看就不会打架，回头我们找他打一架，将他收作小弟，你觉得怎样？"某人边异想天开边奸笑。

口罩男生冲天上翻了一下白眼，把锁锁好之后，想和这两个白痴离得远远的。

"喂喂喂，你干吗走得这么快？"

他们说着便追了上去。

"我怕和你们待久了，智商会被你们拖累。"口罩男生损人不带脏字，"一中的大才子，泰拳高手，你觉得你有那本事把人家收作小弟？我说，高兴，你说这话时，有没有用脑子？"

圆脸男生呆了呆，拍了拍脑袋，似乎是在摸自己的脑子带了没。半晌后他才叫着跟上去,又想搞偷袭:“喂,昀珩,我叫高鑫,不是高兴……”

“差不多……”

不料口罩男脑后就像长了眼睛似的，转身就扣住了他那只手，反身将他压到了地上：“还想玩吗？想不想我把它给卸下来？”

“不玩了，不玩了。”高鑫嗷嗷直叫。

口罩男把人放开，往集训地走去。

高鑫揉着胳膊,看到矮个子在搓下巴,埋怨道:“也不知道救我一下。乔深，你也太不够意思了……”

“你自己摸一下良心,我和你是他对手吗？”乔深幽怨地望他一眼。

“不是。”

“那不得了，吃力不讨好的事，我干吗做？我现在好奇的是，我们这位封少爷怎么对一中的事这么了解啊？你见过他对哪个人这么上心吗？”

乔深左思右想，眼睛忽然发亮：“封老大不会是看上人家秦姑娘了吧……要不然，怎么被人撞了也没反应……你说这事换了别人，会不会早被他骂个狗血淋头了？”

“有道理，有道理。”

高鑫点头，而且兴奋地搓起手心：“或者，我们可以帮上点小忙的，你说是不是？”

“难……”乔深却摊了摊手，“封大那张脸，谁见谁怕，你又不是不知道。”

“也是，早该去做整容手术了。我就不明白了，他怎么就宁愿自己做丑八怪呢？”

高鑫摇头，那个昀珩的心思啊，可难猜着呢……

集训场上。

秦芳薇来得有点晚，教官已经到了，不过还好，军训还没开始，她悄悄过去，按着个子的高矮站进了队里。不过一两分钟，教官就开始点名，等点完了名，就得分组列队。

可名才点了一半，秦芳薇看到她刚刚遇上的那三个男生走了过来，喊了一声："报到……"

教官瞄了他们一眼，目光落到那个口罩男生身上时，眉头蹙起，走了过去，上下打量着："你叫什么名字？"

"报到，封绍昀珩。"

"口罩怎么回事？这里是集训场，不是让你来标新立异的。把口罩摘了，归队……"教官一脸严厉地训斥着。

"等一下，教官，这事能不能打个商量？就让他戴上吧……摘了不好……"圆脸男生居然敢和那位包公似的教官对着来。

"我的训练课上，所有人一视同仁，不搞特殊，没有例外。不摘？那就请离开。"但教官毫不妥协，语气变得无比凶悍。

秦芳薇离他们应是最近的，下一刻，只看到那个口罩男生一把扯掉了脸上的口罩，一下露出了一张因为烧伤而留下了一大片疤痕的脸孔来，底下的同学们哗地一下全都惊叫了起来。

她也看得呆了呆。

可那个封绍昀珩没有露出半丝自卑，只平静地看向因为这样一幕而露出小小惊讶的教官："我们可以归队了吗？"

"去吧！"

教官回过神，神情复杂，继而叫住了他："封绍昀珩，作为一个男人，皮囊不是最重要的，遮遮掩掩非男人本色……"

他转过了头，勾起嘴角一笑，居然回敬了一礼："是，教官，受教了。"

那一刻，秦芳薇突然觉得这人还是孺子可教的。

后来，秦芳薇从同学们的嘴里知道，那个姓封绍的男生是个留级生，今年本来该读高三。不过他年纪只比秦芳薇大一岁，听说是上学比一般人早。

那人本来是从外省转来的，当时成绩还行，但进了一中后，成绩直线下降，变成了学渣，渣得不能再渣，成了让所有师生头疼的学生：门门功课挂红灯，打架闹事第一名，时不时还会干出欺负同学的事。

那人进入一中的第二学期开学，校方根据成绩划分班级，他被划进了差班，就此他成了差班的头头，一整个学期无法无天。

期末时，他们家出事，因为大火烧伤了脸，将养了已经一年，今年他要求重读高一，校方同意是同意了，不过他进的还是差班——那里多是有钱人家不成器的子女。对外，他们那是贵族班，但在成绩优异的学生眼里，那就是不折不扣的差班。

秦芳薇进的是提高班，这个班级里的每一个学生单独拎出来都是学生当中的风云人物，他们聚集在一个班级里，争分夺秒地消化着课堂上的学习要点，举一反三地积累着普通学生难以理解的知识，全方面地提升着自己。

而秦芳薇和邓溯依旧是这群优等生当中最闪光的两个。

与他们有所不同的是，昀珩在那个“贵族班”混着日子，上课不是睡觉就是看不着边的野书，下了课，从不知作业为何物，只知道泡网吧、玩游戏，或是去聚众打架。

每个去给那个班上课的老师皆头大如斗，都说教他们得减寿三年。

秦芳薇和邓溯上下课时，时不时会看到被称为“大头鬼”的昀珩被一伙少年簇拥着——也不知那人有什么本事，竟让那群人全都听命于他。

有两次，秦芳薇看到昀珩带了人和别的学校的学生们打群架——那昀珩打起架来狠得不得了。在男生的世界，要么以才华服人，要么就是以武力服人。

邓溯和那个昀珩绝对是两个极致，一个优秀到极致，一个渣到极致。

还有一回，那个叫高鑫的突然出现在她面前，笑眯眯地拦住她的去路说：“校花，求你帮个忙……”

她听了挺诧异，他们平常没有任何交集，更没交情，好像没熟络到找对方帮忙这个地步，但基于他们是同级同学，她还是耐心地问了一句：“什么事？”

“是这样的……”高鑫搓着手心道，“今天呢，是我……”

他正说话呢，大头鬼昀珩突然出现，恶狠狠地叫了一句：“高鑫，你给我滚回来！”

那人脸色铁青，也不知高鑫做了什么事惹了他，过来一把抓着高鑫的衣襟将高鑫给拎走了。

这种霸道的做法让秦芳薇有点受不了，她冲过去骂了一句：“我和这位同学说话，你捣什么乱？”

大头鬼转过头瞪了她一眼：“闭嘴……”

那凶相，秦芳薇见所未见，她活了十五岁，同学无数，就没见过比他还恶劣的人，她气得真想给他两个耳光……

当然，耳光她是打不着的，只能气不平地骂他一句：“昀珩，大家都是同学，你横什么横？”

“关你什么事！”转头，他用充满危险气息的目光瞪着高鑫，“还不给我滚回去背单词，功课不知道好好做，就知道泡妞！还有你，你想让他泡，我保证满足你。”

这人骂完高鑫又奚落起秦芳薇，气得她转身就走。

也是，这两个人都不是好学生，她管他们做什么？

高一快结束时，她和那个叫昀珩的人几乎没有正面的接触。

两人偶尔在校园里碰上时，他有他的世界，有追捧他做老大的人；而她有她的天地，在她的天地里，读书是一件非常有趣的事。更重要的是，她和邓溯约好了要一起好好学习，天天向上。

高一期末考，邓溯和秦芳薇不负老师的期望，以半分之差双双挺进全省前十，邓溯排名第九，秦芳薇第八——这就是他们有能力的表现。

他们除了在学业上共同进步着，兴趣爱好更是一模一样。

邓溯的人生梦想是做建筑师，秦芳薇决定跟他考一样的专业，并且从高一开始就在父亲秦牧的指导下练习入行的基本功。

值得一提的是，秦牧大学读的是设计，且是海归的建筑设计师，因为一些恩怨被吊销了执照，从此无缘设计这一行，继而改行做了老师。

所以，邓溯爱往秦芳薇家走，既是因为想和她多来往，更是因为他们俩一起师承了秦牧，一早就在往建筑设计师这条路上走了。

邓溯渐渐成了秦家的常客，并且深受秦牧的喜欢，而这不仅仅因为邓溯长得风度翩翩，成绩总是拔尖，还因为尊师重道的他在学生当中有着领袖的风范，更因为他的父亲邓铠和秦牧是故交。

所以，邓家很放心邓溯和秦牧这样一个有内涵、有深度的老师深交。

邓铠还很欣赏秦芳薇，常说：“能让我们家邓邓看重的小女生只薇薇一个，别无他人了。”

邓先生曾在人后戏说："两孩子两小无猜的，这要是将来能在一起就好了……"

至于邓夫人，秦芳薇也见过很多很多次了，那是一个漂亮、高贵的女人，绝对的好母亲。

她唯一的缺点是：对邓溯有点过于严厉，总希望她的儿子可以成为学校里最出色的那个。而秦芳薇永远能和邓溯一争高下，长得又特别的漂亮，再加上有点心高气傲的邓溯和她走得近，邓夫人自然会关注到她。

秦芳薇记得，第一次见面时，邓夫人就赞了她一句："这小姑娘长得讨喜，人又聪明，真是叫人不喜欢都难……我要是能有这样一个女儿，那得多称心如意啊……"

那时，邓夫人的确很喜欢她，差一点就认她做干女儿了。邓夫人还常让邓溯带秦芳薇去家里玩，出去旅行若买礼物的话，一定会带两份，一份是儿子的，另一份会托儿子拿去送给秦芳薇。

虽然邓夫人穿着打扮很时尚，会给人以距离感，但是邓夫人待她极为亲切，让她感受到了一种难能可贵的母爱。

有时邓夫人还会带上她和邓溯一起去逛街、吃饭、看电影……

那样一个相处氛围，也是秦芳薇喜欢的。

在她的生活中，缺了一个爱她的母亲，邓夫人无微不至的爱护令她觉得老天太眷顾她了。

高二开始后，平静的学习生活有条不紊地进行着，秦芳薇在忙碌的学习之余，就会与好朋友邓溯一起画设计图，一起下棋，一起逛书局，一起打球，一起聊新闻，他们总有说不完的话题。他们更憧憬着未来，于他们而言，那该是无比美好的。

十月的一个周六，秦芳薇本来说好和邓溯去图书馆找书看的，但他临时有事，被他父亲差去祝寿了，她只能一个人独自去了，路上打电话邀了索娜。

到了图书馆，她无比意外地在那个她常坐的位子上瞧见了根本不该出现在这里的人：昀珩。

看到昀珩打架，那很正常；看到他在网吧里和人在游戏里攻城拔寨，那也正常；看到他和他的哥们儿一起划拳、喝酒外加抽烟，也不必意外。男孩子叛逆时期的坏事，他桩桩件件都做得非常漂亮，唯独读书这码子事，他毫无兴趣……

可今天，她看到他闲闲地坐着在看书，那疤痕脸是凶戾的，脸色却沉寂如水，被阳光照着，竟多了一些温柔的感觉。

原来他不凶不狠的时候，一点也不让人觉得害怕。

“小秦……”索娜抱着书奔向了她，“今天怎么惦记上我了？居然主动喊我一起来图书馆。邓溯呢？”

“邓溯去参加寿宴了。”她实话实说。

“怪不得，原来我是来凑数的。”索娜装作有点受伤的模样。

秦芳薇不由笑了，摸摸她的头说：“别给我演戏，我一直有挤出时间来陪你的好不好？”

这么多年了，秦芳薇的朋友无数，但是没有一个真正称得上是好友，索娜是唯一一个她愿意深交的人。从进入高一开始，她的业余时间一大半分给了邓溯，一小半分给了索娜。

索娜也在提高班，不过，她在里面是垫底的料，曾因为想追外校某个大神而被人耻笑智商太低。为此，她奋起直追，缠上了秦芳薇。

说起秦芳薇和索娜的友情，还得从高一军训开始。

索娜的个头和她差不多高，军训时两个人就分在了一组，左右为邻。

军训第二天，索娜生理期来了，不小心弄脏了裤子，秦芳薇发现了异样，就悄声和她说了说，还去帮着借来衣服系在她腰上，又帮着她去买女生用品，服务很周到，人又热情。就这样，索娜那颗叛逆的少女心不知不觉就被征服了，自此视她为好友，友情就这样一日一日深厚起来。

“咦，这是谁呀，居然也在看书？薇薇，看看窗外，天上是不是在下红雨？”

索娜拉秦芳薇坐下时看到了昀珩，诧异地揉了揉眼睛。

昀珩抬眼，懒懒瞥了一眼，继续看书、做笔记。

秦芳薇不想理会这人的，索娜却对这个人很感兴趣，跑了过去，坐到了他身边，好奇地翻他的书：“高级编程？哎，同学，这好像是大学里的东西吧，你看得懂？”

昀珩一把抢回自己的东西，冷着眼说：“关你什么事……”

“你怎么这么没礼貌？”

索娜瞪他，长得奇丑无比，脾气比任何人都大，真是一个奇葩。

“你打搅到别人看书，就是一种礼貌的体现了吗？”他反唇相讥。

“我们是同学，和你打个招呼不行吗？”

“抱歉，我们班没你这么一号人！不熟，请绕道。”他冷淡得不得了。

秦芳薇上前将索娜拉开，离这种怪胎远远的，看自己的书，做自己的作业，井水不犯河水。

只是没一个小时，索娜接了个电话，眉头一拧，说要走了，就匆匆跑了个没影。

傍晚时分，看得差不多的秦芳薇伸着懒腰抬头时，看到昀珩依旧没走——居然也看了一下午的书，这颇让她感到惊讶。

从市图书馆出来，斜阳晚照，她背着书包，闻到了淡淡的桂花香。在这样一个金秋十月，树叶黄了，天空蓝了，一个转折悄悄地上演了……

她接到了邓夫人的电话：“薇薇啊，有空吗？”

“什么事？”

“我想见你一面，刚从法国回来，给你带了一套衣服，拿的是你的号。小邓去参加寿宴了，我呢，等一下又得飞香港，碰不到他。我们娘俩有近一个月没见了，你过来，和我一起吃个饭，把你们俩的礼物拿去，小邓那份，明天由你给他。哦，对了，你和你爸说一声，要不然他会担心的……”

邓夫人温温柔柔地在那里叮咛着，那种感觉，宛若母亲对女儿。

或者的确可以这么说，这么多年，邓夫人在她生命中所扮演的角色远远比母亲那个角色要来得更有分量。

挂断电话之后，她给父亲打了电话，而后看了看钟点，快到约定的时间了，乘公交太慢，正巧有一辆出租车在面前停了下来，她忙挥手把车拦下。

那一刻，她没看到昀珩就站在她身后，静静地看着她上了车。而后，他也招了一辆车，进去后只对司机说了一句：“跟上那辆车牌号为5211 的车……”

秦芳薇上车后，望着窗外，想象着若干年后，自己和邓夫人成为一家人的光景，觉得那是一个最正常不过的发展——她这一生，势必和邓家有着千丝万缕的联系。

她想着想着，车突然停了，司机转头问："能拼一下车吗？我一朋友的女朋友要去三环，我这边过去顺路，车费算你一半。"

秦芳薇想想就答应了。

很快，一个高挑的女人上了车，坐到了她身边，身上浓浓的香味儿，让她皱起了眉，只得往边上躲了躲。

车子行驶了起来，却在她快抵达目的地时，没转弯，直行了。

"不好意思，刚走错车道了，那边有摄像头，直行右转的话会扣分外加罚款。小姑娘，你等一下啊，我把我朋友的女朋友放下后就绕过去送你。这边正在修路，前面单行道，我得绕个大弯……你不差这几分钟吧……"

司机连连道歉。

秦芳薇知道每个人挣钱都不易，没怪他，只温和道："没事……"

谁知车子才走了一小段路，身边那个女人突然扑过来，用手上那帕子捂住了她的嘴，一股刺鼻的味道直钻鼻子，很快她就不省人事——那一刻，她还不明白自己这是遭遇了什么。

她好好的明媚人生，从这日开始走向灰色。

车后，昀珩看着那辆车一直没停就觉得不对劲，而且，他们走的路越来越偏，就沉声对司机说："能不能将那辆车截停？我有个同学在那车上，可这不是她回家的路，相反，她离家越来越远了……恐怕出事了……"

司机很仗义，还真冲上去用自己的车横在路中央，将那辆车生生给逼停了。

"喂，你什么意思？"那车上的司机把头探了出来，叫骂道。

昀珩下了车，飞奔过去，开了后车门，看到秦芳薇沉沉睡着，早失了知觉，脸色顿时一沉。

"你干吗？"坐在后座的艳丽女人怒吼道。

"这该由我来问你才对……"

他一拳打过去，那女人鼻血直淌，而后他直接把人拎出来往地上一丢，继而跨进去将秦芳薇抱了出来，转头时果断无比地对跟过来想要帮忙的热心司机扔下一句："这两个人有问题，叔叔，麻烦你马上报警……"

昀珩把秦芳薇送去了医院。

医生说："秦同学只是被吸入式麻醉剂给麻倒了，没什么大事。"

他这才松了一口气，静静地坐在那里一会儿后，掏出手机拨了一个电话出去。

"喂，邓溯吗？我是昀珩。你最好来一趟医院，秦芳薇出事了。"

不出半个小时，邓溯穿着一身礼服从外面赶来，同时来的还有秦牧。

昀珩看着他们怔了怔，还是冲秦牧恭恭敬敬叫了一声："秦老师。"连站姿都端正了。

"昀珩，薇薇发生什么事了？"秦牧先看了一眼仍在沉睡的秦芳薇，转头沉声问昀珩。

邓溯盯着昀珩，这也正是他想问的。本来，他去参加宴会了，因为秦芳薇的手机打不通，他心绪不宁，半路退场，之后接到昀珩的电话便匆匆赶了过来。

昀珩把经过说了一遍。

邓溯马上抓着他疑惑的地方质问了起来："你怎么正巧遇上她，还正好救了她？"

"准确来说，我在跟踪她。"昀珩回答得很直接。

"为什么要跟踪？"

"那辆出租车有点奇怪。司机本来靠着车门在抽烟，目光却在四处环伺，在接了一个电话后就坐进车里，开到了秦芳薇面前。我留了个心，想跟着车确认她回到小区，结果发现载着她的车跑偏了，正好救了她。"他实话实说。

可邓溯仍是疑惑无数："可你怎么突然之间跑到图书馆去了，还恰好遇上了薇薇？"

他觉得这不是巧合，而是一种蓄谋已久的相遇。

这个昀珩，邓溯平常没怎么和他打过交道，但是他不务正业，是个个人问题很严重的问题学生，虽不能同无恶不作联系起来，但的确是好学生避而远之的混世魔王。

这样一个学生，根本读不进书，他到学校，纯粹为了玩。

当然，这世上的人，认真读书有认真读书的一个圈子，打架生事、称兄道弟也有这么一个圈子。读书的时候，这是好学生和坏学生之分；毕业了，谁混得好，谁又混得不好，就得看各人的本事。

邓溯不看轻任何人，校园里的优势不代表走上社会也具备这个优势，他这么问，纯粹只是想得到一个合理的解释。

“图书馆是看书的地方，你觉得我去干吗？”昀珩淡淡反问，嘴角更是勾起了一抹嘲讽，“是不是在你眼里，看书只是你们好学生才会有的行为，成绩烂到家的我，连字都应该不认识？”

他目光一转，看向秦牧：“老师，您是不是也这么想？”

“没有。”

秦牧否决了他这样一种想法，这个学生问题是多，但是他有他的原则，比如外校有人欺负本校同学，他会跳出去维护；比如他从不找成绩好的同学麻烦，只会愚弄那些欺善怕恶的男女同学，打得他们只能乖乖地臣服，学校里成绩差的人那么挺他，只因为他讲义气……

他从不为自己的行为辩解，但若深入地去了解他，就会知道，他会被人推崇是有原因的——长相固然是狰狞的，但骨子里藏着一股正气。

“昀珩，谢谢你。”

秦牧很诚恳地表示了感谢，若不是他的出手相助，芳薇会遭遇怎样的事很难预料。

“不客气。”昀珩淡淡接了一句，转头看向邓溯，“你能出来一趟吗？我有话想和你说。”

说完他领头出去了。

邓溯挑眉，不确定自己和他能有什么共同语言，但还是跟出去了。

昀珩进了电梯，邓溯跟了进去，两个人到了顶层，那里没有其他人，静悄悄的，却可以一眼看到天上的云彩，满天的红霞怪惹人眼的。

“我喜欢秦芳薇。”突然之间，昀珩嘴里蹦出了这么一句。

转身时，那张丑陋的脸孔上是极度认真的表情，如此突兀的宣告让邓溯很惊讶。

“怎么，你这是想和我公平竞争吗？”他淡淡反问。

“我的确很想和你竞争，但是，老天爷没给我机会。一开始我就输了，因为我长着一张人见人怕的脸。”

昀珩指了指自己那张让人不敢直视的疤痕脸，缓缓地陈述，没有藏起自己的野心，可同时，他又是很有自知之明的：“不管我多么不想承认，这是个无奈的事实。我无力反抗这样一个现状。所以，我不得不放弃。我唯一能做的是祝福，盼她可以好好的。任何想要伤害她的人，我都不待见。这就是我会跟踪她的原因。”

有些人，长着俊美的皮囊，可是，他们的心丑陋不堪；有些人，皮相是狰狞可怖的，可是，他们怀着一颗光明磊落的心。

邓溯突然觉得，昀珩这个人很不错，他的心胸够坦荡，做事也够直率。

“谢谢你护她周全。”

这人，脸丑人不坏，如果他长着一张正常的脸，也许会是一个很强大的竞争对手。

这不是说秦芳薇是个看脸的人，而是这个男孩可能会拼命来争取她。那样一种竞争是怎样的，在他们的生命当中有可能一辈子都不会再有机会出现，但他可以想象到。

“我叫你出来，是有个问题想问你，请你如实以告。否则，秦芳薇可能还会出现其他危险。”

他的断言令邓溯心头一紧，忙应道：“什么问题？你问吧！”

“你母亲邓夫人和秦芳薇的关系怎么样？”

“亲如母女。”邓溯回答完，疑惑地反问，“为什么突然提到我妈？”

昀珩低头沉思，眉心跟着蹙起来，似乎陷入了困惑当中。

“昀珩，请你说明白，芳薇出事和我妈能有什么关系？”邓溯又问了一句。

昀珩回神，神情古怪，慢吞吞道：“如果我告诉你，秦芳薇出事有可能是你妈指使的，你会信吗？”

“不可能。”邓溯不假思索就反驳了回去，俊秀的眉跟着紧紧拧起，“你这个说法是怎么冒出来的？我妈认识薇薇这么多年，一直以来将她视为女儿一般在疼爱，怎么可能会指使人去伤害她！你这是无稽之谈……”

邓溯坚决的维护引来昀珩淡淡一笑：“好，那就当是我的无稽之谈。不过，我会拿出证据来证明的。在此之前，请你在你母亲面前保持沉默，别把我说的话说给她知道，让她生了防我之心。如果你想秦芳薇远离危险，最好听我的话，否则，她会因为你潜意识里的信任而付出惨痛的代价，再见！”

说完，他不愿再多作解释，掉头离开了。

邓溯满心疑云，极愤怒地拦住了他的去路：“你给我站住，不把事情说清楚，你别走！”

昀珩瞧着他，神情显得高深莫测：“我该说的已经说了，你信不信不是我能左右的。邓溯，我知道你学过泰拳，如要你想找人练练，我奉陪；要是不想练，就闪开，我还有事要办……”

就在这时，秦牧找了过来，发现这两个孩子之间的气氛不太对，剑拔弩张的，像是起矛盾了。

“你们干吗？”他高声问了一句。

“没事，秦老师，我先走了……”

在秦牧面前，昀珩表现得非常有礼貌。

秦牧深深看他一眼，待他走远了，才回头问邓溯：“怎么吵起来了？”

“没大事，就意见不合。薇薇醒了没有？”

邓溯不想多说其他，现在只关心秦芳薇，想想心下挺怕的，今番这一次，她要出点什么事，那可如何是好？

“还没，我问过医生，没这么快醒的。今晚我留下陪着，小邓，你回家去吧……”秦牧嘴里是这么说了，但想着他怕是不会离开。

“老师，我陪你一起守着。不见她醒，我不放心。”

邓溯不愿走开，坚决要留下。

昀珩去了派出所，看了看那司机和女乘客的笔录。

据交代，他们是一对夫妻，最近家里出了事——儿子出了车祸，急需钱动手术，可怜家里拿不出钱来。

这时有人找到他们，给了他们一张照片，说只要他们将上面的人弄昏，带到某处拍几张裸照，就可以得到五十万。并且，对方预先给了十万预付款，余下四十万，一手交钱一手交货。

为了钱，他们真的就应下了这缺德的交易，没想到最后被人破坏了，还被带进了派出所。

此时此刻他们悔得不得了。

至于给他们预付款的人长什么样，司机交代不清，只说对方坐进他车里时，戴着墨镜和口罩，根本看不清楚模样，又在监控盲区，所以，他提供不了有价值的资料。

昀珩也在派出所说明了自己之所以会一路跟踪他们的原因。

晚上八点，离开派出所时，他的心里一直在想前天在某会所听到的话：“后天老邓会让小邓去祝寿，他们俩不会一起出行，到时，我就把她约过来，会把约会的时间定得比较紧。秦芳薇是个守时的丫头，她会弃公交而选出租车。这是最好的机会，千万别错过了……到时，我要看到秦芳薇被毁掉的实时画面，你要多少钱，我都可以给……总之，一定要毁掉……”

说这话的人正是邓夫人。

那天，他走错了会所房间，听到了这令他震惊的吩咐，这才生出了跟踪之心，也亏得他这么做了，否则，秦芳薇怕是真被他们毁掉了……

有一件事是他弄不明白的，既然邓溯说邓夫人和秦芳薇情如母女，那女人为什么要那么害她呢？

回家的路上，他暗暗下了个决心，这件事，他一定要查个水落石出……

醒来时，秦芳薇发现自己躺在床上，映入眼帘的是那个挂药瓶的挂钩，这是在医院吗？

她转了一下头，看到父亲秦牧坐在床边正在看报，邓溯身上就穿了一件白衬衣，正侧着身子倚窗而望，眉头紧拧着，也不知在为什么事烦恼。

“爸，这是怎么了？我怎么……会在医院？阿溯，你怎么也在？”

她不明就里地坐起来，扶着额头，看到窗外天色昏暗，也不知是天黑了，还是天快亮了……

秦牧马上放下手上的报纸，走了过去："你坐了一辆黑车，被两个居心不良的人带去了乡下，是昀珩把你救回来的。怎么样，现在有什么地方不舒服吗？"

昀珩？

秦芳薇呆了呆，蹙眉，一脸的困惑。

邓溯也走了过来，满目关切地望着她，但神情无比古怪。

"昀珩救了我？可他是怎么救的我？"

好奇怪的事。

"他看到那司机有点古怪，在你上车之后跟了过去，发现车子去了郊区后就把那车给拦下，将你带来了医院，还通知了我和秦老师……"邓溯简洁地把过程说了一遍。

"哦……"秦芳薇应着，有点惊讶，"没想到那个人居然这么热心肠……"

邓溯的目光闪了闪，想到了昀珩的那句宣告：我喜欢秦芳薇。

"可那两个人为什么要绑架我？"对此，秦芳薇很是不解。

她只是普普通通一学生，从不和人结仇，他们是出于怎样的动机才干了这种伤天害理的事？

"据说是受雇于人，具体情况未明。"邓溯已经向派出所问过情况，"所以，在这件事的真相查出来之前，你不许再单独行动了。以后，上下课由我或是老师接送你。事关你的安全，绝对不容马虎。"

秦芳薇想想也有点害怕，要不是昀珩救了她，现在的自己也不知遇上什么事了呢——对于一个女生，名誉很重要。邓溯这么安排，自是也在后怕。

"嗯。"以后，她会加倍小心的。

"薇薇，周一，你去当面和昀珩道个谢。"秦牧吩咐了一声，这是一个人的礼貌问题，得人恩惠千年记。今番这桩事，于昀珩可能是小事情，可是于芳薇是大事。

"好，我知道了。"

虽然她不喜欢那个人，但道谢是必须的。

“到时我陪你去！”邓溯微笑道，“那个人看上去很凶，但人不坏。”

周一早自修前，秦芳薇收齐了作业和邓溯一起去办公室，一个交语文作业，一个交英文作业。

出来时，他俩顺道去了高二九班，早读课，教室里空空的，至少有一半人还没来，昀珩的位子也是空空的。

中午，秦芳薇吃过中餐，和邓溯又去了九班，但昀珩依旧不在。

很明显，今天他旷课了。

而这于他是家常便饭。

“你们班长呢？”

对的，那家伙还是一班之长呢！

“请假，没来。”有人好奇地张望着，“今天这是吹了什么风？一班的男神女神一起来找我们班长，这是所为何事啊？”

这么一嚷，其他人的注意力全落到了他们身上。

“没事，没事……”

邓溯笑笑，示意秦芳薇离开。

在回一班的路上，邓溯拨通了昀珩的号码，那边过了好一会儿才接起电话，问：“邓溯，没事你打我电话干吗？”语气很不耐烦，声音哑得不行。

秦芳薇不知道他在和谁打电话，好奇地望着他。

邓溯看了一眼，按了免提，应道：“昀珩，你今天怎么没来上课？”

“关你什么事！”

那沙哑的嗓音传了过来，态度无比恶劣。

“你是不是感冒了？”邓溯估摸着问。

“关你什么事！”

“昀珩，你能不能好好说话？”邓溯有点无奈，“薇薇知道是你救了她，想当面谢谢你……”

谁想，那家伙听了后二话没说，直接挂断了电话。

如此蛮不讲理的人，还真是少见。

“这人怎么这么不近人情？”秦芳薇郁闷极了，道，“昨天我爸还和我说，昀珩这个人，看似不正经，但做事有自己的底线，除了脸孔遭人嫌外，其他方面真要细细地去了解，一点也不差劲……可我看，他就是一个性格怪到家的怪物……根本没办法正常聊天。”

这种男生太复杂了，她活了十六岁，也算是在男孩子堆里长大的，总能和人打成一片的她却独独和这人没法正常沟通，可见他有多难应付了。

但她是那种越是难题越想去解题的性格，想了想后，心头生了一个想法：“要不，放学后去他住的地方找他，你看怎么样？我爸看着不错的学生，骨子里肯定不差。一个人排斥另一个人肯定是有原因的，我倒想看看他为什么这么排斥我们……你等着，我去找和他关系好的问一下他住哪儿……”

她又绕了回去，恰好看到那个叫高鑫的正从外面进来，手上还抱着球，看到他们时稀罕地直叫：“哎哟，今天这太阳是打西边出来的吧……尖子班的大才女居然跑到我们这垃圾班地头上来了，我不是在做梦吧？！”

“高鑫，昀珩住哪儿你知道吗？”她不理他的调侃，问得直接。

“你来找封大啊？”

高鑫越发诧异，目光在她还有邓溯身上转了一圈。

“对！”

“找他干吗？”

“自然有事。”

“他住在平和小区三幢七层的 B 座。”

“谢了啊！”

出来时，她心上有点惊诧，那人居然就住在她家附近。

高鑫目光一闪，眼睛里闪过了几丝狡黠之光，马上摸出手机打了一个电话出去：“喂，爷爷，晚上的聚会你能帮我多邀一个人吗？我们学校的大才子邓溯，一直没机会好好认识一下。趁这个机会，我想和人家亲近亲近，多多地向他学习……多谢了，爷爷，我爱死你了……”

傍晚下课后，邓溯接到了父亲的电话，要他陪着去参加一个聚会。

“你去吧！我和我爸留校，昀珩那边今天不去了。”

计划赶不上变化，秦芳薇想着找昀珩道谢也不急于一时，邓溯这才去了。

晚自习前，秦芳薇在教室做作业，手机突然响了起来，是个陌生来电，她接了，对方急匆匆叫了起来：“喂，秦芳薇是不是？我是高鑫，求你帮个忙行吗？”

高鑫？这家伙怎么会有她的号码？

她疑惑归疑惑，却还是接上话了：“什么事？”

“是这样的，昀珩在发高烧，我刚刚和他通完电话，他饭没吃，药吃光了，但烧还是没退，现在昏昏沉沉地睡着。我被我爸揪着去参加一个聚会，家长看得紧，没办法折回去。你家离他家近，要不，你帮我过去瞅瞅他？给他送点药，另外带份清淡点的食物。对了，他对吃的很挑，要是你可以帮着熬点粥捎带过去，那是最好不过的……”

这个和她不熟的家伙向她提了一个不情之请。

若是平常，她一定会拒绝，但前天她才受了昀珩的恩惠，现在知道这人境况不太好，不理不睬好像有点不近人情。她想了想道：“熬粥我不会，买药、送外卖，我倒是可以帮忙。只是那个小区安保很严，没得到主人允许，大门都进不去。”

“这没问题，我会给保安那边打电话的，你大可进去，门是密码锁，密码是545489。谢谢了，我爸叫我了，拜拜……”

扔下这句话，他立马挂了电话。

秦芳薇对着手机看了看，心下忽然生出了一些疑惑：这人怎么会找上她？他们又不熟不是吗？

“薇薇……你要去哪儿……”

索娜从外面进来，放学后她没回家，因为有些作业不懂，她有求于秦芳薇，就留下来和秦芳薇一起努力做功课。

“我去个地方，要不，你陪我去？”

她一个人去不方便，父亲也不会同意她单独行动的。

“去哪儿？我还有作业没做呢。”

“回头到我家做，我先去和我爸说一声。”

秦芳薇背着书包向办公室走去。

索娜收拾好东西追上去，在跨进办公室时就听她说：“我去昀珩那边看看，索娜会陪我过去……然而我们会在家里做作业。”

秦牧同意了，叮咛她到家就给他打电话。

“为什么要去给昀珩送药、送食物？”从学校出来，上了公交车后，索娜纳闷地问。

秦芳薇就把原因说了。

索娜听了咂舌：“那人那么好心？还真是看不出来呀！”

可不是，还真是人不可貌相。

另一边，昀珩正在怒瞪好友高鑫，将枕头扔了过去，恶狠狠地骂了一句：“你这是想干什么？”

“给你创造机会啊……”高鑫嘻嘻笑着，小手一挥，“喜欢就正大光明地追，你这脸又不是不能治……再见，祝你有一个美好的夜晚……”

如果不是自己的身子软得动不了，他一定将人拎过来，狠狠揍上一顿。这家伙，太能自作主张了……

平和小区坐落在秦芳薇家所在的教学园小区的斜对面，和一家大型超市隔两条街的距离，地理位置绝佳。当然，那里的房价也是惊人的，而里面的配套设施皆高上大。

“我早听说了，高鑫和昀珩一起在这里租了一间公寓。高鑫家境不俗，这个我知道。尚市的高家，没几个攀得上，就连邓家也得礼让三分。至于昀珩是怎么一个家底，还真没人知道，听说他从不回家，不管是放暑假还是寒假，都以这里为家。”

顺利地进入平和小区之后，索娜说了说她对昀珩的了解。

“寒暑假都不回去？他没家的吗？”秦芳薇诧异。

索娜耸耸肩：“谁知道。听说家长会他家从不来人。”

秦芳薇一怔。

难道他是一个被家里人遗弃的孩子，所以性格才那么怪僻？或许吧！家庭环境的好坏，对于一个孩子的成长来说是至关重要的。

两个人小声地议论着，不知不觉来到昀珩的公寓门口。

秦芳薇先友好地摁了一下门铃，而后按照高鑫给的密码输入数字，门果然开了。本来一片漆黑的房间，灯一下亮了，这倒是解决了她们找开关的麻烦。

在秦芳薇的心中，两个男生的房间肯定乱得就像猪窝，想不到这里竟整洁得让人惊讶。玄关处的鞋柜上，几双运动鞋整整齐齐地摆放着，一双拖鞋像是穿过的，另有两双还没拆封，搁在边上，地板干净得纤尘不染。

穿过玄关，宽敞的客厅也收拾得齐整，米色的真皮沙发上放着一对抱枕，茶几上摆着一些书刊，正对面的挂式液晶电视机很大，电视柜上摆着几盆盆栽，其中一盆还开了花，空气中没有出现臭袜子、臭鞋子混合产生的异味，反飘着花香……

厨房那边，锅碗瓢盆一应俱全，干净得让人怀疑它们是不是从来没使用过。当然，男生不会做饭也正常。

让她们觉得意外的是，冰箱打开后，也没有发臭生霉的情况，里面除了水就是罐头、啤酒，其他就是一些食材……居然会有食材，这是秦芳薇想象不到的……

“啇，居然比我住的地方还干净。”索娜有点惊诧，嘴里咕哝了一句。

“嗯……”秦芳薇也颇感意外。

客厅那边是两间房间，一间的门开着，里面空空的，墙上挂着高鑫的照片，必是这小子的房间，被子折得就像豆腐块，另一间的门关着。

秦芳薇去敲了敲门：“昀珩，你在里面吗？”

她如此喊了几遍之后，没有人应。

“你不应，我就进去了！”

里面还是没声音。

她拧了门把进去，房内是暗的，她在门口摸索着要开灯，灯却忽然亮了。

她吓了一跳，只见两米宽的大床上，昀珩靠在那里，正面无表情地瞪着她这个不速之客：“谁让你进来的？”

“高鑫。他说你在发高烧……喏，药，还有三鲜粥，我给你带来了……你能起来吗？先把粥喝了，然后把药吃了……”

秦芳薇示意了一下手上的食物和药，环视了一圈这个房间，整洁得就像五星级宾馆，床头柜上搁着笔记本电脑，还有几本书，衣橱边的书柜上摆着几列书，房内没有烟味、酒味，只有一股淡淡的薄荷味……

“他让你来你就来，秦芳薇，你就这么容易被人差使？”昀珩一脸淡漠。

“你救过我，我来帮一帮你，这叫报答。”

秦芳薇将粥和药搁到他的书桌上，走到床边，忽从校服口袋里掏出一物：“你别动，我给你测一下体温……”

是耳温枪，她说着就拿着它冲着他的耳朵塞了过去。

昀珩皱着眉本能地躲开，还用手挡。

秦芳薇用力一拍，瞪了瞪他：“闪开，必须量一量。又不疼，你别这么矫情行不行？药店营业员说了，得按照体温用药，不许动了，听到没……”说着就把耳温枪往他耳朵里塞了进去。

这举动让昀珩的眉头皱得越发紧了，那薄薄的唇抿得紧紧的，眼睛瞪得圆圆的，一副恨不能将她碾碎的模样。

“瞪也没用，必须测。你又不是三岁小孩子，不吃药，你觉得人好得起来吗？”

她露出了少见的凶巴巴之色，一时竟把这个家伙给镇住了。

“39.7 度……这么高，为什么不去医院？”念出这温度时，她不解地瞅着他。

“关你什么事？”他不耐烦地说道。

“那我被人弄昏了带走，关你什么事了，你要去管？”不过秦芳薇没被他的凶相以及恶劣的态度吓走、气走，反倒反唇相讥。

昀珩瞪着她：“你是不是狗咬吕洞宾，不识好人心？！”

“我识了，要不然也不会特意跑来给你送药、送粥。昀珩，现在不识好人心的人是你，不是我……”她瞪回去。

这一刻，昀珩那张脸狰狞凶恶，眸子里幽幽的暗光闪烁着，令他看上去危险又不善；而秦芳薇目光闪闪的，甜美而且自信，显得无比勇敢，完全不愿被他压住。

“我就这样。”

“那我也就这样。”

“信不信我把保安叫上来把你轰出去？！”

“好啊，你叫啊，我可以说服保安把你背出去直接送医院。”

一提医院，昀珩眼底的嫌恶越来越重，立马咬牙说道：“我的粥呢，我的药呢……”虽然仍然恶声恶气，但到底是妥协了——看样子，他对医院很反感，或是因为他脸上烧伤，在医院待久了，对那地方非常厌恶吧……

“你起来去洗洗脸，喝点粥，再吃药……”

身为班干部，秦芳薇喜欢指挥人，身上也透着这样一股气势，哪怕面对全校最让人头疼的坏学生，她依旧敢这么差遣人。

昀珩在他们班上本来也是称王称霸的角色，一直以来只有他欺负人,没有人敢来指挥他,今天被人这么呼喝着,脸上不觉露出了愣怔之色。

他呆呆的，看起来有点憨。

“快呀！”

“你出去！”过了好一会儿，他才黑着脸吼了出来。

“出什么去！药必须吃。”秦芳薇也吼了起来。

“你要不出去，别后悔。”

他冷声说完，掀被下床……

秦芳薇在看到那白白的大腿时，一愣，终于意识到他让她出去是什么意思了，忙尖叫着抓着那药和粥就冲了出去，心里窘死、恼死了——十七八岁的女孩，懵懵懂懂，本是最有男女之别的时候，哪受得住这种流氓行为，气得脸都涨红了。

“怎么了？怎么了？”

本在外面转悠的索娜闻声跑了过来，和秦芳薇撞了一个正着，看到她的脸上露出恼怒之色，心头一紧，把袖管一撸，问道：“那浑小子干什么浑事了？”

这可怎么说呢？毕竟他是因为她故意和他对着干才耍流氓的。

“没……没什么！”毁人名誉的事她不干……

“那你红什么脸？”索娜歪着头问。

“被那浑小子气的……”

秦芳薇吃了个哑巴亏，心里悔死来管这闲事了。

索娜有点狐疑，冲那个房间瞄了瞄。

房内，昀珩咬唇低笑：那只“小猫”，温驯时是真温驯，凶悍的时候也真凶悍，不过，她还是玩不过他的对吧，到底脸皮薄……嘿嘿。

他昏昏沉沉地走进洗手间，冲了一下脸，套上一条裤子，出来时看到粥已经摆在餐桌上，边上退烧药和水也已备好。

两个女孩则在边上坐好了，还拿出了作业来，这是想在他家做作业？

“昀珩，我和索娜会在这里一边写作业，一边陪你，等高鑫回来了我们再走。这药吃下去，万一不退烧，就得去医院，别拿自己的身体胡闹。”

秦芳薇本想着事情办妥了就撤，谁知刚又接到了高鑫的电话：“昀珩的身体因为之前一场大病受损严重，对药物反应很大。大才女，阿封要是吃了药，还请帮着盯上一会儿，看看有没有特别的药物反应。我呢，十一点前一定赶回去，拜托拜托……”

事到如今，她也是骑虎难下了，只能答应。

……

“你到底有完没完？”昀珩马上不高兴地吼了一句。

“别理这人，索索，我们做作业……”

秦芳薇也是个固执的人，认定的事，肯定会做到。

昀珩纵有不满，没有人和他吵，他也吵不起来，再说了，他心里也不想和她吵。看了看桌面上那晶莹剔透的粥，他拿起汤勺就吃了起来，并且吃了一个干净，不是因为它如何好吃，而是因为这是她买的。

对了，他还乖乖把药吃了。平常他是一个特别不爱吃药的人，但是因为这是她送来的，他吃得心甘情愿。

吃完，他收拾了一下桌面就进了厨房，没去打搅这两个女孩做作业，只偷偷地透过厨房那扇玻璃门细看她，心下清楚，这样一种近距离的相处，此生他可能只有这样一次难能可贵的机会，值得好好珍惜……

可从厨房出来时，他却故意沉着脸，拍了一下餐桌桌面，语气故作不耐烦道："我要睡了，你们是不是该回了……"

"你要睡就睡，我们要走会自己走，你管不着！这里不是你一个人的地盘，严格意义上来说，我是高鑫请来的，你没资格赶！想要赶，请联系高鑫，你俩一致通过，我保证马上消失。"

"……"

饶是昀珩平常巧舌如簧，也被她堵得无言以对。

沉沉盯了她一眼后，他转头回了自己的房间。

索娜冲秦芳薇竖了竖大拇指："你怎么不怕他？"

"怕什么？又不可能吃了我！做作业……"

隔着门板，昀珩听着这句话，不觉微微一笑：很少有人不怕他，她是个例外，是他喜欢着的例外，可惜啊，她不属于他。

这令他无比黯然神伤。

躺到床上，昀珩昏沉沉的，似睡非睡。

也不知过了多久，灯亮起来了，他马上惊醒，却没睁眼，只听到轻轻的脚步声传过来。

没一会儿一阵暗香袭来，他的耳朵里被什么一塞，是秦芳薇在帮他量体温呢……

这丫头，还真是尽心尽责。

"烧退了。高鑫，我们也该走了……"

他听着，颇为遗憾，如此温柔，往后怕是再难拥有了。

# 第二章 少年不知愁

时光就这样悠悠往前走着，转眼到了高二。

五月底的一天，学校组织了一次露营，这是秦牧向学校申请的，为的是锻炼同学们的野外生存能力，深刻体会生活的不易。

秦芳薇喜欢这种活动，她是父亲一手带大的，而父亲最大的喜好就是带着她走入大山，去登山，去野营，在艰苦的环境中感受人生需要拼搏的哲理。

九个班级，有十二个老师带队，每个班另挑了男女同学各一名当老师的小助手。

扎营的时候，一至九班绕着一个水塘扎了一圈营帐，于是一班和九班自然而然就凑到了一起。

秦芳薇有露营的经验，所以，她扎的营帐像模像样的。完成自己的工作之后，她又去帮助了其他同学。

傍晚时分，营帐全都扎好了，秦芳薇陪着父亲去巡逻时，发现九班的营帐扎得最有特色，地面刻意平整了一番，以一个圆形围着一主帐，每个营帐上分别标明了号码，以及里面睡了哪几个人，以便于管理。

据说这是昀珩规划的。平整地面时，同学们发了一些牢骚，后来发现自己的营帐睡起来比其他班的要舒服，才一个个眉开眼笑了。

对此，秦牧表示了赞赏。

因为这次野外扎营具体该怎么做，老师们选择了袖手旁观，只说这一次的实践活动，最终会记入期末的生活自理考评当中。

秦芳薇为了解决地面不平的问题，就去向附近村民借了稻草，不厚不薄一层、整整齐齐地铺在底下。

其他班见了纷纷效仿，结果被村民拒绝了。

无他，那些水稻秸秆，村民们烧了大半年，差不多就烧没了，剩下不多，来借的同学人太多，他们自然就不肯了。

所以，除了一班和二班，其他班都没借到水稻秸秆。

晚上，九班的高鑫献宝似的做了好几道菜，可以说是几个班级当中做的菜色最好的一个班。那家伙还笑着说，他的人生志向就是做一个厨师。

然后，所有人都吐起槽来："堂堂高氏集团的少东家想做厨师，高爷爷要被你气死了。"

"有什么好气的？我可以凭着一手中华美食发家致富，建一个高端美食坊，汇集世界美食于一体，独领风骚于美食界，赚光你们手上的钞票……"

谁说做个厨师就是志气短了，这高鑫，别看他平常嘻嘻哈哈，没个正经，但是志向绝对是宏大的，而且人家有那个资本。

说真的，比起动手能力，一班的那群"书呆子"远远落在后面，煮出来的食物只能说差强人意，勉强能下肚。在学校全能的秦芳薇，在厨艺上也是相形见绌的。

比起九班的丰富，一班的晚餐非常简单。

从这个对比可以看出这样一种情况：世上没有绝对完美的人，尺有所短，寸有所长，看上去一无是处的人，说不定在特定环境中就是宝贝了。

为期三天半的野外露营，整个高二年级玩疯了，青春飞扬的他们发挥着自己的想象，将露营玩得无比精彩，拔河比赛、野地竞走、抓野鸡、摘橘子、农庄种菜比赛，晚上更有知识竞赛……每日的节目都安排得格外的充足，又有营养，深受同学们的喜欢。

不过于秦芳薇来说，最喜欢的莫过于垂钓，和邓溯、索娜，还有一个叫周磐的男生一起，有说有笑，恣意地享受这惬意无比的休闲时光。

秦芳薇和邓溯在人前尽量不独处，所以，他们会把索娜拉着，而那个周磬，因为心仪索娜，每每都会相随，和周磬交好的另一个男生也时不时会来凑热闹。

邓溯会用笛子吹曲，在篝火晚会时，吹了一曲，让所有人都惊艳了；而秦芳薇会素描，晚会时，她当场临摹，将热闹的画面清清楚楚地勾勒了出来，且每个人物都惟妙惟肖，也得了一片惊赞。

最难得的是，昀珩被高鑫推了出来，表演了一个酷酷的魔术，看呆了所有人。

还有很多人表演了精彩的节目，在第二晚的露营晚会上尽兴地展现着自己。

匆匆地，两天半就这么过去了。

第四天返程时，秦芳薇落在最后，欣赏着夏意渐浓的大山，满山的绿叶红花，煞是好看。

后来，她看到了一只雪白的野兔，注意力一下被吸引了，那可爱的小东西就在小斜坡上吃草，看上去乖得不得了。

她心里生了喜欢之情，小心翼翼地扑过去。可那小东西在发现有危险之后，撒腿就跑……

“喂，别跑……邓溯，过来帮帮我啊……我要抓住它，摸一摸它那油光滑亮的毛……”

邓溯笑着跟了过来。

只是，他们到底没逮住它。

秦芳薇的好胜之心被激起，她跑得飞快，誓要将它拿下。

她是田径好手，邓溯根本跑不过她，偏偏那小兔子好像在故意逗弄她似的，跑跑停停，竟把她带去深山了。

等她回过神，发现自己在一片陌生的林子里时，叫邓溯没人应。属于路盲的她又没把手机带在身上，越走越偏，最后脚下一不留神，踩到了一条蛇。

那蛇反过身就在她脚踝处咬了一口，一阵疼痛袭来，她一惊，从蛇口逃脱后往后直退，脚下一软，翻进了边上一条干掉的小山沟里，摔了一个四脚朝天。

她一阵晕头转向，回魂后，坐在满是萋萋青草的沟底，忍着身上的疼痛，挽起裤脚，只看到被咬的地方渗着两点毒血，心下顿生恐惧，也不知那是什么蛇。

所幸她有野外求生的经验，慌归慌，还是第一时间扯下马尾上的发绳将那个地方捆了起来，但是接下去该怎么处理，她不知道了，想站起来又发现另一只脚崴了……

“救命啊，有没有人？有没有人？”她在那里叫嚷着。

可在这深山老林，哪有人经过，一声声呼唤传开，除一阵阵鸟雀声传送回来，概无其他声响。

她正急得不得了，不远处传来了一声叫唤：“秦芳薇，是你吗？”

她往上看，那张疤痕脸在上面探望，竟是那个讨人厌的昀珩找来了……

但没关系，这个时候，但凡有个人能来，那就是最可爱的人……

秦芳薇马上脆声应了话：“是我，是我……我……我的右脚崴了，左脚还被蛇咬了一口，现在根本站不起来……”

他就在这个时候冲了下来，听得她说她被蛇咬了，神色一凛：“有毒吗？”

“有。”

而且很疼……

她咬着唇，都不敢动弹。

“别动，我先给你处理一下，等一下再送医院去打血清……”

他蹲下身子，挽起她的校裤裤管，果然在那雪白的左脚踝处看到了蛇咬过的齿印，血是黑色的，且脚已经肿了一大片。

这光景，当真是看得他好一番心惊肉跳。

他伸手触了触那肌肤……

“呀，疼……你别乱碰，疼呢……”

秦芳薇立马惊呼，想将脚抽回去。

“你别动，我先给你挤出一点毒血。这个你先含着。”

他把背上的牛仔背包给卸下来，从里面找出一个简单的医药箱，找到一板药，抠出两颗塞进她嘴里，还取来一瓶没开封的水，拧了瓶盖递了过去。

“这是什么？”她含混地问。

“解蛇毒的药，可以压住蛇毒，这样才能保住你这只脚……”

这话吓得她赶紧把水接过来，想都没想，喝了一口水将药吞进了肚子里。

“有没有看清那条蛇是什么蛇？”昀珩问这话时，四处观望了一下，生怕那毒蛇仍在附近。

“没法确定是什么蛇，只看到身上一环环的金色……”

这是她唯一的印象。

“行了，我知道了，先给你放毒血，会疼，忍着点。”

昀珩的医药箱里东西很丰富，有药，有酒精，有纱布，有胶带，还有锋利的小刀……

他取了小刀，在她的伤口上轻轻划了一个十字小创口，而后用一只透明的吸毒器罩在上面，用力捏了几下，将黑色的毒血吸出，直到有鲜红的血水冒出来，他才松开，再以纱布蘸上酒精洗了洗创口表面……

这一系列工作他一气呵成，她却疼得呜呜直叫：“轻点，你轻点，疼死了……”

昀珩却冷哼了一声，不客气地损了起来：“原来你也知道疼啊！知道疼还这么不听话！你把老师的叮嘱当耳边风了是不是？还是以为自己长的是金刚之身，蛇虫不侵？明明笨得连方位都弄不清楚，还要往山里跑。山里全是陷阱，全是野猪夹，你是想掉进陷阱里摔个半死，还是想让野猪夹夹个残废？还有，现在这个季节正是蛇在一年当中最活跃的时候，这点常识你都没有吗？别人都说你成绩如何如何好，我看你根本就是死读书，没半点灵活性……”

这个人本来就长得凶，说的话又快又厉，一句句又占理，可将她骂惨了。

也不知是痛，还是从没被人这么骂过，秦芳薇的眼泪止不住地流了出来。

这样的秦芳薇显得柔弱，失了平常班干部干练的气势，是昀珩见所未见的一面。可他没有因为这样就心软，而是继续数落她：“不许哭，别人听了还以为我趁边上没人欺负你……我告诉你，你要再哭，我就吻你，把坏事都做绝了，省得白白叫人冤枉了……”

这话一出，果然就把秦芳薇吓住了，一双大眼睛瞪得大大的，梨花带雨的，显得楚楚可怜。她心里发紧，掂量着他这句话实行起来的可能性。

下一刻，他沉着一张脸将医药箱给收拾好就往她背上背去，又看了看阴沉沉的天色，说：“可能会有阵雨，赶紧的，你背着它，我背着你马上出山去……”

面对蹲下来的那个显得精健的后背，秦芳薇有点拉不下脸贴上去，只闷闷道：“你没带手机吗？要不，你给我爸打个电话？”

昀珩知道她这是排斥和他有身体上的接触，但很不幸的是：“这里没信号。”

“……”

她顿时无言。

这时，大雨突然而至，打到了她脸上，啪地一下把她打得生疼。

昀珩见大雨急骤，神情一下变得极为不耐烦，催促道：“快点，你想变成落汤鸡吗？还是想耽误就医？我给你吃的药只有缓解蛇毒发作的作用，不及时打血清，要是出现其他什么不良的后果，你自己负责……万一这脚残了，千万别怪我没提醒过你……”

她吓得赶紧扑到了他背上，勾住了他的脖子，而他的双手则有力地托住了她的臀部。

这种亲密，说真的，真是让她别扭死了——长这么大，哪怕邓溯都没这么背过她呢，却被这个讨人厌的家伙背了，若说她心下没半点遗憾，那是不可能的。

但比起这点小情绪，自是保命要紧。

昀珩的心情也很复杂，他想不到他会和自己喜欢的女孩子来一次这样亲密无间的接触。也许他该感谢那条蛇的，但一想到那可能是金环蛇，他的心情就有点沉重。

这山沟不高，他一个人上去容易，但身上背着一个人就困难了。

沿着山沟往前走了好一会儿，他终于找着台阶爬了上去。

不过，雨也越下越大了。

一个山洞适时出现在面前，他忙将人带进去。

“先躲一会儿。”

到了山洞口，他将人小心翼翼地放下来，抬头时，看到秦芳薇精神恹恹的，可能是余毒在她血液里起作用了。

“我感觉有点不舒服。”

秦芳薇觉得头越来越沉了，视线有点模糊，咽部有阻塞感，声音有点嘶哑。

“再吃两颗解蛇毒的药。等雨稍稍停一下，我就带你下山。现在雨太大，太容易出现山体滑坡……”

“嗯……”

她应了一声，接过他送过来的药，含进嘴里。

“你要觉得困，就睡一睡。放心，我会带你平安下山的。”

昀珩语气无比坚定，眼中闪着让人不知不觉产生信任的光芒：“这雨下不久。这些药够帮你熬过去的。”

“嗯！”秦芳薇点头。

她很想保持清醒的，但不幸的是，很快她失去了知觉，并倒进了昀珩的怀里。

昀珩抱着她的身子，只觉得双颊止不住发烫，心怦怦怦狂跳起来。

他暗暗叹了一口气，低头细细看她。她那巴掌大的脸孔上，五官是那么精致，眉不修而弯，唇秀气娇小，鼻挺立玲珑，肌肤白得有点异样，睫毛长长的，就像是洋娃娃的假睫，头发细细的、软软的，铺在他的胸口，透着发香……

一个冲动，他轻轻地低下头，含住了她的唇。

淡淡的花茶味道教他着迷。

最后，他到底还是保持理性，迅速结束了这个吻，见她依旧不省人事，稍稍松了一口气的同时，心中又涌现了几分罪恶感，只因为他乘人之危了。

洞外雨水哗哗作响。

不知过了多久，雨小了，他背上她出洞，用一根带子将她和他绑在一起，往他们来的方向走，却发现山道塌了。没办法，他只能另寻别的通道，所幸那边是通畅的，只是他花了比来时多一半的时间才绕出去。

待听到有人巡山呼叫着“秦芳薇、昀珩”这两个名字时，他知道属于他们的短暂相处就这样过去了。

“我们在这儿……”

他转头看了看靠在他肩头沉睡的她，一边冲声音的来源地找去，一边呼应着。

很快，邓溯首先出现在他面前，看到秦芳薇靠在他肩头，脸色赫然一变：“薇薇出什么事了？”

“被蛇咬了，已经处理过了，不过还得去医院打一针血清……”

昀珩目光复杂地望了这个男生一眼，下一秒就看到惊惶失色的秦牧赶了过来。

“什么蛇咬的？”秦牧过来察看秦芳薇的面色，又看了一眼她脚上处理过的伤口，一边轻声问，一边解开绑着他们的带子，将人抱了过去。

“应该是金环蛇。我给她吃过解毒药了……但现在还是出现了昏迷的现象，必须赶紧送医院……”

他揉了揉肩膀，因为长时间负重，此刻重物卸下，他终长长吁了一口气。

“昀珩，谢谢你啊……”纵然着急，秦牧还是记得道谢的。

“不用。”

昀珩将背在秦芳薇背上的背包取下，套到自己双肩上，看着老师将他心爱的女孩子带走了。

邓溯呢，看了昀珩一眼，紧跟着秦老师而去，心下很不是滋味：自己的女孩出了两次事故，但两次都是昀珩救的，这让他觉得自己好无能。身为男朋友，他太失职了。

昀珩呢，转开了头，正往山上望，脑子里不断回味着那个吻。

他想，他会记一辈子的。

这一生，曾有那么一小段时光，他拥有过她，这于他来说已经足够美好。

邓溯陪着秦芳薇去了医院，昀珩没有去，而是乘了其他老师的汽车返校了。

在医院，医生对秦芳薇进行了一番仔细的检查，最后推了推眼镜，宣告道："被咬伤后的基本处理非常漂亮，否则，按着咬伤到现在这个时间来计算，就算能保住小命，也难保住这只脚……现在你们大可以放心，没事了，傍晚就能醒过来……"

医生说得轻巧，邓溯却后怕极了。

若非有昀珩，芳薇的人生就有可能发生巨变——试问，好好的一个人要真变成了残废，那她还如何像正常人一样生活和学习？

不得不说，芳薇算是欠上昀珩一份大人情了！

这是不是意味着他们之间还会有复杂的牵扯呢？

关于这个问题，他还真是回答不上来，心下很不是滋味，不愿承认那是真的。

傍晚时分，秦芳薇醒来，不过因为余毒，她说不得话，出不了声。

邓溯就在边上安慰她，陪着她，寸步不离。

秦芳薇因为邓溯在身边，晚上睡得特别沉。

秦牧欣慰地笑了笑，为这对孩子的友情动容。

就这样连着挂了三天的点滴，秦芳薇的身体终于恢复了过来。

"昀珩两次救你于危难，爸爸想了想，该和他郑重地道一次谢。明天是周六，我想请他来家里吃顿饭以表示感谢，你觉得怎么样？"

下午第三节课是体育课，秦牧把秦芳薇叫到办公室，说了说自己的打算。

秦芳薇觉得，那家伙虽然讨人厌，但是该帮人时义不容辞就帮了，这一点难能可贵，便答应了："好啊，到时我想把邓溯和索索一起请过去，这样热闹点，您觉得行不行？"

"没问题。"秦牧同意了，看了看腕表道，"这样，我现在去买菜，就在家做几个家常小菜。你呢，去把人叫齐了，一起过去。"

"好！"

本来秦芳薇该出去上体育课的，但因为身体还虚软，就留在了教室。

从办公室回到教室，她瞧见了刚从室外上课回来，正坐在课椅上休息的索娜。远远地，她打了个招呼，走近后就直说了吃饭这件事。

“哎呀，不好，我去不了，今天是我家那老太爷的生日，我要不去的话，保镖强行架也会架我去的，只能下回再去尝秦老师的手艺了！”

索娜很想去，可实在抽身不得。

“是哦，我怎么忘了今天可是索爷爷生日。”她拍了一下后脑，“我是不是该改个日子，今天随你一起去给爷爷祝寿？”

“不用，那种场合你肯定不喜欢。”

反正，索娜对那种宴会是兴味索然的。

秦芳薇也不喜，就此作罢。

就在这时，邓溯从外面进来。

“邓溯，你过来一下！”她冲他招手，示意他过去。

“什么事？”说着他擦了擦汗。

外面正在上体育课，他原在外面打篮球，因为缺一个人，也因为球场上没有她，打得不尽兴，就匆匆结束了，打道回了教室，看到她时就来了劲儿，快步走了过去。

秦芳薇说了刚刚那茬事。

“行，等一下下课了，一起过去叫昀珩……”邓溯满口答应。

秦芳薇看到他满头是汗，取出帕子给他擦汗——她之所以会这么大胆，是因为教室里没别的其他人，至于在索娜面前，他们完全不避嫌。

索娜看着这画面直翻白眼：“哎哎哎，你们是不是当我不存在？这么旁若无人地撒狗粮，也太戳心了……”

秦芳薇听了，回头掐这个死丫头，脸上全是美美的笑：“你要是嫉妒，大可以去找你的那谁啊……”

“我可没那谁！”

正当她们两个人嘻嘻哈哈闹作一团时，门外面昀珩一闪而过，眼神幽幽的。

下了课，秦芳薇和邓溯一起往九班去，却发现九班早已人去楼空。

邓溯给昀珩打电话，没有人接，又给高鑫打了电话。

“封大回公寓了啊！估计是手机没电了吧！我啊，我在回公寓的路上啊……我们早放学了，当然是翻墙出来的呀……嘿嘿嘿……”

九班的人最喜欢翻墙早退，还真是一群死性不改的坏孩子。

“要不，我们去平和小区找他吧？”秦芳薇想了想，建议道。除了这个办法，他们已无他法。

邓溯表示同意。

谁知他们才出了校园大门，邓溯接到了家里的电话。

挂断电话时，他脸色沉沉的，说道：“恐怕不能去你家了，我妈让我回去，说有事要交代我……她晚上七点飞英国。”

“那你回吧！我独自去找昀珩。”

说来挺遗憾的，但家事要紧，邓妈妈找阿溯肯定是有急事。

不过邓溯还是将她送到了平和小区门口，且看着她进了小区大门，才招了一辆车直往家去。

路上，他给秦老师去了电话，告知了秦芳薇现在所在的地点……

秦芳薇是高鑫放进小区的，进门后却发现昀珩不在。

这是她第二次进这套公寓，房内依旧整洁无比，可见这两个人真的不是那种邋遢少年，平常应是爱收拾整理的。

“封大刚去了超市，你找他干什么？”高鑫手上抓着一个哑铃，一脸好奇地问，“是不是来谢他的救命之恩的？”

“嗯，我爸请他吃饭，亲自下厨以表示感谢。哎，高鑫，要不你也去？”

秦芳薇想着多邀一个人过去，这样相处起来比较自在，特别是这个高鑫，他很会调节气氛。光一个昀珩，恐怕会把气氛弄得无比尴尬。

“就吃一顿饭啊，我还以为你想以身相许呢……”高鑫嘻嘻笑起来。

闻言，秦芳薇极无语地瞪了过去。

高鑫哈哈一笑，忙转了话题，示意：“你坐吧，我在玩游戏，就不陪你了……至于去不去你家这事，等封大回来了再说，那家伙应该很快就会回来的。”

他跑回自己的房间，音箱里传出来的声音表明他在玩当前最流行的网游，她也玩过的——去年暑假，她曾和那个她都快忘了网名的网友疯狂刷过级。不过现在，她的重心在读书上，已经很久没碰那玩意儿。

秦芳薇坐到了沙发上，翻了翻茶几上的书，有厨艺书，有编程书，有设计类的书，有军事类的书，杂七杂八的，什么都有……

“高鑫，这些书谁在看？”她高声问了一句。

“全是封大的，我不看那种东西……”高鑫应了一句。

呵，不得不说，那个人看的东西还真是广……

哦，对了，这摞书中间还夹了一个硬抄本，本子里还夹了一支笔，她随手一翻，翻到了有笔的那一页，一眼瞄去，字迹龙飞凤舞，每一笔都力透纸背，充满了力量感。

她有点惊讶，这个人再次刷新了他在她心目中的印象。她原以为一个不爱读书的人，字肯定不怎么样，结果居然会这么好看。

再细细一看那内容，她心里翻腾着的惊顿时就化成了说不出来的羞与怒，二话不说，站起来就往外飞奔，并把门给狠狠摔上了。

巨大的关门声把房里的高鑫给勾了出来。

咦，怎么回事？人呢？

那个大才女怎么突然就跑得没人影了呢？

他有点摸不着头脑，来到刚刚秦芳薇坐的地方，看到一个本子摊开着，这好像是昀珩的手札——那家伙有时会在上面写点东西，或是画点东西。

他凑过去看了一眼，顿时瞪大了眼，而后嘴角不知不觉往上扬起，终于明白秦芳薇为什么跑了——

哎呀呀，这些文字太有味道了……

他来来回回看了两遍，都快背出来了。这时门口有了动静，下一秒，昀珩走了进来，手上还拎着装有满满食材的两个大袋子。

高鑫眼中闪着诡谲之笑，清了清喉咙，对着那本子高声朗读了起来：“一直很好奇接吻是怎样一种滋味，直到它发生了，我才明白，吻自己喜欢的女孩，能感受到的只有心跳如擂鼓，以及那软得不可思议的……”

本来要往厨房去的昀珩，下一刻，不管不顾地扔下手上的东西，像疯子似的奔跑了过来，沉着一张张飞似的怒脸，快如闪电般将他手上的本子夺了过去，并厉声吼了一句："谁让你动我东西的？"

昀珩极度不喜欢别人动他的东西，所以，他们住在一起，通常房间是他收拾的，因为高鑫不知道自己什么时候就触了他的底线，而高鑫在这方面没禁忌。

"不是我动的。"高鑫马上举手投降，"是你家女神来了，她翻的，而我只是一不小心看到了。嘿嘿嘿，真是想不到，动作够快的呀，居然都亲上嘴了……"

昀珩那脸孔顿时一黑，闻言目光又闪了闪，语气变得很危险："你说谁来过？"

"秦芳薇呀，你上来的时候没见到她吗？她刚跑来说找你去她家吃饭，我让她在客厅等你，可谁知我才进去没一会儿工夫，她就跑了，肯定是气跑的……哎，你要不要追上去解释解释？"

说到最后，高鑫突然担忧了起来，刚刚那门摔得那么重，足见她很生气、很生气。

"就你事多，谁让你放她进来的？！"

昀珩恼火极了，抓起硬抄本就想扇他几个耳光。

高鑫忙双手捂住自己的脸，一脸无辜地小声接话道："我这是想帮你。"

"你除了帮倒忙，还能做什么？"昀珩转身将本子拿去自己的房间珍藏了起来。

"我哪知道你偷亲了人家……"高鑫转而问道，"那现在该怎么办？"

昀珩不语，折回厨房继续整理冰箱。

"哎，你不打算去追秦芳薇啊？"高鑫追过去焦急地问。

"我追去干吗？道歉吗？"昀珩轻轻关上冰箱门，拧着手上的纯净水瓶盖说，"我不后悔吻她，但也没打算追她。"

所以，他不会追，更不会道歉。

极淡定的他回自己的房间前扔下一句话："晚餐你准备。"

"不是吧！今天好像轮到你下厨。"高鑫顿时跳了起来。

"基于你的行为让我很不爽，未来一周我都不会下厨。如果你不想弥补，那么，我就会将你扫地出门……怎么选，你自己看着办……”

“砰——”他的房门被重重摔上了。

高鑫翻白眼，好心没好报啊！

秦芳薇是跑回家的，气得双眼通红，一进屋就把自己关进了卫生间，拼命地刷牙，心下只有一个想法：脏死了，昀珩这个人，她要恨死他了……

这一刻，她的脑子里反反复复浮现的是那些令人作呕的文字：从认识她的那一刻起，我就只能远远观望，从不敢奢望靠近，也没想过得到什么。可老天一再地给我机会，让我离她那么的近，近到触手可及。我一直在想，这是老天在垂怜我吗？因为注定此生与她无缘，所以就制造了这样一种缘，让我有机会靠近她？我太喜欢吻她的滋味了，我想，我会记一辈子的……不管将来我会娶谁为妻，初吻都是她，我最喜欢的小姑娘……

秦芳薇拼命地往脸上泼水，拼命地擦着，气得胃都疼了，对那家伙所怀有的那些好印象完完全全被颠覆了。

这辈子，她从没恨过别人，可这一刻，她恨惨了他。

羞愤和自责，令她呜呜呜哭了出来。

门外面，秦牧有听到开门声，可等他在厨房转过身迎出来时，不见女儿，也不见任何该出现在这里的客人，只有洗手间那边传来了哗哗哗的水声，他不明就里，这什么情况？

他上前敲了敲门：“薇薇，人呢？怎么一个客人都没来呀？你没叫索娜和邓溯吗？还有昀珩呢……”

那流水声那么响，隐约还夹杂着哭声。

怎么了啊？他狐疑。

“别提那人渣。”

秦芳薇现在一听到那个名字就像一个被点着的炮仗，一下就能炸开花。她把水龙头一关，把门一拉，就怒跳到了父亲面前，整个人就像一头被激怒的小狮子。

她明明知道这样和父亲生气太过任性，可是被父母爱着的孩子，总会在父母面前闹闹小情绪的，何况现在她真的很愤怒，那已然熊熊燃烧的怒火是她无法控制得住的。

“人渣？昀珩怎么惹到你了？”秦牧讶然。

对于这个女儿，他是很了解的，平常与人相处时温和可亲，指挥人办事时逻辑清楚、思维敏捷，做事干脆果断，只要不触她的底线，她绝不斤斤计较。现在她的反应这么强烈，肯定是那小子做了什么让她接受不了的事。

“他……他根本不是人……”秦芳薇咬牙道，“我要有刀子，肯定狠狠戳他几刀……”

那种羞辱，她没办法说出口，哪怕面对的是父亲。再说了，叫上家长去出头这种事，小的时候或还可以一做，但如今长大了，这又是有伤名誉的事情，哪能诉之于人？

“又在胡说了是不是？就算他杀了人，也该由法院来判刑，哪轮得着你来戳他几刀？难不成你想陪他一起去坐牢？傻成这样，还是我女儿吗？”秦牧很理性地劝道。

秦芳薇咬了咬唇，心下知道自己说的是气话，但还是强硬道：“总之，从今往后，我和他恩怨相抵，两不相欠。爸，求您以后别在我面前提这个人的名字。”

决然地扔下一句，她奔进自己的房间，把门摔上，扑在床上呜呜直哭。

秦牧哪还有做菜的兴致，将身上的围兜一解，坐到沙发上沉沉吐气，良久后才拨了昀珩的号码。

“老师，有事吗？”

不管昀珩在别人面前如何嚣张跋扈，但在秦牧面前，他的态度一直都很恭敬守礼。

这样一个孩子，怎么就把他女儿惹成那样了呢？

“有空吗？找个地方聊两句。”他沉吟着说。

“平和小区边上有个咖啡厅。”

“好，那我们咖啡厅见。”

秦牧瞄了一眼女儿的房间，没去交代自己的行踪，转身拿上钥匙，悄悄出了门。

咖啡厅，秦牧到时，昀珩已经坐在那里，点了一杯咖啡，正用小勺子搅着。

“老师。”见到他，昀珩站了起来。

“坐吧！”

适时服务生过来问要点什么，秦牧要了一杯咖啡。

“老师找我有什么事吗？”昀珩直问来意。

他不喜拐弯抹角，秦牧也是：“刚刚薇薇去找你了，结果是哭着回去的，还嚷着她再也不欠你了。我想知道原因，好好地去请你到家吃饭，怎么就一下变成了誓不两立的冤家？”

他弄不明白啊！

昀珩目光一闪，秦牧果然是为这事来的。

他默不作声，将手边一个硬抄本推了过来：“原因在这里。”

冷静作答了，他喝了一口咖啡。

秦牧接过本子看了一遍，顿时露出了震惊之色，也终于明白了薇薇的愤怒是从何而来的。

只是让秦牧没想到的是，这个昀珩居然如此不遮不掩，还将自己的“罪证”推了出来，如此坦荡，也不怕自己这个家长给他几个耳光吗？

“给我一个理由。”秦牧眯眼，语气隐隐流露出一丝不快。

“我喜欢秦芳薇，且不为自己做过的事后悔。”昀珩与秦牧直直对视着，一字一句道，“可以这么说，我从来不是一个好人。之前我对秦芳薇所做的一切，全是因为我喜欢……”

“别拿喜欢之名来为自己辩护。”秦牧厉声打断他，目光严厉，“如果你真心喜欢一个人，就应该光明正大地追求……”

谁知昀珩低低地笑了出来，以手示意了一下自己的脸孔，打断秦牧道：“您觉得我该如何追求，才不被人嘲笑？秦芳薇和邓溯这一对是旁人眼里的天作之合，您觉得闲杂人等随随便便介入得了吗？也许在读书上，我比不上秦芳薇，也没办法和邓溯较量，但这不代表我完全没智商。至少，自知之明我还是有的。所以，我不会不知天高地厚，插进他们之间做第三者。也许在您或是秦芳薇眼里，我可能就是一只可笑的癞蛤蟆……但请放心，我没有想吃天鹅肉的打算。”

这几句话让秦牧感受到了一股自卑，一时他无言以对，只能目不转睛地盯着昀珩。

适时，昀珩低着头又轻轻一叹，手上搅着咖啡，继续往下说道："说真的，如果我当初可以早点找到她，要是找到她之前，我的脸还是那张完美无缺的脸，我一定会和邓溯一较高下，可现在，我没那资本去和他竞争，也没那基础去赢得你女儿的目光……所以我一不小心逾矩了一下，的确是小人了，我自己也瞧不起自己，但那会是我这一生的朦胧初恋……本来这该是我一个人的秘密，最后却给她造成困扰，这样的发展不在我的规划当中……但我不会就此对你们说抱歉……我救过她，也冒犯过她，如此相抵，也算两不相欠。老师，我还有事，现在该解释的我也解释了，先走一步……"

他无比平静地将自己的想法陈述了一遍，取了那个写着他年少冲动的爱情篇章的笔记本，起身冲秦牧一欠身，离开的步子迈得无比从容。

看着他离开，秦牧没有生气，每个孩子都有年少血气方刚的时光，眼前这个孩子，不坏。至于男女之间的事，还真不是能够说得清、道得明的。

时间如白驹过隙，转眼高考结束了，这群年轻人与高中生涯彻底说了再见。

邓溯坐车回到家门口，脸色却十分沉重，心情奇差。

最近母亲也不知中了什么邪，非让他出国去哈佛，还说一切事宜她都已经打理妥当，到时他只要去个人就可以了。

当时他问："那芳薇怎么办？"

母亲反问："我是你妈，又不是秦芳薇的妈，她以后该怎么走，我有什么资格管？"

这话说得好像不无道理，却与他的计划相悖，在他眼里，母亲应该关心芳薇将来的才对："我以为妈一直有把薇薇当作自己的未来儿媳妇在看待……"

母亲笑得很淡："我是挺喜欢那孩子的，聪明、漂亮、懂事，可惜，我从没想过你娶她进门。"

这样一个赤裸裸的回答让邓溯的脸色赫然大变，他说：“可我喜欢她，这您是知道的。”

母亲一如平常般慈爱，可说的话让他生了惊慌：“我不会阻止你喜欢她的，只是喜欢不见得就是爱。邓邓，你要明白，将来你是要继承大业的人，你娶的太太必须匹配得上你的身份，得有那个能力帮到你。秦芳薇只是一个教书先生的女儿，纵有灵气，也只是小家碧玉，成不了大器。唯有像欧家那样的姑娘，才是你该娶的女孩……我和你欧伯母已经说好了，到时，你就和欧悦一起去美国留学……”

这一番洗脑式的说教之词，他哪听得进去，匆匆就跑了出来，心里为之气结：好好的，母亲怎么反对起他和芳薇的交往来了呢？

难怪这近半年来，母亲时不时安排欧悦来家里做客，还安排他们独处。

说真的，那欧悦是很不错，一直在上海某外国语学校读书，成绩优秀，人也是落落大方，非常善解人意，笑起来也很动人。

初次见面时，他就表明了自己的心意，说：“我已经有女朋友。这种变相式的相亲，不是我想来的。”

这样说好像有点无理，但是他觉得，男女之间的事绝对不能拖泥带水，否则就是两人一起受累，早些说清楚就省得误会。

在他心里，此生，他是无论如何都不可能负秦芳薇的。

欧悦听了，笑得明媚，回答道：“我知道呀，早听说了，大才女秦芳薇嘛……放心，我没想过要和她来抢你。我也是没办法，我妈每天在我耳边叨叨叨、叨叨叨的，我不得不来。其实，话又说回来了，我们认识一下也是好的。成人的世界不是小孩子玩过家家，并不是不喜欢的人就得老死不相往来，我们要学会的是和形形色色的人打交道。试想一下，将来，你要继承邓氏，我呢，我要掌舵欧氏，交个朋友，说不定将来我们会在工作上面有合作呢，对吧……这世上，没有绝对的朋友，也没绝对的敌人。人与人之间的关系，看你如何经营，如何应付……”

这个女孩，虽然长得有点孩子气，但是说出来的话透着一股成熟和理性，看得出来，这是一个见多识广、处世圆滑的女孩。

或者，在母亲眼里，这样的女孩更懂得如何游走在复杂的豪门关系当中，处理各种复杂的人际关系；而芳薇，不喜这种复杂的生活。她的世界更为简单纯粹，但这不代表她是不可调教的，只要给她时间，她一样能璀璨生辉，如此匆忙地否定她真的让他很郁闷。

“邓妈妈最近很忙吗？我已经很久没见过她。”

不久之前，发觉有点异样的秦芳薇曾这么问过他，他支支吾吾敷衍了过去。

其实，母亲不是忙，而是在刻意地疏远秦芳薇。

这个变化，始于上一次芳薇被人袭击之后。

昀珩说，是他母亲指使人毁掉秦芳薇，但这件事，那家伙始终没给出一个有力的证据，而他除了发现母亲渐渐不喜芳薇之外，也没别的异样。

可现在，他越来越觉得，想要说服母亲接纳芳薇是一件难如登天的事。

她本就是一个女强人，但凡她认定的事，很难改变主意，而他是她一手教养出来的，她太懂得如何控制他了。

以前和母亲相处是一件愉快的事，因为母亲是慈爱的，而父亲呢，对他是极为严厉的，让他很有压力感。

现在呢，父亲反而越来越显得亲切了，虽然他不是一个合格的父亲，也不是一个合格的丈夫：在外养着一个女人，还生了一个儿子。大概就是因为父亲的这段风流史，邓溯不喜父亲，而且偏向同情母亲，所以在成长过程中，疏远了父亲……

如今，母亲的专制终于引起了他强烈的反感，可他不知如何去反抗这样一种以爱为名的控制……

这让他苦恼极了！

吁了一口气，邓溯走进了那幢无比漂亮精致的别墅，那就是他的家。

在物质上，这个家给了他太多的享受，可是在精神上呢，这已然成了一种沉重的桎梏，令他有点无法喘息。

他才到主屋大门口，就听得里面传出了一阵吵架声，声音无比尖锐：“你要不同意，那就离婚。总之，这个家，我说了算。我说了让阿冶回来，只要他愿意，这个家就必须有容纳他的地方。张爱旖，我说过的，你要觉得过不下去，就马上收拾东西滚蛋。”

是父亲冰冷无情的呵斥声。

在这个家里，母亲是专制的，而父亲是强势的。

这两个人，从结婚第一天开始就是对立的。他们过到一起去，不是因为相爱，而是因为家长的强求。最后，毫无感情的两个人，就这样硬生生被捆绑在一起，至今已经二十几年。

“邓铠，我在你们邓家做牛做马这么多年，就算没有功劳，也有苦劳，现在你想将我扫地出门，让我们母子俩为你的孽种让位，门都没有！我告诉你，这个家的一切，我不会让出分毫……”

母亲以同样犀利的嗓音，和父亲对峙着。二十年的商场磨炼早就将她的女性温柔磨尽，如今她的心里只有各种算计。

“邓溯是长子，我不会让他跟你走的，他也不会跟你走。张爱旖，如果你想让你的儿子这辈子过得好，不走我们的旧路，麻烦你收手，别去干扰儿子的人生选择。不管是他的专业选择，还是他的感情选择，你都没资格干涉，他不是你拿来攻击我的武器。邓家属于他应得的那份，我不会少了他，但是，你也别妄想独吞邓家。邓冶也是这个家的一分子，就连老爷子都默许了，你要不乐意，我只能请你滚出我们邓家……”

父亲说话就是这么决绝。

这样的决绝，邓溯不是第一次见。从小到大，父母背着他吵过很多回。后来，父亲干脆就不再回来，这个家成了他和母亲两个人的。本来该给他安全感的父亲，在家外的另一个家里照顾着年幼的弟弟，以及一个病恹恹的女人。

他曾亲眼看到过，父亲将那个小小幼童架在自己宽宽的肩膀上，父与子玩得很疯，可是那种亲子活动，他从没参与过。

因为这件事，母亲曾不止一次地在爷爷奶奶面前控诉父亲夜不归宿，以及另立家室，对他们母子不管不顾，可爷爷的态度很残忍：“看不住自己的男人，是女人没本事。爱旖，我们帮不了你一辈子。假设这一回，我帮你将你男人叫回来，可你若守不住他的心，过不了多久，他就会变本加厉……你要明白一件事，在这世上，男人在外有个红颜知己很正常。要么你就睁一只眼闭一只眼，要么你就想法子哄得他为你死心塌地，要么你就放弃……”

听说爷爷年轻时也风流成性，后来生了一场大病，唯奶奶一直守在他身边，不离不弃，长达五年，其他女人在他生病期间不是嫁人了，就是变心了，都没等到最后。爷爷就此看破红尘，再没出去逢场作戏。

所以，他会说这番话也不奇怪。

母亲不肯放弃，所以，只能容忍父亲在外另安了家。

十几年前，为了守住这个男人，她跟着他来了尚市，就在他们的眼皮底下买了豪宅住着——那个女人让她不舒服，她就反敬回去。

而邓溯则是她手上最大的筹码——因为他是一个天才，是一个优秀的继承人，足够让爷爷引以为傲，也让父亲不忍割断这段婚姻，失去他这个儿子。

这些年，他就是在这种环境中走过来的。

别人看到了他的风光，可实际上呢，他更羡慕那些家境普通、家庭和睦的同学。

他和秦芳薇谈得来，一、智商，他们皆在线上；二、在人生境遇上，他们更是惺惺相惜的——在他家，有父亲等于没父亲；在秦芳薇那边，有母亲等于没母亲。

他的这种人生无奈，秦芳薇体会过；秦芳薇和她母亲的形同陌路，他也见识过。

有一回，他回家眼睁睁瞧见了一场大吵，转身他跑了出去，将秦芳薇找来后，将她紧紧抱着说：“我们以后要好好的，一定不许吵架，有任何问题，我们一起合力解决。”

一直以来，是秦芳薇抚慰着他心上的创伤！

……

站在门口，邓溯思绪万千，心情复杂，因为他们又吵上了。

这时，头发渐白的父亲从里面出来了，脸色铁青，身后跟着一个清俊少年，十一二岁的光景，目光平静，在看到他时，目光才闪烁了一下。

“邓邓，你回来了。”

邓铠看到面色淡淡的邓溯后，神情稍稍缓了缓。

“嗯，回来了。”邓溯打着招呼，“爸，您怎么又跑来和妈吵架？”

他的目光从那少年脸上一扫而过，语气带着些微责怪。

“你燕阿姨过世了，我带你弟弟邓冶回来。”他转身将紧跟其后的少年拉了过来，神情复杂地在两个孩子之间扫视了一圈，“正式给你们介绍一下。邓邓，这是邓冶，以后你是兄长，要好好照顾弟弟，要和弟弟相亲相爱……”

说真的，邓溯这辈子早已习惯了独生子这样一层身份，现在突然出现一个弟弟，虽然他看上去是那么稚气单纯，可就是他，还有他的母亲，让邓溯从小得不到父爱，这样一种心理失衡一直存在于邓溯心里，这让邓溯如何能喜欢上他？

“阿冶，这就是你一直念叨的哥哥，今天终于见到了，快叫哥哥！”和邓冶说话时，邓铠的语气无比温柔，这正是邓溯从没感受过的。

他默默听着，心里却直发酸。

“哥哥好，我是阿冶，以后请多指教。”声音嫩嫩的，显得那么的无辜可怜。

邓溯沉默了一下才答：“嗯，阿冶好……”可语气没办法热络。

“阿冶，你去边上玩一会儿，我和你哥哥说一会儿话。”

邓铠摸摸邓冶的头，举止显得无比亲切。

“哎……”

邓冶乖乖跑开了。

邓溯看到父亲的头顶全是白发，想来那姓燕的女人过世对他的打击很大。据说，父亲很爱很爱那个女人。

“阿冶是个简单的孩子，他一直希望有个哥哥。邓邓，你燕阿姨过世了，我只能把阿冶带回家。可你母亲……”

邓铠提到邓溯母亲就极不耐烦：“如果她接受不了，那我只能和她离婚。哪怕这样会对邓氏产生很大的冲击，我也在所不惜……”

离婚？

邓溯的眼皮狠狠跳了跳。

说到这里时，邓铠的语气缓了缓：“没有感情的婚姻僵着本来就是对彼此的不尊重。邓邓，你已经成年了，也有了自己喜欢的女孩子，爸也看好你和芳薇。我和你妈没做好榜样，但你没受影响，这很好。”

若是以前，他肯定会站在母亲的角度，呵斥这个忘恩负义的男人。但现在，他不会了。这段失败的婚姻，一开始就大错特错。

当初，父亲是受了父母之命，而母亲明知父亲心有所属，还义无反顾地嫁进来，是因为她要借邓家复兴张家，也因为她对这个男人有野心。

后来呢，母亲在事业上获得了成功，但在婚姻上败得一塌糊涂。

若输了就认输，也许还可以东山再起，可偏偏啊，她一直不肯认输，于是坐实了输家的这个身份。

一段不幸的婚姻不是一个人促成的，一段幸福的婚姻也不是一个人可以营造的，责任在两个婚姻当事人身上。

母亲为了得到邓家的富贵拖着，更是不想让出轨的那个男人履行他想给予另一个女人的承诺。

这种做法有点傻，浪费一生的时间追逐一个虚名，以及一份死后就会彻底失去的财富，有意思吗？

“我去看看妈。”

邓溯淡淡扔下几个字，往里面走去。

“嗯，我带邓冶出去吃，这个家乌烟瘴气的。”

做父亲的，对这个家竟是这样一种态度。

“爸，这份乌烟瘴气，不是妈一个人造成的。”

邓溯扔下一句冰冷的话，跨了进去。邓铠的脚步僵了僵。

张爱旖在哭，哭得撕心裂肺。

邓溯从没见过母亲伤心成这样，好好的客厅被砸了一个稀巴烂，视线内没一处是完好的。

“妈……”

他递了一条刚刚拧过的毛巾过去。

张爱旖抬头，脸上的淡妆被泪水糊掉了，整个儿就像妖怪似的，狼狈极了，假睫毛都掉了下来。

“这样的男人，您争到了又怎么样？”他轻轻问，幽幽地叹道，“现在燕阿姨去世了，可您也老了……如果我是您，当初在我只有五六岁时就该离开那个男人。一个女人，如果不缺钱，如果够优秀，一个人也能活得风生水起。您何必在这个让您心碎的家里，为一个不爱您的男人痛哭流涕？妈，不值得……”

岁月不饶人，曾经年轻漂亮的脸孔经不起时间的侵蚀，一个女人在一个不爱她的男人身上消耗青春真是不智。

“我知道不值，可是，邓家危机四伏的那几年，是我帮着将它撑起来的。我若离婚，又能拿走邓家多少财产？你爸一直拖着，就是舍不下这份家业。你是我唯一的儿子，也是这个家唯一有资格继承家业的人。你说，我为什么要离开，让别的女人、那个孽种拿走你该得的……我不甘心，我不甘心。当初，我们张家是倚仗过邓家，可后来，邓家和张家早已融为一体，硬生生分开，就得两败俱伤……”

张爱旖接过毛巾，抹了抹眼泪，陈述着个中的利害关系。

邓溯沉默，清官难断家务事，这掺杂了利益纠葛的家真的能把人逼疯。

“那您想怎样？”

“那个孽种，我不准他进门。”

“妈，您说了不作数的。他姓邓，爷爷奶奶迟早会承认。”

这是最大的悲哀。

“所以，你得帮妈……”

就像抓住了最后一根救命稻草一般，张爱旖突然一把拉住了他的手。

邓溯的眉心皱起，很反感母亲一有事就拿他当武器：“妈，您又想让我怎么做？”

“只要你不同意，你爷爷奶奶也没辙……”

“我不觉我有这样大的能耐。”

“有的。现在邓氏出现了一个大危机，虽然拉拢了欧家，可是欧家没有使出十分力帮邓家。我的想法是，只要你和欧悦订婚，你就有绝对的话语权……”

如避蛇蝎一般，邓溯惊恐地从母亲身边退开了，以一种无比陌生的目光瞪着这个口出惊人之词的女人：“妈，您在说什么？我怎么可以和欧悦订婚？”

“为什么不可以？欧悦喜欢你。”张爱旖跳了起来。

“可我不喜欢她。”邓溯冷静地说着，忍着不和母亲置气，可是心头那团火已然燃了起来。

“不行，在这世上，你可以娶任何人，就是不许娶她。”

张爱旖的反应无比强烈，这一句“不许”几乎是歇斯底里的大叫。

这样的母亲哪还是邓溯所熟悉的那个开明的母亲。

“妈，您的婚姻已经如此不幸，为什么您还让我走您的老路？为了您所谓的报复，为了求那么一点利益，你要毁掉我的人生幸福吗？从小到大，您那么喜欢薇薇，我不明白，这一年里，您的态度怎么就来了一个一百八十度的大转变……”

“我这是为你好。”张爱旖叫得比他还要大声，“欧家可以帮助你稳稳地拿下老爷子和老太太对你的支持，难道你想让那个孽种进来分掉你的财产吗？”

“妈，我再说一遍，这辈子，我唯薇薇不娶。家里的利益之争，我不想参与……”

他一步步往后退，语气坚定：“现在您的情绪太不稳定，我们最好分开，彼此好好地冷静一下……我不想和您吵……”

转身，他跑了出去。

张爱旖在他身后追：“邓溯，你给我回来。不管怎么样，我都不会同意你和秦芳薇在一起的。这辈子，休想……”

如此强势的宣告，让邓溯难受极了。

他狂奔去车库，取了自己的摩托车，发动后就飞驰了出去。

客厅内，张爱旖跌跌撞撞地追着，最后又绊倒摔疼了。

坐在那里，抱着发疼的膝盖，她将折断了后跟的高跟鞋狠狠扔了出去，嘴里发了疯似的叫着：“啊……燕秋，这辈子，我绝不会让你的孽种进门的……更不会让姓秦的那死丫头进我们邓家……只要我活着一天，邓家就是我的天下，谁也休想夺了去……”

平常的张爱旖高贵、优雅，浅笑之间风情万种，在人前总是自信满满。她是邓太，是邓氏的总监，是旁人眼里的成功人士，是女强人，可是一旦到邓铠面前，她兵败如山倒。每一次吵架，她都会从那个金字塔上坠落到尘埃里，变成一个疯子似的女人。

以前，她还有儿子，如今呢，儿子越来越不听话了。

她觉得她连儿子都要失去了，这是她最无法忍受的：这全怪秦芳薇。

那丫头想做她儿媳妇，哼，简直就是痴人说梦。

邓溯敲响了秦家的房门。

来开门的是秦芳薇，眼睛肿肿的，像是哭过。虽然他的情绪是那么糟糕，可是，他还是察觉到了她的异样，脱口便问："你怎么了？"

秦芳薇立马探过手将他紧紧抱住了，抱了一会儿后才哑着声音问道："你怎么来了？"

"你先告诉我怎么哭了，这是出什么事了吗？"

邓溯认识秦芳薇这么多年，知道她一直就是乐观开朗的女孩，几乎不知道哭为何物。笑容灿烂，是她身上最惹眼的特质。不管遇上什么情况，她的心态永远要比他好。

"没什么……"

秦芳薇不敢把自己在昀珩那边受的委屈说出来，害怕他跑去找昀珩算账。那个家伙那么能打，他们真要打起来，斯斯文文的邓溯肯定不是人家的对手。

"别骗我，你要没事，哭什么？"

邓溯一脸的严肃。

"我……我在看小说，被小说里的剧情弄哭的。那本小说的结局好惨，就是索娜借我的那本——那么相爱的两个人，最后被人活生生给拆散了，等误会冰释时，时间已经过去了漫长的七年，一切都回不去了，太惨了……"

这事，邓溯记得。这个年纪的女孩大都爱看言情小说，秦芳薇倒是不怎么看，但索娜爱看啊！那家伙一对着教科书就昏昏欲睡，可一摸到言情小说，顿时双眼发亮。秦芳薇和她走得近，难免也在她的强烈推荐下偶尔看上几本那种小说。

"那种没营养的东西，你看它做什么？还为它哭……"

他松下一口气，瞪她一眼。

她则破涕而笑，变得有点不好意思。

邓溯拉着她往里走，却发现客厅里静悄悄的："不是请客吃饭吗？人呢？"

"没请过来。"

一提到那家伙，她的神情变得有点不自然。

"老师呢？"

"学校有事，刚走。我还没吃呢，你吃了没？是不是有事？你的脸色不太好。"她端详起他，终于发现他有点不对劲了。

"我还没吃，如果家里有饭就给我吃点，要没有，我们一起出去吃。"

"当然有，我爸煮了很多饭，菜也做了不少，你过来帮忙……"

她把他拉进了厨房，保温箱里，三菜一汤都没动过。两个人将菜端到了餐桌上，盛了饭，并排坐着吃。

邓溯已经不止一次在这里蹭饭，每一次就餐都很轻松，而在家吃饭，要么就是他一个人对着一桌子的饭菜，要么就是一家人坐着，一声不吭地用餐。明明家里没有食不语这种家规，但是只要爸妈都在家，餐桌上肯定是这样一种气氛。偶尔他和母亲一起用餐，她又有接不完的电话……家不像家，那滋味，真的让人很不好受。

在秦家，大家吃饭的时候有说有笑，他是真的很喜欢这样的相处时光。

可现在，他最爱的人要剥夺他的感情归宿。

饭菜很好吃，他吃了很多，因为有她细心地照看他。那丫头知道他爱吃鱼，还刻意剔了鱼骨，将鱼肉夹到他碗里。

这么多年了，她是他眼里最美的风景，是他最贴心的解语花，与他的灵魂契合，只为他量身打造……

饭后，他们一起收拾，他洗碗，她擦碗，都不说话，都心事重重的。

"大学毕业，我们就结婚，你说好不好？"

突然，邓溯低低地请求，眼睛晶亮晶亮的，倒是让秦芳薇呆了呆，心脏怦怦怦急跳不止。

"到底好不好？"得不到回应的邓溯急巴巴地逼问起来。

"你这算是在向我求婚吗？"

秦芳薇扑哧一声笑得眸光闪闪，脸上浮现了几丝害羞之色。

“当然。”

“是不是太没诚意了？不求大钻戒，银戒也行啊，更没九十九朵玫瑰花，我要这么答应了，是不是太随便了？”她故意刁难他。

“也是！”邓溯不由得拍了拍自己的头，眸光一转，拉着她就往外走，“走，带你去一个地方！”

“什么地方？”她被他拉着，跑得飞快，“等一下，我得把钥匙和手机带上啊……”

邓溯这才放开了她，看着她去把两件必需品拿上，而后，将她带了出去……

两人坐着邓溯的摩托车——他爷爷送的生日礼物，一路驰骋来到了最近的一家珠宝店。

“喂，你干什么？”

她瞪大眼，不肯进去。

“大钻戒我现在还买不起，只能欠下了，但普通的对戒可以有。之前我给杂志社翻译的那部小说，稿费到手了，不多，五千出头，但买对简单点的指环肯定是够的。”

他笑着冲她眨眨眼，拉着她道：“走了！”

她却直往后退，红着脸左右观望着，似乎想逃：“别闹了，咱别闹了……”

“你这是后悔了？”邓溯顿时沉下了脸色。

“不是、不是、不是……”她摇头如捣蒜，唇一咬，心一横，“好吧……买就买……到时被我爸骂的话，就是你活该……”

“只要你敢收，我就敢买……”

他一脸的坚定，就好像这戒指买了，人生大事就此敲定了。

“行，走吧！”

这一下，换她拉他了。

他笑得好欢。

售货员笑吟吟地迎了上来：“两位想买什么？”

“我们要买对戒。”邓溯笑应着。

“这边……”售货员将他们迎到了对戒柜台。

秦芳薇看着那些款式外加价钱，最后挑了一对 3899 元的素戒，试戴了一下，差不多。邓溯付了钱，突然说：“你在这里等着我，我去上个洗手间……”

附近的确有个公共洗手间。

十分钟后，她看到她的那个男孩手捧一束火红的玫瑰狂奔而来，在她还没来得及回过神时，他已然单膝跪在她面前，在无数来来往往的行人当中，在所有人惊讶的目光中，笑着喊了出来：“薇薇，我心意已决，这辈子只想和你一起度过。未来的路还很长，还有很多风风雨雨需要我们去面对，你愿意牵我的手，去面对那些未知的命运吗？在大学毕业的那一刻，我们就去领证，成为最亲爱的一家人……你愿意吗？”

少男向少女求婚，这样的场面，在那些成年人眼里得有多么的疯狂！

“我愿意。”秦芳薇脸孔红红的，轻轻地答应着，整个人却在发颤。

下一刻，她接过了他手上的花，看着他为她戴上那枚朴素的戒指，而她也给他戴上了属于他的那枚……

那一刻，她感觉到有人在对着他们拍照，莫名就慌了，拉上年轻的他，发了疯似的跑到他们的车边，跨上去后就逃了……

她的嘴角飞扬着，那么的快乐，靠在他身上，那么的踏实——虽然这只是他们之间的约定，可是她觉得，他们就是订婚了，这是一辈子的承诺。

远远地，昀珩看到了这一幕，心爱的女孩被求婚了，而她满心欢喜地答应了……

呵呵……好事……于他们而言。

而于他，只有苦涩，然后是，祝福……

“你今天怎么了？”

人烟稀少的走廊上，少男少女漫步于其中，享受着彼此归属于对方的亲密。

良久后，她轻轻问出了这个问题。

“家里又吵架了！”他轻轻地叹息。

怪不得他情绪这么差。

邓家的事，她多少知道点。

所谓家家都有一本难念的经，一家不知一家的痛与烦。

她明眸如月，一眨不眨地盯着他，带着心疼，问道："为了什么事？"

"我爸外面那个女人过世了，我爸想把他在外那个儿子带回家来，我妈不同意，他们就又闹掰了。我劝了她几句，没用，心里烦得不得了，就骑车出来了。"

来到桥上，望着桥对面的万家灯火，迎着习习凉风，他幽幽吐气："我就不明白我妈的思想怎么那么固执。婚姻错了，难道就必须一错到底吗？人活这辈子，有今生，没来世，为了坚守一份结不出好果子的婚姻，把自己的一辈子搭在里面，苦的是自己。人活在这世上，如果连自己都不爱护自己，又有谁会来真正爱护自己？你说是不是？"

长辈们的错与对，做晚辈的本不该加以评论，但是，此时此刻他不吐不快。

"邓妈妈也是个可怜人。你是儿子，得体谅她，她这些年过得太不易……要不，下周得空时，我陪你去看望看望她，让我和她说说话？"

秦芳薇是如此的贴心，依旧把张爱旖视为自己必须敬重的长辈，可她哪知道，如今的她在张爱旖心里早没了任何地位。

邓溯看在眼里，之后的话，一句也吐不出来了："到时看吧！你也知道的，我妈是个大忙人，三天两头在外面飞来飞去。她找我容易，我空的时候想找她吃个饭，都得问她助理她有没有空闲的时间。"

"嗯，做女强人着实不易。"

而身在这样的家庭，父亲不管，母亲忙碌，做子女的也是满腹辛酸。

邓溯看着她，神情复杂。若让她知道，他妈想拆开他们，那她得有多伤心？这么多年以来，她们的关系一直那么和谐，这当中到底发生了什么，才让母亲一反常态，那么强烈地反对他们？

仅仅是因为秦芳薇出身普通吗？这不该是最主要的理由，因为母亲的那句话挟着隐隐的恨意。

可母亲为什么要恨芳薇呢？这说不太通啊。

在他沉思的时候，秦芳薇接了一个电话，是秦牧回来了，问她去了哪儿。

“时间有点晚了，我该回去了。”说这话时，她恋恋不舍，“你也回去吧！”

“我今晚想在外面住，就在你家门口找家旅馆。”

他想好好休息一下，不想回去和母亲吵架。

夜不归宿这种事，邓溯从没做过。一直以来，他都是一个让家长很省心的孩子……

“这样不太好吧，邓妈妈……”

“不要劝我，我决定了，今天就想任性一个晚上。走了，陪我去开房，然后，我送你回家。”

秦芳薇知道他做事从来最知分寸，想来今晚他的心情真的很差，那她就不劝了，再少年老成，终还是少年，偶尔任性也不是特别离谱的事。

两人骑着摩托来到教学园小区附近，寻了一家看上去干净的小旅馆。

邓溯已经成年，拿身份证开了房。

这时秦芳薇想上洗手间，邓溯就带着她去了开好的房间。

上完洗手间出来，秦芳薇看到邓溯倚在窗口，眉头拧紧，心事重重。

她过去轻轻拥住了他，拍拍他的手道：“一切都会过去的，你别太烦恼了。也许过几天，邓妈妈就什么都看开了。”

邓溯低下了他那张清雅如梨花一般的白净脸孔，这个男子，好看得能让女生自惭形秽，拿索娜的话来说就是：“这人明明可以靠脸通吃天下，却成绩优秀得让任何人都为之惊叹，如此校草，当之无愧。”

有人说，若论长相，索娜和邓溯更配，都是美得惊人的人。但是，索娜有草包美人之称。当然，她也不是真的草包，只是不太爱读书。而她喜欢的男生，是那种硬汉型的。

她总说：“邓溯是帅，可帅得让人没安全感。这种男人，太能招蜂引蝶，没实力的女人驾驭不了，一不小心就有可能遭遇劈腿。”

虽然邓溯用自己的行动表明，他的眼里只有秦芳薇，但索娜还是觉得：“此人非最佳丈夫人选。”

可偏偏秦芳薇一头栽进去，就此再也出不来了。

“我想吻你！”他突然哑声道，“可以吗？”

她那吹弹可破的小脸一下红透，其实，这也是她想的——他们都订婚了，却因为身在外面止乎于礼，现在似乎是个好时机。

面对个头越来越高的他，她踮起脚，主动吻了上去。邓溯舒心地笑了，接受了这样一份热情。

最后，是邓溯停了下来。

有些事该做，有些事不该做，他心里有杆秤，并且牢牢把控着。

是的，他是一个自控能力很强的人。

年轻的身子是被点燃了，可是，年轻的心是沉稳的。

他想：他们现在还不够成熟，他们的未来有那么多不可预知的变数，如果他就这么草率占有了她，他是一时痛快了，可是在未来，她怕是要受到母亲轻视的。

到时，母亲要是说芳薇是想高攀他们邓家而故意勾引他的，那她这辈子就会在他们家矮人三分。

那样的委屈，他不能让她受。她是如此信任他，又是如此纯净美好，他又如何能在这样一个迷茫的时期陷她于被动。

爱惜她，就得给予她最起码的尊重。

在这样一个稚嫩的年纪里，他还没那能力掌控未来。在这种情况下，他不能想着拥有，应该想到的是如何保护好她，让她不受任何伤害，包括来自他自己的伤害。

“对不起……我有点失控……”他一边给她整理衣服，一边低低道歉，“时候不早了，我送你回去。”

“嗯。”

她的脸红扑扑的，眼睛忽闪忽闪的，含羞带怯，分外惹人怜爱。

他无比虔诚地又亲了亲她的额头：“等以后结婚了，我们继续。”

秦芳薇不好意思地笑了笑，心里甜丝丝的，自然知道他是为她好。

每个人的人生都是一个不急不慢的过程，无须太早贪图未来如何。未来就在前面，在它到来时，谁也躲不开，珍惜当下，走好当下的每一步，才是现在该做的事。

两个人走了出来。

邓溯将人送到秦家，看着她进了门，这才转身回去。

此刻，夜已深，他的心既欢喜着，又忧郁着。未来，他是一定要和她一起走过的，可是母亲那边，他该怎么做才能得到母亲的认可呢？

这真是一件让他头疼的事。

秦芳薇像小猫似的钻进了自己的房间，动作小心翼翼。

关上门后，她扑倒在床上，看着那枚戒指，整个人轻飘飘的，笑得有点傻，嘴角是咧开的——没有家长为证，这所谓的订婚似乎显得分量有点轻，但是，只要当事人看重对方，形式如何并不重要了。

嗯，其实，她挺喜欢今天那个过程的，比正式的订婚形式更能让她开心，那些昀珩引发的不快就这么烟消云散了。

她在床上宛如撒娇的小猫似的翻过来又翻过去，翻过去又翻过来，兴奋极了，心完全静不下来。

这时，门外传来敲门声："薇薇啊，回来了？"

"嗯，回来了……"

她笑着忙去开门，走了两步又折回，还是小心地将戒指撸下藏到了枕头底下。

"爸，您还没睡？"

"你不回家，爸怎么睡得着？"

门开后，秦牧怜爱地看着她："心情好了？"

"嗯，只要和阿溯在一起，我的心情一直是开心状态。"

秦芳薇笑眯眯的，整张脸就像花似的绽放着。

"还敢在爸面前秀恩爱，讨打了是不是？"秦牧故作凶悍。

她笑着，整个人散发着灼灼的光芒，让她看起来美极了。

那一晚，她和心爱的男孩订了婚；那一晚，她兴奋得就像打了鸡血，毫无睡意……对于未来，她无比向往。

邓溯回到旅馆后，开始思考未来。

想要拥有怎样的人生，就得靠自己的双手奋斗。未来那么长，他需要一步一步变得强大。

只有强大了，他才可以和母亲抗衡，才能在未来的某一天，如愿娶到自己心爱的姑娘，而不是被母亲控制着，让自己的人生变得扭曲。

他的未来，不仅仅是他的，更是芳薇的，他必须对他们俩的未来负责。

# 第三章 人生起巨变

大学开学后，邓溯与秦芳薇一起去办了入学手续。

谁知第二天要正式上课了，邓溯居然没来，她打他电话，却是关机。她直接打车去了邓家，邓家管家说：“邓少昨晚就没回来。”

“那他去哪儿了？”她忙问。

管家说：“不知道，好像是被太太带去老爷子、老太太那边了。”

邓家的老爷子、老太太住在香港，具体住哪里，秦芳薇自然是没法知道的。

莫不是邓爷爷出什么事了？

她只得道谢离开，整个人显得魂不守舍的，险些就被车子撞了。

远处，跟踪过来的昀珩看得眼皮直跳。

在回去的路上，她给邓妈妈去了电话，也是关机。

晚上，她洗完澡，开始给他发短消息，可是，一条条消息发出去就如石沉大海，音讯全无。

第二天大清早，她睡醒的第一时间就查有没有来电，以及短消息，可惜什么都没有。

而邓妈妈的手机也一直处在关机状态。

她失望极了。

他到底发生什么事了？

拿着那戒指，她沮丧极了：“阿溯，阿溯，快给我电话啊……别让我这么担心你好不好？”

一连三天，他无故失踪，音讯全无。

周末她又去了邓家，管家说：“邓太太没回来过，邓少也是。”

她变得慌乱起来，再没办法静下心来做作业，还曾去问过父亲：“您能和邓妈妈联系上吗？”

父亲也是摇头，直唏嘘：“一直关机，也不知出什么事了……我找了邓先生，邓先生也不知道他们母子去哪儿了……”

周一上午上课前，一个同学从外面奔跑进来，急不可耐地对她说：“不好了，不好了，邓家有人来给邓溯转学了……”

闻言，秦芳薇脸色赫然一变，飞奔了出去。

办公室，来给邓溯转学的是邓夫人的那个助理平姐。

“平姐，阿溯呢？阿溯呢？为什么突然要给他转学？为什么呀？”

秦芳薇冲进去时，看到平姐正要离开，二话没说，扑上去就抓住了她的手臂，显得极为失态。

那一刻，她发现自己说话的语气无比慌乱。

是的，她心里太慌太乱了，这事来得真是太突然了。

可平姐望向她的目光无比平静：“哟，原来是秦小姐啊！是啊，邓少转学了，他会去美国念哈佛。你是知道的，邓少是邓家唯一的继承人，邓太自然得为他的人生做出最好的规划……”

是，邓家财大气粗，这样的规划对于邓溯而言无疑是最好的，可是之前她怎么就从没听邓溯提起过呀？

血色尽失的漂亮脸蛋上流露出了不信的情绪，因为邓溯之前才和她说过的，要和她一起读他们喜欢的专业，去实现为天下人建造家园的梦想，将世上的建筑艺术融为己有，设计出别具一格的作品来，那是他们发展的方向。

现在，他突然要偏离这个方向，她却不知道发生了什么，能不急吗？

“阿溯呢？他现在人在哪儿？为什么他的手机关机了，怎么打也打不通？”这件事太不对劲，她逼着自己冷静下来，无比急切地问道。

“不清楚，这是邓少自己的事，我只是邓太的助理，不是邓少的。

对不起，实在没办法为你解惑。如有疑惑，你可以给邓太打电话。我还有事，得走了。秦小姐，请放开我。”平姐盯着那双揪着她衣袖不放的手，友好却又显疏离地请求着。

恰好这时秦牧打来电话，秦芳薇腾出一只手接电话，另一只手继续抓着平姐。秦牧在那边道：“我和邓夫人通过电话了，等一下陪你去见她。”

闻言，秦芳薇这才松了手，整个人几近虚脱地问：“真的？邓夫人约我见面？”她眼底顿时冒出了希冀之光。

“嗯！”秦牧点头。

“几点？”

“下午一点。”

“邓夫人有说什么吗？”

“没有。”秦牧回答，心情却非常不好受，因为邓太的反应很冷淡，不似往日那般热络了。

“好。”秦芳薇长呼一口气。

一个上午，秦芳薇在恍恍惚惚中度过。

午饭后，秦牧带着秦芳薇出了校园，叫了车往约定的地方赶去，来到了一处名叫金玉楼的私人会馆。

在门口，父女俩遇上了陆瑶，那个离弃他们父女，另嫁了豪门为贵妇的女人也在这里。

“你怎么也来了？”

秦牧拧眉看着不该出现在这里的前妻。

“是邓夫人找我来的。”

这让秦芳薇困惑极了，不知道邓夫人这是什么意思。

“既然你是邓夫人请来的，那就一起进去吧！”

秦牧说完领头往前走。

陆瑶看到秦芳薇没理她一下，不觉轻轻一叹：“薇薇，这么久不见，你还是老样子。”

不过秦芳薇哪有心情理她，紧跟着父亲往里走，不想和这个曾经无视她的央求，非要离婚而去的女人有任何牵扯。

包厢里，邓夫人张爱旖一身干练优雅的裙装，彰显着成功女性的漂亮和高贵，眼神显得那么的高高在上，不笑，拒人于千里之外的目光让人觉得无比陌生。

秦芳薇已经很久没见过邓夫人，这近一年的时间里，她们疏远了，以至于曾经那个显得无比可亲的长辈，如今看来遥不可及。

邓家是富贵之家，这秦芳薇老早就知道了，虽然在学校，每个孩子都穿了校服，但还是有不一样的地方。

比如说，邓溯穿的鞋全是名牌；校服里面的毛衣、衬衣，全是名牌；手上戴的表，也是名牌……以前邓夫人每次给她捎带来的礼物，都价格斐然……

而秦家，秦牧工资再高也只是一个教师，他教养女儿，富养的是精神，家里最多的财富是书柜上罗列的各种书籍。说她读书破万卷，那真是一点也不为过。

但他们相爱讲的是情趣，求的是心灵上的契合，他们从不做物质上的考虑。

所以说，年经越小，感情越是纯粹，因为心是简单的心，喜欢是纯净的喜欢——这大约就是初恋最珍贵的地方吧！

以前，她从不觉得自己和邓溯有差距，现在看到了这样一个截然不同的邓夫人，她忽然感受到了一种富贵人家和普通人家的巨大差异。

这种差异一直存在，只是以前被她盲目地忽视了。

“坐。想喝什么自己点。”邓夫人淡淡示意了一下。

秦牧拉着秦芳薇坐到了邓夫人的正对面，而陆瑶则坐在边上那个位置。

“邓夫人，想不到今天居然能得您召见，真是我的三生之幸。”这话是陆瑶说的。

秦芳薇闻之不觉大皱其眉：陆瑶嫁的也是个有钱人，可一来到邓夫人面前，一句话就矮了三分。

也是，陆瑶充其量就是一个土豪，而另一个则是真正的富贵人家的掌权人。

可这种谄媚的语气让秦芳薇觉得很不舒服。

“卓太太，请你来呢，是想告诉你，卓氏和邓氏的合同基本上可成，回头你们将你们的计划书略作修改，我们再正式见个面就可以签约。至于要如何修改，回头你和我助理谈一谈。这么说吧，这件事之所以会玉成，全是因为我儿子在他父亲面前说了好话。我们家邓先生宠着儿子，就同意了。不过，这样的事，还请卓太太以后别再去麻烦我儿子。那孩子单纯，脸皮薄，还请你别再为难他……”

明明人家说话时的语气一点也不重，秦芳薇却觉得那个直直盯着自己的邓夫人这是在凭空扇她耳光，好像早已认定她在邓溯耳边吹了风，帮着她的母亲得到了那样一份合同。

一股无名怒火噌噌噌就冒了上来，她无比愤怒地瞪向自己的母亲陆瑶：“你找过邓溯？”

她恨得直咬牙。

“只是无意间遇上邓邓和邓先生一起吃饭，我就和他们聊了几句。”

陆瑶见她双眼喷火，画得精致的眉皱了皱。

邓夫人却冷笑了一声，一双犀利的眸子直直地盯着秦芳薇，不等她们再多说什么，就扔出了几句奚落的话：“不管是不是巧遇，我儿已经帮你争取到了你们该得的利益。今天我来见你们，只是想告知你们一件事。薇薇，你是个好姑娘，又聪明，又能干，是个好苗子，好好培养，将来一定可以成气候。但是，你不合适我们邓家，也不合适我们邓邓。我不希望我们家邓邓因为一时的不成熟，而被你拖累一辈子。所以，我决定给他另一种人生。

“看在我们相识多年的分上，还请你高抬贵手，从此以后，请不要再联系他，也不要再纠缠他。他的人生，是一片任由他飞翔的广阔天空，而你只会拉低他的品位，拖他的后腿，让他变成像你们这样平庸的普通人。这是我不允许出现的事。我的儿子，注定会成为这个时代的弄潮儿。而你，并不能帮到他。为了他的前程着想，还请你放了他。你再出色，和我们家还是相差太远。这些话，我说得直白，如果伤到你，我很抱歉，但这是大实话，不掺任何假，只希望可以给你当头一棒，让你彻底认清楚自己的社会地位，别强求不属于你的生活，弄得大家都不愉快……”

邓夫人是个厉害的女人，秦芳薇是知道的。她代表邓氏拿下别人拿不下的合作方案，在男人的世界里占有一席之地。她是强大的，可她在自己面前一直是温柔的，现在听着她用尖锐的语言来攻击自己时，秦芳薇的心顿时碎成渣渣。

“这是您的想法，而不是阿溯的意思对吗？”她无比冷静地抓着这个要害问着，不服气地和邓夫人对峙着。

“这重要吗？”邓夫人淡淡反问。

“当然重要。您不是阿溯，您在走您自己的路，阿溯也该走自己想走的路，而不是被逼迫着违背自己的意志，过您安排的生活……”

秦芳薇大声吼了回去，勇敢地为自己、邓溯的命运和这个女人叫板着。

她曾经有多喜欢这个女人，现在就对这个女人有多失望。

秦芳薇原以为这是一个与众不同的女人——好吧，她是与众不同的，能成为女强人，自然不同寻常。可是这个观念，是不是也太古板、太专制了？

“我知道，你现在觉得你们是成年人了，有那个权利自己做决定。可你又知不知道，你们现在这么年轻，根本就不懂怎样的选择才是正确的？我儿子的未来，绝对不能被你毁掉。而你们之间所谓的感情，时间可以证明，那只是青春荷尔蒙刺激下的幻觉，完全不值得一提……”

邓夫人以一个过来人的姿态阐述着她的观点，语带嘲意：“我承认，我儿子够优秀，身上有着足够让女生们见了就想嫁的本钱，不管是长相，还是家庭，足够让所有小女生非他不嫁。可秦小姐，人贵有自知之明，你真的配不上我们邓家。”

一句秦小姐，一句自知之明，一句配不上，刺得秦芳薇遍体鳞伤。

那个小时候亲昵若母亲的邓妈妈哪儿去了？

那个愿意从国外给她带礼物，逛街都愿意带上她的邓妈妈呢？

那个叮咛儿子不准欺负她的善良女人怎么就变成这副模样了？

这不到一年的时光，曾经那个邓妈妈怎么就突然变得面目全非了呢？

“邓夫人，以物质和金钱来衡量一男一女配不配是肤浅的表现。

金钱可以通过奋斗用自己的双手挣来，物质可以用金钱买到，只有精神是买不到的。精神上的匹配，才是真正的匹配。邓溯是个优秀的孩子，可惜生他的你却是这么功利。先不说邓溯和我们家薇薇将来有没有可能配对，就冲他有你这样的母亲，我就不会允许她嫁过去受这份罪。认识你这么久，今日算是见识了你的庐山真面目。怪不得邓铠兄看你不入眼，原因我算是彻底了解了。蛮横不讲理才是你的本性，你比燕秋差远了……”

邓夫人说话扎心，秦牧更胜一筹，用一个燕秋直戳其要害，令其脸色倏地大变，立即拍桌子叫了出来：“秦牧，不许在我面前提那贱女人！”

“她若贱，那你呢？！拆人姻缘贱不贱？”秦牧用强调的语气又讥讽了一句，不想再和这个女人多说一句废话，当即站起，看向秦芳薇道，“走，已经没有任何继续和她谈下去的必要了。”

是没必要了。

人要有骨气。

邓溯的下落，总有其他办法找到的。

这样的邓夫人，丑陋得让她觉得以前的自己真是瞎了眼。

秦芳薇挺直了脊梁往外走，却看到陆瑶在安慰邓夫人：“您消消气，您消消气，老秦这个人说话一向就这么不经大脑，那个燕秋算什么东西……”

她听着心冷。

邓夫人则在冷笑：“秦牧，你敢如此羞辱我，我记下了。”

那语气阴沉，就像在放冷箭似的，令秦芳薇心生惊悚，背上一阵阵发凉。

走出会馆时，她迷茫地望着依旧蔚蓝的天空。失了他的消息，她整个人就好像失了方向：“爸，您说，阿溯现在会在哪儿？”

而此刻的邓溯正在别墅的床上。

他的脚崴了，两个人高马大的保镖将他牢牢看着。没有手机，没有电脑，他与世隔绝着，身边只有几本与金融相关的书。

张爱旖的手段很强硬，这女人在外本就是一个强势的人，这一次，她只是将她的强势用到了她儿子身上。而邓溯的态度也很坚决，完全不肯妥协，脾气之臭，同张爱旖如出一辙。

今天，在她一早离开时，失望之极的邓溯无比冷静地对自己的母亲说了这么一句话："妈，你控制不了我一辈子。这辈子，我的心已长在芳薇身上，不管你用什么手段，都不能拆散我和她。此生，我非她不娶。"

从小到大，邓溯是个乖宝宝，或者说，张爱旖在他眼里一直是一个最懂儿子心思的好母亲。她以德服人，最讲道理；他呢，少年老成，体谅着她的苦楚，故彼此相依为命着，从没闹过矛盾。

像今番这样闹得如此之僵，是他没料想到的。生活轨迹被扭曲的同时，那颗敬爱母亲的赤子之心也被撕裂了。

离去的张爱旖站定在门口，回过头，脸上的笑容无比冷漠，无半分妥协之色："你这是想逼我亲手毁了她？如果这是你的想法，我可以如你所愿。"

那发狠的模样，邓溯看得心惊肉跳。

那个慈母哪儿去了？

她哪儿去了呀？

他想到了上次芳薇被袭的事，如果那真是母亲做的，她的心得何其的狠！

难道，这才是母亲的本来面目吗？

到底是什么促使母亲变得如此的面目可憎？这令他百思不得其解。

他很想问她：一年前的事是不是你指使的？

可他问不出口，他的心乱极了。

一连数天，他消失无踪，薇薇得有多担忧？

他更担忧的是母亲会暗中伤害薇薇，毫不设防的薇薇要是受了母亲的伤害，那他们后半辈子怕是再难相守。

他心急如焚，却苦无良策，不知道该怎么自救。

"让开，谁敢拦我，我就报警把他抓进局里……张爱旖，我告诉你，不要以为邓邓是你儿子，你就可以软禁他……你这叫非法拘禁……是要担法律责任的……"

安静了一个下午，傍晚时分，房门外一阵吵闹声传了进来。

邓溯细细辨了辨，那郁郁的目光中不由得透出了一些亮色，是父亲来了。

事情终于有转机了。

紧接着，父亲和母亲之间就爆发了一场大吵，哪怕隔着一道门，声音依旧震耳欲聋……

他听着，眉心皱起。

不得不说，这样的日子过得实在太压抑了，现在母亲的爱护已然变成了一层致命的束缚，勒在他脖子上，甚至越勒越紧，紧到快令他无法呼吸。

此刻，他无比渴望挣脱这一根绳索，让自己可以自由地呼吸。

门突然开了，邓冶走了进来，顶着一张稚脸，神情殷殷地望着床上的邓溯，快步走近后，又深深观望了一眼，继而轻轻问道："哥哥，我怎么才能救你出去？"

一副手铐将他铐在床柱上，让他显得有点可怜。

邓冶盯着那手铐，目光里透出一些困惑。母子本该是最亲密的关系，怎么会这样？他想不明白。

"阿冶，你身上有手机吗？"邓溯冲外面望了望，小心翼翼地问道。没钥匙是打不开锁的，而他现在不急着出去，只想和芳薇联系上。

"有。"

他从背上的书包里取出一部定制版手机，外观春青时尚，金属感很强。

"让我打个电话可以吗？"

"当然可以。"他说着递了过去。

"谢谢。"

邓溯接过手机，心里涩然：想不到有一天，他竟会向一个一直以来他不喜欢的人求助。

可现在，他已经顾不上这些了。

怀着满腹的感慨，他拨通了芳薇的号码，电话响了一声就接通了。

"喂，薇薇，是我，阿溯。"

说出这句话时，他重重松了一口气，总算是联系上她了。

那边立刻传来了芳薇的惊呼，带着难以置信：“阿溯？真是你？”

因为这个来电，她那死气沉沉的脸孔上似乎顿时放出了闪闪耀眼的光芒来。

“对，是我。”

“你现在在哪儿？这几天都去哪儿了？真是要急死我了……”秦芳薇惊喜交加地问起来。

边上，索娜作为秦芳薇最要好的好朋友，因为这通电话，双眼也立马亮起来，马上对她说：“按免提，让我也听听……这小子突然闹失踪，这是怎么回事？”

可秦芳薇躲开了，她不想把邓夫人那不堪的一面说出来让外人知道，那毕竟是有伤颜面的事。

纵然下午她在邓夫人那边受尽了委屈，可是回来之后，她没对索娜说上人家半句坏话。

索娜嚷了起来：“哎，秦芳薇，你也太见色忘义了吧……”

见色忘义就见色忘义！秦芳薇才不管，忙往安静的走廊奔去。

“对不起，我这边出了点事。”邓溯幽幽地说着。

“是不是被你妈关起来了？”她问得很小声，脑子里想的只有这么一种可能。

她认识他这么多年，他是怎样一个人，别人不了解，她是最清楚不过的，不辞而别不是他的作风。他们的关系那么亲密，若不是遇上了身不由己的事，他怎么可能无故失踪。

这边，邓溯连连苦笑，知他者莫若秦芳薇：“对，我和她起了争执，扭到了脚，现在被看管了起来。”

“扭伤得严重吗？”她忙关切地问。

“还好，无大碍。”

“哦！”她应了一句，转而闷闷诉苦了一句，“今天下午，我见过你妈妈了。她现在怎么变成这样子了？”

她无比感伤，有些记忆当真永远变成了记忆，残酷的现实让她倍感心疼。

"我也不知道她怎么会变成这样，现在的她实在让我觉得可怕。她逼着我服从她，和你分手，去读她帮我挑的专业，她……变得我完全不认识了……"

他的眼也变得红红的，满腹忧伤无处倾吐，心里压抑极了。

"那你现在是怎么一个情况……"秦芳薇太想知道他现在的境况，思绪一转，马上又接了一句，"要不，我去找你好不好？我想马上就见到你……"

"现在？"

"嗯！"

被她如此牵挂，他的心莫名为之一暖。

"现在还是不要了。"

"为什么？"

"我爸过来了，正在和我妈吵……吵得很厉害，等一下呢，我会跟我爸走。今晚你好好睡一觉，明早，我让我爸的司机去接你。"

这个时候她过来，母亲若发飙，行动不便的他根本就没办法护她周全。

"可是……"

她在那里迟疑，还是想第一时间见他，想着要如何说服他。

"乖，听话，等晚些时候我再给你打电话。我这里现在很乱，你来了，只怕会乱上加乱。我妈那人，现在和疯子差不了多少……"

他说了"疯子"一词，虽然有点大不敬，但现在的母亲真的离疯子不远了。

秦芳薇只能妥协："那我等你电话。"

"嗯！"

"那这个号码是谁的？"

"我弟弟邓冶的，有事你可以找他。"

"好，知道了。"

这时，邓铠闯了进来，脸色铁青地打断了邓溯的通话，抬手恨恨地指着身后紧跟而来的张爱旖："邓邓，你自己说，你是要跟着你这个神经质的妈，还是跟我回去你燕阿姨家……你自己选。你要是想被你妈看着管着，一辈子束缚着，那就当我今天多管闲事，你的下半辈子，我这个做父亲的绝对再不会插手。哪怕你被她毁得渣渣都不剩，我都能忍着袖手旁观。

“如果你想走你自己想走的路，在这边读大学，和秦家那个孩子在一起，就跟我这个爸爸走。爸发誓，不会多管你的私事半分……爸这一辈子算是已经彻底毁了，只是希望你活得别太窝囊，别因为这样一个母亲，也被毁了一生……”

张爱旖因为这番话顿时白了脸孔，像要吃人似的叫了过来，嗓音响得几乎可以掀翻天花板：“不准去！毁掉我们母子这一辈子的就是燕秋那个女人！你要敢去，邓溯，我会让你后悔一辈子……”

床上的邓溯看着一辈子仇深似海的父母，不觉自嘲一笑，眼底全是痛苦。

最后，他望着敬爱了十几年的母亲，一把掐断了通话，沉声表述着自己的想法：“妈，我想离开这里。不管以后我去哪里，已经成年的我已经不需要您为我做任何决定，也不需要您来养育，我早已可以自己养活自己。所以，离开你，是我必须做的事。”

这个决心，他下得坚定不已。

张爱旖却心痛如绞，被儿子的狠心气到了，气得心绞痛、肠胃痛，过了老半天才叫道：“你不要后悔，你不要后悔！”

她摔门走了出去，嘴里吼着叫着。

那种撕心裂肺似的叫声流露着一个母亲对儿子的浓浓失望。

可是，做儿子的，又何尝不对母亲失望？

好好的俩母子，怎么就变成这样了呢？

这是他怎么也想不通的事。

“小关，去找保镖，把手铐钥匙弄来。”邓铠吩咐了一声。

那小关是他的助手。

“是！”

小关很快就把钥匙弄来，帮邓溯开了锁。

无比乖巧的邓冶将边上的轮椅给推了过来，和小关一起将邓溯扶到轮椅上。

出来的时候，邓溯看到母亲站在背阴的角落里，用无比阴沉的目光恶狠狠地瞪视着他们。她一只手横抱于胸前，另一手狠狠地捏成了拳头，手背上青筋暴起，一副冰冷狠戾的模样，甚至连那张漂亮不减当年的脸孔也完全扭曲了。

一行人从别墅里下来，接着，邓溯被扶进车里。这个过程当中，没有人敢来拦，母亲也没有再歇斯底里地来阻止。

可他的心里隐隐生了不安，总觉得母亲的妥协不是真的妥协，而是另一场暴风雨来临前的宁静……

“爸，请您送我去秦家，我想去见见芳薇……她很担心我。另外，等一下，我不会跟您去您现在住的地方的……”当车子驶出别墅，他平静地陈述自己的打算。他不想等到明天了，也想立刻见到她。

“那你想去哪儿？”

邓铠从副驾驶座上转过头，看了看坐在后座的两个儿子，随即目光落在大儿子脸上。

“爸，您说母亲将我当作了攻击您的武器，可今天您又何尝不是？”他嘲弄了一句。

母亲生平最憎恨的人就是燕秋，他若跟着父亲去燕秋住过的地方，那就是往母亲心上捅刀子。

父亲这是故意为之，但他不能。他只是想出来，不想被她控制得寸步难行。

邓铠沉默良久，不为自己辩解，只说：“那我给你订家酒店，先送你去秦家看看芳薇，然后送你去住的地方。到时，我让小关留下照看你。这几天，你尽量不要再和你妈有所联系了。我会和你妈再进行交涉的……尽量劝她不要再来对你的生活指手画脚。我年轻的时候就是被你爷爷奶奶控制得太厉害，才有了这样一段不幸的婚姻，也害燕秋一辈子陷在小三的骂名当中……你这辈子，我只希望你可以活得称心如意一些……”

此时的别墅里，张爱旖在打电话，正浑身发颤地对着手机吼叫着：“我要毁掉她，必须毁掉她……凭什么她们一个个都来抢走我深爱的人……燕秋死了，那是白白便宜她了！至于秦芳薇，她的好运应该到头了……我要她活得跟我一样，生不如死……”

邓溯来到秦家，是秦芳薇开的门。

她静静地站在那里，看着他，恍然如梦——他的回归让她觉得一切似乎从未改变，可是有些事情发生了就是发生了……

“薇薇，能跟我出来一下吗？我有话想跟你说……”

“好！”

她扶着他准备出门，秦牧忽然从自己的房间里出来了，用一种耐人寻味的目光审视着他们。

“邓溯，你终于出现了。”秦牧的目光变得无比锐利，和平常很不一样。

“对不起，给老师带来麻烦了。”邓溯欠了欠身。

“你脚没事吧！”秦牧盯着他的脚问。

“邓少，还是坐轮椅吧！”小关一直跟在边上，手上始终推着轮椅。

“好。”邓溯没有再强撑，还是坐了上去。

刚刚他非要站着，是因为他不想芳薇为他担忧，可事实证明，离开轮椅，他真的撑不了多久。

“我来推！”

秦芳薇走到他身边，她实在是不想让他看出她几乎要落泪了——他那本来健康的脸色，只几天不见就变得如此苍白，可见这几天他过得很不好。

“小关，你先出去，我想和老师说几句话。”邓溯吩咐了一句。

小关应声去了。

“老师，我听薇薇说了，我妈下午找过你们麻烦……如果见面的时候她说了什么不当的话，还请老师多多包涵……”

他之所以这么急匆匆地来这里，一个原因是想见芳薇，另一个原因是希望得到秦老师的谅解。

母亲是个雷厉风行的人，他害怕她为了断了他和芳薇的可能，而在秦老师面前说了伤害他们的话，令老师对他也生出排斥之心。

他知道秦老师对于芳薇来说有多重要，他这边已经危机四伏，老师若也起了反对之心，那于他就是雪上加霜，所以，他必须第一时间来得到老师的谅解。

秦牧不觉扯了扯嘴角，他自是看得出来，邓溯依旧无比在意薇薇，只是……

“你妈妈给人的印象一向是干练精明，又不失可亲可敬，直到今天，我们才算真正领教了何为邓氏的女总监。”他没有讽刺，只是冷静地陈述。

邓溯却脸一红，心下不觉惴惴不安：“我妈她……她在公司当高层当惯了，是很专制独裁，除了我爷爷，她几乎不买任何人的账……我在这里替她向您道歉……”

“道歉倒是用不着，但，邓溯，你得老实和我说，你现在出现在这里，是和你妈的矛盾处理好了，还是情况依旧那么糟？”

秦牧的眼神带着一种审视的味道。

“还没处理好，我妈比我想象的还要固执。”邓溯的眉不觉深锁，脸色也变得郁郁的，“她会变成这样，是我怎么也想不明白的事。”

“那你现在怎么可以出来了？”秦牧再问。

“是我爸带我出来的。”

“哦！”秦牧点头，“难怪，也只有你爸还压得住你妈。”

“事实上，现在他们的关系越来越僵，几乎要失控。”

邓溯轻轻一叹，这世上最难断的就是家务事。不管是如何厉害的人，一遇上后院着火，难免会一团乱。他也是，再能干，遇上至亲的为难，一下就乱了套。

“可这件事，你必须处理好。要知道，你妈妈现在对薇薇的意见很大。为了薇薇不受到任何伤害，在事情没有解决，你还没得到你家里人同意之前，我希望你能和薇薇……”秦牧斟酌着字眼，努力做到在言语上不伤害他，“适当保持距离。”

“爸……”秦芳薇打断秦牧，“干吗说这些……”

可秦牧一脸正色道：“这事，我必须说。谈恋爱看似是两个人的事，可实际上是两个家庭的大事，婚姻更是。”

他冲邓溯再次强调道：“一个女孩，如果不受男方家庭的欢迎，那么，她的未来会很辛苦。薇薇是我一手拉扯培养大的，我想看到的未来是，她不光得到她丈夫的尊重和爱护，还受到婆家人的喜欢。当然，现在说这些有点远。但是这样的伤害已经有过一次，我不希望她受第二次。作为家长，我不能专制地命令她和你分手，这是不智的，所以，我只能要求你跟你母亲沟通好……我是薇薇唯一的依靠，我的所有考虑都是从薇薇的角度出发，希望你能谅解我作为一个父亲的心……女儿是父亲的心肝宝贝，等哪一天你真正长大了，成家了，有女儿了，你就会明白，如果有人想伤害你的掌上明珠，你有多想揍扁那人的脸……”

浓浓的父爱展露无遗。

这是人之常情，人都有护犊之情。

闻言，秦芳薇目光闪了闪，心生暖意，但为父亲如此维护。只是现阶段，邓溯的处境已然这么艰难，父亲这般说话是在给他制造压力。她思索着，看向邓溯的目光难免就多了一些不忍。

邓溯心头生涩，如此亲情，是他满心羡慕的，也曾拥有过。可现在，母亲已变得他完全不认识了。

“老师，我知道了。我母亲那边，我会想法子的。等再过一阵子，彼此的情绪都缓一缓后，我会再和她好好谈一谈的……”

“那就好。”

秦牧嘴里这么应着，可心里始终满是担忧：那是一个不好对付的女人。商场上的人都称她是铁嘴，但凡她认定的事，很难再有余地，就怕她另有狠手，这是让他最担忧的。

坐上车，秦芳薇见到了邓铠，还有邓冶。

“秦姐姐好，我是阿冶。”

秦芳薇瞄了一眼，这个少年一脸嫩稚，显得乖巧，看在她眼里，觉得他很讨喜，虽脸蛋长得不若邓溯那么好看，但自有一股清奇风骨，将来长开了，必是一个风度翩翩的男儿。

“你好，阿冶。”秦芳薇轻轻答了一句。

“薇薇，你放心，邓邓不会转学，你们俩都给我用心地在这里好好读书，等到大学毕业，只要你们还想在一起，邓伯伯一定风风光光帮你们把婚事办了……”

副驾驶座上，邓铠转过头，郑重地许下承诺。

邓溯在嘉华酒店住下了，也正式去学校上课了。

然而，他和他母亲的关系始终没有得到缓和。

看着他家不成家，秦芳薇替他忧伤：一直这样僵着总不是办法啊……

“薇薇，以后没有我的陪伴，不要私下见我妈。”那天晚上，邓溯曾叮嘱过她。

一个月后，她接到张爱旖的电话：“薇薇，云湾大饭店顶楼，傍晚六点，我们一起吃顿饭，好好谈一谈。如果你想让我和邓溯永远这么仇视对方，可以不来。如果你想让他活得开心快乐，就过来……”

没给她拒绝的余地，张爱旖匆匆挂了电话。

秦芳薇想着邓溯的提醒，没有冲动地直接跑去，而是去找邓溯说了这个情况。

“别去。”邓溯听完，果断给了这么两个字，而后补充说明道，“我和我妈的矛盾不是她和你谈谈就能解决的。以后，但凡她的邀请，你都可以无视。这看上去好像很不礼貌，但是，礼貌光靠一方是没有用的。一直以来，你够尊重她，现在不知尊重的是她。如果真要解决问题，她就该和我谈，和我谈妥了，再由我来邀请你一起去见个面，这才是一种想和解的真正态度。

“很显然，现在的她完全没有想和解的打算。至于她想做什么，我不是她肚子里的蛔虫，无法知道，我们能做的就是自我保护……别给她任何可以伤害到我们的机会……说得难听点，我妈做事，有时是不择手段的。她并不像她表现的那么光明正大。这一点，我心里是清楚的。只不过，她那些手段一般都用在生意上。可现在，她已经对我用起那些伎俩。有一就有二，我们都要小心点。”

这番话，字字句句都透着防备之意。

这令秦芳薇心中五味杂陈：曾经他们亲密无间，转眼竟要这么步步为营。

其实，她本觉得见个面而已，也不至于这么草木皆兵的，可是他不允许，那她就不去。

——对不起，学校事情很多，无法赴约。

她回了这么一条短信。

另一头，张爱旖收到短信，脸色阴沉沉的。

三天后，周日上午十点，秦芳薇在家里看书，手机上有短消息进来，是邓溯发过来的：作业做得差不多了，过来天台西餐馆，我们一起用餐啊……

她看着信息，星眸弯弯，嘴角上扬，不觉轻轻一笑："好，十点半前我一定到。"

收拾好作业，她换了一件漂亮的裙子，奔进厨房对正在准备烧红烧蹄子的秦牧道："爸，邓溯约我去天台中心吃饭。您这绝活，晚上我回来再捧场啊……走了……"

说完，她挥挥手，似花蝴蝶一般轻快地飞了出去。

秦牧看着她，无奈地直摇头。对于邓溯，他是喜欢的，所以，他不反对他们之间正常的同学往来。

只是他做梦也想不到，女儿身上的这种欢快是他活着的岁月当中最后一次见到，一场惊变正在悄无声息地袭来……

邓溯在找手机。

上午八点多的时候，张爱旖带着助理跑来，泪流满面地冲他哭诉，说什么他全是被秦芳薇带坏的，为了一个外人，将她这个养育了他十几年的母亲抛在脑后，骂他忘恩负义，骂他没心没肺……

邓溯头疼极了，唯一的想法是：秀才遇上兵，有理说不清。

邓溯细细琢磨了一番，母亲从喜欢芳薇到憎恶芳薇之间肯定发生了什么其他事，因为这种憎恶的情绪太强烈，可这正是他弄不明白的。

张爱旖哭闹了一番后，接了个电话就走了。他在房里来来回回踱步，心情也很恶劣。

十点十分，他找手机不得，就用酒店的座机给自己的手机打了电话，结果，房内没有手机铃声响起。

这很不对劲，他心头莫名生了不安，忙给秦芳薇打电话，结果电话是秦牧接的。

“薇薇，你在干吗？中午我们一起吃饭好吗？”

那边秦牧听后不觉一阵惊讶，脱口便反问了一句：“你不是约她去天台中心吃饭吗？薇薇十分钟前就出门了啊……手机忘了带……”

这话令邓溯脑中警铃大作：“我什么时候约她吃饭了？”

“没有吗？等一下，我查看一下薇薇的手机……”秦牧翻看了一下手机，“没通话记录，但有短消息往来……”

“我明白了，我明白了……”

一定是他母亲叫平姐趁他不注意拿走了手机，而后给薇薇发的短信。

她这么处心积虑的，到底想干什么？

“我马上去天台中心。”

“小邓，到底发生什么事了？”

“我妈干的，我也不知道她的目的是什么。我必须马上过去……老师，回头我们再聊……”

挂了电话，他抓起钱包和门卡就奔出了客房，心里不断祈祷着：别出事，千万别出事。

秦芳薇到了天台中心才发现包包里没有手机的踪影，想来是因为出来得太急忘带了……

不过反正已经到了，她就懒得回去取了，就直接上去了。

天台中心是本市北区最大的购物娱乐中心，大厦有十七层，顶层设有旋转餐厅，下两层设有历史会馆，属私人收藏馆，里面收罗着世界各国历史上遗留下来具有历史价值的文物。这个收藏馆每天都对外免费开放，据说馆主是个富得掉渣的金主，并不想挣钱，开这个会馆只是回馈社会……

秦芳薇来到顶层，没看到邓溯，只看到母亲陆瑶正和她的朋友用餐，目光一扫而过时，她们互不搭理。

找了一个位子坐下，她看了看腕表，十点半过了几分钟，那家伙一向早到，今天这是怎么了？

“你好，秦小姐吗？”一个侍应生走了过来，笑容友善地询问了一句。

“是……”

“有位先生在楼下的历史会馆等您，他交代，您要来了，可以过去找他。”

“哦，谢谢！”

秦芳薇不疑有他，背起自己的小背包直接走了出去。

那个会馆是他们爱去的地方，那边还有一个天梯图书馆，里面收藏着世界各国的史书，办张会员卡就可以在里面看一整个下午的书。

只是，等她进去后却发现，楼上楼下都没他的行踪。

她上了天梯图书馆，八十级台阶，可步行到最上层，图书馆就在天台顶层旋转餐厅边上。由于设计以及房产所有者之间的利益关系，这一小半地区电梯无法直达。通过天梯直达图书馆之后倒是另有一处出口，不过那边只能步行而下。所以历史会馆的馆主租下这两层楼时，打造了一架漂亮的天梯。

她抵达图书馆，见到的不是邓溯，而是邓夫人张爱旖。

“过来坐。”张爱旖冲她招招手。

秦芳薇看到了搁在桌案上的邓溯的手机，以为邓溯也在，终走了过去，心里则在想：他们母子和好了吗？

“邓夫人……”基于对方是邓溯的妈妈，她尊称了一句。

“今天打扮得很漂亮！”张爱旖上下瞟了一眼，语气不阴不阳的。

“谢谢。”

“可我没办法同意你和邓邓在一起。秦芳薇，你必须离开他，说说你的条件吧！到底要怎样，你才肯不再纠缠我儿子？”

秦芳薇原以为她的想法有所松动了才会约见自己，结果她还是一意要拆散他们，这令秦芳薇心头顿时一冷，立马站了起来：“邓夫人，这不是纠缠，这是彼此喜欢。对不起，话不投机半句多，我想，我们现在实在没有对话的必要。哪一天，等您真正改变主意之后我们再谈！”

说完她想走，结果看上去似保镖的一男一女拦住了她。

“你们想干什么？”她皱眉道。

“请秦小姐坐下，邓夫人的话还没说完，你就这样无礼地离开，是不是太目无尊长了？”女保镖眯眼盯着她，咄咄逼人。

秦芳薇不觉冷笑：“想要得到别人的尊重，当事人先得尊重别人才行。邓夫人野蛮干涉他人生活，我为什么要给予她尊重？我不觉得我做错了什么。让开。”

可女保镖仍拦着她：“秦小姐，我奉劝你好好坐下……”

“我就不坐下，你能拿我怎么着？”

不要以为秦芳薇是乖乖女就没脾气，事实上，她脾气大着呢，秦牧养的女儿可有主见了……话音落下后，但见苗条的身子若灵猴一般，在伸手将那手拍开遭到反击时，借对方露出的空门一闪而过，动作之快、之漂亮，教那两个保镖叹为观止。

秦芳薇不想再多待，快步离开。任何反对她和邓溯的言论，她一个字也不想听到。

“薇薇……”这时，一排排罗列的书柜丛中传来了邓溯急切的叫唤，“你在吗？”

“我在。”她站定，应了一声。

很快，邓溯跑了出来，脸上尽是紧张之色，在与她对视上时，那脸色才稍稍有所缓和，并加快步伐跑了过来。

“邓邓……”站在边上的张爱旖也看到了儿子，立马沉着脸叫了一声。

邓溯在秦芳薇身边停下，还不曾说什么，转头时看见张爱旖正缓缓冲他们走过来。

“妈！”他一把拉住秦芳薇的手，一脸戒备地望着自己意图不明的母亲，“您拿了我的手机把薇薇约出来是想干什么？”

“只是想和薇薇一起吃个饭，你紧张什么？”张爱旖说得风轻云淡，缓步走近时，看了看手上的名表道，“既然你也来了，一起去用个午餐吧……”

“妈，在您认可之前，我不想和您在薇薇面前多说什么……感谢您的邀请，但我们另外还有事，就此别过……”

邓溯不想给母亲任何接触到芳薇的机会。

可他维护秦芳薇的态度点燃了张爱旖心里那压抑着的、轻轻一触就能爆发出来的怒气，下一刻，她几步跨上前，一把扣住了秦芳薇："秦芳薇，你要不要脸？让你别缠着我儿子，你非要缠！放开我儿子的手……"

她去掰他们牵在一起的手，对这双紧紧牵着的手深恶痛绝。

而邓溯的第一个反应是将秦芳薇护在身后。

"妈，您能不能冷静点……您需要去看大夫了……您的心理真的有问题……这样好吗？让我把薇薇送上公交，然后，我陪您去医院，您的情绪肯定需要疏导了……"

他知道，一直以来，母亲的生活中有一个专属的心理医生，她时不时会去做心理辅导。在来的路上他就想，他和母亲的问题不能逃避，他该陪着她一起去看心理医生，必须彻底地弄明白她情绪前后大变的原因。

"我的心理没问题。我好得很，只要你和这个死丫头彻彻底底分开……你们必须分开，至于原因，将来我会告诉你的。邓邓，你听我话，分手，一定要分手……你要不分，就是想逼死我……"三个人推推搡搡，来到天梯口，张爱旖情绪有些失控地吼着。

可是邓溯哪肯屈服，一直把秦芳薇护在身后。

这个行为彻底激怒了她："行啊，你还要护着她是不是？那我今天就死给你看……"她说着便往天梯冲了过去。

邓溯一惊，忙放开秦芳薇去拦母亲："妈，您这是干什么？"

"阿姨，您别这样……"

秦芳薇也惊到了，也去拉邓夫人，且拉住了她的手。

可几乎是同一时间，一股力量突然袭来，将秦芳薇推开了，而她因为这股推力，即将往楼梯下滚。

"啊……"

"小心……"

前者是秦芳薇的惊叫，后者是邓溯的疾呼。

那是一个天翻地覆的瞬间，她只觉得脚下一空，整个人就往下倒去，却又突然被一股力量拉住。她的手好似把住了扶手，抬眸时，只看到两道身影正在往下滚。

滚在前面的是邓溯，滚在后面的是张爱旖，后者在滚到二楼歇脚平台时被她那个身手矫健的保镖给截停，邓溯却直直滚到了底……

那光景，无比惊心动魄。

秦芳薇看在眼里，嘴里不由得发出了一声惨叫，跌跌撞撞地直往楼下扑过去，生生越过了还没回过神来的张爱旖。

大理石地板上铺开的一层血水映入眼帘时，秦芳薇恐惧地瞪大了眼，心脏更是不断地紧缩再紧缩。她忙上去扶起他，却摸到一大片黏稠的血水："别吓我，阿溯，你别吓我……"

邓溯的目光是涣散的，过了好一会儿才看清眼前人的容颜。他艰难地伸手抚了抚自己的后脑，摸到的是正在急速渗出来的鲜血。他想说点安慰的话，可是人越来越晕，力量在迅速地消失，有种恐惧在心头蔓延开，直觉告诉他：他出大事了……恐怕再难履行自己对她许下的承诺……

那一刻，他的嘴里只跳出了这么一句话："薇薇……要好好活着……任何事，别太委屈了自己……"

如果他真出事了，他也希望她可以好好的……

后来，他失去了意识，再没醒来。

而秦芳薇则被邓夫人以故意伤害罪告上了法庭。

那一幕，紧跟着邓溯从餐厅过来的陆瑶明明有看到，但她为了卓氏和邓氏的合作，在法庭上作证时，只说了一句："我没看清。"

那一日，图书馆对着楼梯的监控失灵，没能拍下整个过程。

而正是那一瞬间发生的事，令秦芳薇失去了挚爱，又因为邓夫人的上告，从此她背上了一个故意杀人的罪名。

人生就此起惊天之变，自此她再不能展颜而笑。

而后一年的牢狱之灾磨掉了她对生活的所有热情，一颗少女心就此被封存……

# 第四章 艰难的抉择

七年了，自那日最后与他一抱，一晃就是七年……

这些年，她再无机会见他一面，只听说他这辈子怕是要长眠不醒，后来又听说他要醒了……只是这些全都是听说，不是真的……

而这一刻，当她亲眼见到他就这样活生生地站在自己面前时，她发现自己的身子在发颤……

“阿……阿溯？”

她喊出来的声音不知不觉就哑了，眼睛里更是不知不觉起了一片水雾，语气则是完全不确定的。

而他走到了她跟前，温柔依旧：“是我，薇薇，好久不见。”

是啊，他们是好久不见。漫长的七年，青春逝去，爱情枯竭，梦想毁灭，曾经规划好的美好人生彻彻底底偏离了方向……

再见，前尘往事历历在目，触手可及，那些纯纯的爱恋依旧盘绕在心头，只是望过去时，中间却隔了茫茫一片。

那是什么呢？

明明很近，却又遥不可及。

她眼一眨，泪水已然落下。

他醒了。

她以为的天人永隔终没有发生，有生之年，她再次见到了他……

那个她一心想嫁的少年，那个她喜欢到骨子里的人儿，这一刻，就活生生地站在她面前……

不知不觉地，她伸出了手，轻轻地覆在了他那张显得无比消瘦的脸颊上，温热而细腻的触感传递了过来……

大颗的眼泪不自控地滚落。

他还活着，这是一件多么幸运的事儿，也曾是她一直以来祈求着的事儿。

这七年，她做梦都在想：也许明天天一亮，他就找来了；也许明天，他们的日子就可以恢复如初了；也许……

可随着时间一天一天地过去，一个月一个月地流逝，她一岁一岁地长了上去，那个希望渐渐被时光无情地瓦解了、侵蚀了，她也就变得麻木了，也习惯了现在的生活……

如今，她的人生已经彻底大变，变得完全回不去了，他却在这个时候醒来找她。而她呢，父亲没了，自由身也没了。这会儿，她这么急匆匆地从外面跑回来是为了什么？

哦，她是为了医院里的某个男人而来。

那个人叫傅禹航，是个流氓，是个人渣，是个神秘的人，却是父亲一心认定的女婿人选。在遇上危险时，他会护她，把生机留给她，把危险全部揽下……

她一片混沌的脑海中，另一张阳刚的脸孔一点点浮现，那人笑得很邪气，很爱占她便宜，还总惹她生气，把她气得直咬牙，她却每每被他的神秘吸引着……

突然，她收回了手，眼泪却没收住："你……醒了，真好，真好……我以为……我以为这辈子……就这样过去了……"

"对不起，让你担忧了这么久；对不起，害你受了这么久的苦，害你等了这么久……"他的声音也是喑哑的。

下一刻，他手臂一伸，将她捞进了怀里，把她箍在胸口，以感受她的存在。

"真高兴，你还活着；真高兴，还能和你说话；真高兴，还可以和你拥抱……"

她伸出手，回抱住了他。事到如今，他还能走能说，全是老天爷在关照他。

“薇薇，找个地方，我们好好谈谈可好？”他低声说出了一个请求。

“好……”

她的神情是迷离的、恍惚的，待回过神，她才发觉自己已然答应了。

边上小游看着这一幕，心里起了层层疑惑：这个秦芳薇不是有老公的吗？怎么现在又在这里和别的男人缠缠绵绵地抱个没完？

这人是谁呀？

他们就近寻了一处特色餐馆，邓溯依着秦芳薇以往的喜好点了四菜一汤。

当菜上来时，她看着它们，眼红红的，低着头，没有下筷。

“不合口味吗？”邓溯有点担忧地问。

毕竟他们之间隔着七年，她如今的饮食偏好是怎样的，他不是很清楚。

“不是，我喜欢的。”秦芳薇咬着下唇，“只是很久没在外面点这五道菜了……”

“那就尝尝吧！”他给她夹了一些过去，“快吃。”

“嗯。”

她吃了，可是越吃，眼泪掉得越多。

“怎么哭了？”

邓溯有点无措，去抽了纸巾，给她抹泪。

她将一嘴巴的食物全给咽下了。

“没什么，只是……只是有一种物是人非的感觉……我爸要是看到你醒来，一定很欣慰……可惜……”她顿了顿，神情无比哀恸，“可惜他再也见不着你了……”

想当初，他是父亲最喜欢的学生。曾经，她以为这对很是谈得来的师生将来必会成为感情深厚的翁婿，结果呢……

“对不起，我来迟了……”邓溯神情一黯，满面怅然，一觉醒来，一切皆已面目全非，这是何等的悲哀，又是何等的无奈，“我去陵园拜祭过老师了……你放心，我一定不会让真凶逍遥法外的！”

“你……”秦芳薇怔怔地看着他，“你去刑警队询问过这件事了？”

“嗯！”他点头，“就前些天，我终于自由了，也得到了医生的允许，可以正式出院，就去你家找过你，可惜和你错过了。第二天我去你公司找，结果一位凌小姐说你借了她的车刚走……我好不容易弄到了你的号码，打过去却提示关机……之后，我等得发闷，就去了一趟刑警队，把老师的事做了一番了解……”

闻言，秦芳薇眯了一下眼，想到了那天晚上，她和傅禹航本来该在小区用餐的，结果傅禹航那家伙不知怎么的，非要去谍报本部，走的还是楼梯。当时她就觉得他反常，现在越发觉得其中有古怪。

她思量了一番，将手机掏出来，翻了一下未接来电和短消息提醒，果然，足有十几条短消息未读。

呵，他们就这样阴差阳错地生生错过了好几天。

而这几天发生的事，又是那么惊心动魄——傅禹航这个人在她心里的形象，那是一再地被刷新，一再地被深化……

“他……待你可好？”

终于，邓溯轻轻地谈到了这个极为敏感、极为刺痛人心的话题，那清亮的眸子也透出了几分复杂和沉痛：“我听说了，老师过世时，他人在外地……薇薇，关于那个人的背景，我也略做了一些了解。那样的人，不该是你喜欢的人。我找索尧了解过情况，对不起，又是因为我妈，因为我，你才匆匆地错嫁他人……”

这个女孩是他最心爱的人，如果不是当年发生了那样一场悲剧，他或者早该娶她为妻，娇儿都该绕膝了……

秦芳薇什么也不说，心里对张爱旖怀着太多太多的怨恨。想当初在牢里时，那几个女人一直为难她，时不时给她苦头吃，全是因为张爱旖特别关照的。她清清白白的人生被毁，她的婚姻被父亲逼迫，她的人生一步步地错位，全是那个女人造成的。

可偏偏那个女人是他的母亲。

“薇薇……世间七年，我失信于你，未能陪你一起走过，还害得你多灾多难。如今我妈她再难管得着我，就是不知道迟了七年，我还有没有那个机会重牵你的手，不负余年……我是下午就来的，已先一步和傅禹航见过面，那样一个复杂环境当中的男人不该是你最后的归宿，我也无法看着你被一个你不爱的人困住后半辈子。所以，我来见你是想问你要一句话：薇薇，我还有机会吗？虽然你已经嫁人，但如果你过得不快活，如果你的心里还有我，那么，还请你给我一个机会，别让我们的余生留下遗憾……”

他终于说出了他最想说的这番话。

可是，她还会给他机会吗？这一刻，邓溯无比专注地望着她，心里七上八下的。曾经，他是最了解她心思的，可隔了那么久，他不确定了。

因为这番话，秦芳薇心乱如麻，深爱的男子终于回归到了生活当中，这如何不让人心动？

可是，现在她的人生也已变得复杂，傅禹航走进了她的人生，她已经没办法想进就进，想退就退。她不再自由，她已婚了。

“你觉得，我们还回得去吗？”她轻轻地反问，语气是那么苦涩。

“世间万事，都在人为。”他冲她笑得纯净温柔，一如当初她最喜欢看到的梨花怒绽，好看得不得了，“薇薇，好好想一想未来你想怎么过。不管你做怎样的决定，我都支持你，会永远守护你……”

后来，她浑浑噩噩地回了医院。推门走进傅禹航的病房时，她还在想：该离婚吗？该守着这段无爱的婚姻吗？

她的心莫名有些发虚，隐隐的愧疚发自肺腑。

这是一段不正常的婚姻：男人怀着一个不正常的目的娶了妻子，女人怀了一个不正常的目的，嫁了丈夫。他们在这段婚姻当中各有所求。

有一天，女人爱着的男人带着真心而来，婚姻中的女人该何去何从？

女人想抽身，这是一种本能的反应，谁不想有一个团团圆圆、美美满满的结果？

可是，有时以为很美好的将来，不见得就会真的到来。

对于秦芳薇来说，如今邓溯也成了一个未知。

她唯一庆幸的是，他还活着。

她啊，看到自己在意的人还健在，真是一件幸福的事。

毕竟在这世上，除去索娜，她再无亲人，而邓溯，自四年级起，他就参与了她的生活，他们即便不能成为夫妻、成为情人，至少也是知根知底的朋友。

见朋友安好，她自是开心的。

“回来了？”

房内有别的人，邻床有亲戚过来，正在小声地说话，两床之间的床帘拉了一半，傅禹航正靠在床上翻着手机，看到她进来，脸上展开了笑容，明亮而耀眼，很窝心。

那张刚硬的脸孔上点点散落的青紫在提醒她，这个男人，就在不久之前，因为要查她父亲的死因，被卷入了一场不知对手是谁的危机当中，还为了护她置自己于危境，而她在这个时候居然想着要如何离开。

可耻吗？她自问。

非常可耻。她的脑子里闪过了这么四个字。

不管前尘如何，此时此刻，这个人是她的丈夫，是父亲寄予了希望、可以带给她幸福的人。

“嗯。”她点头，低头看了看手上拎着的外卖，“我回来晚了。你吃了吗？我给你带了粥，是鱼片粥，很浓稠、很香……”

借着说话，她努力让自己不要胡思乱想。

“古月斋的？”傅禹航瞄了一眼，“刚刚小游倒是帮我买了米汤，不过不好吃，我没吃多少。古月斋的粥是出了名的好，那就给我来点吧……”

“嗯，你靠着别动，我喂你。”

她把病床上的小桌板架起，将粥搁在上面，取了汤勺去冲洗，回来后，坐在边上，挖了一勺，送到了他嘴边。

看到这光景，他的眉眼间全是笑，笑得可开心了。

“吃呀，笑什么？”

“哦！”傅禹航含了一口粥，咽下后说，“突然想到一个词！”

“什么词？”

“因祸得福。被老婆疼的日子，美死了。”他满足地叹息着。

她手上的动作微微一僵，嘴里则轻轻嗔了一句：“傅禹航，你一天不轻浮就不舒服是不是？”心头则有点歉意，自己稍稍待他好一点，他竟开心得像个孩子似的。

“我哪里轻浮了，这是大实话，我就是喜欢跟你在一起嘛。”他还一脸正色。

她听着，不觉无奈一笑。

这个人的脾气，她已一点一点摸透了，他就爱逗她、哄她、捧着她。

这样的他，她好像已经没办法讨厌了。

“怎么样，保险柜打开后里面都有些什么东西？”一边享受着老婆的喂食，他一边关切地问起了这件事。

那个小游来时，他有问，不过那家伙知道得不多，只说杨队带了一个军工密码箱回来，他们的技术人员破解了几个小时都没有结果，现在那箱子被锁在了刑警队。

“一共六件东西。”

“哪六件？”

“一套收藏版的人民币，一块古董怀表，一支金笔，一幅字画，一本老相册，一只小号密码箱……前面五件东西看不出什么名堂来，就只是我爸收藏的值钱物件。那密码箱现在在刑警队，还没打开，也不知道里面会有一些什么。”

说到这事，她压低了声音问：“哎，据说那个技术人员也是个电脑高手，却搞不定那密码箱，你怎么做到的？”

对这件事，她真心好奇死了。

“我呀，我天生对那玩意儿有兴趣，学着学着就会了。”傅禹航一点也不骄傲，在别人眼里不得了的事，在他眼里似乎只是一件小事。

这人啊，想让她不另眼相看都难。

“人民币、怀表、金笔、字画、老相册……就这五件？”他把她的话重复了一遍。

“对。”秦芳薇点头，默默地喂着粥。

傅禹航不再说话，而是陷入了沉思。

一碗粥，就这样吃完了。

秦芳薇不知道他在想着什么，只知道他思考的时候，一双眼睛黑漆漆的，不像调戏她时那般不正经，而是变得格外的深不可测，就像神秘的大海，有着让人想一探究竟的魅力。

这个男人，和邓溯是截然不同的。

和邓溯在一起，她总感觉人生便若阳春三月，一切静好，只待细水长流地安然度日，你知我，我知你，心里无比踏实，未来，他们会共同成长。

而她和这个男人在一起，今朝不知明日，总有很多的不确定，每每有让人意想不到的事发生——不，准确来说，那些意想不到的事不是他带来的，而是她命里本来就带着的，只是在遇上他之后，那些隐患一个个爆发了，所以，她会觉得他带来的总是变数……

如果那些变数发生在她和邓溯身上，想来同样是兵荒马乱的，所谓的岁月静好必然会被打破，也不知道未来将如何……

现在的情况是那些变数降临在了她和傅禹航身上，因为陌生，以至于她越发觉得迷茫……

总之，两个男人，一个是她深爱的，一个她一点也不爱；一个她魂牵梦萦，一个她做梦都想逃离；一个让她觉得温暖，一个叫她猜不透；一个的母亲令她害怕，一个的来历让她想一探究竟；一个已失去七年，重新回来，一切还能如旧吗？一个闯进她的生活，打乱了她的平静，誓不肯离开，她能如何？

她迷茫……

“现在我没看到东西，也没什么想法，等我身体好得差不多了，我去银行看一看。还有那个小密码箱，里面放了什么东西，回头他们要是破解开了，你看一看再同我说。芳薇……你在想什么？”

她正想着，被他一叫就叫回了魂。

“没什么……”秦芳薇回魂，目光闪烁了一下，心虚极了，低头看了看空空的外卖盒，“我去扔掉。”

“哦！”他眉开眼笑，摸了摸肚子，“老婆喂就是好吃，不知不觉就吃光了。”

他嘴可甜了。

她却躲开了他热烈的目光，逃了出去，来到楼梯口的生活垃圾筒边上站了良久。

病房内，傅禹航收了笑，眉蹙起，心情浮躁之极。

她回来时，傅禹航闭着眼，好似睡了，邻床病人的亲属也都回去了，时已九点半，整个病区安安静静的，偶尔有病床上的呼叫铃响起。

秦芳薇把陪护床轻轻地放下，又去向护士要了陪客被，关了灯，和衣躺着，却怎么也睡不着。两个男人的身影在她脑海里来来回回地交替闪现，她不知道未来该如何……

其实傅禹航没睡，灯一关，他就睁着眼，借着从门板中间的玻璃透进来的光打量她。

她心事重重的，只因为她已经见过邓溯了。

刚刚小游说过，有个年轻人来了，秦芳薇跟着去了。

古月斋这种地方，凭秦芳薇现在的消费水平，她不会自己去，所以，他可以肯定，邓溯一直在楼下等她，现在这对分别了七年的情人总算是见着面了。

一场人为的事故在七年前将他们拆散，现在他们好不容易重逢了，必会抱头痛哭——她的眼红红的，足以说明这一切。

在见到自己心爱的男人之后，她有什么打算，这是他迫切想知道的事，结果她什么都没有说。

这于他是一种煎熬。

他想着，他该和她说一说的，这么憋着会憋出毛病来的。

于是，静静的夜色中，他轻轻叫了一声："老婆。"

她忙坐了起来，走近按亮了床头灯："嗯，怎么了？是哪儿不舒服了，还是想上洗手间？"

她如此关切，为什么？因为她终于要离开他，觉得心下歉疚，所以才如此殷勤吗？

"没什么……"他忽一笑，握住了她那双纤纤素手，骨感极了，也细腻极了，"只是想告诉你，邓溯来过。"

秦芳薇的身子顿时僵了僵，神情也跟着冻住了。

"之前他找到小区，我是故意带你避开了他……他还给我打了电话，但我没和你说。"他把自己的小人行径一一道出。

他如此诚恳，令她一呆："你是不是一早就知道他醒了？"

因为他有一个那么强大的谍报系统。

“不是特别早，就最近。不管你信或不信，若没有必要，我不会深入去调查。”他实话实说。

“为什么？”

“太刻意关注，于你、于我都不是好事。”

忽然，他松了手，直直地望着她，那深沉的眸子里浮现了一片叫人惊讶的情思：“秦芳薇，我不知道你心里到底是怎么想的，现在，我只想对你说，在你准备做决定之前，请给我一个公平竞争的机会。”

“你让我怎么给你机会？”她反问，嗓音轻轻的。

闻言，傅禹航神情顿时一黯，随即泄气一笑，这个女人还真是够绝情。

也是啊，人家是初恋，而他只是趁机而入的人，怎能相提并论？

“哦，我知道了。”他闭了眼。

他明知是这样一个结果，却还是不死心，结果受伤的始终是自己。

而他和她的这段婚姻时光，只是他一厢情愿做的一场美梦。

是梦，终有醒的一天，不管怎样，他曾拥有过她一阵子，好像也不枉此生了。

“等老师的案子一了结，等你安全了，我们就去离婚。”说出这句话时，他的心里很不好受。

可是，除了放手，他还能怎么做？

老师让他别做傻事，别再拱手相让。

这一次，他也的确不想让。能娶她本就是计划外的事，既然娶了，他就是想尝试，更想证明自己不比邓溯差。可不管自己怎样不服气，他不讨她喜欢是一个不争的事实。

之前他一口咬着死也不离，是拉不下那张脸，不想承认自己的失败。现在他终于松了口，不过有个前提，就是等案子了结。到时，他愿意成全她，只因为他不想和她把关系闹得太僵。既然不能继续做夫妻，他只愿他们还可以做朋友。

秦芳薇怔了怔，没想到他会说出这么两句，明知他误会了，却不急着去纠正，而是细细地想着他这种语气转变的原因。

“去睡吧！”他重新睁眼时，神情平静极了。

“我还没把话说完。”她站着未动，说得慢吞吞的。

“你的意思我已经明白了。”他蹙眉。

“不，你没明白。”

“……”他不解，望着她。

秦芳薇淡淡地强调：“我想说的是，傅禹航，你已经是我丈夫，不管当初我是为何嫁给了你，现在我们总归是夫妻了。除非你做了对不起我的事，否则，我不会离婚。这更是我爸的心愿。所以，你求的机会，不用我给，也没有竞争一说，因为我和你早已成为一家人。”她极其冷静地说着。

这番话挺让他惊讶的，原来她不是不给机会，而是已经认可了他。只是他更明白，这种认可并不是感情上的认可，而是理智上的认可。

他开心之余，又是感伤的。

他眼睛一眨不眨地盯着她，过了良久方轻轻说道：“可我要的不是勉强，而是你的心甘情愿。秦芳薇，你真的甘愿吗？”

隔壁床上的病人在打呼，睡得很沉，他好得差不多了，故连陪床都没有。

傅禹航和秦芳薇说话又轻，完全影响不到他的休息。

“我……我累了，睡吧！”

秦芳薇躲开了他的逼视，把床头灯关了，回了自己的陪护床，裹了被子闭了眼。

她不想回答，也不愿违心欺骗他。

爱情这玩意儿不是理智可以控制的，喜欢一个人也不是自己想停就能停下来的。对于邓溯，她爱了太久，就像吃了太久的鸦片，戒不掉了。

可是，这段婚姻，她也没理由去放弃。

虽然她不爱那个男人，可那个人已成她的丈夫，而且这是她自己的选择。在他为她舍生忘死，险些丢了性命之后，在他还在病床上躺着的今天，如果她为了一己之私而选择弃他不顾，那她成什么了？

忘恩负义的事，她不做。

在决定往下查时，这个男人就告诉过她，未来肯定危机四伏，她坚决要查，他就奉陪，是以现在她纵然找回了初恋，也不可能和初恋再续前缘。

在这世间，还有比爱情更重要的事，那就是责任。

傅禹航失眠了，他没逼着她要答案，因为那个答案，他已从她的回避中获知了。逼出违心的话，没意思；逼出真心话，伤的就是自己，那他就不问了。

年少时，他认为爱情至上，并为它不顾一切，待岁数一长，才明白在这世上，爱情是比较空的东西，每个人身上背负的责任更为重要。

所以，他艰守到了如今。所以，她不会离婚。这里面无关爱情，更多的是责任。

这便是生活。

人年纪越大，越能体味到"责任"二字的分量。

是的，他们之间没有爱情，只有责任。

这就是他们俩的现状。

清晨，傅禹航有点尿急，扶着床上的扶手起来，但他再铁骨铮铮，终是一副血肉之躯。麻醉药失效后，身上的疼，他咬牙忍着；肚子饿却不能多吃，他也忍着；只有尿急，他没法忍。

他不想在床上对着夜壶尿，可每次下床，他整个人软得就像双腿是棉花做的，之前需要刑警队的人外加小胖扶着才能进卫生间，现在他只能靠自己了。

谁知他一动，秦芳薇就醒了，看他坐了起来，忙上来扶。

"想干吗？"

"上洗手间。"

"我扶你。"

"……那麻烦你了。"

傅禹航没客气，他知道自己的状况不是自己想任性就任性得起的。

他用自己手臂勾住了秦芳薇的脖子，借着她的力量往卫生间走，开了灯，关了门。

由于一只手伤得严重，另一只手又勾着她脖子，他没手解裤子。

秦芳薇迟疑了一下，轻轻说："我帮你……"

傅禹航有些尴尬："不如你出去，我自己慢慢弄？"

长这么大，他还没当着一个女人尿过尿，纵然她是他老婆，那感觉仍是极怪的。

"没事，我来。"

既是夫妻，该有的亲密都有过了，那么这些又算得了什么？

她帮他解开裤子。

不想那裤子腰身很大，她一松手，它就全掉到了地上。

秦芳薇一呆，这下，她算是彻底看光了他。

她红着脸忙帮他把裤子拎起，抬头就对上了他那亮晶晶的眸子——欲笑而未笑的。

"你故意的吧！"他盯着她，指控着。

她马上否认："哪有！"

"肯定是故意的。"

"没有。"她恨恨的，有点恼羞成怒，"你到底尿不尿？要是不尿，我们出去了。"

"尿，尿，我受不住了……"

秦芳薇侧过了脸，粉粉的脸上红成一片。长这么大，她还没侍候过男人尿尿——虽然这种事属最正常不过的生理反应，然而如此服侍，一般是夫妻之间或是亲人之间才会有。

现在她如此服侍他，自是将他视为丈夫了。虽然她在情感上是排斥的，可她屈从了现实。

待他方便完，她为他系好裤带，又扶他细细地洗了一把手。

他想刷牙，她帮他挤牙膏，接漱口水；在他刷牙的时候，她帮忙稳住他，之后又给他拧毛巾洗脸。她尽心又尽责，尽着一个妻子该尽的本分。

对着镜子，他看着她为自己忙前忙后，纵然这当中没有爱情在，可是这重要吗？

这世上有太多的人不是因为爱情走到一起的，却也能相敬如宾地走完一辈子。

忽然，他以一只手拥住了她，轻轻叫了一声："别动。"

她果然没有再动：“干什么？”

“想抱抱你。”

“……”

镜子里，一男一女抱到了一起，看上去很亲昵……

“如果哪天你后悔了，可以和我说。”他望着镜子中神情极为不自然的她，将唇凑到她耳边，意有所指地说道，“我保证不会为难你。秦芳薇，我唯一的希望是你平平安安的，好好的，无灾无难地活着……”

秦芳薇的心紧缩着：这一刻，她忽然感受到这人是爱她的。

可她不明白，他对她的感情是怎么来的？

“傅禹航，你为什么会喜欢我？”她忍不住看他，并脱口问出了这个问题。

傅禹航一愣，不觉笑着问：“喜欢一个人，需要理由吗？”

“需要——一个人喜欢另一个人，肯定是被那个人身上某种优秀的品质打动了……”

她觉得这世上没有没理由的喜欢，就像她喜欢邓溯，是因为他的思想和她的思想在同一个高度，他们的想法总是不谋而合，他们的“三观”惊人地相似，他们的合作总是愉快的，他们在一起，可以让彼此开心……

“等哪天你爱上我了，我再告诉你……”他卖了一个关子，靠着门，轻轻捏了捏她的脸，“不过，秦芳薇，你要是一直这么待我好，我会越来越放不下的。”

那热辣辣的目光还真是让她不敢直视，心里则在想，这人说话有点自相矛盾，一会儿说愿意放开她；一会儿又说只有她爱上了他，才会告诉她那个理由；一会儿又道要是她待他太好，他就会放不下……矛盾得一塌糊涂。

可若细细咀嚼个中滋味，就能明白，他的矛盾全是因为他对她用情至深。

只是，她真的很不懂，他的情到底是怎么来的？

最吊人胃口的是，他不肯说。

就在这时，门外有人敲门：“你们快点……我快憋不住了……”

是邻床那位。

# 第五章

## 神秘密码箱

上午，杨凡过来，又把秦芳薇带去了刑警队。

九点，省里的技术人员来了，是一个看上去很牛掰的男人，她听着他们一径在那里恭维他，看样子这是个不得了的人物。

可正是这个不得了的人，对着那密码箱一上午，愣是没把它给解出来，最后，他过来和杨凡解释说："这密码锁很复杂，我得去问一问我的老师……"

下午，人家把老师也请来了，师徒俩研究了足足四个小时，无果。

面对这样一个结果，秦芳薇心里是震惊的，想她父亲只是一个普普通通的教师，怎么可能设置出让政府部门专攻解码的专家都束手无策的密码来？

这事太古怪了。

怀着满腹的惊疑，她由小游送回医院，却在踏进病房那一刻看到杜越红坐在病床边，正痴痴地望着床上沉睡的男人，双眼里盛满了藏不住的深情。

她看着这一幕，心里不舒服极了，莫名涌现的占有欲令她特别地讨厌这个女人。

秦芳薇走了进去，脚步声虽然很轻，但还是引来了杜越红的注意。

两个女人的目光对上时，杜越红的眸子闪了闪，站起身并迎了上来，不驯的眸光在她身上打了一个转，审视起她，半晌后才压低嗓音说道："出来，我有话和你说。"

那气势，就好像秦芳薇是她的手下，一副趾高气扬的模样，似乎不可违逆。

她当自己是谁呀？

可不理她的话，好像又有点不礼貌。

看在来者是客的分上，秦芳薇跟了出去。

待到了走廊上，她开口轻轻发了一问："吴太太，有何赐教？"

之前工作上有交集时，秦芳薇称她为杜总，这称呼没有归属感，体现着一个人的社会价值，可以让人联想到女强人这样一个非凡的身份，可现在她们皆不在工作场合，秦芳薇不想称她为杜总，而改为了"吴太太"，这个称呼也是她实至名归的，但是秦芳薇觉得，这怕也是她最讨厌的身份。虽然她现在所拥有的一切皆来自这个称呼，可她顶着这个身份，却并不爱那个给她这层身份的男人。所以，这称呼对于她来说，该是一种难言的刺痛。

杜越红的脸果然变了变，眼神变得沉沉的："请叫我杜总。"

"我叫错了？"她故作诧然，"难道你不是吴宇的嫂子吗？吴太太。"

她故意把最后三个字咬得特别特别的重。

杜越红也是个聪明人，终于意识到她是故意的，只因为自己的出现教她不舒服了，所以她也不让自己好过。

在明白这个道理之后，她不再就这个称谓和秦芳薇较真，心思直转之下，扔了几句话过去："秦芳薇，我认识傅禹航这么多年，从来没见他伤得这么严重过，怎么这几个月，他娶了你之后，就一而再地受伤？别人说你是个煞星，我看还真是。七年前害得自己的男朋友成了植物人，七年后秦先生莫名其妙死于非命，现在就连一向命硬的傅禹航也被你克得接二连三地出事，你这样的人，还真是谁遇上谁倒霉……傅禹航是倒了八辈子的霉才和你纠缠个不清……我奉劝你，以后，你还是离他远点比较好……不要怪我没提醒你，要是傅禹航再出现什么闪失，我一定让你在这平市混不下去……"

一威胁完，她便踩着踢踏有声的高跟鞋，甩着那漂亮的红色 LV 限量版包包往外走。

煞星？

她吗？

呵！

她才不会因为杜越红这么一句牵强的联想，就往自己头上安这样一个晦气的字眼。

这世上哪有所谓的煞门星？

她只相信，事出必有因。

七年前，邓夫人的翻脸无情肯定是有原因的；七年后，父亲之死也是有原因的；现在，她和傅禹航所遭遇的一切，皆和这两件事有关联。

而这些，是她接下去要查实的重点。

待她折回病房，傅禹航已经醒来，看到她便是一笑："回来了？"

"嗯……"她神情淡淡地望着他，并告知道，"杜越红刚走。"

"哦！"傅禹航打量着她，"她上午来的，我让她回，她没回，一直坐在边上帮我看着点滴……"

"小胖呢？"

上午她离开时，小胖在陪着他。

"被杜越红叫回天上人间了。"

她明白了，人家这是想借机和他单独相处。

"你脸色不太好，生气了？"傅禹航猜想着。

"我生什么气？"秦芳薇反问。

"你要不生气，为什么一脸不高兴？我有那么好骗吗？"傅禹航指着她的脸，"脸都拉成丝瓜了……"

她不由得摸了摸自己的脸，但还是死不承认："没有的事。杜越红是你老板，过来看你很正常，我干吗不高兴？我只是在想密码箱的事，他们没解出来。"

傅禹航知道她在转移话题，却不点破，笑了笑往下接道："看样子，我们家老头子还真是深藏不露啊，设计的密码居然把省里来的人都给难倒了……"

"可问题是，我爸对电脑并不精通啊……"

这是秦芳薇想不通的地方。

傅禹航倒是帮她想过原因了："只可能有这么两个解释，一、爸的道行高深；二、爸有那种道行高深的朋友……能拿到军工密码箱，这背后之人肯定非常有能力。"

这话太尖锐了。

前者，秦芳薇觉得可能性不大，至于后者，爸的朋友倒是有一些，但是基本上她都认识啊，哪有什么能力非凡的朋友，还得和军工方面扯上关系。

"唉，我真想看看里面到底藏了什么东西。"

密码箱越是打不开，秦芳薇心里就越好奇。她暗自思量了一下，坐到了他面前，头凑了过去，问得很小声："哎，要不，我去让杨队把密码箱弄过来，你来解？"

"不好。"

傅禹航想都不想便摇头拒绝了，心上一点也不意外她会提这么一个请求。

"为什么不好？"

"我会有麻烦的。"望了望门外，他低低地回答。

现在所有人都只知道他是天上人间的经理，有谈判之能，极少人知道他精通解码，若让警方知道，于他没好处。

这个道理，秦芳薇其实也想得到，只是，她太想知道密码箱里的秘密了……

"唉！"她不由得叹了一口气，坐到了凳子上。

他见状，扯出了一抹安慰式的笑："放心吧……既然警方介入了，密码箱迟早会解开的，你就耐着性子等上几天。刑警队伍当中有真才实学的还是有几个的，这个不行，他们就会换一个，或者直接外聘专家，肯定会想出办法来的……再有，我觉得吧，里面的东西不可能会是特别重要的东西，你不要抱太大的希望，觉得只要打开了，就能把爸那个案子一下子查个水落石出，事情绝对不会那么简单的……"

后半句的语气那么肯定，倒是让秦芳薇生了层层疑惑："是吗？为什么你会这么认为？如果不是特别重要的东西，我爸怎么会将它们搁在里面？”

“我只是觉得那里面的东西不是我们想找的账册，但极有可能和你的身世有关……不过这只是猜想，你别问我要依据……女人做事喜欢凭直觉，我也有这个习惯……”

主要是因为秦牧临终前说过，他想知道的真相全在山洞里，而山洞里的线索又和保险柜联系在一起，如果把账册放在密码箱，那就太容易找到了，所以，他才有了这样一个想法。

“我口渴了，老婆，给我倒点水好不好？”

才睡了一觉，醒来嘴干得很，行动不便的他只能向秦芳薇求助。

秦芳薇一边答应着起身给他倒水，一边想着他说过的话……

就在这时，她的脑子里闪过一个画面，眼睛跟着就亮了，急急叫了起来：“傅禹航，我突然想到一件事。”

“什么事？”

傅禹航看到她连水都洒了，想来那事很大。

秦芳薇把热水壶搁到地上，说道起来：“我三四岁时，我爸好像带着我见过一个很魁梧的男人，且常常在外面没有人的地方见面。我爸和那个人的关系好像很好，那个人还常常让我骑在他肩上玩……但后来，那个人就再没出现在我们的生活当中……哦，对了，我会些功夫，那基本功还是他教的呢……”

她突然之间就想到了这么一件事。

傅禹航的目光一闪，随即问道：“那个人叫什么，你现在还记得吗？”

“全名不记得，我只记得爸让我管他叫江叔。说真的，我爸的朋友一向少，与他相谈甚欢的人更是少，但他和那个叔叔的关系简直可以用知己来形容。因为我爸见着他，脸上全是发自内心的微笑……可后来，那个人我再没见过……你觉得，我会不会是想多了……”

她没法确定这个线索到底有没有用，傅禹航却觉得这是一个非常有意义的发现：“你确定没再见过？”

“对！”

她点头，将声音压得格外的低。

傅禹航想了想，才又做了一个总结：“不出现只有一种可能。”

“什么可能？”她小声追问着，心上升起了一种不好的预感。

“死了。”

果然不是个好结论。

但好像也只有这样一个结论才可以说明那个叔叔为什么再没出现。

“也许那人是卧底什么的，所以约见你爸时，才会选择少有人迹的地方。”

这句补充，越发地有说服力。

“所以，你觉得密码箱极有可能是那个叔叔给我爸的？”

“不知道，现在一切全是猜测，我没办法给你一个肯定的回答。”

傅禹航伸手指了指水杯，示意要喝水：“这几天呢，我动不了，等过两天我去看一看爸留下的东西，说不定我可以给你一个明确的定论。”

秦芳薇坐到了床沿上，在杯子里插了一根吸管，扶他喝水，心下自是明白的，这件事真是急不来的。

三天后，刑警队从国外找了一个专家来，终于当着秦芳薇的面，将那只密码箱给破解开了。

据说那位专家是个德国人，精通各种解码，是个世界级的电脑高手。他解开那密码箱前后不过花了十分钟时间，这个速度，和傅禹航的解码速度不相上下。

那一刻，她忽然想：难道傅禹航的本事也是世界级的？

可如果他的本事是世界级的，他怎么会窝在天上人间做一个微不足道的经理？

这个问题，她没有深入地想，她的注意力全被密码箱当中的东西给吸引了去。

如傅禹航所料，密码箱中根本就没有账册，只有这么三件东西：一对金手镯，一张写着生辰八字的纸，一封信……

手镯上刻着“芳薇”两字，纸上也有这两字，信上的内容则是这样的：

薇薇，我的女儿，若你见到这封信，恐怕为父早已不在人世。若为父平安归来，必会将信取回；若未归，那必然早已魂归大地。

薇薇，我的女儿，我与你母亲相识于危难，本不该生你于世，可当你意外到来，为父又怎舍得夺了你的生路？

薇薇，此生，为父若不能陪你成长，那只愿你随你母亲另得一个好归宿，只愿此生你可以健康长成，一世平安快乐……

为父唯一的盼望是，尽一切可能，将自己的使命完成，而后娶你妈妈，带你回家，从此我们一家三口守在一起，再不分离，也不用担惊受怕。你可以生活在明媚的阳光底下，是我们最爱的小公主。我要一直守着你们一大一小两个女生，不让任何人欺负你们……

亲爱的宝贝，今天是你满月的日子，为但父能给你的只有这对手镯，以及一个未知的命运。等一下我就得走了，只愿幸运女神一直眷顾我，只愿我可以平安地完成最重要的一个环节，只愿我们父女可以再见……

亲爱的宝贝，爸爸很爱你，也爱你妈妈，可爸爸得完成属于爸爸的天职……

若你看到了这封信，请别哭，因为爸爸会在天堂永远守护你。

……

这……这竟是生父写给她的遗书。

可是这封遗书的最后只落了日期，没有署名。

为什么没署名？

是害怕被人知道吗？

“秦小姐，你不是秦牧先生的亲生女儿？”

杨凡看到这些东西后有点泄气，它们看上去不像是特别有价值的东西。

“嗯……”

“那你可知道你生父是谁？”

杨凡想不明白，这些东西，秦牧藏这么好干吗？只是单纯地不想让女儿知道吗？

秦芳薇摇头：“不知道，我爸死得太突然，他没和我说清楚。这些东西应该是和我的身世有关，可惜我看不出什么名堂……”

或者，她可以找陆瑶问个究竟。

警方给这些东西拍完照片之后，将东西原样归还给她，而她将这些东西带去了医院。

傅禹航在医院又昏天黑地地睡了一下午，无聊得都快发疯了，在看到秦芳薇带来的这三件东西后，盯着那封信看直了眼。

“喂，怎么了你？是不是发现什么了？”

小游就在门外守着呢，她问得可轻了。

结果这个男人抬眉，抿紧了嘴唇，什么也不说。这字迹他见过，可这件事他不能和她说，心下则顿悟了一件事：她的生父或许是一位缉毒英雄。

“到底怎么了？”傅禹航的沉默不语令秦芳薇着急。

“哦，我只是觉得这个字写得好。你瞧，每个字都力透纸背，刚硬无比，写信的人肯定是个铁骨铮铮的硬汉。”指着那字，傅禹航避重就轻，说了这么一句。

秦芳薇看他说得无比认真，好像刚刚他的走神还真是因为这么一回事，但她觉得很不对劲：他刚才说话明显有所保留……至于为什么要有所保留，他那比大海还要深不可测的眸光底下藏着的是怎样一种心思，还真不是她可以揣测的。

这个人就像一个谜，而她虽然和他亲密之极，却始终无法触到他内心最真实的那部分。

“是吗？你只是觉得这字好而已？”她满心的怀疑。

“难道你不觉得好吗？”他反问了一句，还刻意抖了抖那张陈旧的纸，“人如字，字如人。一个人的字，往往体现了字主人的精神风貌。所以，我想，你的生父肯定是个足以让你引以为傲的男子汉大丈夫。”

是的，傅禹航给予了高度的肯定，就好像他有见过她那个素未谋面的生父似的。

据纸上的八字可知，她的生日不是她一直在过的生日，两者之间有个时间差，比她现在的生日早了两个月……

也就是说，那个时候的傅禹航也只是个蹒跚学步的小毛头，自然是不可能认识她生父的，那他的这种肯定是从何而来的呢？

好奇怪，不是吗？

她不说话，只是默默地望着这个男人，琢磨着他是以怎样一种心态说的这番话。

“你对字很了解吗？”突然，她盯着他问了一句。

“不了解，但这是老古话，书上都是这么说的。”

傅禹航笑笑，知道她对他的说法持怀疑的态度，可是有些事他没法现在和她说透。何况，这会儿他心里所认定的事实只是一个刚刚形成的猜测，至于是不是真的，还需要进一步去核实。在核实事实之前，在他不能说透的情况下，他无法多说，搪塞是免不得的。

“那你的字也不俗，傅禹航。如果你非要以字来比人，那看了你的字，能想象出你是怎样一个人吗？不如你自评一下如何？”

她顺势给他挖了一个坑，脸上还含笑，可那闪闪的明眸底下有狡诈之光一闪而过。

他的字，她只见他写过三个：傅禹航，两人结婚登记的时候她见过一回；海景春城签约时，他签过一回，一笔一画都充满了不驯的色彩，潦草却又阳刚，充满了任性和潇洒，一眼观之，很是让人惊艳，细细观摩，会发现非常有个性，寻常人很难模仿得像。

“我啊，我是那种非常自我的人，只做自己认为对的事……哎，你把话题扯远了啊，现在我们在讨论这三件东西好不好……”

这个人绝对是狡猾的，三言两语就把话题给转了回来。

他盘坐在床上，对着摆在被面上的三件东西，一副“我现在只对它们感兴趣”的模样。看了又看之后，他说了说自己的看法，直接掐断了上一个话题：“我觉得吧，这封信传递了这样几个信息：一、你生父在做一件极其危险的事，随时随地都会有性命之忧；二、你生父和生母是未婚生的你，并且你生父很爱你生母；三、你生父生存的环境见不得光，这可以归结为两种可能，一是他本身的行当见不得光……”

秦芳薇的注意力自然而然地被他的话给吸引了，听到这里时，她急忙反驳：“不可能，我爸是怎样的人我心里有数，他不会结交那种大奸大恶的人……”

她嘴里说的那个爸自然是秦牧，可见她对秦牧的交友原则是相当认可的。

此刻病房内只有他们俩，邻床那个病人出去走动锻炼了。

傅禹航听了，点头表示认同："那就只剩下第二种可能……"说话间，他瞄了瞄门口，"这一种之前我就已经说过了。"

秦芳薇目光一凛，也压了压嗓音："你是说……卧底？"

"对。"傅禹航收了笑，神情一下就变得肃然，后半句说得极轻，"并且，可能已经为国捐躯。"

从知道自己不是秦牧亲生女儿那一刻起，秦芳薇就在想，自己当初是怎么成为秦家女儿的？自己的亲生父母又是为了什么放弃了自己？在看到生父遗书的那一刻，她知道自己不是弃婴，是因为爱而降临这个世上的，可结果她要面对的是另一个死讯，这真是一件教人心痛之极的事。

"是啊，这是一份遗书，他肯定是不在了。"

她不由得沉沉叹了一口气。

可她不知道那个素昧平生的父亲是为了什么才不在的。

这封信太短，完全没提及他的职业，甚至连名字都没有，这真是太让她感到遗憾了。

"或者，我可以从陆瑶那边打听打听？"

她以一种询问的语气提到了这个想法。

"警方会去找她谈话的……不过在这之前，我们的确应该先他们一步找她聊一聊，近身察言观色一番……这样，我会和刑警队的人联系好，请他们先不要找陆瑶。等大后天我不用挂点滴了，就陪你一起过去。至于这两天，你最好不要单独行动，外面那些个漏网之鱼正对我们虎视眈眈，你千万不能落单……反正事情已经出了，想查真相，我们不急在这一时半刻，急的该是他们……现在我们需要确保的是人身安全……"

"嗯，我知道了。"

想想那些人来势汹汹的，可见他们现在的处境有多危险。

留得青山在，不怕没柴烧这个道理，她自是懂的。

"还有这个金手镯……"

傅禹航忽将那对小玩意儿取了过来，刑警队的人将它们装在了一个密封袋里。

透过袋子，他细细看着上面的图案，做了一番研究，而后得了一个结论："做工很精致，这种工艺放在二十几年前非常值钱，据我所知，首饰上标有这种logo的，多是名家定制之物……所以，只有一种可能：你生父在组织当中的地位很高，且收入很丰，否则买不起这样的东西……可惜，你生母是怎样一个女人，我们一点线索也没有……唯一可以看出来的是，你母亲是个有文化的人。”

这个也看得出？

她目光一闪，落到了那封信上，他的这个结论是来自那封信吗？

傅禹航也瞟了那封信一眼，紧跟着解释了一句：“这种纸是美术专用纸，且是女性最喜欢用的那种。我想你母亲在画画方面是有特长的。”

那的确是美术专用纸，可她这个常与纸为伍的人都没一眼认出那种纸是哪种类型的，傅禹航却一眼发现了，可见他的眼光是何等的锐利，如此细小的差别都能一眼辨识出来。这样一份能耐，着实教她为之惊讶。

面对她的惊讶，傅禹航知道自己说得有点多，然而有些话他必须说清楚。

下一刻，他语锋一转，说到了另一件事：“依我看，你生父应该老早就出事了，而后来你见到的那个江叔可能是你生父的搭档。在你生父出事之后，可能是他将你交给了秦老师收养，后来，他则定期来看望你……至于你生母……”

他顿了顿，眼睛里忽闪过一丝不忍，竟说不下去了。

“你想说我生母可能也已经不在了，所以我才会流落到爸手上是不是？”

秦芳薇说出了他没说的后半句话。

“这只是我的猜想，具体情况，现在不管是你还是我，都无从得知。你呢，也别难过，最糟糕的情况也就这样了，也许往下查，会有意想不到的转变发生。”

说话间，他伸手轻轻地抚了抚她那光滑的发顶，心疼她：不管是原生家庭，还是后来的收养家庭，都这么不幸。而她本该是幸运的，结果因为张爱旖强行介入，人生发生了巨变。

“也只能这么想了。”

她把手镯要回来，轻轻地摩挲着，无法想象当年到底发生了什么事。

如果当初生父平安归来，如今她的人生境遇怕是另一番模样吧。无论是谁，儿时的生活都取决于父母，待长成，则是自己的人生选择决定未来的生活如何。

“至于这个生辰八字，现在看上去好像没什么用，不过至少让你知道了自己真正的出生年月日，如此说来，总归还是有点用的……好好收着吧……”

他把信折好塞回信封里，又把写着八字的纸塞了进去，再把她手上的手镯要过来也塞了进去，示意她放好。

等她放好了，他才重新露出了笑容，说：“给我削个苹果吧！你半个，我半个，肚子有点饿了，先来点饭前水果……你瞧，天都快黑下来了，这一天就这么浪费了……话说，我这一进医院，你又来陪护，海景春城那项目现在谁在跟进？”

他从那个严肃的话题上绕开，转到了公事上。

“吴宇在跟，进程不会落下的。”工程最忌耽搁，一耽搁就是白白烧钱，“我去给你削苹果，然后去买晚饭……”

“晚饭不用买，我有让小胖送来……”

靠在那里，他抚着自己受伤的右胸，那里一动还是疼得厉害。这一次，他伤得真心重，要是再来那么几拨人，他就得交待在他们手上，所以，在这个节骨眼上，他需要足够安全的环境养病……

于是，他趁秦芳薇上洗手间处理苹果时，抓起他让小胖买的新手机给杨凡打了一个电话，先请求杨凡暂时别找陆瑶，又说了这么几句话：“杨队，为了我和我老婆的人身安全着想，我想给你一个建议：密码箱里藏着什么东西，你可以散播出去……”

“为什么？保命啊……这可以起到缓冲作用，要不然对方会拼命找我们麻烦的。我现在没法自保，还得搭上我老婆的小命……”

“不是我不信任你们警方的办事能力，而是一切都得防患于未然……”

“呵，对，我就是这么想的。你们那个班子当中有没有他们的眼线，谁都说不准。反正密码箱里的东西，就现在的情况来说，没什么特别有用的线索……散播出去让他们知道，他们见东西不会危及他们的利益，就会坐着静观其变……”

“我的依据是什么？抱歉，我没什么依据……这是一种直觉。还希望杨队采纳。”

在他说话间，秦芳薇已经来到他身边，手上拿着一个削好且已经一切为二的大苹果以及一把水果刀，听完，又惊又疑地问道：“你觉得警队当中有他们的人？”

“可能性很大。对了，等一下你再和索尧通个电话，把密码箱里放了什么东西也和他详细说一说……”

“为什么要这样做？”

“很简单啊，把消息散播出去。”

傅禹航把半个苹果取过去，“咔嚓咔嚓”吃了起来：“你自己想一想，这一次我去山区的事，有几个人知道？就你和我吧……为什么我们的行动会这么透明，受了两次袭击？你告诉谁了？索尧一心为你，肯定不会出卖你，但是他的手机极有可能被监控了，或者就连凌临的车也有可能被装了跟踪器……否则，他们不可能那么精准地找到我们……”

听他如此一分析，秦芳薇不觉冷汗涔涔。看样子，这次的意外完全是她不够信任他而引起的。

“当然，也有可能是他们暗中在盯我的梢，只是手段比你来得高明，没让我发现，所以你也不用自责，总之，我们现在已经被他们盯住是一个不争的事实。而想要盯我梢却不被发现，对方在政府部门的某些岗位上肯定有眼线。也就是说，刑警队那边肯定有人帮衬着，如此，他们才能通过交通监控网查到我的实时行踪……并且对方是高手中的高手，就像我们的谍报系统可以悄无声息地切入政府部门的网络进行私下过滤一样……现在我让杨凡松口，就是在为我们争取时间……只要他们知道这些东西不甚紧要，那么，他们就不会往死里逼我们，抢那些连我们都不知道有什么用的东西……”

这番弯弯绕绕的心思听得秦芳薇无比惊骇，这个家伙的脑子到底怎么长的呀？居然会想得这么深远！

这时，手机响了，来自秦芳薇的口袋。

她回过神，抽了张纸巾铺在床头柜上，将另一半苹果和水果刀搁着，把手擦干后才把手机取出来，一瞄，脸上顿时浮现了一种不自然的神情，是邓溯的来电。

这个人是来问她要答案的……

而这种变化，哪逃得过傅禹航的火眼金睛？

他自是最懂她的。在这世上，少有人能牵动她的神经，除了秦牧和索娜，剩下的也就只有邓溯了。

秦牧是她父亲，她从小与父亲相依为命，那份感情自然深厚；索娜是她挚友，她最困难的日子，是索娜陪着她度过的，她们的姐妹情是其他任何东西都不可替代的；邓溯是她的初恋，拥有的是她最初最纯的感情，也只有他才能让她情思翻滚，平静的眼瞳里浮现不一样的情绪。

而这是他无法挑起来的，不管他如何不甘心，这都是事实。

"是邓溯打来的？"吃掉最后一口苹果，他问了一句。

"嗯！"虽然很不情愿，但她还是应了一声。

"为什么不接？"他斜睨一眼那手机，铃声仍在响着，"顾忌我吗？"

的确，秦芳薇觉得自己当着现任丈夫的面接前任男友的电话有点不合适。

傅禹航扯了一张餐巾纸抹了一把嘴，径自说道："你爱接就接，我管不着的。秦芳薇，我之前说过的话一直算数。将来的路该怎么走，你自己看着办……"

一团和气的笑脸，带着满满的尊重。

这个男人有时很霸道，有时很野蛮，可是，越深入地了解他，她就越觉得他也有可爱的一面。比如，他是真的很彪悍，但是那份悍，他只拿来针对外面来犯的敌人，对她，他或调戏，或宠溺，或撒娇，难道不可爱吗？

刚认识他时，她觉得他是那种很大男子主义的渣渣，结果不是，他很懂如何尊重人。

一个人，懂得尊重他人，就会给人留下一个好印象。

"那……我去接个电话……"她轻轻地说。

"嗯，去吧！"

他往身上盖被子，一副"我想休息"的模样。这时邻床那位大伯从外面进来了，和他打起招呼，两个病友说话很是热络。

秦芳薇退出病房,来到走廊才接了电话,嗓音柔柔地唤了一句:“喂,阿溯……”

“有空见个面吗?”

又三天了,邓溯无比想她,却只能克制着自己不来打扰她,因为他和她说好了,要给她时间考虑清楚的。

“现在吗?”

“嗯,我就在这一层楼的电梯口等你。”

电梯口?

她不由得往那边找去,只看到身形瘦若枯竹的男子正靠在电梯口,脸上始终带着如梨花般净洁的微笑,观之教人心头不由得生出一片宁静来。

“你来了。”

他没进去,想来是不愿和傅禹航见面。

“嗯。”

他露齿而笑,笑容明媚似春日暖阳。两人视线一对上,时光似乎一下就拉回到了七年前,那时的他们多要好,可是……现实终是现实……

“你等我一下,我去和傅禹航说一说。”

“好。”

适时,电梯门开了,好几个人拥了出来,其中有一张熟脸,不是别人,正是小胖。

小胖一眼就看到了秦芳薇,她正和一个清瘦的高个子帅哥说话,那神情流露着少见的温情。但那女人和傅哥在一起时,脸孔常常是板着的,少有柔情的一面。此刻,他见得这光景,不由得冲那帅哥望了过去,在认出对方是谁之后,那粗黑的眉毛一下就拧了起来。

下一刻,他很刻意地叫了一声:“嫂子,你这是在等我给你和傅哥拿晚饭过来吗?”

秦芳薇自然也看到了他,神情有点不自然,在对上他的眸光之后,忽意识他应该是认识邓溯的,他如此这般叫,只是想提醒她现在她是谁的女人。为此,她不觉暗自苦笑:傅禹航和他兄弟们的感情还真是深厚。

“不是,是我朋友来找我。”

她表现得坦荡，随即接过了他手上一只保温桶，转头对邓溯说道：“我去去就来。”

“嗯。”

邓溯点头，目送他们离开。他自然看出来了，那个半路杀出来的胖子对他怀着很大的戒心，应是傅禹航的人。

快步回到病房，秦芳薇看到傅禹航正在翻手机。

她把保温桶放到了床头柜上，又把小胖手上的另一个保温桶接过放下，说道：“去洗洗手，可以吃饭了……我扶你起来吧！”

她凑过去扶他。

他没推拒，笑呵呵地接受她的侍候。现在的他走路没问题，就是右手还不能动，连拧毛巾都吃力。

“傅哥，我给你带了卢锦记的三鲜汤、花式烩牛肉，以及小鱼丸……你说过的，这些全是嫂子爱吃的……”

小胖这话又是刻意说给她听的吧！

秦芳薇扶傅禹航往洗手间去时，因为这句话，步子顿了顿，而后瞄了一眼身边的男人：他纵然受了伤、住了院，却还是心心念念着她的饮食喜好，这样一份关心看似平淡无奇，却一次一次地温暖了她那麻木的心脏。若说她完全无感，那是假的。人心都是肉长的，谁待她好，谁待她不好，她分得清，感受得出。

“谢了。”

傅禹航笑着应了一声。

卫生间，秦芳薇一如平常地给他拧毛巾，看着他擦脸擦手，说：“等一下我得出去一趟……”

“不吃了？”

“嗯。”

他不意外她会出去，只是有点不高兴她连晚饭都不陪他吃。

“邓溯在外面等我。”她解释了一句。

“那行，你去吧！”

纵有不愉快，他也不会表现出来。

忍，必须忍！

和这个丫头玩强硬只会让她反感，会将她逼回邓溯身边去。

现在，他能做的是：欲擒故纵，要表现得能有多大度就有多大度，要宠着她，护着她，令她狠不下心把他给丢弃。

说来，他也够奸诈的。

可是，光他奸诈没有用，他这么做根本就是一种豪赌，赌输的可能性太大太大了……但他已经别无选择。

秦芳薇走了之后，小胖有点奓毛了，看着慢条斯理吃饭的老大，叫了起来：“傅哥，那是你老婆，你这是想拱手让人？”

“是我的抢不走，不是我的，我也抢不过来。吃饭的时候别动肝火，小心消化不良……”

傅禹航的心态可平和了。

小胖直翻白眼：“自己的老婆和别的男人约会，你就一点也不急？”

室内就只有他们俩，邻床那位下楼去吃饭了。

“我急有用吗？”

“……”

“既然没用，我干吗急？”

“……”

“人心靠急急不来，得靠另一颗心来焐。嗯，这汤不错……明天再给我捎上一壶！”

傅禹航吃得很欢。

另一边，秦芳薇坐上了邓溯的车，就近选了一家干净的馆子，要了一包间，就他们俩对坐着，司机和保镖守在外面。

包间很安静，秦芳薇看着自己爱着的男生为自己忙碌着，真想时光可以回到从前，一切都可以从头来过：她仍是那个成绩优异、读书好像吃饭一般简单的天之骄女，而他依旧是那个清贵如皓月的名门骄子，他们是天生一对，在校园中各领风骚，是老师们眼里的尖子生，是同学们眼里的偶像……

如此回忆，初中时代，高中时代，那些波澜不惊的岁月竟无比令人神往，教人恨不得重新活一回……

她捧着茶杯，看着那漂在热水水面上、一点点舒展开的碧绿茶叶，心下感慨万千……

可是后来呢，她从众星拱月的高处坠入尘埃，背负着那样一个罪名，所幸这一路索娜相陪在侧，不离不弃。

毕业后，她又被人套上盗用名家原稿的污名，令她后来的求职之路走得无比艰难。

这便是她的生活现状，没背景、没财力的小市民，纵有才华，没有机遇，再如何努力，总免不得四处碰壁。

生活远不如她年少时想象的那么如意，成功来得无比艰难。

“如果有下辈子，阿溯，我希望我可以和你一起读完大学，而后一起创业，一起为辉煌的人生而努力……”

她轻轻地吹着茶叶，说出的话是足够让她心疼死的选择。

邓溯专注地望着她，坐姿那么的僵硬，哪能听不出她的言下之意？

她只希望下辈子如何如何，而不说此生。愿望是美好的：一切从头开始，一切没有瑕疵，可是，下辈子是空话而已，人生只有这辈子，哪来下辈子，而他根本不想错过往后的时光。

“薇薇，你……你这是打算和傅禹航过一辈子吗？”

他的嗓音一向清亮悦耳，和人辩论时，更是激昂奋进的，可今天，他的语气是如此的沉重。

他们俩在一起时的氛围从来是愉快的，生机勃勃的，每每充满了欢声笑语，然而现在呢，他们竟变得这么忧伤，明明该欢喜的，可为何有点悲？悲得让人受不住，心里则充斥着万般无奈，以及说不出来的苦楚……

她的这辈子本该是他的，而他本该是她独有的。

“阿溯，我嫁掉了。如果你早来几个月，我想我不会嫁。哪怕我爸逼我，我也不会走进另一个男人的生活当中。独自一个人走过了那么多年，我没想过要和别的人捆绑在一起一辈子。可那个时候，我别无选择……”

就像在陈述别人的事，她冷静地诉说着自己的人生经历，这些是那天他们初见时没有说到的事。

“既然别无选择，为什么现在还要继续……”邓溯打断她，平静地反问。

秦芳薇抬头，那曾比秋月还要明亮的眸子里盛着太多的沧桑，浓浓的一层，仿若化不开的迷雾：“一、傅禹航这个人是我爸给我挑的男人；二、邓家，你的妈妈是我没办法面对的仇人，和我父亲的死有着抹不掉的关系；三、我现在已婚，是傅禹航名副其实的女人；四、你们邓家门第太高，我若以离婚女人的身份重新走到你身边，这辈子我便是高攀；五、傅禹航待我不差，我若弃他再嫁，就是我薄情寡义……

“我想了又想，终于明白，现实生活并不是我们想要如何就能如何的。阿溯，我们必须担负起生活给予我们的责任……关于我父亲的惨死，我会调查清楚。张爱旖欠我的，我会一一讨回，绝不会因为她是你妈妈，我就忍着让着，我不能让我爸死得不明不白。十九岁时所承受的罪名，我更要将它洗刷干净……所以，你明白的……我们不可能走到一处了……”

她一边说，眼泪一边滴答滴答地落下。和过去做一个了断就像在肉里剔骨，那份疼难以言述，可是人活于世，就得活得有骨气，不能没有原则地妥协……

她感谢他还活着，可悲的是，他们之间存着太多太多他们抗拒不了的阻力，再无可能像年少时那样没有任何芥蒂地走到一起。

“现在我唯一的希望是，你可以好好的，在不久以后能重新开始自己的全新生活……若有一天我和你妈对簿公堂，我只愿你可以体谅我……”

菜一道道上来了，可是他们俩谁都没有提箸进食。

“我知道我妈伤害你至深，可老师的死怎么会和我妈有关？”邓溯一脸凝重地问起这个案子，心里满是疑惑。

“这件事三言两语我没办法和你说清楚，很复杂，我也不想多说，事情总会有水落石出的那天，到时你就明白了……阿溯，这些年，我一直盼着你能醒来，可你现在真的回来了，我才明白，有种生活叫曾经，曾经的感情，曾经的故事，曾经的爱……而现在，我们只能屈服于现状，跨不过去的也是现状……今日，我以茶代酒敬你一杯，敬我们的过去，希望未来我们还是最好的朋友……”

倒了两杯茶水，秦芳薇抹了一把辛酸泪，将其中一杯递了过去。

邓溯很不想接，可是他知道，她的决定一时之间是他难以改变的。

茶水醇香，色泽澈亮。

她一饮而尽，他也一口尽饮，味甘，心却是苦的。

“我说过，无论你做怎样的选择，我都会给予尊重。”

点点温柔再次在他的眉目间浮现，虽然有感伤，可他不会因此而强求。他知她的心，若想让她改变主意，就必须把她所说的种种障碍一步步清除，而清除障碍需要时间。

未来他的目标是，重塑人生，和她携手余年——她是他此生最爱，让他轻言放弃，那是不可能的事……

邓溯送秦芳薇回了医院，他的女孩，他的灵魂伴侣，现在要回去陪伴在一个她不爱的男人身边，因为这是她作为一个妻子该尽的责任。

管他什么责任……

他很想这么吼上一句。

可是，他不能。

七年前，他或者可以任性地吼一吼，那叫年少真性情，但为爱情就可以什么也不管不顾……轻狂的岁月可以放肆地轻狂，年轻就当如此。

可现在，他不是十八岁，而是二十五岁。

时光老人无比无情，偷偷地没收了他七年的光阴，让他毫无预兆地跳入了不容任性的“熟男”之列。

而他的记忆，却永远停在了十八岁，停在了他们最相爱的那一年。

历经千辛万苦，他为她而归来，可心爱的她已成了他人妇。

多讽刺！又多无奈！

如果那个男人够优秀，他无怨言，谁让他消失了七年，结果不是，那个夺走了他心爱之人的男人混迹在最肮脏的圈子里，且只不过高中毕业，还是个好斗之人……更何况那人并没有善待芳薇，更没有尊重老师。

关于那个男人的底细，邓溯已经找人查了一个清清楚楚：他有一些智谋，且凭着那些智谋博弈了一场，结果是他博赢了，就此在那个声色犬马的圈子里站稳了脚跟——一个一无所有的人，用了不过数年时间就成了某大佬的左膀右臂，能力是肯定有的，只是这种人并不入流。

以他的眼光来看：如此男人，配不上他的芳薇。

芳薇是个骄傲的女孩，虽然因为现实问题一时蒙尘，可是金子早晚会发光。

只要遇上合适的人，稍稍加以提携，她的前程不可限量，她会似午日骄阳一般，展现其璀璨光辉。

芳薇是一个应该生活在明媚阳光下、富有正能量的女子，而傅禹航，其职业注定他是阴暗的，天上人间这种龌龊之地终有一天会被取缔，以此为生的一干人等纵然转型，也难真正成为精英分子。

这两个人的差距如此之大，无论是学识还是生活环境，不管是信仰还是职业方向，都是那么格格不入，如何可能厮守一辈子？

他心疼如莲花一般圣洁的姑娘就这样被耽误了，而这一切全是因为他有那样一个一意孤行的母亲。

好吧，说来说去，是他误了她。

这些年，她过得孤苦，且在年复一年当中，美好的人生渐渐偏离了她原本该走的轨迹，而他则过得无知无觉，最终在醒来之后得知了她的人生境遇，陷入了无边的痛苦当中。

"哥，怎么样？"

回到酒店总统套房，他让保镖和司机各自休息去，这时，次卧中走出了一个年轻精健的俊美男子，身上穿着白色睡袍，手上抓着一条毛巾，一边擦着头发，一边走近，温文儒雅的脸孔上尽是关切之色。

这人是邓冶。

邓溯想笑，却笑不出来，只叹着气来到吧台，挑了瓶红酒开了，咕咚咕咚倒了一杯，刚想喝，却被邓冶夺了去，他语气很是不悦地叫道："你这病恹恹的身子可不能沾酒，我好不容易把你救回来，你要是再不好好爱惜自己，就枉费我这么多年一心为你苦苦学医了……"

是的，邓溯能醒来，邓冶居功至伟。

谁能想到，正是这个当年张爱旖厌恶之极的小三的儿子，以其非凡的智商考了医学院，成了医学院最年轻的天才学生，最后成为医生，帮着他的老师一起将邓溯救了回来。

邓溯转头看着这个弟弟，七年光阴，他在镜子当中看到的自己还是那张略显稚嫩的脸孔，而曾经那张稚气、冒着几颗青春痘的小脸，如今却蜕变得如此的气宇轩昂。

爷爷说："你们俩兄弟现在看上去，阿冶更像哥哥，阿溯反而像弟弟了……"

是的，一眼观之，邓溯完全看不出比邓冶长了五岁—— 一副高中生的模样，依旧嫩得可以掐得出水来。

"唉，知道了，不喝就不喝，我去喝水。"邓溯妥协，叹了一声，转身去倒水喝。

邓冶定睛看了一眼，高智商的他的反应绝对是敏锐的，随即跟了过去道："芳薇姐还是要跟着那个姓傅的？"

邓溯靠在那里喝水，不接话，心里想着秦芳薇说过的那几个理由，心里翻起一阵阵不舒服感。

沉默往往就是默认，邓冶见状，望过去的目光透出了一些同情，心里则浮现了一丝丝感同身受的疼痛，抿了一口红酒，才低语了一句："对不起，我该帮你看好芳薇姐的，要是早点想办法通知芳薇姐你已经醒了，让她再等等你，情况也就不会变得这么糟……都是我思虑不周……"语气透出了浓浓的歉意。

"不是这样的。阿冶，你已经帮我做得够多了。七年不见，我还宛若活在十八岁，她却实实在在经历了七年的苦难，我们之间的距离，不是凭你几句话就可以拉近的……"

他把窗帘拉开，夜风吹来，凉凉的。

邓溯举目望着万家灯火，心头无比幽冷，觉得生活真是充满了讽刺……

七年前，他与张爱旖的母子情分轻易就遭到了践踏，而他和邓冶也就见过几回，最后，母亲毁了他的人生，邓冶却将他救了回来。他们一个扭曲他，一个重塑他。如今，他算是活着回来了，可家，已经彻底不成家了……

对着楼下那个世界，邓溯闭了闭眼，觉得自己在做一场醒不来的噩梦。

对芳薇来说，这七年是灰色的；而对邓溯来说，前五年是一片黑暗，而后两年，则是一场痛苦的磨难。

那一年，从高高的天梯上滚下来后，邓溯就被送进了医院，再没醒来，成了植物人，只能靠着那些冰冷的机器呼吸着，如此一天一天、一年一年地过着，最后，身体上的肌肉因为长年不运动而一点点萎缩了下来。虽然家里请了特级护士帮忙照顾他，可是这也没办法阻止肌肉的每况愈下……

那几年，他没有任何意识，就好像时光一下子停在了十八岁。

邓冶说："那些年，父亲常带着我来到哥哥你的病床边。父亲常给你读你喜欢看的书，读着读着，他常常会痛哭流涕……父亲很是喜欢你，并一直以你为傲……"

邓冶还说："正是父亲的这种痛苦激励了我，从而令我考上了医学院，从此步入医途，只为了唤醒你而努力不息。"

这些都是邓溯醒来时听说的。

其实，两年前他就醒了，只是那时他人还在英国。

睁开眼的那一刻，他以为自己还活在十八岁，当时，他身边守着一个年轻的医生，那个长得帅气无比的男生在看到他醒来时喜极而泣，说："哥，欢迎你回来……"

那时的邓溯完全说不出话来，意识模模糊糊的，只记得自己是为了救芳薇才滚下天梯，母亲也滚了下去……他无法想象时光已经过了五年，那个怯生生的弟弟，如今已然成了一个让国际知名专家都惊为天人的出色医者。

他一觉五年，恍若隔世，再见父亲和母亲，母亲倒是依旧光鲜亮丽，父亲却是满头华发。

那段日子，他仍是睡着的时间居多，每每醒来，都是父亲守在榻边，至于母亲，有时会在，但她总有忙不完的事务。

邓冶告诉他：这些年，父亲身子不是很好，公司全是他妈妈撑着，父亲不定时去监管一下，为的是不至于让他妈妈独裁……

醒来的第十天，他的情况有所好转，人精神了不少，趁父亲来，他终于问到了芳薇。

父亲没有瞒，将他昏迷后发生的事一一说了……

知道母亲害得芳薇入狱一年后，他气得昏迷了三天。

第四天醒来，寸步未离的父亲问他："可要通知芳薇，让她过来看看你？"

那时母亲也在，她一如当年那般坚决反对，并在病房里和父亲大吵了一架。

最后，父亲坚持问他的意思，说："只要你想见，我就马上去安排……"

他想了想，让邓冶取来了镜子，将自己细细打量了一番：睡了足足五年的他，瘦得早已不成人形，哪还有当年丰神俊朗的俏模样，连他自己都不忍看。

他又问邓冶："我还能完全康复吗？"

邓冶的回答很诚实："康复是一个艰难的过程，如果你不坚持，也许你会永远瘫痪；如果你能配合治疗，也许你还能行走自如……心态很重要……治疗方案同样重要……"

为此，他做了一番很郑重的考虑。如果他再也站不起来，那他就没那资格再去破坏秦芳薇平静的生活。只有恢复如常，他才有重新追求她的资本。

再三思量，他拒绝了父亲的好意，只说："再缓一缓吧……不急……等我活得像个人时，再去见她……我不想让她空欢喜一场……"

只是邓溯做梦也没想到，两个月后，父亲因为身体问题，在独自驾车去医院看望他的路上出了车祸。

整个邓家就此陷入了兵荒马乱。

爷爷有两女一儿，为了股权，为了财产，为了能在邓氏拥有话语权，亲人开始了一场可笑的内斗，心思深沉的母亲最后还以保护他为由，派了六个保镖将他和邓冶看管了起来。

家族的内斗经过是如何的，邓溯没有细细地关心，只是在得知父亲出事后，他的确颓废了两天，而后在邓冶的鼓励下，重新开始自强不息。

因为他知道，如果不想受人摆布，一、必须有一个强健的身体；二、必须努力做好知识储备，等待时机，握住家中的权杖。

他告诉邓冶，在他没办法自保前，他不能肖想芳薇，他请求邓冶帮他重新站起来……

邓冶是个清傲的人，他根本就不屑家中的财产，因为他有的是能力，足以靠自己的真才实学让自己过得富足。

可为了帮助邓溯，他答应参与了这一场没有硝烟的战争。

悠悠两年时间，最终邓溯到底是让自己重新站了起来，同时，他还修完了大学建筑专业的学分，并且成功地从母亲手上将邓家的当家权夺了过来……

回想这两年，他如堕地狱，度日如年，可他忍着，熬着，逼着自己，从只能躺着，到可以坐靠着，到终能坐着轮椅到外面吹吹风，到在康复室内双手颤抖地扶着扶手蹒跚学步，到可以拄着拐杖慢步而走，到不需要任何搀扶慢慢在林子里散步……

进步是缓慢的，又是可喜的……

从绝望到满怀希望，他一直隐忍着，如今终熬到了出院，这过程无比不容易，却没想到芳薇早已另嫁，且就是最近遭了母亲的逼迫，于无奈下嫁掉的……

如此阴差阳错，当真是教人追悔莫及啊……

……

“那个傅禹航我又让人细细查了一遍，虽然其生平看上去就是一个小混混一步步借势发迹才混到今天的，但我看了看他和人谈判时的录像，心思谋划都很不简单。我还听说此人喜爱看书，有自学成才之能，懂点英文，懂点编码，很会笼络人心，更有慧眼识才之能，可以说是个投机分子，但是，我不得不说他的眼光绝对是独到的……他手上的那个谍报系统就是他一个人建起来的，非常能赚钱……”

邓冶说了说自己对那个人的看法，没一句轻视，有的尽是欣赏。

“秦老师看上的人，应该是有些才干的。”邓溯吐着气说，只是那人的出身真心不好。

“是啊，我问过平姐，你妈曾找过傅禹航，威胁他离婚。若是一般人，谁敢得罪邓家，可他敢……秦老师大概就是看上了他这一点吧……”邓冶一口饮尽那些红色的液体，沉思着说道，“现在我们该弄明白的是你妈为什么那么坚决地反对你们在一起……”

关于这件事，张爱旖始终不肯说出原因来。

邓溯突然转过了身，眼底是层层的疑云：“阿冶，我刚刚和芳薇见面时她说了一件事，说老师的死和我妈有关。这事，你帮我去查一查……嗯，这样，你去把锦平弄来，她应该知道一些……我想法子从她身上下手……”

“好，我知道了。”邓冶点头，放下手上的高脚杯，上前拍了拍他的肩膀，“哥，一步步来吧！事情正在往好的方向发展。”

邓溯不觉扯了扯嘴角，低头看着自己那个水晶杯，望着闪着晶芒的纯净水，呢喃了一句：“希望吧！”

秦芳薇于他便是生命之水，若失去，人生还有什么滋味？

# 第六章

## 怦然已心动

晚饭后，傅禹航下了床想出去走走，由小胖陪着，往楼顶而去。他谢绝了警员小游的相陪，主要是想找个清静的地儿打个电话出去，小胖的职责是放风。

天一黑，风一起，外面还是怪凉的。

不过，傅禹航倒觉得吹着风挺舒服。他先点了一根烟，斜叼在嘴里，靠着栏杆松了松筋骨，双目则保持警惕，扫视了一圈这空无一人的天台。待烟抽得差不多时，他就把烟蒂给摁灭，将小胖刚带来的手机卡塞进手机，在确保无人后，拨了个电话出去，淡淡问道："什么事？"

接电话的是老徐，这家伙托小胖过来让他回个电话，肯定是因为知道他出了事故，想和他联系了解一下现状。

"身子怎么样？"老徐在那边关切地问。

果然是为了这事。

为了不引人注意，老徐那边是不能直接堂而皇之地过来看望他的，只能干着急。

"死不了，好着呢！"他望着满天的星星，扭着脖子。

"要是好着，怎么整得住了院？"语气隐隐带了责怪。

"只能说明，秦牧手上的东西是至关重要的。秦牧之死是蓄意谋杀，而且这件事和我一直在调查的事有着千丝万缕的联系……"

现在情况变得极为复杂，但这也说明他查了这么多年，事情总算有了一些眉目。这世上的案子，不怕起变数，就怕没动静，只要有动静就可以顺藤摸瓜。

“秦牧的死和天上人间背后的那些人有关联。而且，我相信，袭击我的人是两拨人派出来的。他们一个个都害怕旧账翻出来后会闹得他们没好日子过……”

“可刑警队那边不是没查出什么名堂来吗？密码箱里的东西就只是和秦芳薇的身世有点关系……”

老徐消息很灵通，对此，他一点也不意外。

若说这世上消息最灵通的也就是他们那边了，比他的谍报系统好用多了——他这边是非法的，万一事败，就得担法律责任。而他们那边是国家允许的，想怎么查就怎么查。

“嗯，表面看是如此，但我相信秦老师这么做肯定有他的原因……等我把保险柜里的其他东西过眼后再下定论吧……现在这么说，为时尚早……”

“这么说，你是铁了心要插手秦牧那个案子？本来我的意思是，管好你自己的事，秦牧的事，就交给刑警专员去费脑子。轻重缓急，你一定要弄清楚……再有，当初你就不该和秦芳薇纠缠不清……现在可好了，你自己的事都忙不过来，还要处理这么一摊麻烦事……要是因为私事而误了公事，我看你甭想立功，回头直接去领处分……”

说到最后，老徐又要就这件私事嫌他公私不分了。

“两件事已经紧紧联系在一起，徐叔，我现在不可以撇下不管。您放心，我会给你一个清楚明白的交代，该我完成的任务，我绝不会拖后腿……”肃然的语气，流露的是满满的自信。

老徐哼了一声，强调道：“任务是要圆满完成，身体也不能搞坏了，这可是你当初在你爷爷跟前立的军令状。”

“当然，我从来是说到做到的。”

“那就这样吧！自己好好养着，能两件事一起处理是你的本事，万一顾不全，正经事要紧，这不能开玩笑的。这么多年的心血都花进去了，处理不好，不光有可能丢掉自己的小命，其他人的安危……”

“我知道我知道，会注意的。徐叔，先不说这个了，我这边有个事必须问一问你……你要知道就给我说说，让我心里有个底……”

“什么事？”老徐只得跟着转了话题。

“二十七年前，代号为罂粟的行动，派遣人员全军覆没，生不见人，死不见尸，成了档案上的失踪人口。那几个人我们只知道代号，却不知真实姓名，你知道那些人的底细吗？”他压着声音问得很轻。

因为，这些可都是一些见不得光的事。

“哎哎哎，这是一级机密，不该问就别问。你不懂规矩吗？”老徐才缓和的语气一下又冷厉起来。

规矩傅禹航当然懂，但是他仍一反常态，紧追不放，明知问不出所以然来，却还是发问了：“有没有一个名字当中带江字的……徐叔，你只要回答有或是没有，其他的我保证不问了。这个消息对我来说很重要，你绝对不能搪塞我……”

“不知道，这些机密，除了当年行动的发起人，其他人一概没那个权限知悉……二十七年前，我算哪根葱，你觉得我能知道什么？”

也是。

傅禹航想了想，抓住重点自言自语道：“哦，我知道了，也就是说，我爷爷肯定是知道的，对吧……”

“我说，你这臭小子故意的是不是？不该问的别问，这是纪律……”

老徐纳闷啊，这小子怎么突然追究起这件事了？他从来是最懂这些的！

“知道了。挂了……另外，帮我给老爷子报个平安，回头事情完了，就去给他老人家过寿……”

说完，他就笑呵呵地挂了电话。

只是那嘴角带笑，那眼里却全是深沉的思量，他在琢磨秦芳薇说过的话。来来回回踱了一会儿步后，他将那卡取了出来，掏出打火机将卡给点燃了。然后他坐在边上看着，等它烧光了，将它碾碎了，轻轻一吹，吹了一个干净，而后才招手把小胖叫了过来，低低吩咐了一句：“小胖，等一下你去一趟本部，找阿海帮我查个人！”

“谁？”

“我老丈人。”

“秦老先生？他的底，傅哥你难道还不知道吗？”小胖诧异。

“我要查的是他年轻时结交过哪些朋友，一个个给我查清楚……我想知道他的朋友当中有没有一个名字里带‘江’这个读音的，具体哪个字不知道，应该练过功夫，入过伍，二十一年前可能已经成为失踪人口，或是……”他顿了顿，眯眼看着当头的星月，轻轻道，“或是已被追封为烈士……”

“好……可这有什么用？”

“现在别问我查来有什么用，以后再和你们说。”

“知道了。”

“记住，让阿海悄悄地查，别惊动其他人。”

“记下了。”

“嗯……”

他松了一口气，摸了摸右胸：“外面有点凉，回去了……对了，给我去买个瓜，突然想吃瓜了……”

秦芳薇回到住院部时，小游坐在病房外一处椅子上正在闭目养神，却在感受到有外人侵入后就猛地睁开眼，看到是她时，点了点头，继续假寐。

房内暗着，她潜了进去，没开灯，以为傅禹航早睡了，结果发现他在玩手机，还有一阵阵厮杀声传过来，他竟在玩游戏。

“怎么没睡？”

她转身把灯给按亮了。

“你没回来，我睡不着，何况还早。以前我不到半夜两点肯定不会想着找床，现在才九点……”

傅禹航见她来了，立马就把游戏关了。

“可你现在是病人。上个洗手间快点睡吧！咦，隔壁床那位老伯又回去了？”

她看到旁边病床是空的。

“嗯，明天就该出院了，住医院他觉得不舒服就回了……对了，小胖买了一个西瓜，又甜又爽口，都起沙了，要不要来点？我知道你最喜欢吃西瓜了！”

他指了指身边床头柜上的西瓜。

秦芳薇目光一闪，本来闲散的目光忽变得尖锐，嗖地往他脸上一扫，颇有深意。

“怎么了？”傅禹航被她看得有点摸不着头脑。

“没什么，我自己弄，你别……你要不要来点？”她的目光一下又恢复如常了。

他这是说错什么话了吗？

“我刚吃过，和小胖、小游他们……你吃吧！”

傅禹航凝神想了想，细细地打量起她。她眼睛红红的，又哭过了，但精神尚好。

塑料袋里封着半个西瓜，颜色很漂亮，上面还封了一张保鲜膜，揭开后，她看到瓜瓤上真的起了一层沙，一股清新的味道扑面而来。晚餐她吃得不多，看到好瓜，她顿时有了食欲。

她去取了水果刀来切开西瓜，入口甜爽，瓜沙麻舌，很是对胃口。

“是挺好吃……可是，你怎么知道我最喜欢吃西瓜？”她轻轻地问。

她吃得很斯文，问得却尖锐，射过去的目光忽又变成了刀子似的，明晃晃的，直扎人。

“是爸说的。”傅禹航接得自然。

她低下了头，西瓜本来是她最喜欢吃的，可后来在牢里，她吃过西瓜的苦。邓夫人买通了一个狱警外加几个女囚犯，逼她吃西瓜，差点把她噎死，自此，她见西瓜就害怕，家里几乎不买西瓜吃。事到如今，这种排斥心理才有所改变……

而在高中时代，她最喜欢的就是吃西瓜，曾经和邓溯陪着父亲跑去西瓜地亲自挑瓜，玩得不亦乐乎，回家时带了两百斤，每天都要来一杯西瓜汁……

傅禹航只知道她喜欢吃西瓜，不知她吃过西瓜的苦，可见这人该是高中时认识她的。

如果他不是昀珩，那他又会是谁呢？

现在，她越来越觉得他是一个熟人。

翌日上午，傅禹航只挂了一瓶药，医生说："恢复得不错，明天可以不挂了，观察一下就能出院……回去后好好养着就行了……"

为此，他重重松了一口气，因为这表示他终于可以不用和病床为伍了。

这真是一个大大的喜讯。说真的，医院是他最讨厌的地方。想当年，他就一直和医院为伍，那种消毒药水的味道是他最厌恶的气味。所以，后来只要不是伤得特别严重，他都不进医院，自行处理就可以了。

"下午，我们去趟银行吧！我想亲眼瞧一瞧那些东西……"

吃中饭时，他说了说自己的想法。一日不把秦牧设下的谜题给解开，他就一日放心不下……

"好。"

秦芳薇一口答应，她也想看看傅禹航能看出什么花样来，如今也只有父亲的案子牵动她的心。至于邓溯，唉，她能做的似乎只有努力淡忘，如此才是正确的做法。

下午一点，他们从医院出发，小游一路相随，跟着他们去了银行，并和他们一起进了保险库。

银行工作人员把保险柜打开之后就出去了，只剩他们三个人对着那几件遗物发呆。

傅禹航一件件将它们取出来观察、抚摸、研究：收藏版的人民币，古董怀表，金笔，字画，相册……

首先取出的是人民币，那是第一套收藏版中全套，现估价为一百五十万左右；然后是古董怀表，纯金打制，名家工艺，年份不是很好，所以他的估价是二十万上下；金笔，制作精美，上面盘龙，龙形栩栩如生，估价七万；字画，清代郑板桥的字：难得糊涂，若是真品，价位难以估算，若是赝品，那就不是很值钱；相册里面收藏的是秦芳薇从小到大的照片，每一张都保存得极好，没有半分糊掉的痕迹，可见收藏者是何等的用心……

可为什么要这么用心地留下照片呢？目的何在？

傅禹航拿着相册，细细地翻看了那些照片，从秦芳薇三四个月大时被抱着，到能坐起，到能爬、能走，到后来的一周岁、两周岁、三周岁……

十周岁……直到她现在的模样。秦芳薇每一个时期的照片，秦牧都没给落下，都将女儿拍得漂漂亮亮、白白净净的，让人瞧着是这般的爱不释手……令他一下子就喜欢上了这本相册……

是的，小时候的秦芳薇肉嘟嘟的，眼睛大大的，格外的清澈，笑起来，薄薄的小嘴一弯，可乖巧了……

慢慢地，那男孩子似的短头发渐渐长长了，她便一点一点有了小美人的模样……

后来突然有一天，她剪掉了一头漂亮的长发，又变成了一个小男生，只是比一般小男生要漂亮很多，本来三口之家的全家福也渐渐变成了父女照。当然，更多的是她的个人照，一张张就像小猴子似的，活泼得不得了，笑容也灿烂得不得了……教人瞧着都不想把目光移开了……

再后来，相册当中多了一些她和邓溯的合照，那头发也渐渐地长长了，伴着长大，身上那股子女性的温柔与明媚越来越耀眼，眉目间始终透着一股迷人的自信，青春飞扬的脸孔是最迷人的……

再再后来，笑容没了，她整个人变得无比沉寂，就像一汪古井水，清亮依旧，却少了波澜，少了年轻人该有的勃勃生机……

"看得出什么花样吗？"

小游在边上细细地打量这对夫妻，一直留心着他们的神情变化，这是杨队交代的。杨队说：这对夫妻有很多事都没和他们交代清楚，必须密切关注。

"有……"傅禹航摸着下巴，答应得煞有其事。

"什么？"秦芳薇马上关切地问了起来。

小游更是目光如炬地盯视着。

"我老婆打小就是个美人坯子，基因真是好。将来，我女儿肯定也漂亮……"某个厚脸皮的人想入非非，说了这么一句。

秦芳薇顿露一脸被噎住的表情："……"

这人又不正经了。

小游则狠狠抽了一下嘴角："……"

这人玩他的吧！

"小游你说是不是？我老婆是不是越长越有仙气？小时候圆鼓鼓

的，读小学时瘦倒是瘦了，不过小猴子似的，初中越来越标致了，高中是小仙女，大学是大美女……”

有见过夸老婆的，没见过这么夸的。

小游笑着凑上去瞅，还别说，漂亮是真漂亮。最后他附和了一句：“对，你这是赚到了。”

坦白说，光外形来说，这秦芳薇配这样一个看上去粗壮的硬汉，有点一朵鲜花插在牛粪上的意思，一个是本科生，设计师；一个是高中生，说好听点是某某KTV的经理，说难听点就是一个高级混混，本事是不小，可总归让人觉得他们不是怎么匹配。

像秦芳薇这样有颜有才的女人，就该找个有点明星气质、带点书卷味的金领来配，这才叫登对。

“对啊，我赚到了，简直就是赚翻了……”

傅禹航冲秦芳薇呵呵笑着，惹来她瞪目：“你闹完没……”

“完了，没什么发现，回吧……不对，再等一下，让我拍几张照片，回头再细细看看……拿就不拿回去了，都是值钱的东西，还是放银行最安全……”

拿出手机，傅禹航对着那几件东西拍了几张照。等拍得差不多时，他转头又道：“对了，把你从密码箱里拿的东西全搁在这里吧！”

“嗯！”

她把那三件和她的身世有关的东西全放进了保险柜，上了锁。

回去的路上，傅禹航好像累着了一般，懒懒地靠在那边，似睡了过去。

秦芳薇心里则很是遗憾，这一次，傅禹航说大话了，说什么只有他可以看懂她爸留下来的东西是什么意思，结果却是一无所获。

“要不然今天晚上我们出院吧……反正明天也不挂水了，在医院待久了实在没意思。我这辈子最讨厌的地方就是医院，那味道，真的可以熏死人……”快到医院时，他拿出手机瞄了一眼，三点不到，忽就说了这样一个提议，“现在正好可以办理出院手续……”

这主意一定，待上了楼，他就直接去找了主治大夫，一番请求，还说了万一出事，责任自负，大夫这才没有再强留他多住一晚，直接给准了出院要求。

一系列手续办下来，等他们回到家时快六点了。

傅禹航办事可会打算了，早让小胖在家准备好了晚饭，叫的是外卖，把这几天一直陪着他们夫妻的警员留下吃饭。虽然他是出院了，但是小游和另一个警员小何的工作还会继续，接下去，他们会留宿在这里，住秦牧的房间，直到危险完全解除为止……

“为什么突然之间要回来？”

晚饭后，傅禹航推说累了回房，秦芳薇给小游和小何安排了一下，快九点时折回房间，只看到他早已上了床，正对着手机看得无比认真。

她走过去问了一句，眸子则盯着他端详起来，总觉得他做事都是有目的的，今天这桩事肯定也是如此。

“你没看见吗？今天病房来了个新病人，下午动了手术，晚上肯定会号上一整宿，就算我不在乎，你扛得住？一宿不睡，保管你第二天会顶着一双熊猫眼。我这是心疼媳妇。”

那张嘴可甜了。

秦芳薇看着这个人，没被他的糖衣炮弹给炸晕。或许他有那个方面的考量，但是，她觉得那不是主因。

“这该是其一，还有其二吧！那才是重点。傅禹航，说重点行吗？”

他一下笑了，浓眉飞扬着：“现在好像越来越了解我了。”

他这算是承认了。

秦芳薇的胃口立马被他吊了起来，催促道：“快说。”

他却指了指自己身边的位置：“坐下来……”

秦芳薇比任何时候都配合，马上靠了过去，看到他在翻看白天拍的那些照片：“你这是有发现了？”

“嗯……”

他很认真地点头，目光落在她侧脸上，那小巧的耳垂，那白皙的肤色，那细软的丝发，以及那看不着却闻得到的淡淡幽香，无一不散发着女性的魅力……他是个男人，看着看着就有点心猿意马起来。

“你发现什么了？”她把手机要过来自己看，嘴里轻轻问道。

“亲一下就告诉你。”

他刻意凑过去，在她耳边吹了一口气，引来她本能的躲避。这人就会在她身上占便宜……她不由得抬头瞪他。

可这坏家伙在冲她笑，一副不达目的不罢休的模样。

二话没说，她亲了过去，不是什么难事——他们都已经是夫妻，该亲密的，不该亲密的，反正都有过了，亲一下又不掉肉，亲就亲……

“行了吧！快说……”她往他脸上轻轻一贴，拉开距离后就开始逼问，没半点害羞之色，纯粹是应付。

“感觉挺没诚意的……”他说完还故意叹了一口气。

“我怎么没诚意了？”秦芳薇顿时无奈了。

“应该亲嘴上……”

唉，这人……

她不觉有些难为情：“你又没说清楚……”

这个坏家伙动不动就逼她主动亲近他，这是故意一再地在她心里刷存在感，逼得她习惯这样一种夫妻亲密呢……

“我不管，你是男人，得言而有信……你要出尔反尔，看我怎么收拾你……”

她眯起了眼，不打算和他好声好气地说话了，反正他就是在故意逗她玩。

“哎哟，怎么瞬间变成母老虎了？”

傅禹航伸手揉了揉她的头发，语气是带着宠溺的，那盈盈的笑容闪着温柔如春霞似的光芒，看着让人觉得自己是一个任性的孩子。

“那也是你逼的。别揉我头发，都被你揉乱了。”

“那抱一抱……”

他伸出没受伤的那只手臂，真将她抱了过去——瞧瞧啊，他多会得寸进尺，一步步地在将彼此之间的距离拉近。

“哎，严肃点……”

她想推开他，他却在她耳边低低说了一句：“我们想找的东西，对方想要的东西，应该在你以前的家里。”

声音很轻，她却听得格外的清楚，双眼瞪得大大的，猛地抬头与他对视：“你……你怎么看出来的？”

傅禹航收回了手机，调出之前拍下的照片，开始解释：“这是第一套人民币，这是怀表，这是金笔，这是字画，你说过的，它之前是怎么排列的，现在就是怎么排列的对吧……”

“对……我没移动过位置……”

秦芳薇点头，顿悟道：“你想说，这个排列也是有讲究的？”

“嗯！你瞧，这第一套人民币是中全套，现估计一百五十万。最关键的是，它是第一套。这个价位，和现在在你名下的另一套房子的价位差不多……就是在尚市那套教学园的老房子，虽然当初分配购置时不值钱，但是现在它的市价就是这个数，只高不低。所以，我基本可以确定，东西就在那套房子里……”

傅禹航的语气几乎是肯定的，而后将照片翻到了怀表那张：“怀表代表的是时间，我的猜测是，那件东西应该放在代表时间的地方……金笔代表书房，字画是郑板桥的，这意味着，东西和郑板桥的那些仿品放在一起……”

“可这些都只是你的猜测……现在我们没办法加以确定吧！”

秦芳薇是半信半疑的，没有实质性的联系，总觉得他的说法有点难以让人信服……

“真假如何，明天我们去一探究竟就能知道了……不过，不能惊动外面那两个警员……”

他的语气里透露的是浓浓的自信。

秦芳薇真是有点困惑，这种自信，他到底是从哪儿得来的呀？

“可为什么不能惊动？不靠警方，我们怎么把那一干黑手揪出来？”

“警方会打草惊蛇，他们的队伍当中肯定有敌方的人，你能知道谁是内奸，谁又不是？在把情况全部摸透之前，绝对不能贸然行动……我已经让人去查谁在暗中监视我们的行踪，但这不是一查就能查出来的，得慢慢来……而且，对方潜伏的年份越久，现在的职位就有可能越大，所以，想动摇他们就得有全胜的把握，否则，绝对不能惊动……因为，这事弄不好就会死人的……”

他说得很严重，秦芳薇忍不住打了一个激灵……

“好，我都听你的。”

她这么听话让傅禹航很是满意。

“可这相册又是怎么回事？我爸留下这相册，不会完全没有目的吧……不可能仅仅是留念……”

如果其他物件都有其存在的意义，那么，它必然也是有深意的。

“可能真是想留作纪念，但不是纯粹为了你，也许你父母当中还有人健在……留下是想让你的亲人未来可以看到你完整的成长史……”

傅禹航不断滑动屏幕，最后视线定格在了一张照片上，他忽轻轻问道：“薇薇，这个正在和爸打球的人是谁？这不是一中的老师，其他三人一个是教体育的，一个是教物理的，另一个是教化学的，就这个我不认识，他是谁？”

秦芳薇凑过去看，这是一张老照片，上面的父亲很年轻，他正在投篮，化学老师拦在他身前，体育老师跳了起来，想将定格在半空中的球截住，但球自体育老师手指尖上跳了过去，篮球架前，物理老师正瞅着那球所呈现的抛物线，眼里冒着惊喜，而边上有个人正在拍掌，只有一个侧脸，身材高大精健……

“不认识。会不会就是一个看球的？”

她就常常看父亲打球，并常瞧见有人来观战。小时候，她之所以那么喜欢打篮球，全是因为受了父亲的影响。

“我是这么想的，你看啊，这本相册里，除了这一张，其他就只有你和爸还有陆瑶，以及邓溯的照片……我相信你这二十五年所照的照片远远不止这些，能出现在这里的多是爸精挑细选的，既然是精选之下才有那资格出现在这里，那么，我想问问你，爸为什么会在这里插上这么一张可有可无的照片？如果仅仅是属于你的相册，那么，它完全可以不放进来。”

是的，这张照片感觉和这本相册格格不入。

“所以，这个只看见了半张脸的人肯定和我有关……”

被他这么一点化，她突然觉得自己完全不必用“可能和我有关”来形容，而是用了“肯定和我有关”。

傅禹航那浓浓的眉毛挑了挑，浅浅笑意点点荡漾开，伸手刮了刮她的脸蛋儿说："孺子可教也！"

他的手指很毛糙，刮过来时带起了一阵粗糙的感觉，她下意识避开，冲他那手指瞅了瞅，继而将他的手抓在手上细细地看，除了之前因为打斗时受过伤，他的手上本身就长满了老茧，一点也不像高级经理该有的手。

"干吗？"他问，这女人怎么突然研究起他的手掌心来了？

"没什么。"她放开他的手，没抓住那个一闪而过的想法，而是问起了另一个事，"可之前你不是猜测我亲生父母全没了吗？为什么现在你又觉得他们当中可能还有人健在？"

"只是猜测，如果他们俱已不在，那么这本从小到大的相册不该被这么保护起来。依我看来，它对你的意义不是很大，就是一本怀旧用的相册，只有没看着你长大的人才会觉得它是一份难以用金钱来衡量的厚礼……"

在整理了这些细节之后，他才推翻了之前的想法，有了现在这样一个全新的猜想。

"有道理。"

秦芳薇双眸晶亮地闪了闪，冲着这张照片又细细瞧了瞧，说真的，她从小到大好像没见过这照片，甚至不知道这是什么时候拍的。

忽然她想到了什么，转头又看起他来："不对啊，傅禹航，你怎么会认识一中的老师，而且连他们教什么的都知道？你……你到底是谁？"说着眼睛就眯了起来。

"我是你老公啊……"傅禹航呵呵一笑，将手机往床头柜上一扔，身子往被子里一缩，开始打哈欠，"睡觉睡觉，明天上午我们先去找陆瑶，到时我们可以问问她有关你身世的事，还有就是这张照片的事……"

他这是摆明了不想回答。

秦芳薇可不乐意了，立马扑上去扯他耳朵："现在不许睡，如果你自认是我老公，就该对我坦诚相告……喂，睁眼看着我……听到没……"

他倒是乖乖睁开了眼，只是笑得有点古怪，语气懒懒道："秦芳薇，你是不是算定我现在受伤了不能动你，所以才敢这么欺负我？连扯耳朵这种事都干上了……信不信你再敢无法无天，我拼个伤口裂开也要办了你……"

"……"

她吓得立马把手缩了回来，却惹得他哈哈一笑。

她不觉脸上一红，却没有逃之夭夭，只勇敢地盯着他说："吓我是不是？傅禹航，不要以为这样就可以转移话题，你欠我一个解释。"

是的，他是欠她一个解释，可是……

"有些话该说，有些话不该说，全是因为时机未到。薇薇……"他忽伸手轻轻抚上她的秀发，没玩闹的意思，有的只有认真，"如果你信我，就什么也别问，我不会害你，你只需要知道我们未来可以好好地把日子过下去。等有一天，一切成为往事，等我们终可以安稳了，我通通会和你说，保证一句也不会遗漏……但不是现在……"

透着一股神秘气息的回答，将秦芳薇的好奇心勾得有点按捺不住，可偏偏她知道，如果他不肯说，她肯定套不出话来。

在与他共生死之后，她唯一知道的是：他可以信任。

"傅禹航，你故意的吧……"

她扬了扬下巴，将他那爪子给拎到边上。

"我怎么就故意了？"傅禹航忍着笑反问。

"故作神秘，让我对你产生好奇，越来越想把你藏在心里的秘密给挖出来……"

不得不说，这个本来让她讨厌的家伙，现在浑身上下所散发出来的神秘气息令她想一探究竟的欲望越来越强烈。婚姻这码子事将他们紧紧绑到了一起，而由父亲所引发的案子更让他们站到了同一战线上……

哦，不，不对，她觉得，他这么帮着查案子，不光是想让父亲的事真相大白，从他的角度出发，似另有他想达到的目的……

而他的胆大心细，更是她需要仰仗的。

傅禹航又往被窝里缩了缩："去洗澡吧！"

好奇是一件好事情，一个人对另一个人的认知，就是从好奇开始的。

从古至今，世上的一切发明，全是赖于人类对于未知领域的好奇，最后一步步得到启迪，才有了精彩的发明。

而她只要对他生了好奇，也许将来，他们就可以收获爱情。

谁说的，世上没有绝对的事，一切皆有可能，爱情也是。

# 第七章

## 重回老房子

清晨，傅禹航就和小游说了要外出的事，小游听了就给杨凡打了电话。

“他们要去找陆瑶问秦芳薇的身世？”

“对，傅禹航是这么说的！”

彼时，杨凡正在警队吃早点，瞅着那黑板上的几个名字，脑子里则再三斟酌了一番，道：“你和小何好好保护他们，有什么情况随时和我联系。”

“好，知道了。”

挂断电话，杨凡咽下最后一口包子，来到黑板前，陷入了沉思。

那几个名字分别是秦牧、秦芳薇、傅禹航、邓溯、邓夫人……

最近这个案子的源头是什么呢？

是秦牧。

秦牧是怎样一个人呢？

据他们了解，他是一个清高傲气之人，出身明明富贵，却因为父子之间的矛盾而决裂；曾是一名建筑设计师，后因为一场事故而被吊销执照，从此过起了以教书为乐的平凡生活。不过纵然只是教书，他也成了一名高级教师，曾在大大小小的报刊上发表教学心得，是一个育人无数、受无数学生推崇的好师长。

偏偏这样一个人被人举报杀过人，更让人惊讶的是，他还承认了自己的罪行。

此为这个案子的第一怪。

秦芳薇是秦牧的女儿，据调查，此女从小到大就是一个天才学生，高中时还有一个高富帅的男友邓溯。她本人曾深受邓家的喜欢，本该前程似锦，结果邓溯和邓夫人从天梯上滚落，前者就此长眠不醒，后者一怒之下就将她告上了法庭。最终，她获刑一年，美好人生就此大打折扣，后来她更是被人抹上了一个抄袭原稿的污名。但是即便如此，她拔尖的势头依旧不减，这不，海景春城的设计稿就是一次实力的证明。

此女自出事之后一直没再谈恋爱，这一次却突然在秦牧出事之后与傅禹航闪婚，据说这是秦牧逼的。

关于傅禹航，以前他虽然不怎么和这个人打交道，但是傅禹航在那个圈子里的名声，他也是听说过的。

天上人间那种地方不是什么干净之地，但它交的税非常丰厚，明面上又查不出什么不干不净的东西，当然，那也不是他该管的事，若真要细细查，想在那么大一个 KTV 里查出点事来并不特别难。难的是，他们后面有人，一些蛀虫在给他们撑腰，很多相关部门也就睁一只眼闭一只眼了。

这样一个男人，复杂到让他这个办案多年的警察都看不透，秦牧却逼着女儿嫁过去，如此才肯见她——这事，他是听同事说起的，为什么呀？

哪个做父亲的会乐意将女儿嫁给这样一个男人？

此为这个案子的第二怪。

紧跟着，秦牧在收容所意外受了重伤，伤还没痊愈，就在家惨遭杀害，且是计划中的谋杀，谁要杀他？

此为第三怪。

出事之后，作为女婿的傅禹航却神秘失踪。虽然事后傅禹航说，他是出差才没回来，但杨凡以为这是借口。

此为第四怪。

而在骨灰下葬日，陵园中冒出两拨人马来抢骨灰，其中一拨是秦家人，来要骨灰倒是无可厚非；另一拨人据说是邓夫人派来的人，目的为何，现在尚不清楚，也没有足够的证据可以证明他们就是邓夫人指使的。

此为第五怪。

傅禹航夫妻忽去了山区，先后遭了两番袭击，主使之人是谁？他们想要争夺的又是什么？

此为第六怪。

傅禹航以一敌五，在一番激烈枪战后还能保住性命，此为第七怪。

秦家出现军工密码箱，藏的竟是与秦芳薇的身世有关的东西，此为第八怪。

一封遗书，其内容所表述的是什么意思？写信之人，是黑道上出任务的人，还是国内某些组织派遣的卧底？

此为第九怪。

七年前变成植物人的邓溯突然醒来，还直接入主了邓氏，生生把一直控制邓氏的张爱旖给换了下来。这里引发了这么一个问题：当年，邓夫人为何认定秦芳薇故意杀人？如今，邓氏母子又为何反目？

此为第十怪……

十个让人解不开的谜团，令这个案件子显得格外的扑朔迷离。

重点是秦芳薇和傅禹航这对夫妻，两人似乎达成了默契，隐瞒了一些很重要的信息，让整件事越发难以解释……

任何事情都会有一个突破口，而这个案子至关重要的突破口就在傅禹航身上，所以，他千叮咛万嘱咐小游，一定要看紧这对夫妻。

陆瑶正准备去开会，接到了一个陌生来电，一个有点耳熟的声音钻进耳朵里："卓太太，有空吗？我和芳薇想约您吃个中饭，还请赏脸。"

是傅禹航的来电。

陆瑶停住了步子，想到了之前得到的消息，秦牧的遗物当中出现了一封不知出自谁笔下的遗书，心下明白了，他们应该就是冲这个而来的。

这个隐藏二十几年的秘密终于要浮出水面了，可是没有任何利益，她为什么要和他们对话？

"对不住，我中午有约了。"

她淡淡回复，心里却生了痛快。现在是他们有求于她，她当然得把架子端起来。

“那真是太可惜了，本来我还想着提供点小道消息给您当作见面礼……我听说卓先生最近常常夜不归宿，外面那位好像还怀上了，若生下男孩，对卓太太肯定大大不利……可惜卓太太居然没空，那就改日再约，再见……”

他笑呵呵地丢下这么一句就要挂电话，陆瑶目光不由得一沉，心头发紧，马上叫住了他：“不如这样，我让秘书把今天中午的约撤了。薇薇难得回来，我这个做妈妈的怎么也得陪一陪她。什么时候，什么地方，我开完会就过去……”

“哟，卓太太真是有心了。那就这样敲定了，十二点，我们碧海蓝天见……”

“好……”

笑着挂断电话后，陆瑶的神情一下变得阴沉，莫名就心惊肉跳起来。那个傅禹航真是太难对付了，居然连卓万虎在外养了女人都知道。

另一边，秦芳薇也极为诧异，看着眼前这个笑得一脸无害的男人问道：“你怎么知道卓万虎养了情妇？”

此刻他们就在碧海蓝天会所，正在林荫下漫步，而小游不紧不慢地跟在附近。

闻言，傅禹航眨眨眼道：“闲来没事让人查的。我从来不做没把握的事，既然来了，就得把话套出来。要想让她说真话，没一点筹码怎么行？陆瑶是利益至上的人……”

秦芳薇听着为之叹息：这个人的心机，她是无论如何都比不上的，若为敌人，那必是可怕的敌人，幸好不是……

陆瑶一进门，就看到临窗的座位上，秦芳薇在喝茶，傅禹航正歪着头看着她，眼里带笑，一副神清气爽的模样。据说这几天他们遭了袭击，那个男人伤得很重，还住了医院。

是谁袭击了他们？

邓夫人指派的吗？

她不知。

她只知道一件事：邓溯已醒，并已成功入主邓氏集团。

这件事就发生在这几天，轰动了整个商圈。

没办法，邓氏是大集团，世代经商，家底比卓家厚实多了，邓家冒出来的新闻，一个个都能引发股市的震动。

比如，之前因为邓铠出事，邓家股价曾一度大跌，后来，张爱旖花了九牛二虎之力将它给稳住了。

注意，那仅仅是稳住，事实上，这半年多的时间，很多人都持观望态度，所以其股价一直处在持平状态，起伏不大。

直到这两天，邓氏突然发出了一则公告：邓夫人张爱旖退出董事局，邓家昏迷了七年的继承人邓溯正式入主集团，成为新一代的集团CEO，同时这位CEO扔出了一张含金量很高的大学文凭，以证明他的身体早已恢复健康，并以闪电般的速度拿下了一张代表其智商高人一等的ID测验表，用以向所有股民证明，在新一代领导人的带领下，邓氏的前程将不可限量。

正式的记者见会面定在周一，也就是两天后。

虽然邓溯还没有正式出任CEO，这几天的股价却已经被推着往上直涨。

当初秦芳薇和邓溯的关系有多好，陆瑶自是知道的，她纳闷的是：现在初恋情人醒了，秦芳薇怎么没甩了眼前这个背景不干不净的男人，反而还和他纠缠不清？哪个男人才能带给她好的未来，聪明如她，难道还需要有人来教导吗？

陆瑶是一个很现实的人，之前她那么急切地劝秦芳薇嫁给她指定的人，一是于她有利，二是希望这个叫过她几年妈的小姑娘可以有一个好的归宿。毕竟与其嫁给曹放，被一个低三下四的男人糟蹋了，倒不如嫁给程铎做续弦，虽然那个人老了一些，但总归能保证秦芳薇下半辈子衣食无忧。

现在呢，邓溯醒了，还成了邓家的继承人。和邓溯一比，程铎自是比不过的。所以，她更看好邓溯。

其实，就算今天他们不来找她，她也想找个机会和秦芳薇好好谈谈的——这个傅禹航真心配不上她。

“薇薇……”她笑着边打招呼边走上前。

秦芳薇看到了她，神情一下变得很复杂：这个女人是她从有记忆开始就称呼着的母亲，谁承想竟然不是她的亲生妈妈，如此也难怪当初会毫不眷恋地离去。

“卓太太很准时。”傅禹航站起来，示意了一下他们对面的位置，“请坐。”

秦芳薇也站了起来，只是静静地看着，突然之间不知道要如何称呼这个女人。

在知道她不是自己的母亲之后，秦芳薇似乎没了憎恨她的立场。

即便她的伪证害秦芳薇坐实了故意伤害罪，可是这世上的人心就是这样的，为了维护利益而做伪证是她的选择，是她的权利。其行为的确卑鄙无耻，但，秦芳薇能拿她如何？人心皆是自私的。

“我一向守时。”

陆瑶笑着坐下，整个人散发着一股中年女性的妩媚气息，以及身在职场精明干练的气场。

这个女人自是美的，并且她的美和秦芳薇很相似，她们居然不是母女，也真是一件咄咄怪事。

傅禹航按了铃让服务员上菜，并热络地给陆瑶倒了一杯茶水：“卓太太，我呢，废话也不多说，就直接说明来意了……只要您能给我们一个满意的回答，卓万虎在外养的女人的详细资料，我就直接给你。这叫互利互惠，相信聪明如卓太太应该明白：这场交易，你得利更多。”

“那要看你们想问什么事了。”

陆瑶坐得极为优雅，脸上并没有浮现一丝一毫因为自己的老公出轨而生出的尴尬神情，这种事在寻常女人眼里看来是大事，可她很沉得住气，反应很平淡。

“我的身世。”秦芳薇缓缓地说道，“爸留了一些东西给我，上面表明我不是他的亲生女儿，也和您没有任何血缘关系，可爸没和我说明白我的亲生父母是谁，现在它已经成了一个谜团……如果您知道的话，还请告知，我不胜感激……”

温声的请求带着几丝恭敬，不再像以前那般冷言冷语。一码归一码，既然有求于她，秦芳薇自然会端正态度。

“哦，原来是为了这事。”陆瑶神情淡淡道，“我还以为这件事，他打算瞒你一辈子……不错，你的确不是我和他的女儿。那会儿我是怀上过一个孩子，只不过后期夭折了。正巧那个时候，他从外面带了一个早产女婴回来，就是你，长得很瘦小，没问我意思就直接收养了……至于你父母是谁，我不清楚，老秦什么也没和我说起过……我记得你来我们家那天晚上他出去了一趟，具体去了哪儿我不知道，回来时就抱着你……那时，我们在外租房子住，教学园的房子还没有买……所以这件事，知道的人极少……”

面对这样一个结果，秦芳薇很失望：这事她竟不知道。

“你怎么可能会一点也不知情？”

按理说，收养孩子是大事，夫妻之间肯定得做一番商量的，傅禹航觉得这当中有古怪。

“我为什么要知道？”

“因为你们是夫妻！”

“夫妻？”闻言，陆瑶忽露出了诡异的笑，语气则带足了嘲弄，顿了一下后，竟摇起了头来，“当初我们也不是因为互相喜欢才结的婚。他之所有会娶我，是见我未婚先孕，不想我拿掉那个孩子才娶我的，其实那孩子不是他的……而实际上，我们两人之间根本没任何感情。”

这话一出，秦芳薇不觉惊呆：父亲竟会娶一个怀了别人孩子的女人？

这……这也太不可思议了。

“那孩子是谁的？”

傅禹航问了一个她迫切想知道的问题。

“是老秦一个朋友的。那个人和他一起去春游时出了意外死了，为此，他很内疚。我呢，本来是想拿掉那个孩子的，因为我家家教严，是教师家庭出身，未婚先孕的事一旦闹开，孩子的父亲又没了，我的处境会很艰难。

“那时，老秦是个海归分子，和我爸同在一中任教，在学校很吃香，我爸非常看好他。老秦为了帮他那个朋友保下香火，就对我爸说，我肚子里的孩子是他的。就这样，我们领证结了婚……那会儿我和他约定好了，将来我要是有其他想法了，他就放我走，孩子归他养，可惜孩子没保住。后来那几年里，我帮他带着你，他负责养我，日子倒也过得平静。

“本来我是想和他过下去的，可惜的是，他没有和我好好过日子的意思，从来不碰我……这种有名无实的婚姻是最折磨人的，我不想再待在这个男人身边误了青春，正好那年我遇上了卓万虎，和他好上后发现怀了身孕。在这种情况下，离婚势在必行。那会儿我爸也过世了，我和老秦离婚再无阻力……所以，我们就痛痛快快离了……”

这便是当年离婚的真相。

而真相往往让人黯然神伤。

在秦芳薇的记忆当中，父亲与母亲是很好很好的一对，他们相敬如宾，他们从不争吵，他们会一人牵她一只手，带着她走在校园的小径上，他们曾是一对模范夫妻，结果全是假的，是装出来的。

轻轻的叹息不觉自嘴里溢了出来，莫名地，她心疼起父亲来，穷尽一生，他都是寂寞的。

“卓太太，在你和我老丈人离婚之前，难道他从来没提到过薇薇的身世吗？”

眼见身边的女人神情黯然，傅禹航知道她很失望，不仅失望于没能听到有价值的东西，更失望于一段在她眼里美好的婚姻原来只是假象。

他没办法给予安慰，只想再深入地问一问，希望可以挖到一些有用的东西。

“我只知道老秦有一个朋友叫阿江，具体哪个字不知道，那人和薇薇的身世有关联。我记得，老秦带薇薇见过他……不过那个人很神秘，一般只有他找来，连老秦都不知道他住在哪里……”

陆瑶也提到了一个至关重要的人：阿江。

这时，侍应生把菜一道道送了上来，三个人暂停谈话。

待菜上齐了，酒也倒上了，陆瑶才瞄向秦芳薇，试探着说道：“薇薇，按理说，你该认识他的……”

“四岁的时候是见过几回，后来就再没见过……也不太记得那个人长什么模样了……只知道他长得高高壮壮的……其他的不记得了……”

她那时太小，还不太记事，想想真是遗憾。

傅禹航一直目光灼灼地盯着陆瑶，没放过她面部任何的情绪波动，据他判断，她没有撒谎。

他想了想，把手机取出，将那张打篮球的照片调了出来，指着那个拍手的男人问道：“这人是谁？你认识吗？是不是就是那个阿江？”

陆瑶接过照片看了一眼，摇头：“不认识，而且这张照片我从来没见过，你从哪儿弄来的？”

“爸留下的相册里的……连你都没见过？”秦芳薇殷殷地问道。

“没……我可以肯定。”

陆瑶抬头，目光在这一男一女脸上扫过，下一刻，嘴里吐出了一句让他们的眼睛为之一亮的话来：“这人我是不认识，但是阿江的照片我有……”

“真的？”

垂头丧气的秦芳薇顿时惊喜地叫了起来。

这还真是山重水复疑无路，柳暗花明又一村。

“真的，但我不可能随随便便给你，更没带在身上。”陆瑶一副气定神闲的模样，执着酒杯，摇着里面那刚刚倒进去的红酒，优雅地欣赏着里面的酒色，说，“薇薇，关于你的身世，我该说的全都说了，现在该换你们把老卓在外养的女人的相关资料拿给我看了。所谓生意，就该一桩归一桩。做成了这笔生意，我们才有下一单。我得看到你们的诚信……”

不得不说，这个女人做生意当真是精明的。

怎么办呢？秦芳薇看向傅禹航。

这个男人二话没说，将钱包取了出来，从里面取出一个信封，很爽快地推了过去：“这里有那个女人的所有资料，你可以细细地查看……”

陆瑶接过信封，将里面的东西抽出来扫了一遍，眼神黯了几分。面对自己的丈夫和别的女人那种亲密的照片，她没有表现出太多的愤怒，嘴里还赞了一句：“傅先生查人隐私的本事还真是教人叹为观止。薇薇啊，我觉得傅先生本事是有一点的，但是这本事再大也不及阿溯……一个是给人打工的，一个是大 Boss，你确定你要和这样一个人过一辈子吗？”

呵，这个女人一拿到自己想要的东西就开始挑拨离间。

傅禹航忽觉得，陆瑶身上这一份善变还真是教人望尘莫及。

不过也是，邓溯现在醒了，用他和邓溯两相比较，他傅禹航的确不怎么有价值——利益的大小，她看得很透。

但是，他会是那个不留后手的人吗？

傅禹航不觉露出了似笑非笑的表情，声音清冷而尖锐：“卓太太，过河拆桥，就不怕回头无路吗？”

陆瑶浅浅一笑，满目挑衅地望了过去：“我只是实话实说。你从来不是薇薇心里那个人。虽然我不是薇薇的亲生母亲，但我总归养过她几年，希望她过得好难道错了……”说得好像她有多关心秦芳薇似的。

“薇薇，如果你想我把照片给你，可以，今天晚上你必须和阿溯一起过来。只要阿溯帮着我和卓氏渡过难关，我就把照片找出来给你……其他就不多说了……我还有事，就此别过……”

眸光在傅禹航脸上一扫而过后，陆瑶站起来就往外走去。

秦芳薇的眉拧了起来，心里清楚地知道，这人是想拿那照片大做文章，可她想不通啊，遂问：“我不明白，卓万虎这么对你，你怎么还要想方设法地保全卓氏？”

那离去的步子只顿了顿，却没有停下。

这时，傅禹航扬声再次叫住了陆瑶，并将秦芳薇想不通的原因扔了过去：“卓太太，你亲生女儿生病了，需要大笔的治疗费，这个我一早就知道了。但你更得知道一件事：有钱不见得能找到一个好的专家。有件事，你可能还不知道，我认识心脏方面的专家，那个名叫爱德华的英国专家，我曾帮助过他，我们是很要好的朋友……”

话说了一半，他没有再往下说，因为陆瑶已经一脸震惊地转过了头。

从表情变化上，秦芳薇得到了这样一个认知，傅禹航再一次拿住了陆瑶的软肋。

这一刻，她不得不叹一句：这个男人真的太擅长和人谈判了，瞧，对方的一个个死穴尽数被他抓得牢牢的，心机之深，让人毛骨悚然。

陆瑶并不震惊这个男人知道她女儿生了病，这在卓家是尽人皆知的事。而为了治女儿那个病，她也算是愁白了头，可国内的医生都不敢给她孩子动手术，因为成功率很低，连百分之五十的成功率都没有，她怎么敢去赌这一场输面大于赢面的局。

所以，她把目光放到了国外，几番打听才知道英国有一个心脏方面的权威，叫爱德华·马森，由他主刀的手术几乎无一败例，为此，她动用了各种关系，最终却连人家的面都没见着。

“你说的是爱德华·马森？”她的语气是极度怀疑的。

“对。”

“你怎么会认识他？”高兴之余，她保持谨慎的态度，“还有，你怎么让我确信你们是朋友？”

“给你看个视频。”傅禹航取出手机，点开一个视频让她看，“这是爱德华的女儿过生日时，我在他家，这视频还是他女儿帮我们拍的……”

视频里，傅禹航和一个金发男子坐在草地上，附近摆了一个烧烤架子，两个男人正在拼酒，拼到最后，二人哈哈笑着倒在了地上。

里面的金发男子还当真就是那个她求而见不着面的神医。

“傅先生，要不这样行吗？照片我这就去找出来，等晚一点我们再约个时间见面。但是，你必须帮我约到这个爱德华，并且说动他为我女儿动那个手术……”她的语气马上缓和了下来。

“帮个忙不是大问题，但是卓太太，你这种转头就使一记回马枪的做法，我实在不太敢领教……”傅禹航把玩着手指，懒懒地一笑，声音跟着变冷。

陆瑶是最善于变脸了，怎么有利于自己就怎么说，马上接话道：“傅先生，这不是回马枪。一直以来，我就觉得你比不上邓溯，这本来就是大实话。虽然我和薇薇不是亲母女，但我想她有好日子的那份心是真的。现在看来，你能认识爱德华，想来身上另有我没瞧见的本事。你放心，以后你和薇薇的事我不会多管，她爱怎么着就怎么着……”

只要可以约到那个专家，其他事，她哪会有兴趣再多管。

“好，明天我给你个准信，到时我们再交易。既然卓太太还有事要办，那就不留你吃饭了，不送。”

他没再留她吃饭，和这种女人一起用餐只会倒他的胃口。

他这么一送客，陆瑶想留也没脸留了，匆匆告辞就走了出去。

小游没进来，一直在门外面，看到陆瑶走了，进来问：“问出什么来了吗？”

“她不知道。”傅禹航一句话把话题给带过了，冲小游直招手，“来，一起吃，这么多菜，不吃光太浪费了。”

饭后，秦芳薇对小游说想回一中的教学园小区，那边她已经很久没回去了，怪想念的，想回去走走看看，追忆追忆。

重回七年前的老小区，秦芳薇看着那历经风雨洗礼的高楼，再回头看看远方那些拆了重建的小区，很多过去的记忆就一点一点回到了脑海里。

这里承载了太多的欢乐、太多的年少天真，是她从小到大待的地方，也曾见证了她和邓溯的纯真初恋，每一个角落都有他们走过的足迹……

他们慢步走进小区大门，就遇上了物理老师齐祺。这位老师头发已然发白，戴着一副老花眼镜，坐在一把轮椅里，歪着头在那里认了好一会儿，才滚着车轮迎了上来，惊讶地叫道：“这不是小秦吗？”

秦芳薇也看到了他，忙飞奔了过去。

齐老师和她爸的关系很要好，这些年他俩时不时会聚一聚碰个头，但之前齐老师被电动车撞断了一条腿，一直卧床，不能自由活动。

“齐老师。”

看到旧年的老师，秦芳薇的眼睛一下就红了。

齐祺一把握住了她的手，也露出了痛苦之色：“你爸怎么会遇上那种事，怎么好端端的，说没了就没了呢……只恨我之前发着高烧，没法去见他最后一面，这两天知道了，真是要难受死我了……”

秦芳薇神情跟着一黯，心头因为老师往他自己胸口那么狠狠一捶而痛了起来，过了好一会儿才叹气道：“这是谁都想不到的事。”

齐祺端详着这个漂亮的孩子，跟着叹息：“薇薇，你这孩子真是太可怜了，小时候有妈等于没妈，读书读得好好的却遭人陷害，现在又没了爸，这往后你一个人孤苦伶仃的，这日子可怎么过啊？谁来照顾你？这一个人在外，万一病了，都没个人来关心你……”

“您放心，齐老师，我会好好照看薇薇的……”

适时，傅禹航朗声插进了话——曾经那个能把一节物理课上得让男女同学都喜欢的齐老师，如今已是老态龙钟，这光景令他不由得想到了这个词：岁月不饶人。

“你是？”

齐祺的注意力落到了他身上，眼里打上了问号，不认识。

秦芳薇看着心头一动：傅禹航一眼就认出了齐老师，齐老师却不认识他，这是不是可以说明他不是一中的学生？

“我是秦芳薇的丈夫。”

齐祺一呆，越发诧然，转头又看了一眼秦芳薇：“小秦你结婚了？”

“嗯！”

“什么时候的事呀？怎么之前都没有听你爸提起？”

“就在我爸出事之前没多久。”

“哦……”齐祺又转头瞧了一眼傅禹航，没再说什么，心头却连连喊着可惜，她居然嫁给了别人，不是说小邓醒了吗？

但出于礼貌，这些话齐祺没说。

“你们这是干吗来了？”

“很久没回来了，过来转转。老师，有个人我想请您帮我认一认……”

秦芳薇转头看傅禹航，这个男人非常有眼力见地把手机掏出来，又把那张打篮球的照片给调了出来。她接了过去，指着上面那个拍手的男子问道：“您认识这个人吗？”

齐祺将手机拿过去看了又看，仔仔细细做了辨认：“这个人啊……我见过一面，就这一次打篮球的时候过来的……是来找你爸的……”

“那是什么时候的事？”她心下一喜，忙追问。

“那大约是……”他回忆了一下，“二十五六年前的事了。对了对了，那时还没有你呢……应该是二十七年前的事。那会儿，你爸才来一中没多久……在外租房子住的……”

这照片居然这么久了？

她一呆，继而问道：“那他叫什么名字？”

“哟，这我就不知道了。我只听你爸叫他老四，他呢，则叫你爸老三，两个人的关系看上去很铁……我问过你爸这是哪儿来的朋友，他说是同学……其他就一概不知了……”

唉，还是没能将那个人的底细给查出来。秦芳薇心下暗叹，不过总算是找出一些眉目来了，他们是同学。

“咦，小秦，你怎么突然问起这个事来了？”齐祺好奇地问道。

“哦，没什么……齐老师，您的脚现在如何啊，还不能走吗？”

秦芳薇故意把话题岔开了，师生俩聊了好久，齐祺的老婆来了，又感叹了几句，这才把人推了回去，她则把傅禹航领回了自己家。

一进家门，她只看到覆着一层白色遮尘布的家具上尽是厚厚的尘埃，原本温馨无比的家园现在变得死气沉沉的——

家这种地方，必须每天都要有人住，有人打扫，才会有人气。这人一走，屋子就像被抽走了灵魂，一下变得破败，变得幽冷，空气中更会生出一股浓浓的霉味来。

“我们家这套房是教学园位置最好、面积最大的一个户型，当初我爸是所有老师当中最舍得花钱的那个，我们这个家也曾是小区里最让人羡慕的一家。只是……谁能想到，不到三十年时间，人没了，家没了，什么都成空的了。人生啊，有时候想想还真太虚太空了……你说一个人那么奋斗着，到底是为了什么呀？反正最后都是一场空……”

望着从小待到大的家，她的话里露出了少见的消极情绪。

“人生本来就是这样的，小的时候，你会觉得它很长，可是事实上，它并不长。在这个由生走向死的旅程当中，结果是注定了的，但是我们不能因为结果注定了就自我放逐。人生有很多种形态，重要的不是结果，而是过程。不辜负这个过程，想让生活过得精彩，且有意义，就得拼搏，如此人生才是鲜活美好的，否则，我们就枉活了这一场……有句话不是这么说的吗，哭也一天，笑也一天；哭会伤身，笑则益寿。那你说，我们该以怎样的心态来面对人生才是正确的？”

傅禹航所认识的秦芳薇一向是乐观而开朗的，今日这番显得颓废的话，不仅压抑，而且阴暗，这和她最近遭遇的巨变有关。他不由得开口激励了一番，只希望她可以早日走出阴霾。

“咦，真是看不出来你啊，还能说出这么一番耐人寻味的话来。”

这个男人的心态够豁达，且字字透着生机，再次刷新了他在她眼里的形象。

“行了，咱们啊，就别在这里伤春悲秋、咬文嚼字了，还是找东西去吧……书房……”

熟门熟路地，这家伙就往书房而去。

秦芳薇看着他，眼皮不由突突跳了跳：这人对她家的布局怎如此熟稔？他到底是谁？

这个问题所带来的那份好奇，在她心里当真是越来越浓烈了。

书房很大，四壁除却门和窗就是书柜，揭开遮尘布，上面整整齐齐排列的尽是书。

书桌上摆着一只还在走动的电子钟，嘀嗒嘀嗒之声在房里显得格外的清亮，一支金笔插在笔筒里，金笔所指的方向挂着一幅郑板桥的画，那是一幅春竹，应是仿品……

傅禹航走到了那个书柜前，打开边上一个玻璃门，里面放着一些字画，他盯着看，心下想着：这当中可有我们要找的答案？

书柜里一共有十幅字画。

傅禹航将它们一一解开挂起，其结果大大出乎他的意料：并没发现任何让人惊喜的多余物件，这里藏着的仅仅是字画。

“会不会是我们误解了爸想表达的意思？”秦芳薇望着他，轻轻地说，心里的期待一点点被失望所取代。

按理说，父亲临终前那么刻意交代了，那么他肯定是留下线索了，但是在这追查的过程中，查偏也不是不可能。

“不可能。如果爸留下的遗物不是想引我们回这里，那这个书房里就不可能出现和怀表同款的台式闹钟，笔筒里也不会出现金笔，书柜前也不可能出现郑板桥的画……你瞧见没？这幅画上的灰尘比其他地方的要薄，且画纸还没有泛黄，说明这幅画不是以前就搁在这里的，而是不久之前才刻意这么摆放的……这一切足以说明我查找的方向是正确的，只是……”

傅禹航靠在书桌上，抽丝剥茧地阐述着自己的认知，左手的拇指和食指一直轻轻摩挲着，托着右手胳膊肘，右手则在搓着下巴上的胡茬，眼睛炯炯有神，就像黑夜里的两颗夜明珠，正闪着神秘的光。

“只是这里却空无一物，我应该是……应该是遗漏掉了某个重要的信息……你让我想想，再想想……大的方向肯定没错……对，这绝对没错……”他喃喃自语着。

秦芳薇不打扰他，反正她是看不出父亲想要表达什么的。她转身拿起一个鸡毛掸子，掸起灰尘来，不想一不留神就把那笔筒给打翻掉到了地上，还好那笔筒是竹制的，碎不了，只是那金笔却弹跳了出来。

她去捡笔的时候，笔被傅禹航先一步给捡了起来。

“这支笔……”

他盯着这笔，眼睛一下亮起来。

“怎么了这笔？”

她歪头看着他。

这支笔很眼熟，不，应该说，这是七年前他送给老师的临别礼物。

那一年，秦芳薇被判了刑，他气疯了，跑去堵住了张爱旖，质问她：“为什么要这么陷害秦芳薇？她那么信任你，一直视你为长辈，打心眼里爱戴你，怎么可能会想伤害你？这件事，分明是你在暗中做了手脚……说，你到底想干吗？”

张爱旖本不耐烦理会一个学生，想让锦平打发了他，可他发了狠，把那锦平给打得落花流水，并将张爱旖从车里给揪了出来，誓要一个说法。

这个女人这才有点惧了，但开口时仍是满口污蔑，说：“这位同学，有一件事我得承认，那就是之前我和秦芳薇的关系是不错，但也只是觉得那女孩乖巧懂事，我可没想过让这样一个丫头嫁给我儿子。我不满意她，她还执意要和我儿子纠缠不清，就和我有了口角之争，恼怒之下一时冲动……这是我动得了的手脚吗？再说了，现在出事的是我儿子，我儿子是为了救我才被她害成这样的。邓溯是我的命根子，你觉得我会用我心肝宝贝的命来动这手脚吗？”

那一天，张爱旖死活不承认是她害了她儿子，同时毁掉了秦芳薇。

那一天，冲动的他一怒之下打了张爱旖。

也是那一天，他被抓进了局子，一关就是半个月。

半个月后，老爷子的秘书出面，将他解救了出来。

他去求了老爷子，说：“爷爷，秦老师的女儿肯定没有故意伤人，她是被陷害的，我可以用我的人头保她，还请爷爷帮帮她……”

为此，他还给老爷子下了跪。

他是那种骨头硬得打死也不肯屈服的人，但那一次，他求了。因为，他不想秦芳薇的人生就此被毁掉。纵然他不能拥有她，他也希望她可以在她和别人经营的世界里笑若夏花，一生安好，而不是遭受不白之冤，从此意志消沉。

那时，他就知道邓溯于她意味着什么。邓溯长眠不醒，她估计会生无可恋，邓夫人又将她送进牢里，于她便是雪上加霜……

可老爷子说：“这个案子，就现在已有的情况来看，没有翻案的胜算。小子，你想替她洗刷冤屈，我可以给你指一条明路……只有足够强大，你才有那个本事去给你看重的人正名……”

说真的，那条路并不好走，且漫长，谁都不知道要熬多久才能熬出头。

他知道，老爷子这是想打磨他的意志，更想磨掉他那份少年人的初情。因为时间可以拉开一切距离，可以淡化一切感情，更可以让人一步一步成长起来……

最后，他同意了。

转学那天，他去秦家见了秦牧老师最后一面，并送上了一支金笔，说：“这是我一个朋友给我的，并不起眼，只是很普通的一支笔，但对我意义很大。现在我想将它送给芳薇，只希望有一天她从里面出来了，可以继续努力读书，千万不要因为这件事就一蹶不振。人生一时的失意不重要，重要的是，要有勇气面对不幸的人生。要相信，再如何不幸，都将成为过去。幸运之神会在下一站等候我们，绝对不能因为一时的失败而泄气……”

“谢谢你为薇薇打抱不平。”

秦牧收下了笔，拍拍他的肩膀，表示了感谢，同时关切地问了一句：“听说你要转学了，你这是要去哪儿？”

“我去走我该走的路。老师，总有一天，我会回来替薇薇向邓家讨回公道的，我发誓。”

都说誓言是这世上最愚蠢的话，可是那句话表达的是他最初、最真也最坚定的决心，更是他活着的一个信念。

秦牧看着他好一会儿，将他引进了书房，从书柜中取出了一幅字卷成了一轴交给他，说道：“师生一场，我也没什么礼物可以回敬。我想，你们家也不缺任何值钱的东西，这是我写的，做个留念吧……好好收藏着，也许将来会有用……”

当时傅禹航并不明白一幅字能有什么用处。

可这一刻，他突然意识到了什么，难道……

“你想到什么了？”

秦芳薇看到他对着那笔看了很久很久，那双鹰一样的眼睛里冒出了灼灼的光芒。

“这笔，很漂亮……”他说了一句不着边的话，“哪儿来的？”

她的注意力落到了笔上：“这好像是我爸送给我的生日礼物，用了好几年，不过坏了，后来没用，被我爸收了去……你干吗转移话题？”

这笔明明很普通，怎么就让他如此感兴趣？

“我来修修看……”

转身，他把桌面上的灰尘一抹，就把那支金笔给拆开，还真有模有样地修了起来……

这光景，看得秦芳薇目瞪口呆：什么情况啊？不是在找东西吗，他怎么突然把注意力转到这上头了？这笔有什么特别的？

她凑上去看，一再地确认：它真的很普通很普通。

“唉，一时半会儿还真修不好，里面有个零件坏了……哎，这笔给我吧，回头我去把那零件配来装上……”

他把笔组装起来，塞进了自己的口袋，抬头又瞄了瞄这个房间，吐了一口气说："看来，这里没有我们要找的东西，那东西有可能在我那里……走吧……"

"等一下，等一下……"她听得好生糊涂，"怎么又变成在你那里了？"

这该怎么回答呢？

傅禹航想了想，才斟酌着说道："是这样的，七年前，爸给过我一幅字，是他亲笔写的，名叫《沁园春·雪》，当时他对我说以后我可能用得着……那时我不太懂这是什么意思，现在有点明白了，里面应该藏着我们想知道的秘密……"

说出这件往事可能会引来她更多的疑惑，但是，他还是直言相告了。

秦芳薇回忆了一下，转身又翻了一下那些字画，的确没有那幅字。她记得以前父亲最喜爱那幅字了，一直将它挂在书房里，就挂在现在郑板桥画的那个位置，日日对着，时不时会发呆，也不知道它有什么好——虽然是写得挺不错，但那不是名家之作，根本不值钱……

"我爸和你说，那字是他写的？"她猛地转头，疑惑地问。

"难道不是？"他诧然反问。

她露出了深思之色："可我听他说起过，那是一个友人送的。你没发现那字很狷狂吗？那不是我爸写得出来的……我爸写的字透着一股文人的优雅，没那豪放劲儿。还有……"

说着说着，她突然就瞪大了眼，盯向了他，像是想到了什么。

"这又怎么了？"傅禹航凝神再问。

秦芳薇抓着头发想了好一会儿，最后一拍手，叫道："难怪我觉得那天我看到那封遗书时觉得有点眼熟，它们应该是出自同一个人的笔下，只是字体稍有不同：那幅字是狂草，写得缭乱多变；而那封信是行书，写得虽然端正，但一笔一画仍带着一股行云流水般的气韵……所以，它们应是同出一脉……"

说话间，似有两道热烈的光自她眼里射了出来。

如是说那封遗书是她生父写的，那么那幅《沁园春·春》也该出自她生父的笔下。

可奇怪的是，养父秦牧怎么把它送给了傅禹航？

对于书法，傅禹航不是特别的懂，以至于没有将两者联系起来，被她这么一说，他终于意识到了那份神似。

可他没想到的是，秦牧怎么会把这么贵重的东西交给他？难道秦牧一早知道他的身份了？所以，才以这样一种方式将重要的东西藏在了他身上？

“傅禹航，傅禹航，你在想什么？我问你话呢……”

他正沉思，秦芳薇忽摇起了他的手臂。

“什么？”他回神问。

“我问，我爸送给你的字现在在哪儿？”秦芳薇重复了一遍刚刚她说过的话。

“在……呃……”傅禹航目光转了一圈，“在一个很安全的地方……”

这话是不是太奇怪了？

“什么意思？”她微微皱眉，试着解读他的言下之意，“你是想告诉我，那幅字安全是安全的，可我现在不可能立刻见到它，是这个意思吗？”

傅禹航点头：“嗯……我现在没办法把它拿出来。”

“为什么？”她不懂。

“它不在我身边。七年前，我将它放到了一处除了我，任何人都找不到的地方，但那个地方不在这里，很远，远到坐飞机都需要两三个小时……就现在而言，我没办法带你过去，得过一阵子才行，到时我找人把那字送过来……”

这家伙又说起神神秘秘的话来了。

“你老家不是就在本省吗？我们开车过去不就行了吗？”她故意这么说。

从他的说辞看来，之前她所看到的那些有关他生平的资料肯定有很大的水分。

这家伙远远比她看到的资料上的那些还要复杂，比如他会解码就是一件说不通的事，而且那份资料上也没这方面的介绍。

所以，外人轻易能查到的东西不见得全是真材实料，可能有一部分是编出来混淆视听的,也有可能全部是编的,用来转移世人的注意力……

心思如此一转，她忽被自己最后一个想法惊到了，马上精神一振，又问了一句：“还有，我爸是什么时候给你的？”

“那幅字不在本省。至于时间，七年前吧……薇薇，其他你就别问了，我保证，不出半个月，你一定能见到那幅字。”

傅禹航哪能不知这家伙是想探他的底，可那些不是他现在可以说的。

“行，不问就不问……”

她没强求，转而抬头望了望这个小时候最喜欢的书的海洋，又瞅了瞅面前之人。旧景依旧，她仍可以清楚地回想起当初她和邓溯在这里读书嬉闹的光阴，如今呢，书已蒙尘，情也蒙尘，和她再次走进这个旧家园的却是一个当初完全不在她人生规划中的陌生人。

哦，不，不对，他不该是陌生人。得父亲赠予那般贵重之物的人肯定是熟人，可他会是谁呢？

她转头，只见傅禹航正在将那些字画一件件卷起来，脑子里忽闪过了一道灵光：会不会是他容貌变了，所以，她才认不出他？

# 第八章 邓溯的努力

邓溯在酒店套房的客厅里很认真地阅览着各种数据资料。

虽然他是个天才，但即便是天才，不懂的东西还得有一个学的过程。

如果七年前他顺利地上学毕业，而后顺利地接管邓氏，那么现在的他势必是圈里一个名声赫赫的新贵，繁华的商圈必有他一席之地。

可惜的是，正处于黄金年龄的五年，他却长眠于黑暗，无端虚度了年华，白白辜负了青春，而这一切全是那个赐予他生命的母亲给予的。

是的，他的完美人生几乎可以说是母亲一手塑造出来的，可也正是她亲手毁掉了他的锦绣前程，差点害他就此永辞人世。

当他醒来知道薇薇被母亲陷害入狱，知道她仍然坚持要分开他们俩之后，他就开始蓄势反击。

现在，他得到了爷爷的支持，终于掌控了邓家。

可这个时候还不能说是他赢了，相反，现在压在他肩头的担子重着呢，只有等他将邓家的家业发扬光大了，那才是有本事的表现，他才是真正的赢家。

他知道的，自己之所以能逼母亲退出董事局，一是因为得了爷爷的支持，因为这毕竟是邓家的家业，爷爷断断不肯一直由母亲掌权；二是因为有两个姑姑的扶持，但是同时他也清楚，她们的扶持只是暂时的，是表面上的，她们更想看到邓氏在他手上出洋相，到那时，她们两家才有掌权的机会。

林子大了，什么鸟都有，而家大业大了，为了利益，人什么事都做得出来。

接下来，他要做的事是尽快熟悉整个集团运营的套路，收服人才为己所用，让集团有条不紊地生存下去，先稳定，后求长远发展。饭得一口一口地吃，路得一步一步地走，才不至于吃坏肚子，才能把路走得越发的平稳。

“哥，平姐来了。”

门开，一身休闲服、气度不凡的邓冶走了进来，身后跟着穿着常服的锦平，今天的她多了几分亲切，不再那么严肃。

邓溯抬起了头，看到她时的神情带着几分紧张。自七年前在图书馆一别之后，他们就再没见过。他在国外的那段日子，母亲若去见他，身边从不带她。这不代表她不重要，事实上，现在的她仍是母亲的左膀右臂，可不知为什么，母亲再没有带着她出现在他面前过。

“邓少，好久不见，你现在清瘦好多。”

锦平轻轻叹息着走到他面前，细细端详着他。这张脸一如七年前那般稚嫩，时光恍若从没在他身上留下痕迹。

“是好久不见，今生还能再见，也算是老天眷顾……”

如果他命薄一点，没能等到邓冶学有所成，那他就真的只能像植物一样，静静地等死了。

“阿冶，帮平姐沏杯茶……”他温声吩咐了一句。

“好！”邓冶答应着。

“不不不，不用……”锦平忙婉拒。

这是邓家的两个继承人，而她只是一个保镖，现在则什么都不是了，哪有什么资格受他们这么敬重。

可邓冶还是给她沏了茶，还示意她坐下。兄弟俩关系那个好，倒是让锦平看着惊讶——这世上的事，往往是人算不如天算。

“平姐，今天我找你来，是有一个不情之请，还请你成全……”

邓溯看得出来，锦平很紧张，就和她先聊了聊当初她刚来邓家时的光景，把气氛聊缓和了，这才转到了正题上。以前他和平姐的关系不错，并不若现在这般拘谨的。

“什么事？你问吧，我知道的一定知无不言……”锦平顺着他的话道。

邓溯要的就是这句话：“平姐，接下来，我想做一件事，就是七年前我妈诬陷薇薇故意伤人这件事，我想请你做一个证，到时还薇薇一个清白……”

“哦，这个事啊……”

锦平点了点头，心头幽幽一叹，该来的到底是来了，这孩子对秦小姐依旧一往情深啊，可是……

她的秀眉微微拧了一下。

邓溯将这个情绪变化视为她不愿意，心下也不意外，毕竟当初她是站在他母亲那边的，现在让她翻供的确是一件令她为难的事。可是，他还是想动之以情，晓之以理，不想芳薇白白受了这份委屈：“平姐，当时你也在场，应该有看到的，那会儿不是薇薇要对我妈做什么，是我妈想伤害薇薇……平姐，薇薇是怎么一个姑娘，你应该是很清楚的，她善良，热情，从不耍心机，对我妈只有敬重。

“可妈呢，她是怎么对薇薇的，你也看到了。那一次，若不是你和我妈联手，用我的手机给薇薇发了一条短信将她骗了去，就不可能发生那么大的冲突的，她就不会坐牢，我也不会昏迷……

“事到如今，我和薇薇的人生之所以会发生如此翻天覆地的变化，我妈负主要责任，而你也要负一部分的责任。平姐，我妈欠薇薇一个公道，你也一样……平心而论，你做了伪证，心头当真安宁吗？”

这倒是真的刺痛了锦平，她这辈子就做过这么一件缺心眼的事，可当初她也是没办法。

锦平幽幽一叹，低下了头去。

邓溯也不急着要回答，而是继续往下说道：“平姐，现在我更想知道一件事，这件事应该也只有你知道，那就是我妈为什么会突然对薇薇那般反感，完全不顾我的意愿要将我们拆散。我深信，薇薇和我妈没有任何利益上的冲突。按理说，她喜欢薇薇那么多年，不应该莫名地憎恨上薇薇才对，这是我百思不得其解的。”

还秦芳薇一个公道，弄清楚事情的始末，这两桩事是他醒来之后最想弄明白的，也是他们邓家欠秦芳薇的。

锦平沉默良久才重新抬起了头，瞅着依旧一身学生气的邓溯，心疼他的人生境遇，也心疼秦芳薇，那样一对可爱的少男少女，多登对、多好看，结果……

思量良久之后，她才开了口："邓少，你想要还秦芳薇清白，这个心愿很好，但是，就算我帮你出面证明当时是夫人诬陷的又如何？如果夫人抵死不肯承认，不向秦芳薇道歉，你们母子难道真的要反目成仇，就此对簿公堂吗？邓少，你想过后果吗？你按着自己的胸口自问一下，你是不是想为了给秦芳薇一个公道，就要生生逼死你母亲？不是吧！如果真要是逼死了她，那你前半辈子因为失了佳偶而遗憾，后半辈子就得为逼死了母亲而悔恨终生了。所以，依我看来，如果想要解决这件事，你得缓着点来。你得先解开夫人的心结，至于这个心结是什么……"

锦平脸上闪过了几丝纠结之色，似乎在考虑要不要和盘托出。

邓溯马上插了几句话进去："还请平姐告知，这个结我一定要解开，我妈欠薇薇的公道，我要让她亲自还上……"

"恐怕难啊……"锦平又深深一叹，"最初夫人是很喜欢秦小姐的，到了国外给你带礼物，她总会惦着给秦小姐也捎上一份，有时给秦小姐买的东西比给你的更精致。

"可这一切就在你们读高一的暑假被改变了。那天，夫人收到了一封快件，拆件的时候，她把我遣了出来，说有事会叫我的。离开书房，我在附近候着。没过一会儿，里面就大闹天宫了。我跑进去，只看到夫人将电脑都给砸了，还把你、秦小姐和她的合照撕了一个粉碎，眼睛里更是露出了从未有过的恨意。我问这是怎么了，夫人吼着让我出去，脸孔都拧成了一团，还用东西砸我。我退出来没过久，夫人就抓着一个包包跑了出去，还吩咐我把有关秦小姐的东西全部烧掉，一件也不许剩……

"我没敢烧，生怕那是夫人一时的冲动，更怕邓少你回来后因为我们烧掉了秦小姐的东西而和夫人大吵大闹……那天，我没跟着夫人出去，就上去找那封快件，却发现里面是空的，也不知对方寄了什么过来，让夫人对秦小姐生出了仇视的心理。

"从那天起，夫人就开始疏远秦小姐，她自己房里但凡和秦小姐有关的东西通通被付之一炬。再后来，她就拒接秦小姐的电话，也不准我们任何人在她面前提到秦小姐……我问过她原因，她说：‘儿子是我的，我绝不允许姓秦的抢走。’

“我本以为夫人是因为接受不了你长大了，终要离开她，会更看重另一个女人，而将她放到另一个不那么重要的位置，所以心生嫉妒，这才会有这样一种反常的表现……可到后来，我才知道事情不是这样的……”

说到这里，她顿了顿，眼中闪过了几丝难言的疼痛以及不忍，不禁把脸转了过去。

“怎么不往下说了？”邓溯追问，发现锦平那眼神竟那么奇怪，“事情到底是怎样的？”

锦平垂头良久，才将随身携带的包包取了过来，迟疑了一下，终是从包内取出了一份资料递了过去，嘴里轻轻道：“邓少，你自己看吧……”

远远地，邓溯看到首页上的标题，眼皮跟着狠狠一跳：尚市司法鉴定中心司法鉴定检验报告书……

有一种不祥的预感在邓溯心头冒了出来。

“这是什么？”

肯定不是什么好东西。

“就是那份让夫人疯狂的资料……半年前我在垃圾筒里捡到的……”

终于可以弄明白最关键的矛盾所在了，可邓溯不敢接，总觉得这会是一个惊雷，一定会将他炸得皮开肉绽，体无完肤。

他唯有盯着它。

“哥，我帮你看。”

邓冶看出了兄长的犹豫，走过去接了过来，替他先看了起来，而他则眼巴巴地望着。

只不过短短数秒时间，邓冶脸色大变，双眼圆瞪，嘴里更是难以置信地叫了出来：“怎么会这样？”

“啪……”

邓溯按捺不住，终将那份资料夺了过来，标题之下，第一行是委托单位，第二行是被鉴定人，上面填着这么几个名字——

父亲：邓铠（F）

母亲：燕秋（M）

女儿：秦芳薇（C1）……

看到这行字，他的心脏就狂跳了起来，等看到最后那页，他整个人顿时呆若木鸡……

最后的结论是：被检父母是孩子的生物学父母，从遗传学角度已经得到科学合理的确认。

这简直就是晴天霹雳。

那一刻，邓溯觉得他的整个世界彻底塌陷了，一瞬间分崩离析，碎得半点渣渣都没留下……

任何原因他都可以接受，独独这一个真的会把人逼疯——他深爱这么多年的女孩，竟是他同父异母的妹妹？

邓溯脚下一个趔趄就瘫坐了下去，却依然抓着那份资料，把眼睛瞪得比驼铃还大，前前后后又将它看了一遍：是的，他没看错，上面盖着相关司法机关的图章，而年份也符合，正是十年前的某一天，纸张很皱，像是被人拧成了一团，后来被人熨平了……

那一刻，他完全不知道要如何思考了，怎么想都想不通……

忽然，他的目光一下全落到了同样惊呆的邓冶身上。

"阿冶，你倒是和我说说看，这是不是真的？你还有一个姐姐？这是不是真的？"

他一把揪住了邓冶的胸襟，问得那般急切，殷殷地希望弟弟可以一口否定这件事。

"是，我是还有一个姐姐，我妈过世的时候和我说起过，说那会儿她一不小心把姐姐弄丢了，一直寻无下落。她还留下一封遗书，让我长大后去寻一寻，尽一切力量将姐姐找回来……"

邓冶的话就像一双手掐住了他的脖子，几乎将他勒得窒息……

他苦苦想弄清楚的真相竟是这样的？

邓溯呆坐在那里，再也说不出任何话了……

邓溯一早就知道秦芳薇不是秦老师的亲生女儿，当年他和秦老师私下聊天时，老师无意间说漏了嘴，而后在他的再三追问之下，老师才坦言了，说：“薇薇是我在路上捡的。”

至于薇薇是谁家女儿，老师也不知。为了给薇薇一个正常的家庭，老师曾在暗中查过薇薇的身世，但是无果而终。

这些都是老师和他说起过的，而在薇薇面前，他一直守口如瓶，实不希望她因为身世问题而生出种种不必要的烦恼。

那时，他无比心疼她，心疼她一出生就离开了亲生父母。

所幸她遇上了老师，这是她的人生大幸。

可他怎么能想到，她的身世竟和他们邓家有如此纠缠不清的关系？

“哥，你这是要去哪儿？”

邓溯突然站起，步履仓促地往外走去，手上抓着那份资料，神情迷乱，邓冶担忧地叫了一声。

“香港！”邓溯头也不回地应了一句。

他要回去，要亲自向母亲问清楚这件事。

伴着一声啪的关门声，邓溯立马消失在了面前，邓冶见状，忙给保镖打了电话，令他好生看护着。

待交代完，邓冶坐到了沙发上，看到锦平有点不知所措地望着他，忽想到了一个问题：那么一份重要的东西，张爱旖怎么没有烧掉，而是扔进了垃圾筒，还让锦平给捡到了？这也太过于巧合了吧？

“平姐，这七年我哥在国外治疗，怎么都没见过你去看望他？”他若有所思地问了一句。

“我也想去看望的，可夫人防着我。”锦平苦笑一声，道出了原因。

“为什么要防着你？”他的目光跟着一动。

锦平轻叹了一口气，回答道：“大少初初出事时，进了上海一家医院，秦小姐给我打电话求我，想知道大少在哪里就医。我没忍住，和她说了。为此，秦小姐特意跑去了医院，但正好被夫人看到了，夫人当即就把大少转去了国外，再不许我过问大少的事……”

原来这当中竟有这样一个缘故。

“既然你心里不认同张爱旖的做法，那当初你为什么要助纣为虐，在法庭上做证说我哥和张爱旖全是秦小姐推下去的？”

他想，这底下怕是另有玄机的。

“我也不想这样的……”锦平再次苦笑，“可是那时我妈病得厉害，手术费全是夫人在帮我支付，夫人让我那么做，我就只能那么做了……”

而做伪证的下场是她一直良心难安……

“哦，原来如此。”

可既然张爱旖一直防着锦平，精明如她又怎么会在锦平面前泄了这么大一个秘密？

他思来想去，只有一种可能，那就是：那些资料是张爱旖故意泄露的。

对，她这是在为自己留后路，因为她一早就料到了，邓溯醒了之后，她会面临这样两种结果：一种，她控制着局面，邓溯依旧被她捏在手心，这种情况下，她完全不怕锦平把这个天大的秘密泄露出去。

另一种，她被控制了，在这种情况下，邓溯肯定会找锦平问话，而届时，锦平就会把这个秘密说出来。如此一来，邓溯要面临的是一个天崩地裂的局面，而她可以借这个机会传递这样一个当初之所以疯狂要拆散他们的合理原因。

只要有这样一个原因在，邓溯就会一败涂地。

是的，她这是存心陷她儿子于绝境啊，算是彻彻底底颠覆了邓溯妄想重塑的世界。

唉……

邓冶不由得沉沉一叹：那个女人的心思够缜密。

他正思量着，房门突然又开了。

“对了，平姐，你知道那资料是谁寄出来的吗？”这时去而折回的邓溯发出尖锐的一问，那一刻，他目光肃然。

就在刚刚，他认真想了想：从锦平的陈述看来，其实最初张爱旖根本不知道秦芳薇的身世，是有人刻意告密才闹到了她耳朵里的，所以，寄资料的人是个关键性人物。

在他看来，那个人会知道连老师都不知道的事，只能说明一件事：秦芳薇小时候和她母亲失散不是意外，而是有人刻意安排的。否则，那个人如何知道事件的始末？

“是从上海寄来的，寄信人叫海瑞，大海的海，祥瑞的瑞，但没具体地址。我暗中让人查过，这是一个化名。”锦平回答。关于这件事，她怀疑过，也想弄清楚个中始末，可惜她的能力不够，没能查一个水落石出。

“哥，我去查查当初是谁去做了这个DNA鉴定。”邓冶听罢，站起来自告奋勇，思索着说道，“寄信人肯定不是委托人，但这一切总归是有迹可寻的。如果这只是为了私下了解所做的亲子鉴定，它没有法律效力，鉴定需要用到的鉴定物就可以作假；如果它是司法机关委托的，那就会有一个较为正规的流程，是真是假，一查便知……”

先前他妈妈曾四处寻女，的确做过几次亲子鉴定，但具体做过哪几次，他不得而知。

“如此最好，那你去尚市司法鉴定中心查一查那里的原始资料，我就去香港，你这边一有消息就给我打电话……我们分头行动……”

邓溯急不可耐地想了解事情的真相，这件事实在是太戳心了……

“好……我这就去退房……”邓冶马上答应了下来。

如果那份资料属实，于他倒是大喜，他终于找回了失散多年的姐姐，可于邓溯而言，那便是大痛了……

这一刻，他倒希望那份资料是伪造的……

傅禹航和秦芳薇没在教学园小区过夜，那里太久没住了，一时没法住人，傍晚时分，他们回了平市。

而邓溯则飞去了香港，并在入夜时分见到了被爷爷软禁在老别墅的母亲。

都没顾上吃晚饭，他一进别墅大门就直接去了张爱旖的房间。

“哟，原来是我的宝贝儿子回来了。”

开门后，张爱旖看到风尘仆仆的邓溯，脸上挂起了淡淡的笑容。现在的她人过五十，却依旧一身优雅，着一袭居家裙，看上去无比贤良无害，可这只是假象——这个女人狠起来比任何人都要狠。

“怎么样啊，见到你心爱的女人了没有？人家还愿意和你重修旧好吗？”

这话听着好像带着关切，可他觉得刺耳之极。

没在门口停顿，他走了进去，步子飞快，并将那份资料揪出来，砰地一下就拍在了桌面上，转头时，他目光沉沉地望了过去，心头乌云密布，忍耐了好一会儿才吐出一句问话：“妈，这份资料，您能给我解释一下吗？”

张爱旖则在背后砰地把门给合上了，走上去，将那几张再次被揪起无数折纹的纸张要过来，瞄了一眼，眼神没变一分一毫，依旧笑吟吟的：“哟，终于到你手上了？”

她勾了勾嘴角，竟一点也不意外。

诚如邓冶所猜的那般，她当真是故意让那东西落到锦平手上的。

“你果然是故意的！”

邓溯觉得母亲当真是越变越陌生了。

他甚至想沉痛地吼一声：张爱旖，你把我所熟悉的妈妈变哪儿去了？

此刻的她眉目之间依旧含笑，就像那渐渐西去的冬日夕阳，余温犹在，余光璀璨，冷意却一层一层地渗入邓溯的肌肤，令他的汗毛一根根悄悄地竖了起来。

她瞟了一眼，不答，只故作思量之状，说：“我猜，你们也已去尚市鉴定中心询问过了吧……对，这是真的，不折不扣的真相，现在，你还非她不娶吗？”

最后几个字，她刻意说得很慢，一字一句，咬得特别的有力，说：“这也就是我当初不许你们在一起的真正原因。”

被证实这是真相的滋味真的不好受。

莫名地，邓溯打了一个寒战，觉得自己的心脏就像被一把冰冷的刀扎了，甚至不断地搅着，好好的心就这样被搅碎了，他再说一句话的力气都没有了，整个人跟着变得冰冷，而耳朵只听得她不紧不慢地讲述起那些他所不知道的事情来：“十年前的某一天，邓铠陪着那个女人去了司法鉴定中心，打算和秦芳薇做亲子鉴定，但秦芳薇没到场，不过她在不久之前参加了献血，血是鉴定师亲自采集的……你别问我他们是怎么知道秦芳薇不是秦牧的女儿这个事的，也别问他们怎么就把秦芳薇和他们失踪的女儿联系在了一起……这些，我都不知道。

“我只知道一件事：由于那会儿他们不能确定结果，所以没敢惊动秦牧，更不敢让秦芳薇知道她献的血做了什么用途……也就是说，那是他们做的一次秘密鉴定，只是想私下地了解，主因就是怕影响到秦芳薇的正常生活，因为那时她根本就不知道自己是领养的。

“邓铠不知道的是，我早就把那个鉴定师给收买了。结果出来之后，我让鉴定师寄了一份原始数据给我，再造了一份假的给了邓铠和那个贱女人……你知道我为什么要这么做吗？因为我知道那女人病得很重，活不了多久了。虽然邓铠一直花重金在维持她的生命，但她还是不可避免地一步步地走向了死亡。而我这么做，只是不想她在死前和女儿团聚，从此再无遗憾，我要让她死了也在另一个世界不得安宁，永永远远地记挂着那个遗失掉的孩子……”

说着说着，她露出了诡异的一笑，就像做了一件特别让人愉悦的事，沉醉在其中，就此无法自拔了：“然后，她果然死了。真好……听到她的死讯，你不知道我有多高兴……对了，我还喝了一个大醉……”

笑着笑着，她突然又露出了一副无比憎恨的神情，拳头更是捏得紧紧的，再度恨恨地吼了起来：“我恨她！我张爱旖这辈子，全是因为她才被毁掉的……想当初，她都离开了，却要在我嫁进邓家，才怀上孩子不久，对人生充满希望的时候又冒了出来……我警告过她，别再来插足我的家庭，我已经怀了孩子，我是邓家明媒正娶的媳妇……那个贱女人表面上很乖巧，什么都答应了，可她根本就是一个言而无信的贱人，一径无视我的警告，还是和我的男人纠缠不清……是她，全是她，毁掉了我对婚姻的所有希望！后来她怀孕，甚至让那个男人萌生了要和我离婚的心思……你说，我怎么可能如他们所愿……”

她如此狰狞可怖的神色有点吓到邓溯了，一阵阵不安在心里面泛滥，他忽想到了一件事，脱口便问了出来：“妈，燕秋阿姨怀第一胎时，你是不是做过什么？”

否则，那个孩子怎么会不见了呢？

刚刚在来香港的路上，他从邓冶那里知道了那个孩子遗失的始末：

据说当初燕秋真的打算离开邓铠的，在怀有身孕的情况下，她悄悄离开了。等邓铠再次找到她时，孩子没了，在生下来后的某一天离奇不见了……为此，燕秋差点疯掉……

“不许叫那贱女人阿姨……”

忽然，张爱旖冲邓溯大吼了过来，眼睛瞪得圆圆的，浓浓的恨意将她身上的美好全部毁灭了。

“妈，那孩子是不是你让人弄没的……”邓溯吼了回去。

这时，张爱旖转而又笑了，像是想到了特别有意思的开心事似的，笑得无比迷人，竟直接承认了：“对，是我叫人把那个孩子给扔了……看着她满世界找孩子的模样，我觉得真是痛快……你说凭什么！我生的是儿子，他邓铠不理不睬；她生的是女儿，他却要和我离婚……我不会如他们所愿的，我不会的……”

邓溯感觉四肢上的鸡皮疙瘩一个个冒了出来。

邓溯看着这个被婚姻伤害到失去理性的母亲，没办法想象她的心灵得有多扭曲，那个可亲可敬的母亲现在彻底不存在了……他心如刀绞地望着她，看着她歇斯底里地吼着：“可我没想到，那个孽种居然被秦牧领养了，更没想到，我会喜欢上她。最不可思议的是，她居然还和我的儿子谈起了恋爱！你觉得我容忍得了这种不堪的事吗？还是你认为你们兄妹俩可以恩恩爱爱，白头到老？

“拆散你们是必然的，同时我还不能让你爸知道，他看上的儿媳妇就是自己的女儿……邓家的一切，燕秋的孽种没那资格获得……她秦芳薇也没那资格好好地在这世上过好日子……邓溯，你可以恨我，但是，你更应该恨那个不负责任的男人。如果不是他出去乱搞，你就不会爱上自己的妹妹……这一切的错全归结于邓铠……”

她一句句地吼着，将所有责任推到婚姻的另一个当事人身上。

可是，婚姻的失败当真是一个人的错造成的吗？

不，不是这样的，他们两个人都有问题。

两个有问题的人才会将婚姻弄得满是问题。

邓溯听不下去了，跌跌撞撞地逃了出去，欲哭无泪，心痛得想撞墙。

他怎么会生在这么一个家里？

这个家太可怕了！

真的真的太可怕了……

邓溯连夜回了尚市，一刻也不想在那里多待。那个家从来没有家的味道，纵然是一处无数人梦寐以求的豪宅，可是在他眼里，它冷冰冰的，毫无留念的价值。

邓溯敲开邓冶家的门时，把睡眼蒙眬的他吓了一跳，他没想到大哥会马不停蹄地折回，都没在那里过夜。

“哥，你是不是觉得自己的身子是铁打的？还是你觉得你仍是十八岁时的邓溯？能不能惜着点自己啊？你这条小命可禁不起折腾，这要累出病来，那就是悔青肠子的事……还有你们，不是让你们好好看着我哥的吗？怎么尽让他胡闹？”

将面无人色的邓溯迎进家门，邓冶先把邓溯给数落了一番，又把随行人员给责备了一顿。

保镖阿伟一脸无辜地说：“二少，邓大少非要回来，我们拦得住吗？”

唉，也是，这人是那么一个牛脾气。

“行了，你们歇着去吧！接下来，我来看着他……”

邓冶把随行人员给打发了，去给邓溯倒了一杯温开水过来。

说真的，自醒来这么多时日，邓溯一直在积极地配合治疗，对于未来总怀揣着不可磨灭的信心。虽然进步缓慢，但只要有所进步，他就充满斗志。

可今日他如此消极，就好像一下子被人抽了主心骨，架子一下子全散了。

邓冶知道的，秦芳薇一直就是他的精神支柱，而他的目标很简单，将自己养好，拿回主动权，重塑自己的生活，而那个女孩子，则是他所有的动力来源。

可现在呢……

“哥，你这么丧气干吗？我觉得情况可能并不像我们想象的那么糟糕……”

坐到他身边，邓冶开始给他打气。

这两年，邓冶最常做的事就是帮邓溯打气。

也因为有他的不断鼓励，邓溯才能一步步重新站起来。有时邓溯会想，现在的邓冶比他更像大人，而他昏迷了七年之后，在心智上反不像邓冶那般成熟。

他接过水杯，喝了一口水说："阿冶，谢谢你的安慰……可现在我的脑子很混乱……"

"你先别混乱，而且，这也不是安慰。哥，我有个想法，你来帮我琢磨琢磨，看看有没有道理……"邓冶双眼冒精光。

"什么想法？"邓溯被他脸上那种异样的神情感染了，心下不觉生了好奇。

"我在想，我们之前看到的那份鉴定报告不见得就是事实。"他道出了自己的想法。

"为什么你会这么认为？依据是什么？"

原本神情恹恹的邓溯，因为这句话一下就来了劲儿。

"你想啊，如果那份资料属实的话，为什么十年前你妈在得知那个消息之后没有马上有所行动，而是过了一年才有反应？如果你和秦芳薇当真是同父异母的亲兄妹，她一直没采取行动，就不怕你们俩人太过亲昵，一个没忍住将生米煮成熟饭吗？再有，七年后的现在，她没直接阻止，而是任由你去找秦芳薇。如果兄妹身份完全可以确定的话，那她为什么不担心你们俩久别重逢后做出逾越男女本分的事来？"

这两个假设非常有道理。

邓溯的目光一点点亮了起来，他把杯子往茶几上一搁，一拍大腿，惊呼："是啊，我怎么没想到这个？"

"这大约就是关心则乱吧！"邓冶往沙发上一靠，强调道，"所以，我认为，现在这件事还不能下定论，扑朔迷离得很……想要确定这件事到底是怎么回事，最简单的办法就是去鉴定中心做两个鉴定，我和秦芳薇做一个全同胞鉴定，你和她则去做一个半同胞鉴定……这样一来就一清二楚了……"

"对，有道理，这是直接验证我们三个人关系最为有效的办法。"

邓溯完全认同，但是随即目光又黯了下来，心下又有了迟疑："可是，薇薇一直以为自己是秦老师的女儿，现在老师刚刚没了，我们要是跑过去和她说，她有可能是我们邓家的女儿，要求她配合我们去进行那样一种鉴定，那么无论鉴定结果如何，都是对她的一种伤害……”

要是鉴定的结果是非兄妹，倒是解了他的心头之急，可如此一来就会道破秦芳薇的身世；要是结果是兄妹，叫她如何接受得了这样一桩情人变成兄妹的荒唐事？

邓冶就知道他会生出这样一种想法：“那我们可以先去取她的头发，私下去做鉴定，暂时不要惊动她。”

嗯，这倒是一个办法。

邓溯想了想，做了一个决定：“那我们明天去找她，想法子弄到她的头发。”

清晨，秦芳薇起来，身边已经没了傅禹航。她忙起来，出了房门，屋外也静悄悄的，也不知他跑哪儿去了。

她折回卫生间先洗漱，待换了衣裳重新走出来时，只看到那个男人不知什么时候已经回来了，正在厨房忙着，身上还系了那条父亲最爱系的围裙。

“你行动不便，不好好休养，怎么就早起弄起早点来了？起开，快起开，我来弄……”

她想解他身上的围裙自己戴，他却不让，只另外取了一条女款的围裙给她，说：“一起吧！我闲着也闲着，你帮我打下手，我来做。好久没给你做饭，我浑身痒痒……”

他笑着冲她眨眨眼：“你别跟我抢，看我给你露一手。”

“那你小心点啊！”

接过他手上的围裙，她没再反对，听他指派动手洗菜、切菜，但仍是他掌厨——他做的菜，她是喜欢的。

这世上最大的幸事是，嫁的男人愿意下厨给女人做菜。

秦芳薇在手机上关注了一些心灵鸡汤，已婚的女人们都在抱怨，婚后的男人都是甩手掌柜，除了上班，回到家就只对着手机，不会做家务，不会下厨，不会陪孩子，但是傅禹航不是，他愿意收拾房间，喜欢去菜市场，总惦着给她做好吃的。

很快两道菜就出锅了，傅禹航退到边上靠着歇息，看着她有条不紊地洗着锅，洗着菜刀，抹着灶台……

阳光从东窗洒进来，她那纤细的身形上笼着淡淡的金色，整个人显得特别的暖。小小的厨房被晒得暖洋洋的，而他的心也跟着暖暖的。

这是家的滋味。

房子不用很大，但有他也有她，彼此忙碌，因为他们对生活怀着厚重的向往，只愿人生可以过得滋润。这样的时光是弥足珍贵的，因为他无法确定未来的哪一天，她会离自己而去。

虽然她说她不会离开，可他觉得邓溯不会放手，而她的心，也根本不在他这里。出于责任而捆绑在一起的婚姻，说不定哪一天就散了。

他凑了过去，小心地从背后拥住了正在看小米粥火候的女人，将下巴轻轻搁在她的肩膀上。

“喂，你干吗？”

秦芳薇惊了一下，脸上莫名发烫，背上暖乎乎的，又宽又硬的感觉传了过来。

“突然想抱一抱你……”他轻快地低语。

秦芳薇有点别扭，转头看，却被他脸上的点点柔情吸住了眼球，心头一烫，拍了一下他的手背：“别闹。”

他低头凑过来，在她白净的脸颊上轻轻印下一个吻，柔软的触感令她一僵，脸发起烧来：“喂，你闹够没？”

一层薄薄的粉色在她柔嫩的肌肤上蔓延开。

他笑得好不开心，无他，她害羞的模样真是可人呢……

这时，门铃不识趣地响了起来。

“哎，快去看看是谁。”

“唉，好吧！”

他恋恋不舍地抽身，转身去开门，心里想着，这大清早的，会有谁来？昨晚回来后，小游因为家里有事没有留下来。杨队本来想另外派人过来的，但他说不用了，让民警同志歇一晚吧……后来，杨队就没再派人过来。

傅禹航没有马上开门，而是透过门洞往外张望，先是看到了一张帅气的男人脸，虽然很面生，但是他还是一眼认了出来，是邓冶，邓溯的弟弟。据说邓冶是一个天才医生，这些年为了救治邓溯而成了一个不得了的脑外科医者……

而后，他瞧见了那个不受他欢迎的家伙：邓溯。

这对兄弟这么一大早联袂而来想干吗？

他思量着，把门开了，直接对上了邓家兄弟的目光："邓溯，邓冶，今天这是吹的什么风，把你们俩一起吹来了？"

厨房那边，秦芳薇听到了傅禹航的话，一怔，转头出了厨房，站在那里往外看。

"不请我们进去坐坐吗？"

邓溯清亮的声音传了过来，她的心莫名就有点慌。

这时，傅禹航转身往她那边瞄了一眼，淡淡一笑后，就让开了身子，将门外的人请了进来："请进。"

下一刻，那道清瘦挺拔的身影就走入了她的眼帘，其身后跟着一个气宇不凡的年轻男子，两个人都看到了她。

她系着围裙，束着马尾，脸上隐隐透着一些慌乱，正婷婷静立在厨房和客厅的分界处。

"薇薇……"

"薇薇姐，你好……"

邓溯声音喑哑，只因心头怀着太多苦涩；邓冶则叫得明快，脸上带笑，但笑容里深藏着一些难以名状的东西。

"你是……邓冶？"

这不是她辨认出来的，而是刚刚傅禹航这么叫了。

说真的，她根本没认出来，他和小时候那怯怯的模样对不上号了。岁月啊，真是一个神奇的魔术师。

"对，好久不见。"那张清贵的脸上尽是明媚的笑容，而后他在空气里嗅了嗅说，"哎哟，来得早不如来得巧，薇薇姐这是在做早餐吗？"

"……"

早餐不是她煮的，她正想着要怎么回答，那家伙紧跟着说了一句：

“我和我哥都没吃呢，薇薇姐，今天我们能蹭点吃吗？”

邓冶笑得和煦如春风，长得又那么的俊秀可亲，让人觉得拒绝他是一个罪过。

“多吃可能没有，但一人一碗肯定是有的。你们稍等，应该差不多了……”她努力保持平静，折回厨房，心里却是困惑的，他们这个点跑到这里来是想干吗？

另一边，傅禹航很不高兴。这个邓溯一见到秦芳薇就像被勾了魂似的，直直盯着她，目光流露出赤裸裸的眷恋，叫他看着真的太不是滋味了。

但他还是把人引到了餐桌前：“两位，请这边坐……我去帮忙端菜……”

看着他们入了坐，傅禹航则往厨房而去，想将刚刚炒的两个小菜端出去，却被秦芳薇阻止了：“我来……你不方便，还是去坐着吧……”

“没事的……你再去洗两个碗吧……”

傅禹航笑着打量她，她的神情已经恢复了，只是不敢和他对视。

“那你小心点……”

她立马转过身去，从橱柜里取了两个没用过的碗，滴入洗洁精搓了起来，心下很不喜欢这样的场合：心爱的男人和现任丈夫共处一室，这算怎么回事啊？

小米粥配炒时蔬，外加一碟香葱煎蛋，清淡又营养。

邓溯看了一眼，久久没有动筷，看着秦芳薇。以前的她是最不喜欢下厨的，曾经他还想过，以后等他们结婚了，等她怀孕了，他就去学做菜，一定要将孕期的她养得胖胖的。

现在，她倒是会下厨了，却是在给另一个男人忙碌。

“薇薇姐，你的手艺不错啊……”邓冶见兄长又失态了，尝了一口，笑着赞了一句。

“这其实不是我做的，是……是我先生做的……我刚刚只是在给他打下手……他做的菜比我爸做的还要好吃……”秦芳薇轻声答着，小口吃着。

邓冶顿时露出惊讶之色：这个人居然还会下厨，这可是他哥的弱项。

他不由得瞄了一眼兄长。

邓溯一怔，心头跟着咯噔了一下，却默不作声地尝了一口。时蔬爽口鲜美，香葱煎蛋厚薄适宜，松软喷香，火候拿捏得刚刚好——薇薇是个吃货，配了一个会做菜的男人，倒是不错。

“很好吃。真是看不出傅先生居然有如此厨艺。”他轻轻赞了一句。

傅禹航笑笑，给秦芳薇夹了一筷子时蔬说：“好吃就多吃点。薇薇，你也吃啊，别只吃白粥……”

两人这么亲昵，深深刺痛了邓溯的眼，他想到以前自己也爱给她夹菜，可现在，他好像失去了这样一份资格。

秦芳薇很不自在，一直闷头吃着傅禹航夹来的时蔬，不说话。

傅禹航吹了吹小米粥，发现烫得下不了嘴，遂看向他们，问起了他们的来意：“两位，你们挑了这么一个点过来，想来是有事吧……说吧，什么事？”

邓溯说话也直，盯着秦芳薇就不瞒不遮地道出了此行的目的：“我们是为了薇薇的身世而来……”

这话一出，秦芳薇不觉一怔，脸上浮现了惊疑之色，随即冲傅禹航瞄了一眼——不是秦牧亲生女儿的这件事，她也是最近才知道的，怎么这么快就传到邓溯耳朵里了？

傅禹航倒是不意外，邓家自有邓家的门路，他们若关注一个人，想要知道那人的一举一动不是难事。

那么，邓溯为什么会道破这件事呢？

事情是这样的：今天一大早，邓冶获知了一条来自刑警队那边的消息，秦芳薇和傅禹航之前遭遇了两次袭击，还被绑架了，秦芳薇报了警，警方出警才抢回傅禹航一条小命。

据这对夫妻交代，那些人想要从他们手上拿到一件东西，而那件东西就藏在秦家在银行租的保险柜里。结果事后警方一查，竟查出了一军工密码箱，箱内有遗书一封，透露了这样一个信息：秦芳薇竟不是秦牧的亲生女儿，具体是谁家女儿，不详。

听闻这件事，邓溯很惊讶，很不解，一是不解谁袭击了他们，幕后人是谁，他们想得到什么东西；二是不解秦老师怎会有军工密解箱；三是不解秦老师为何要用军工密码箱来告知芳薇她不是他的女儿，这三件事真的太奇怪了……

邓溯觉得，这件事当中有着太多疑团，不过现在的秦芳薇已经知道秦牧不是她的亲生父亲，这倒是给他们提供了条件，于是，他再也按捺不住，一早就找上了门来。

“我不明白……你这是什么意思？”秦芳薇轻轻道，眼里带着疑惑。

“你不是老师的亲生女儿，这件事你已经知道了是不是？”邓溯把话说得更直白了。

“是，才知道不久……”秦芳薇点头，同时心里生起了疑惑，“可你是怎么知道的？”

“七年前我就知道了，不过当时我答应过老师，没和你说……”他解释道。

“哦……”秦芳薇想不到他知道得竟那么早，遂放下了筷子，眼底冒出了希冀之光，“那我爸有和你说我是谁家女儿吗？”

“这也正是我想问你的。”

他本来还希望可以从她嘴里挖到一些有利的信息，可结果……

“那我爸是怎么和你说的？”她再问。

邓溯回答道：“当时老师只说你是半路捡的。”

闻言，秦芳薇和傅禹航对视了一眼：这个说法倒是和陆瑶说的不谋而合，不过如果结合那封遗书来看，也可能是搪塞之语。

“既然没什么线索可查，你今天过来是想和我说什么？”

这下，他们俩兄弟对视了一眼，两个人的神情都很慎重。

傅禹航没说话，但有将他们的神情观察得一清二楚，心里则在暗暗琢磨。

“到底何事，快说……”秦芳薇追问，心下有点急。

“这样，我给你看一样东西，但是，我想和你说清楚的是，这件事我们还没办法确定，来找你是希望你可以配合我们，把这件事调查清楚。”

在说事之前，邓溯先给她打了一剂预防针，生怕这个“雷”扔出去之后，把她惊坏了。

秦芳薇答应了，于是一份皱皱巴巴的资料被邓溯从随身带的包包里取出推来，她接过细细一看，双目不觉瞪得大大的，震惊之色一下就浮现在她那张白净的脸孔上。

“这不可能……”她几乎是惊叫出来的。

“怎么了？我看看。”

傅禹航见她反应这么大，凑过去把那几张皱巴巴的纸给抓了过来，一目十行地看完，眼底露出了浓浓的错愕：从这份资料上所盖的印鉴来看，这份资料应是出自尚市鉴定中心，但是……不应该啊……

“阿溯，这东西哪儿来的？”秦芳薇已在发问。

她是无论如何都没办法相信这玩意儿的。

于是，邓溯把得到资料的过程说了一遍，还把自己从母亲那边核实到的事情也说了说。

“依你的意思，薇薇就是当初邓夫人让人丢掉的邓先生和燕秋女士所生的头胎女儿？而后她辗转来到了秦老师身边。这些年，邓夫人并不知那个孩子流落在哪里，在遇上了薇薇时毫不知情，曾是真心喜欢薇薇的，后来因为知道了这个事才出了七年前那些变故？”

听完整个过程，傅禹航将这条线索简单捋了捋。

“对，而且我们已经在尚市鉴定中心了解过了，当初我爸和燕阿姨的确在那里做过 DNA 鉴定，这个院方有明确记录。那时芳薇你曾去献过血，他们就是通过血液进行鉴定的。但由于这是私下鉴定，没走法律程序，所以没有公检法做见证，我这边也不敢确定这份鉴定资料就百分之百是真实的。所以我来这里，是想请求你和我还有邓冶去重新做个鉴定。”

邓溯道出了他的来意，继而进一步补充说明道：“如果我们的鉴定结果可以推翻十年前那个结果，那我就要好好查一查是谁在故意愚弄我们邓家；如果这是真的……”

他顿了顿，眼神幽幽地转头看向了邓冶，说：“燕阿姨病逝前一直盼着可以找回女儿，这于阿冶来说是好事。”

“我不可能是你们邓家的女儿……”

秦芳薇却非常坚定地否定了，心里更是无比排斥这个说法的。如果她是邓家的女儿，那邓溯就成了她哥哥，这个说法，她无论如何都接受不了。

“你别激动……”邓冶马上安抚道，“其实，我们也希望这不是真的，但是有这样一份资料在手上，再加上芳薇姐你现在也不清楚自己的亲生父母是谁，所以我们的意思是去做一个鉴定，这样就可以确定了……”

这时，傅禹航突然起身，打断了他们的交流，离开前扔下一句话：“邓溯，邓冶，你们等一下，我有张照片可以让你们过过眼……”

没一会儿，他从房里回来了，手上拿着手机。

“你先看看这个。这是秦老师留下的一封遗书……”

他调出一张照片递了过去。

邓溯忙接过手机看了，层层惊疑在他脸上浮现。

见状，坐在他身边的邓冶也凑过去看。

“这不是秦老师写的，字迹不是。”

看罢，他很肯定地下了结论，正因为确认，他的眉目之间才露出了一些喜色，可那些喜色很快就被一团团的困惑给掩盖了：“这也不是我爸写的……从这封信的内容来看，写信的人该是薇薇的生父，他正从事着一项很危险的工作，所以，这个人肯定不是我爸……”

“对……”傅禹航重新坐下，“这件事几乎可以这么认定。现在问题就出来了，如果我们这边可以肯定薇薇的血统和邓家无关，那么，你妈手上这份资料是怎么来的？她怎么就认定薇薇是你爸的私生女？现在的关键所在是，好像有人在故意误导你妈妈，令她因为这件事憎恨上薇薇，甚至不惜一切代价想毁掉薇薇。邓溯，你好好想想，十年前，你妈妈身边有哪些走得比较近的人？我们可以从这里着手查……”

他本来还一筹莫展，在把那幅字拿到手前，线索一下全断了，而邓溯的出现给了他一条新的线索，那就是，邓夫人一定知道一些他们所不知道的秘密。即便她不知道，那个挑拨了她和秦芳薇关系的人肯定知道。

“这件事或许我们可以问一下平姐。”邓溯第一时间想到了那个心怀歉疚的锦平，“十年前，平姐是我妈唯一的心腹，平常我妈和哪些人接触，她最清楚不过。”

“她愿意交代吗？”秦芳薇表示很怀疑，那个冷面女人平常话少得很，不该说的话，她一个字都不会说。

“既然她连这份资料都交给我了，其他事，她肯定不会瞒。这样，阿冶，你打个电话，让人把平姐带到这边来，我们今天一次性把问题解决……”

邓溯等不及了，恨不得立刻把重重疑团给弄个清清楚楚。

“好……”

邓冶一边往外走一边拨电话。

邓溯则低下头喝起粥来，本来乱糟糟的心平静了许多。只要秦芳薇不是他同父异母的妹妹，其他事都不是大事，只是如果这份资料是伪造的，那么母亲当初怎么就那么确信呢？

“另外，薇薇姐，我有个请求。”

打完电话的邓冶回来之后，双手按着桌面，正色请求了起来。

正在喝粥的秦芳薇擦了擦嘴角，问：“什么？”

“亲子鉴定我们照做，一份在国内做，一份我拿到国外去，让我的老师去找人做，我想看看两份同样的送检物做出来会有怎样的结果。我的想法是，假设这份资料果然有问题，国内的鉴定中心不止尚市一家，我们如果不信任尚市，就去上海另找。在这样一种情况下，两份资料做出来的结果一样的话，那就可以百分之百确定了；如果结果不一样，那就只能说明这么一个问题：潜藏在暗处的人势力无比大，我们必须谨慎对待……”

邓冶想得很深，而且心思很缜密。

“嗯，我同意。”傅禹航表示赞成，“张爱旖是个相当有能力的人，能把她玩得团团转的人肯定不是寻常人。那个挑起她和芳薇矛盾的人很不简单……做个比较，我们心里就能有个底了……”

被他如此一说，秦芳薇好像没了再拒绝的理由，一切全是为了查出真相：“既然如此，那就做吧！”

这时，邓溯吃好了，思量了半晌的他，忽抬头盯着傅禹航又问了起来：“现在能容我问几个问题吗？你们被追杀是怎么回事？那些人到底想从你们身上得到什么？还有，老师怎么会有军工密码箱？我怎么觉得这些事复杂得不得了？”

秦芳薇正要喝粥，闻言抬了抬头，也望向了傅禹航，没吱声，只静静听着。

傅禹航夹了一筷子菜，一边吃一边回答道：“这件事啊，解释起来有点复杂。其实具体是谁，我和芳薇也是一头雾水……我觉得吧，当前我们必须弄明白的事是谁在操纵这一系列事件。只有把这个人给找出来，疑团才能一层层解开。”

具体他不想细说，不管怎样，邓溯总归是邓家人，总要防上一防的，再说，他这么说也不算搪塞。

邓溯是个聪明人，听得很明白，人家这是不想说。

呵，明明他和芳薇才是这世上最知心的人，可现在这家伙取而代之不说，还不愿把事情好好说开让他知道，细思之下，一阵不舒服的感觉自然而然就冒了出来。

于是，他再没问傅禹航，而是正色看向了秦芳薇，说道：“薇薇，我知道我妈曾深深伤害过你，还害得你坐了牢，但请你放心，这件事我会给你一个说法的。一个人活在世上，必须为自己所做的事情负责，我不会因为她是我妈就会包庇，所以，也请你相信我，我是真心诚意想要帮你忙，并且愿意为你赴汤蹈火，在所不惜……”

秦芳薇怔了一下，咀嚼着他的言下之意，心突突急速跳了两下。他的意思是想给她恢复名誉吗？他还表明了他的立场，未来，他仍然会站在她这边，一如七年前那般……

可当着傅禹航的面，他如此表决心是什么意思？

之前，他们不是已经说好了吗？

但很快她明白过来了，邓溯这是在气傅禹航不肯说明情况，所以他刻意这么说，一是故意刺激傅禹航，二则是表决心。虽然她不会离婚，虽然他会尊重她的选择，但是这不代表他不爱她了，事实上，他仍爱，而且一如既往地爱，爱到可以为了她而奋不顾身。

傅禹航听了直皱眉，真想把这家伙给赶出去。

不过秦芳薇抢先一步，替他解释道：“邓溯……禹航说的是真的，现在我们的确没什么线索，无从知道是谁在袭击我们，警方那边得到的消息也没后续进展……倒是你们那边，现在成了我们的突破口。”

“既然如此，那我们更应该好好配合，努力将这件事查一个水落石出。薇薇，我希望以后你那边不要有事瞒着我，我这边也不会瞒你任何事，你同意吗？”

他放柔了声音，低低询问着，话里用的称呼是“你”，而不是“你们”，这又是故意的。

傅禹航忍耐着撇了撇嘴，不做任何表示，执筷喝粥。如果不是邓家那边那条线索很有价值，他早把人轰走了……

秦芳薇见他不吱声，知道他心里不高兴，但是，想要把这件事查清楚，就会有很多地方仰仗到邓溯，这份帮助正是她需要的，是她没办法拒绝的。只是这样一种交往，往后她真的得好好地把握好才行。再如何舍不得，她总归是要舍的，否则傅禹航这边，她交代不了。

“没问题，那我和禹航先在这里谢过了。”

衡量再三，她同意了，却把傅禹航带进去一起道了谢。

是的，她就是想借这句话说明，她现在和傅禹航是不可分割的一个整体。

邓溯哪能听不明白，目光不由得一黯，心里莫名就发苦了。

而傅禹航则因为这句话，幽深的眼神变了变，原本超不快、超不爽的心情一下就好转了。

“禹航，你觉得呢？”她在他的目光扫过来时，柔柔问了一句。

“同意，这是应该的。有邓少帮忙，事半功倍，我举双手赞成……”

他展颜笑着点头，气氛终于缓和了。

“那就好……”她暗自嘘了一口气，正好瞥到他吃光了，便顺势转开了这个话题，“粥还要吗？厨房还有。”

“客人优先。邓少还要吗？”

这种客气的示意，怎么看都有一种挑衅的味道。

她心下颇为无奈，但只能听之任之，因为她挑不出错来。

“不用了。谢谢……”

邓溯瞧着他一副以主人自居的模样，心里就无比泄气，哪还有胃口。

“邓冶，你呢？”傅禹航又问邓冶。

“够了够了……”邓冶答应着，他还有半碗。

“那帮我再盛半碗吧……谢谢老婆……”

傅禹航笑着把碗递给秦芳薇，咬出最后四个字时，心情豁然大好。

因为“老婆”两字，邓溯神情一沉，而秦芳薇面色一僵，接了碗后忙往厨房去，心头压抑极了。在这种场合处起来，三个人都不舒服，明明应该杜绝这样的场面发生的，可从今往后，在把事情查清楚之前，恐怕是避无可避的……

唉……

站在厨房，她悄悄往餐厅望去，瞧见那三个男人神情各异，她的心情不由得复杂极了。

# 第九章

## 你是不是他

早上八点，邓冶的人把锦平送了过来，这个女人一进门就来到了秦芳薇面前，说道：“秦小姐，今天我在此就七年前的事郑重向你道歉，对不起……”言罢，便冲她鞠起躬来。

秦芳薇接受了。

“平姐，我这里可以接受你的道歉，但是有件事，我想请你记住：哪些事能做，哪些事不能做，心里应该有一杆秤，别盲目地做了，然后又后悔……”

她没有生气。

曾经的屈辱早已被压下，再说锦平不是主谋，当初又是迫不得已，说白了，只是人家的走狗，秦芳薇没打算和她斤斤计较，重要的是，现在她愿意站出来帮他们，那么之前的事就此一笔勾销也未尝不可。

“那一年，我妈最终还是没救回来，她临走时告诉我，别再做亏心事，所以以后，我只求活得心安理得……”锦平虔诚地述说着此刻心里最真的想法，“不瞒秦小姐说，这些年，我之所以迟迟没有离开邓夫人，也是希望有我在邓夫人身边，万一她想再对你下手，我好通风报信，或是暗中相助……比如说，秦小姐坐牢的第三个月，不是有人想伤害你吗？后来是一个狱警救了你对吧！那是我把消息传给了那位昀珩同学，而后昀珩同学才找人摆平了狱中那些麻烦事，你才有了后来的安稳日子……秦小姐，我这么说不是想邀功，只是想说明，我一直有努力弥补自己曾经做下的错事给你所造成的伤害……”

这人还真是语不惊人死不休啊……

“等一下，等一下……”秦芳薇惊讶地叫停她，“你说什么？我坐牢的那段日子，后来没事全是因为那位昀珩同学帮我摆平了那些麻烦？平姐，你嘴里说的是哪个昀珩同学啊？”

“就是那个脸上有疤的昀珩同学，面相是奇丑无比，但心不坏。那年你被判刑入了狱，他曾去找过夫人的麻烦，还把夫人打了一顿，更把我臭骂了一顿。”

锦平提到那个同学时，脸上隐隐露出了畏色：无他，那人实在能打，那时才十八九岁，如今的话，恐怕越发厉害了……可惜的是，很久没见着他了……

“你说的是封绍昀珩？”

她嘴里说出这话时，心下已然肯定，除了他，哪还有其他人？

“对，就是他。”锦平点头。

“他后来又帮过我？这到底是怎么回事啊？”她追问得无比急切。

锦平却没有马上解释，而是冲邓溯瞄了一眼，迟疑了一下，斟酌再三，才又往下说道：“事情是这样的，就在你入狱后的第三个月，夫人原想在牢里制造一起意外死亡事件，我知道后很急，又不知道要如何帮你……所幸那回我翻大少手机时，记下了那位同学的手机号码……之后，我找了他……起初我两次打过去没有人接，第三次打的时候，他接了，然后，你才幸免于难……”

这当中竟还有这么一个插曲？

秦芳薇听完不觉一呆，怪不得那段日子，她初初受了一些屈辱后，那些人就再没有动静了。

邓溯则是一怔，脸上浮现了痛苦之色，颤声道：“你说什么？我妈……她一度想致薇薇于死地？”

这件事太让他震惊了，心脏紧跟着就揪紧了起来，难受得不得了。

“是。”

锦平有点不忍迎视大少的目光，可这是不争的事实，必须正视。

“不对啊，平姐，那个叫封绍昀珩的，不是就一高中生吗？你怎么会认为他可以帮到薇薇姐而给他打了电话求助呢？”

边上，邓冶问得极度尖锐。关于那个封绍昀珩，他听说过一些，那是一个很会打架的差生。

“这也正是我想问的。”秦芳薇心里也生出了强烈的疑惑，“我人在牢里，他是怎么帮到我的？”

昀珩即便是三头六臂，也没那本事管牢里的事啊……

这事真是太奇怪了。

“秦小姐，你可能有所不知，那位昀珩同学其实是有背景的，他有一个至亲在军方有着非常厉害的人脉关系。那回夫人被伤，我们这边报警把昀珩同学给关了起来，后来就是军方有人出面和夫人谈判，这件事这才不了了之的。具体人家那是什么背景我不知，但来头很大是肯定的。因为邓夫人非常忌惮他们，之后就再不敢对你有所行动……”

昀珩家里居然有军方背景的人？

锦平透露的消息实在太有价值了！

她猛地冲傅禹航望了过去，这个男人连军工密码箱都能破，会不会……

傅禹航自然在这个女人眼里看到了怀疑。唉，不得不说，她的心思是敏感的。他觉得，未来他很难再瞒她了……

而这一刻的邓溯完全看不懂秦芳薇的眼神了，这对夫妻两两相望的神情似有所交流，而那意味着什么，他完全猜不出来了。这让他心里苦极了。

“那你后来可有再联系过昀珩同学？”转回目光时，秦芳薇面色平静地又发了一问。

“后来是打过，不过他的手机一直处在关机状态……这几年，我每年都会打几个电话，可一直是这样。后来我让人打听过，那个号码一直在昀珩同学名下，始终保留着，每月有扣费，但就是一直没再启用……”

竟有这样的事？

可这能说明什么呢？

好好的一个号码为什么保留着却没再用？这七年，他神秘失踪，又为的是什么？

“平姐，他家的底细你有了解到什么吗？”思量罢，她锲而不舍地继续追问。

“查不到。邓夫人想尽一切办法想弄清楚那个人的底细，最后被人警告，再查下去，小心惹麻烦，所以只能放弃。”

这个回答令秦芳薇陷入了沉思。

“连邓家的人都查无结果，那位昀珩同学的来头肯定不得了。”

最后，邓冶得出了一个结论。

邓溯则不由得暗暗纳闷，七年前，她对那家伙十分厌恶的呀，现在怎么对昀珩的事如此关心？

“薇薇，那个人有什么不妥的吗？”他忍不住问出了口。

“哦！”秦芳薇这才意识到自己关心过头了，忙道，“突然之间听说他帮过我有点惊讶，说真的，在牢里那段日子……不好过，如果能找着他，我得当面好好谢谢他……”

她以一句“不好过”带过了那些痛苦的记忆，却不小心刺得邓溯心如刀割：若非他妈妈，她也不会受那么多的罪……他们邓家真是欠她太多太多了……

“哎哎哎，话题好像绕远了啊，我们把平姐找来是想了解十年前邓夫人身边有哪些可疑目标人物的……”傅禹航突然插话，把这个危险的话题给岔开，绕到正题上。

“对，现在先不说这个事了。平姐，我们今天请你过来，主要是想问问你，十年前，我妈在接到那个快件之前，她的周围有没有出现陌生人，或是可疑人，或是有没有某些比如说接了电话后她就会魂不守舍的可疑情况发生……”邓溯问到了这个重点上。

他们原以为事情都过了这么多年，锦平能记得的肯定不多，结果她居然毫不犹豫点了下头：“有。”

这个字一下子就引起了在座四人的注意。

锦平则陷入了回忆，那双平常看起来很有神的眼睛眯成了一条线，不等他们问，就往下说了起来：“有件事大少你也是知道的，那就是夫人这辈子最恨的人就是二少的妈妈燕秋，至于个中情况，你也了解。夫人这辈子一直很要强，谁料嫁的男人心里没她，可她还是不肯离婚。这于她是最失败的事。她对我说：‘一个女人婚姻不成功没关系，我可以在事业上找乐子。’其实这是一句苦话，是个女人都希望家庭美满，实在求不了了，就只能把精力放到别处。

“夫人在事业上是很拼的，那个时候的夫人的精神状态一直是正常的，偶尔才会情绪失常。比如说，曾经有一回，夫人出席宴会回来，看到先生陪着燕秋在逛街，两个人手上还牵着二少。当时夫人开着车，瞧着气不打一处来，猛踩油门就冲了上去，还好先生拉着燕秋躲得及时。可为了这事，先生回去后就和夫人大闹了一番，夫人为此哭了一宿。这样的事，有过好几回。”

这些旧事说来皆是一个女人的心酸事，婚姻变成这样，也算是可悲可叹了。

如果没有那些陷害的事隔在其中，秦芳薇会对那个女人心生同情，可现在她不会，还想说：不幸的人生，一半缘于别人，另一半则是缘于自己。如果当初那个女人快刀斩乱麻，人生说不定就会呈现另一番别样的风景。

秦芳薇觉得，那个女人之所以会落得那个下场，完全是她自己作践自己的结果。

这个世上从来不存在谁离不开谁的事，世间的婚姻也不是桩桩件件都会完美的。

如果遇上了一段失败的婚姻，认输，从头再来就行了。

固执地守着自己的失败，毁掉对方人生的同时，自己也毁了。

这叫损人不利己，如此耗着，毫无意义可言。

秦芳薇不想听这些，当即插话进去：“平姐，请说重点。”

张爱旖再可怜，也不该来害她。这平姐，实在有故意帮张爱旖洗白的嫌疑……

锦平只得转了话题，顺带还强调了一句：“我说这么多，只是想说明，但凡事关燕秋的，夫人的反应便会特别大，甚至会歇斯底里。而十年前，夫人在收到那封快件前，也曾几度情绪崩溃过。据我所知，那几次崩溃，全是因为她见了一个人……”

“那个人是谁？”邓溯忙问。

“就是这一次夫人硬逼着秦小姐嫁过去的曹放……”她道出了那个人的名字，“具体他们见面说过什么，我不知道。平常夫人不会刻意让我回避，但是那个曹放一过来，夫人会在我泡好茶之后让我出去，还要我把门关上，吩咐在她会客期间不得让任何人进入……”

秦芳薇顿时一凛，七年前的惊变，以及七年后的逼婚，竟都和那个家伙有关？

她心中突然生出了重重疑惑：他到底是怎样一个可怕的存在啊？

“曹放？”

邓冶咬着重音重复着这个词，冲傅禹航投去疑惑的目光，沉声问道：“那到底是怎么一个角色？傅先生，听说你也在道上混的，知道那是怎么一个人物吗？我和我哥刚从国外回来，对国内的情况不是特别了解。”

他对那人的唯一认知是：一个大混混，在道上很有势力，特别是在本省，在黑白两道都有关系。

“他啊，是道上侯三爷的拜把兄弟，胆肥得不得了，什么事都敢干……我听说事情是这样的：当年呢，这人救过三爷一命，所以现在三爷的生意都是他在管，可以说是个得罪不起的人物。

“在本省，一共有三地头蛇，一个是侯三爷，本名叫侯仁心，名字很善良，但做事一向心狠手辣；一个是乾坤，做事有原则性，秉承的是‘人不犯我，我不犯人’的准则；另一个就是吴中第，比较热衷于做正当生意……这三人中，吴中第的财力最雄厚，可惜死了，余威虽尚存，但往后恐怕会中落；乾坤做事谨慎；侯三爷狠是狠，但现在处于半隐退状态，凡事都是那个曹放在做主，所以说他现在是尚市一霸，真是一点也不为过。

“曹放今年三十七，未婚，色鬼一个，女人找一个死一个，已经死了六个、疯了一个，他是个货真价实的变态、伪君子……他的经营手段是巧取豪夺，自以为聪明，其实就是一捧高踩低的角儿……倒是他身边那两个手下有点能力……”

傅禹航说了说自己对那个人的了解。

邓溯直皱眉，心里不舒服极了。他妈妈居然逼薇薇嫁给这种男人，她的心是何其歹毒！

关键的一点是：妈妈和这种人到底存在着怎么一种利益上的关系？

她逼薇薇嫁，是因为她想借用对方之手毁掉薇薇，还是对方借了她的手想强娶薇薇？

这里的关系可微妙了。

如果是前者，母亲只是想毁掉薇薇，那她是用什么办法让那么一个混混答应这门婚事的？

如果是后者，对方只是利用母亲想强娶薇薇，那他的目的何在？

又或者，这是一场各取所需的互利交易？

邓溯思绪翻腾，想不透。

“那你呢，傅先生？我听说你在道上也颇有声望……我想知道，凭你现在的能力，斗得过他吗？”

恍惚中，他听得邓冶满怀好奇地问了一句。

于是，他又瞅向了傅禹航。面前这个男人看上去孔武有力，肌肉无比发达，很有北方男人的架势，脸孔也粗犷，粗粗一看，会让人觉得他就是一粗人。

可这番交道打下来，他觉是这人的心思深得很。一个人若有勇无谋，是个莽夫的话，解决起来不难；若有勇有谋，那就难对付了……很显然，这个人是后者。

“不知道，没斗过。”傅禹航笑得露出白牙，打着马虎眼，转头看向锦平，问道，“平姐，你是觉得那个曹放和邓夫人见面谈的事情有可能关乎燕秋夫人的女儿，而从邓夫人后来的反应来看，她是因为燕秋和芳薇有可能是母女关系才对芳薇下了狠手，所以你私下推断出，曹放的出现可能和芳薇有关，你是这个意思吧……”

“对！”

“那这一次，邓夫人逼芳薇嫁给曹放这件事，是邓夫人的主意，还是曹放的主意？”

傅禹航不假思索就问出了邓溯想要问的事。

这让他心下一惊，因为从这一点他可以看出来，傅禹航的心思非常活络，脑筋转得格外的快。

“是曹放的意思，但他不出面。他来找夫人，是想请夫人帮他达成所愿。这人还说：‘这于夫人也是有利的事，因为如果把秦小姐的终身大事解决了，那么不管大少醒不醒得来，秦小姐都再也不可能缠着大少了，这叫一箭双雕……’”

锦平回答完，又加了一句用以明确说明：“由于这些都是我不小心听到的，所以具体曹放为什么要娶秦小姐，我不得而知……”

邓溯捏着拳头，心头喷薄着怒气，很想揍人。差一点，他妈妈就毁掉薇薇了。

这些情绪变化，傅禹航没有忽视。有妈如此，把儿子坑成这样，也算是奇葩了。

他暗暗思量了一会儿，才冲邓溯摆了摆手，将邓溯的魂招回来，说：“邓先生，听明白了吧……如果听明白了，那接下来，我们就得去做这么两件事。一、从邓夫人那边入手，查当初曹放找她是不是因为揭发了芳薇是燕秋女儿这件事。按现在我们已知的情况来看，芳薇不太可能是邓家的女儿，曹放却让你妈相信了这件事。我想，你妈会相信不可能是平白无故的，肯定有相当有力的证据加以证明了，她才会信。这件事你去查，我敢肯定，这底下一定藏着我们所不知道的内幕。二、从曹放那边下手，查他为什么要娶芳薇这件事。他是道上的人，这件事我来经手……”

到时，他还得去查查程铎。那家伙突然之间冒出来，落井下石说要娶芳薇，肯定不是心血来潮，必有其目的的。

“如果我猜得没错的话，只要把这两件事查清楚了，芳薇的身世就可以明朗化……”

信息一收集完，傅禹航就简单捋了捋查找的方向。很明显，这两件事都与曹放有关，所以曹放就是搞清楚事情真相的关键。

邓溯不觉冲这个男人看了又看，心头震惊无比。他的反应竟这么快？这么快就把查找的思路给规划了出来，他真是不得了啊！

“好，没问题。”他答应了。

“行，那现在我们一起去找鉴定中心做鉴定吧，去海市，那边我有个熟人，可以找他走走关系，就今天把这事给办了，要不然就得等周一。我听说周一邓先生就要正式入集团公司上班了，到时必然会忙得不可开交……那就只能今天办。而后，咱们各忙各的去……你觉得没问题吧……”

傅禹航看了看时针，快九点，现在过去差不多，到那边吃过中饭，下午把事儿给办了。

等再回平市，他就得去见一见阿海。据说有关秦牧年轻时的友人查得差不多了，多有照片，他想带秦芳薇去认一认。

“好。”

邓溯表示同意，心下则颇为郁闷：这个男人一直在主导聊天进程，那种无形中掌握着全局的气势压得他很不爽。

唉，不得不说，这个男人还真是不好对付啊……

海市鉴定中心，傅禹航找了人把程序走了一遍，邓冶还另外采集了一组，密封了准备送国外进行鉴定。

从鉴定中心出来，站在自己的车边，邓溯默默地望着秦芳薇，再多的恋恋不舍，终还是要各奔东西，各行其是，他多么想将人带走，可是现在的他根本没有那个资格，心头的苦涩难以言说。

现在，他唯希望事情可以查个清楚，更盼望老天赐给他一个转机，容他重新走进她的生活。

“随时保持联系。”他哑着声音道了一句。

秦芳薇点了点头，有点不敢和他对视。种种迹象表明，他没有放弃，他仍然全心全意地爱着她，可这是她无法面对的。他们之间不光隔着一个张爱旖，更隔着一个傅禹航。

这世上有种痛叫：爱而不得。

她转过了头，却正好瞧见傅禹航在瞅着他们，线条优美的嘴角似带着一抹笑，眼神深邃无比，眸光似在暗动，也不知心里打着什么主意。她瞧着他，竟莫名心虚不安，心情生生就变得浮躁。

“走了，我们回平市吧！”

傅禹航走在前面，懒懒地冲邓家兄弟挥了挥手，算是告别。

秦芳薇默默跟了过去，坐进了驾驶座。现在的他有伤而不能开车，只有由她来驾车。

可是整个回程中，这个男人闷声不说话，靠在那里睡觉，也不知是不是因为邓溯在生气。

她也不说话，心情不是很好。

这些年，她一直过得不好，心里是空的。她盼着有一天心爱的他醒来，将那块空的地方填满，可事实上，他醒了，来了，她心里还是空的。

虽然走进了婚姻，虽然她认可了婚姻，不再排斥那个成为她的婚姻当事人的男人，可她还是缺乏安全感。

这或许是因为她对这个男人只有理智上的信任，而没有感情上的依赖吧……

是的，这不是因爱而生的婚姻，这是因责任而生的婚姻。

这种婚姻，灵魂上无法契合，再加上邓溯回来了，所以，那种空虚感就越发强烈起来。

"走平海路……"

回到平市已是下午四点，这个一直看似熟睡的男人终于开口说话。

"这是去哪儿？"

她回过神来。

"去时光会馆，阿海在那里等我们，我们去和他见个面……"

"哦……"

她偷看他，结果他又合上了眼，很高冷，害她不知道要如何和他沟通。

是的，她挺想和他说说话的，讨论一下今天发生的事，但是这样的他让她望而却步。

她又看了他一眼，忽看到了他耳后的红痣，心跟着狠狠跳了跳，想到了之前锦平说过的话：昀珩有军方背景。

一个想法在她心里一点一点形成了。

近五点时，车子停到了时光会馆，这是一个茶坊，是有钱人过来喝茶谈人生的好地方，在市里也是一处不得了的高消费地儿。

傅禹航带着秦芳薇往里走，一个大厅经理模样的女子一脸恭敬地将他们迎了进去，说："海哥在五楼，506 包厢……"

看样子，他在这里是熟客。

506 包厢，阿海坐在茶几前，正在摆弄他的电脑，看到他们进来，站起来道："傅哥，你要的资料全在这里，具体你们要找谁，就只能靠你们自己辨认了……"

"嗯，辛苦你了。"

傅禹航转头，终于肯正眼看她了："我让阿海去查了爸年轻时的交友状况，你自己去看看那些人当中有没有熟人……如果能认出一个来，事情会变得容易得多……"

"哦……"秦芳薇暂时放下了那些乱糟糟的想法，坐到了阿海让开的位置上，看起上面那一张张照片来。

电脑上一共七张照片。

"这个叫赵西风，秦老先生的发小，现在是一银行家；这个叫包嗣元，秦老先生的表兄，现在是个企业家；这个叫朗敏，秦老先生同窗同学，现在是个金融家；这个叫韦勇，秦老先生另一个同学，是个会计师，三年前过世了；这个叫楚一骁，秦老先生做设计时的同事，现在是个知名设计师；这个叫车靖，秦家管家的独生子，二十五年前失踪，一直生不见人，死不见尸；这个叫欧阳彦，秦老先生一棋友，因棋而成友。当年秦老先生参加象棋大赛时，这人来为他加油过，他们有过一张合照，就这张，也是唯一一张能查到的照片。瞧，就是站在老先生身边的这位……"

一张一张，秦芳薇将这些照片细细看了，赵西风不是，包嗣元不是，朗敏不是，韦勇不是，楚一骁不是，车靖不是……

她的目光最终落到了欧阳彦身上。

这人个头很高，脸孔清瘦，笑容明亮，五官看着很俊气……

她把黑白照片放大，用一张餐巾纸遮住了半张脸，而后惊讶地叫起来："傅禹航，你看，这人是不是就是我爸相册里那个陌生男人？"

傅禹航正在泡茶喝，闻言端着茶杯就走了过去，往她身边一坐，眯眼看去："嗯，没错，就是他……"语气肯定无比。

"阿海，这人是什么来历？"他转头问。

阿海抓了抓头皮："不好意思，傅哥，这七个人当中，就这个人，我们查不到他从何而来，也不知道他后来去了哪里。象棋馆的老馆主说，秦老先生和这个人关系不错，所以，我才将他列了进来。据说这照片是楚一骁给照的，老馆主将这照片存进了象棋馆档案当中……"

"楚一骁？那个设计师？"

傅禹航把那张照片给调了出来，是个儒生。

"对，就他，他应该认识欧阳彦。"

"这人现在住哪儿？"

"深圳。"

"有他的电话号码吗？"

"刚刚弄到，你们来之前我正准备给这个人打电话，想从他身上了解一下那个叫欧阳彦的事迹……"

"给我吧！我来联系……"

"稍等。"

阿海在电脑上翻了一下聊天记录，把号码报了过来。

傅禹航却没有拨出去，拿着手机沉思片刻，抬头对秦芳薇说道："薇薇，这个电话还是你来打吧……就说你父亲过世了，想和父亲的朋友们都告知一下，看能不能探出一些名堂来。"

"好。"

秦芳薇记性很好，听了一遍就记全了，直接拨了电话出去。

没一会儿，一个声音沙哑的男人接了电话："喂，我是楚一骁，哪位？"

"您好，我叫秦芳薇，是秦牧的女儿，您是楚叔叔是吗？"

"秦的女儿啊……哎呀，之前还有个人在打听秦的下落呢。怎么样啊，小秦？不对，三十年不见，我的朋友老秦现在可好啊？"

这个楚一骁满口的惊讶，询问中透着一些兴奋。

秦芳薇神情一黯，轻轻道："我爸已经过世，就在不久之前，今天我打这个电话，就是想给他的老友们告知一声。"

"什么，已经没了啊……"楚一骁不觉失声惊呼，语带惋惜，"可惜了，可惜了……还那么年轻。"

“生老病死，这也是没办法的事。”秦芳薇唏嘘了一声，转入正题道，“楚叔叔，现在我在找一个名叫欧阳彦的叔叔，想把我爸的事也和他说一说，您可有他的联系方式？”

“欧阳彦啊，我还真不知道。想当初，那家伙也是个棋迷，每周日必会去找你爸下棋，但我只知道他叫什么，却不知道他住在哪里。你爸比赛得奖后，因为被人撤了执照就离开了，我打那时起就再没见过那个叫欧阳彦的……”

这样一个结果，颇让秦芳薇失望。

因为她按的是免提，所以傅禹航也听得分明，眼神跟着一变。

秦芳薇又和楚一骁随意聊了一会儿才挂了电话。

“阿海，你马上查一下全国有多少人叫这名字，将照片和这张照片对照一下，再给我一个准确的消息。”傅禹航盯着这照片看了又看，吩咐了一句。

“知道。”阿海一答应，就在键盘上操作起来，直接进入了国家系统。

秦芳薇看着这一幕，眼皮狠狠跳了跳。她一边看着上面的文字不断跳动着，一边静静地坐着，等待结果的同时，心里不断想着那个可能性……

几分钟后，阿海看向傅禹航，摇了摇头，语气甚是无奈地说道：“全国一共有十二个同名同姓的欧阳彦，但对照现有的照片以及现在的年纪，没有一个是匹配的。”

“哦，知道了。”

这只能说明一个问题：那个人的档案要么已经销毁，要么已经封存……

“有劳你了，接下来的事我来处理，你不用多管了。”

他靠在那里，对着天花板沉思起来：看来他得进一下另一个系统，但这不是他能随随便便在外人面前演示出来的。

“哎，傅哥，你为什么要查这个人啊？”阿海按捺不住心头的好奇，一边安全退出系统，抹掉自己曾经进入过的痕迹，一边问。

“还没确定这个人的身份，不好说啊……”他叹着气，语气甚是慵懒。

阿海也不是一个多事的，知道傅哥做事一向高深莫测，遂没再多问什么，看了看手表说道：“傅哥你还有事吗？若没事，我就先回本部了。”

“嗯，你回吧……注意安全。”

“知道，傅哥再见。”

阿海收拾东西走了，包厢内只剩下了傅禹航和秦芳薇。

傅禹航一直在喝茶，没怎么搭理秦芳薇，等茶水喝没了，他想得也差不多了，这才站起来说道：“走了，找个地方吃晚餐，然后回家……明天上午去找曹放。那个人很难对付，我刚刚琢磨了一下，你就不要去了……哎，怎么不走啊？”

他都快走到门口了，发现身后没有人跟上来，转头一看，才发现秦芳薇还坐在那里，便叫了一声，冲她伸出手去。

她迎了过去，望了望那只大手，到底是将自己的手交了出去。握住他的手时，她的手上传来了一股暖意。十指相缠时，她的心颤了颤，终于轻轻地将自己那个猜想道了出来：“傅禹航，你同我说实话，你是不是昀珩？”

# 第十章

## 让我亲一下

傅禹航的手才搭到门把上，闻言，动作顿住了。

是的，这话惊到他了。

她的语气那么肯定，心下似乎已经认定了。

而秦芳薇抓着他的另一只手轻轻拉了他一下，试图吸引他的注意力。

“怎么不说话？”她又轻轻问，双眼直发亮地盯着那颗红痣，心下那个认知越来越肯定。

“走吧！我肚子饿了。”没回头，他开门要出去，想将这个话题轻飘飘带过。

她却把人往里一拉，将门重新给摔上，转身逼着他抵到了门板上，说：“不差这一会儿，我们聊会儿再走。”

他仍是不语，只盯着她，那黑黢黢的眸子里似有黑浪翻滚，似乎是在研究该怎么回答。

秦芳薇已经不记得是谁说的了：不假思索脱口而出的话叫真话，而斟酌再三吐出来的话叫虚话，带足了水分。

秦芳薇不想放过他，打算追击过去。

原本套在手指上的婚戒被撸了下来，她指着这枚戒指，说道：“首先，我们来讨论一下这枚戒指，上面的缩写 YH 应该是两个意思——既是指禹航，更是昀珩的拼音首字缩写，对吧……还有这里……”

她凑过来，捏住他的耳朵，指着那个记号："一模一样的红痣，我不会记错的,你有,他也有……另外,你懂电脑,他也精通这一门专业……第四，平姐说他有军方背景，而你知道什么是军工密码箱，还能那么快地拆卸枪支，这肯定不会是巧合……再有，昀珩失踪了七年，你呢，则是这七年里冒出来的。昀珩说喜欢我，而你则说过高中曾喜欢过一个女生……最后，你这样一个人，为什么会喜欢我？如果我们以前不认识，如果我爸不是对你的底细有所了解，他怎么会逼我嫁给你？"

这么多的证据都在指向那么一种可能……

这一刻，她无比热切地想知道自己的猜想是否正确。

"薇薇……"

粗糙的手指轻轻地抚上了她那细腻的脸颊，他舔了舔唇，却什么也没说出来，因为一时之间，他不知从何说起。

她突然想到了他身上的枪伤，想到了他现在所在的天上人间，那里的关系是何等的错综复杂，所以，他迟迟不肯正面回答应是有原因的。

那就是：他是卧底。

父亲出事时，他没能及时赶回来，肯定是在执行更重要的任务，所以现在他才会如此为难，不肯承认……

如此一联系，似乎什么都说得通了。

"如果我说是，你会不会给我一拳？"抚着她脸孔的手滑下，而后轻轻地圈住了她的腰，拉近了彼此之间的距离，对视中，他低低地问，语气显得那么严肃。

她一呆，她原以为他不会回答的。

一时间，她心思翻涌是必然的。

咫尺之间，她望着这张陌生的脸孔，再回忆那张满脸是烧伤疤痕的脸，心下好奇他是如何变的脸。

"为什么我会给你一拳？"她低低问，血管里流淌着一种无法言说的滋味，惊讶有，欣喜有，困惑有，兴奋有……还有一种酸溜溜的奇怪味道在泛滥……

"因为我卑鄙无耻，七年前是，七年后还是。"他凑过去，在她耳边低低言语了一句。

七年前，明知她爱着邓溯，他却偷了她一吻。

七年后，明知她旧情难忘，他却不顾一切娶了她，还和她有了夫妻之实。

他知道自己在她心里的印象一直就很差，七年前，在她得知他曾轻薄过她之后，她每每都绕着他走，再也不愿和他多说一句话；七年后，她对他的印象越发地差，一直想着要离婚……

有时，他觉得自己真是失败。以前他是长得丑，都不敢追求她；现在他长得不差，也努力地在靠近她，可她的心门始终紧闭，他攻不进去……现在邓溯回来了，他这个丈夫越发不像是丈夫，更像是一个在为难一对情侣的第三者。

秦芳薇怔了怔，没想到他会这么自评，这时，她才记起七年前她是何等地讨厌他。

然而正是这个讨人厌的家伙，七年前一而再地救她，还因为为她打抱不平而被邓夫人送进了警局，最后她在牢里遇上麻烦，也是他出手相帮；而七年后，则是因为她嫁给了他，邓夫人的逼婚才没能成功，两人被袭击，他也一心顾全她……

那么，现在的她还讨厌他吗？

不，她如何能再讨厌他？

这世上的人，从来没有必须对另一个人好的义务。

傅禹航这家伙，不管是七年前还是七年后，都那么照顾她，如果她还不知珍惜，那她也太狼心狗肺了。

想着想着，她的嘴角不觉勾出了一条笑弧，想不到啊，他们之间竟有这么悠远的纠缠历史。

“你这是怕我揍你才不敢承认吗？”抓住他的领子，她浅笑盈盈，吐气如兰。

他挑起那道剑锋似的眉，低头对着她迷人的微笑——笑得如此好看，她这是在高兴吗？

“不……我不承认只是因为有些事现在我不能向你言明。秦芳薇，现阶段，你对我的探知只能到这里了。”他以另一只手扶住了她的脸颊，眼神流露着少见的温柔，“我知道你心里藏着很多疑问，但别再问，给予我你全部的信任就好。”

“等一下，能最后问两个问题吗？”她竖起两根手指，“我保证不问敏感问题。”

傅禹航想了想，直接拒绝她肯定会让她失望，既然话都说到这个份上了，那就干脆多说一点吧：“你说。”

“平姐说的，我在狱里受人欺负的事，是你找人帮我摆平的？是这样吗？”

“嗯，是。”他轻轻吐出了这两个字。

“第二个问题，后来，你转校后去了哪儿？”

这问题就有点尴尬了。

他不答吧，就是失信；答吧，有点无视纪律。

不对，她只是问他转校后去了哪儿，没问他现在在干吗，所以……

他斟酌了好一会儿才吐出四字：“特种军校。”一顿，又道，“其他的，你现在就别问了。”

好了，他的意思她明白了，声音跟着放柔了：“嗯，不问了。”

因为，她心下已经有所了解。

“薇薇，现在我想和你提个要求。”

他说得无比郑重，拇指轻轻摩挲着她的耳垂。

“什么？”

“今天我们说过的话，你一个字都不能和别人说，包括邓溯，只能你知我知。否则，你和我都有性命之忧，这不是开玩笑的。”

他一字一句，最后几个字咬得格外的有力，用以说明这绝非儿戏。

秦芳薇的情绪一下被他说得很紧张，和他对视一眼，不自觉就点了下头：“知道了。”

“乖……”他满意一笑，盯着她的唇眨了一下眼，“怎么办？我现在想亲你。”

前一刻还在说正经事，后一刻他就又调戏上了，她顿时一愣，脸唰地一下全红了。

“别动，就让我亲一下，同意吗？”

他低低求着，贴了过去，轻轻地吻住了她。

秦芳薇心肝直颤，脸孔上一阵热辣，心脏奇怪地挣扎着，似乎不该被他亲，可又好像不能躲开，纠结当中，一个吻就实实在在形成了。

她手心有汗水在渗出来，浑身有股热潮在翻滚，他亲昵的眼神就在眼前，眷眷温情可以毙人，挑动着她心头那潭无波的死水，暖暖的气息浮动，带着一些药味、一些专属于他的男人味，令她的心跳加速再加速……

她这是怎么了？

一个吻竟令她情思暗涌？

“你的嘴好甜。”

吻罢，他竟附在她耳边低语了一句，只因为她竟这么乖乖地由他吻，这大出他意料。他本以为她会因为知道他是谁后越发排斥他，结果，她却前所未有地配合他。

这是不讨厌的表现，他乐开了花，心情好到极致，今天的坏心情一下就全烟消云散了。

“傅禹航……”她叫了一声，语带懊丧，“信不信，我往你伤口上戳上几下……”

“嗯，可以试试……”这人表现得可大方了，还笑着张大了嘴，露着那一口好牙，指了指受伤那一边的胸口，“来啊来啊……”

秦芳薇顿时黑脸。

瞧着她一副被噎的模样，他表现得越发兴趣浓厚了：“舍不得是不是？”双眼还像发现新大陆似的闪着光，美了他呢！

“我这叫不欺负病号。”她回答得可理直气壮了。

“不，这叫心口不一。”

他又低头啄了一口她的脸蛋，眼睛里全是愉快的笑意，语气无比肯定：“我喜欢你的心口不一。薇薇，我等着有一天走进你这里……”

他执她之手，覆于她胸口。

她的心急跳，有点受不住他火辣辣的注视：“走了，我们去吃晚餐了……饿死了……”

“嗯……”他不逼她，拉着她往外去，“想吃中餐，还是西餐？”

“想吃海鲜火锅。”

“那就去吃火锅。”

那语气是无比纵容的。

一路走去，他始终牵着她的手。

突然之间，她觉得这一刻的牵手竟有一种别样的安稳。

是的，在清楚了他是谁之后，她没有因为他是那个曾让她无比厌恶的坏同学而感到恶心，相反，她的心就此安宁了。

吃火锅的时候，这个男人一直在细细地照看她，果蔬鱼肉搭配着给她吃，还说吃肉的同时得多吃果蔬，要不然很容易上火。明明现在他才是那个最该被照顾的人，可他还是很用心地在照顾着她。

她看在眼里，心下是满满的感动。

七年前，他喜欢她，她讨厌他；七年后，他仍喜欢她，她却无法再讨厌他了，只是如果想让她爱他，恐怕很难。这个人再好，终还是超越不了邓溯在她心里的地位。

但是，她会努力回报他的，因为他们已经是夫妻，就该相扶相帮。

对于傅禹航，秦芳薇怀揣着太多太多的疑问。

比如，他的容颜怎么变了一个模样？

比如，他到底在干怎样一件事，竟要披着傅禹航这层身份，一干就这么多年？

比如，他的家庭背景到底是怎样的？

比如……

可她什么也不能问。

清晨，当东方第一缕阳光透过窗帘顽皮地探进来，跳跃在傅禹航宁静而安详的脸庞上时，秦芳薇清醒着，她的脑海里翻滚着的是七年前那些旧事。她对于昫珩的记忆有点模糊不清，只记得他是冷淡傲气之人，目光深邃，总是让人无法猜透他心里的所思所想……

哦，对了，他是个凶相毕露的人，想那回在山里，因为她被蛇咬伤了，他训起她来毫不含糊，教人不由得心生畏惧。

不过，总体来说，他不坏，只是行为有点怪僻。

谁能想到，七年后，她会嫁给他。

这世事变幻，就是这么不可捉摸。

她好奇啊，父亲是怎么认出他来的？

她更在想，她与他的婚事又算是怎样一个事情？

在他们的结婚证上，他是傅禹航，若有一天他做回昀珩，那时她与他还是夫妻吗？

午夜时分，当梦回旧时，思及过往和现在的种种时，她想到了这些个问题，然后就醒了，心头一团乱，也不知在想什么，总之，她一直没再睡去。

人生这条路最终会怎么走下去，她是如此的迷茫。

# 第十一章 傅禹航身份

傅禹航醒来时，枕边没有了她，他坐起来环视房间，见房门半掩，有隐隐的说话声传进来，是秦芳薇在和小游说话。昨天他们俩甩掉了杨队的人，晚上回来时，小游在小区门口等着。

有杨队的人守着，有利自也有弊。

利处是，秦芳薇的安全可以得到保障；而弊处是，他想有所行动的话，就会受到限制。

抓过手机将摄像头调到自拍状态，他脱了睡衣，察看了一下自己的伤口。伤口依旧红肿得厉害，这种情况下，他需要好好休养，不宜大动干戈，但是现在的情况是容不得他休养的。

想了想，他从包里取出一张之前让小胖准备好的电话卡装进自己的手机，低声打了一个电话出去："老徐，帮我做两件事，一、回我家帮我取一件东西，挂在我书房门口的字，卷好后务必取来交给我……二、找人和刑警队的人知会一声，把他们安排在我身边的人撤走，让他们在我不需要他们帮忙的时候离得远一点，等我需要他们介入，他们再来配合我工作。接头口令由你和刑警队对接好了再通知我……其他的别问，就这样吧，两天后我再联系你…………"

不给任何反问的机会，他直接把电话挂了，并将电话卡取了出来，塞到了床头灯一处不起眼的细缝当中，而后拾起手机，将原本的手机卡装进去，正准备换衣服去洗漱，有来电呼入。

他凑过去看，是杜越红。

“有事？”他接了问。

“有空吗？”杜越红缓缓地问着。

“这几天我不是请假了吗？天上人间的事，小胖会处理。”

“有点事想和你聊聊。十点钟，我们在老地方不见不散。”

“电话里不能说明白吗？”

“不行。”

“知道了。”

“回见。”

今天的杜越红有点怪，那嗓音显得格外的冷，这是出什么事了？

正在晨跑的老徐挂断电话，擦了一把汗，转头看向身边一头短发、宛若男子的女人祖澜：“也不知那小子葫芦里卖的什么药，让我去他家取一件东西。”

“什么东西？”

她一脸关注，停下了脚步，气息微乱。

“一幅字：《沁园春·雪》，说是就挂在他的书房里。”

祖澜回忆了一下，他的书房她是最熟的，点头道：“我记得的，他的书房里是有这么一幅字，不是名家之作，他却当作宝贝似的挂在了那边，每次回家都会站在那副字面前发呆。那家伙是不喜欢字画的，也不知他怎么就那么喜欢那幅字。”

老徐双手叉腰，望着远处正在晨练的新兵们，吐着气说：“那小子的心思真心不好猜。连老爷子都说，他是一只成精的小狐狸，心里有事，从来不和人说，这作风也不知像谁，狡猾得不得了。”

想当初，他当新兵时就是最难缠的一个，现在在外面混了这么多年，越发奸诈成性。

“我去取。”祖澜自告奋勇，“正好我很久没见过老爷子、老太太了……”

“求之不得。”老徐笑着双手抱拳，道了一句，“谢了……”

作为未过门的未婚妻，祖澜进出他家是最名正言顺的，进那家伙的房间也是最不让人起疑的。

只是老徐只要一想到那小子现在和秦芳薇的关系就头疼，这事他们都没敢往上报，因为这是讨骂的事。

“对了，他还让我办一件事，就是让刑警队撤人。”

“嗯，这事你去办。他们一直那么看着他也不是办法，会影响进程，不过私底下不能少了保护。对方在暗处，他在明处，太容易出事了……”

老徐点头：“这事我知道。”一顿，又唏嘘起来，“唉，秦家的事，我让他别管别管，他就是不肯，这一次差点丢了性命。真要因为这事出了变数，他这些年苦心经营的一切就全付之东流了。”

是啊，为了那个任务，他已经隐姓埋名这么多年，真是容不得半点闪失的。

“老徐，上次你和他通电话时没劝他吗？”

“劝了，但没什么用。但凡他要做的事，一定会坚持到底。哦，对了，之前他曾问我有关罂粟行动那档子事，还问我那些牺牲的外遣队员当中有没有带江字的……我总觉得这事和那个秦芳薇有关，听说她不是秦牧的亲生女儿。刑警队从秦家的保险柜当中找到了一封遗书……我暗自琢磨了一番，不会是罂粟行动队当中有谁在外生了个女儿吧……”老徐不着边地瞎猜着。

祖澜的目光不觉变了变。

老徐一径慢跑着，嘴里则咕哝着：“以前他是最守纪律的，现在却是越来越胆大妄为。私下结婚这种事要是让上头知道，他肯定没好果子吃。”

“嗯，我们能帮着瞒一瞒就瞒一瞒吧……”祖澜跑了起来，“老徐，我先走了……”

她长腿一迈就飞奔了起来，那速度快得不得了，老徐一下就落在后面一大截。

祖澜开军用悍马去了军区大院，熟门熟路地进去，警卫员立马就将她的到来报了进去。

老爷子本来在和老伴下棋，听说她来了，一起迎了出来。

老太太上前将她挽住，笑着问：“丫头今天怎么得空过来啊？”

“今天是周末，本来就没什么事，我闲着就过来瞅瞅二老。奶奶，您的关节炎好些没？”祖澜扶着老太太往里进，体贴地让她坐下，还给她按摩了起来。

“好多了，好多了，吃了你送过来的药，这段日子都不怎么疼了。来来来，别忙着给我按摩，咱们祖孙俩这么久没见了，可得好好说话……”老太太说着就把人给拉了过去，让她坐在自己身边。

老爷子更是乐呵呵地说：“对，好好说话，爷爷去让厨房加菜，中午就在这里吃饭，知道吗？”

“好的，爷爷。”祖澜娇笑着答应了。

老爷子屁颠屁颠地往厨房而去，嘴里叫嚷道：“老苗啊，中午咱们杀一只鸡，咱们做鸡煲啊……我孙媳妇来了……”

是的，在这里，祖澜是二老认定的孙媳妇，就差那个男人回来和她领证了。

在这种情况下，听说他在外面和别的女人领了证，她心里真的很不是滋味。

在楼下，祖澜和老太太聊了好一会儿后上了楼，说是要给阿珩整理一下房间。

老太太冲她挤眉弄眼道：“丫头越来越有贤妻良母的架势了。”

她笑笑，心头颇感伤——这辈子，骄傲如她只看上了他，可他呢，他的心竟不在她身上。

她心里是迷茫的，将来等他回来，他们的婚事还不知道能不能成……

上了楼，她直接进了阿珩的书房。这么多年了，房里的物件依旧按着他当初的喜好摆放着，没挪动过一个。

她的目光一下就落到了那幅字上：《沁园春·雪》，又细细看了看，感觉没什么特别的，就取了下来，卷成一轴，放进了自己的包里。

她下楼后，老太太去厨房帮忙了，老爷子在书房，正在研究棋谱，看到她就招了招手：“来来来，陪爷爷下棋。”

“爷爷饶了我吧，我不会的……”

"可以学嘛……丫头这么聪明，一学就能会。"

于祖澜而言，什么都一学就会，独下棋，她真的不精。

"爷爷，不忙下棋，有个事我想问一问，请您务必和我说一说……这事关乎阿珩能不能顺利完成任务。"

一提到任务，老爷子的神情严肃了起来："什么事？"

祖澜谨慎地接话道："二十七年前的罂粟行动队当中，有没有一个名字中带江字的人？"

若钉子一般尖锐的目光唰地钉在脸上，她顿觉脖子一阵发凉。

"丫头，这些可是一级机密，没那个级别就不得过问，这是最基本的原则问题……什么时候你变得这么不懂规矩了？"老爷爷可严厉了。

祖澜目光一转，并没有就此打退堂鼓，歪着头，眼睛里全是精光，一径往下说道："爷爷，在您怪我不懂规矩之前，我先来和你分析一下这件事的利害关系。其实，关于罂粟行动队的事，我知道一点。多年前，我爷爷喝醉酒时，曾和我说漏过一点。他说，罂粟行动队之所以会全军覆没，是因为我们这边出了奸细，并且那个奸细至今还在我们的队伍当中，一直都没有被揪出来。事后，我做了一下分析，结论是：他藏得够深，而经过了这么多年之后，对方可能越发位高权重。"

这是一个内部机密，若非她爷爷喝高了苦闷，多嘴说了，她哪有那资格知道，连老徐都不知道呢！

在来军区大院的路上，她思来想去，觉得这事很严重，还特意给老徐打了电话，让他别将这个事汇报上去，就怕这事传到内奸的耳朵里，而后给傅禹航带去麻烦："爷爷，今天我之所以过问这件事，只是因为担忧阿珩。当年的罂粟行动队当中，据说有人曾查到过很重要的证据，可惜的是，那些证据最终全都失去了，整个行动队的人就此死的死，失联的失联……好几个将门之后也折在了那次行动当中……

"现在阿珩突然提到了罂粟行动队，我怕他遇上了和那次行动有关的情况，所以想在您这边了解清楚情况，这样就能给予他最及时、最有效的行动指导，如此才能确保他那艰巨的潜伏任务可以顺利完成。这事是可大可小的，我不敢向别人询问，万一不小心撞到了那个内奸的枪口上，那就等于给阿珩制造危机。爷爷，我相信，这肯定不是你想看到的对吧……”

若不是她爷爷去年没了，她可以回家问去，也不用来这边求了。

这席话，让老爷子陷入了沉思。

人家是个老革命，一生以国家利益为重，该说的，不该说的，分得清清楚楚。

同时，老爷子无比了解那次行动的惨况。那么一支由万里挑一的特种兵组成的队伍，花了国家多少心血才养成的，结果全都折了，这于他以及以他为代表的老一辈来说，都是一个惨痛的回忆。

后来，他们不断地派人进行深入的调查，可惜皆无功而返，最终这个案子就成了悬案，就此被搁置。

现在他的孙子又提到了这个案子，这意味着他孙子怕是和这个案子扯上关系了。

如此心思一转后，老爷子的神情不自觉地就越来越凝重，无他，这是弄不好就得死翘翘的事情。他最爱惜的只有阿珩这个外孙了。这些年，他一直盼着阿珩早日完成任务回来，真要出事，他家老婆子肯定受不了……

“江是吗？”他的语气缓了缓，记忆库开始工作。

“对。”

“是有一个带江字的。”

老爷子沉思了一番，记起了那个名字，以至于神情越发紧张：“这样，回头你告诉他，现在以完成他手上的任务为主。罂粟行动队的遗留问题，他现在不要深入地调查，如有线索，暗中留意，切忌冒进。如果他那边有重要的发现，直接向你说明情况，再由你去向封蕾同志汇报情况。”

“是，知道了，一定将原话带到。”祖澜沉声答应。

老爷子表面上松了一口气，心里却生了担忧：那小子就是个犟脾气的人，就怕他把这两件事一并查了，引来那些人的注意，如果真招惹上了，那就危险了。

虽然现在外面无人知道他的身份，那属于高度机密，但世上没有绝对的事，否则也不会发生罂粟行动队全军覆没的惨剧……

杨凡接到了上头的来电，撤走守着傅禹航夫妻的人手，改为暗中保护，还说这个案子已经由特别行动组接手，平市的刑警队负责配合就好。

小游前脚离开，有人敲门，秦芳薇去开门，来的是一个艳丽女人，手上夹着一根烟，看上去像风尘中人，一股浓郁的香气扑鼻而来，唯那双眼透着犀利的目光，摄人心魄。

“你……你是谁？找哪位？”隔着防盗门，她彬彬有礼地询问。

“是小傅让我来的。”

那个女人闲靠在那里吐着白烟，饶有兴趣地打量着秦芳薇。这就是傅禹航的女人？看上去怪宜室宜家的。

秦芳薇往里望，看到傅禹航正在穿外套，一副要出去的样子，又瞄了一眼门外那个女人，喊了一句：“傅禹航，外面有个女人找你。”

“哦，是米咖来了？快让她进来。”

他将手机带上，长腿迈得飞快，因为见秦芳薇没开门，眼里还闪现了层层疑云，眼神显得有点古怪。

也是，任何一个女人瞧见别的女人来找自己的男人，还是那么一个妖艳的女人，心里肯定别扭，如果不别扭又不嫌恶的话，只能说明这个女人对那个男人没感觉，有情绪才是一个好现象。

这个想法让他笑了，他一边将她揽住，一边把防盗门打开，将那个女人让了进来。

说真的，这种女人不像秦芳薇平常会交际的类型。

这世上交友要讲“三观”的，“三观”不合就没办法成为朋友，而她又是一个挑剔的人，所以，工作上的朋友可以有，生活中的朋友，除了索娜，再无人可以走进她的世界。

“啧啧啧，真是瞧不出你来啊，这么宝贝一个女人，可真是见所未见……”

米咖满心惊诧，这么多年，她几乎没见过他真心实意搂过女人的样子，今天算是见识到了，瞧瞧啊，那一搂可亲昵了，就像那是他的心肝宝贝。

她不觉惊叹着把烟给掐灭了，并笑容可掬地冲秦芳薇伸出了手：“你好，我叫米咖，他们都叫我阿咖，很高兴认识你。”

“你好，秦芳薇，你可以叫我小秦……”

秦芳薇和她握了握手，心里则在回味这句话：这么宝贝一个女人，可真是见所未见。她不觉瞄向了身边的男人，不确定这是什么意思。

“是这样的，薇薇，我得出去一趟办点事，正好今天米姐有空，我就让她过来陪你。她练过几年拳法，身手不错，等一下呢，她会带你去附近的拳击俱乐部……我说过的，你必须学会自保……我现在没法带你练，但你的练习不能落下来……回头我把事办完了就去找你。”

傅禹航摸摸她的头发，眼底全是爱怜。

秦芳薇本想说其实不用这么刻意地找人守着她的，但一想到他身上的枪伤，想到父亲的死，就把这话给咽下去了。是的，她需要练好自卫术，学会自保，努力不成为他的累赘。

“好……我知道了……”

她的配合让他松了一口气，他转头就对米咖道：“米咖，那我把我最心爱的老婆交给你了……”

米咖“啧啧”笑道：“还真没见过你黏老婆的样子……之前小胖说傅哥找了个女人还被她治住了，我不信，现在看来竟是真的。”

傅禹航只是笑，将秦芳薇和米咖推到一起后挥手离开。

这个举动看似很随意，秦芳薇却看到了满满的信任，并且是一种朋友之间的信任。

试问，如果这个女人和他有什么不清不楚的关系的话，他哪会把人带到她面前来？

“我认识小傅这么多年，这是他头一回和女人搞到一起，这么紧张也是第一回见。不过，说真的，小傅的眼光是不错……小秦你亭亭玉立、气质非凡啊，完全不同于我们那个圈子里的人：粗俗浓艳……”

米咖歪着头笑着做了评价，而后话锋一转，道：“不过，小傅也是个很不错的男人，谁嫁他谁有福。我要年轻十岁，没遇上我那个死鬼男人，肯定也会对他心动……”

说着，她又打量了一番这套房子，说：“嗯，这个家虽然小了点，但布置得井井有条，处处透着一股书香气息，长年养在这种环境里，怪不得你身上会透出一股书卷味。想来也只有你这样出身的干净孩子才能让小傅动心……”

有种人喜欢笑里藏刀，有种人则爱直来直往。

秦芳薇感觉杜越红是那种爱玩阴招的人，而米咖呢，则是那种直脾气的人，不过三两句话就把距离拉近了。

“米姐也是天上人间的人吗？”她问了一句。

“对，我是那边的人。”米咖笑笑说，“想当初，若不是小傅，我都没命活在这世上。可以这么说，我这条命是小傅给的。这恩，如同再造。所以小秦，我就仗着比你年长几岁，一定要和你说一说。咱们家的小傅是打着灯笼都找不到的好男人，以后你们夫妻俩可要好好的……千万别负了他，否则米姐我第一个不会放过你……”

有个现象好奇怪，但凡是傅禹航身边的人，一个个都无比维护他。

秦芳薇闻言，目光闪了闪，心下忽有了一个想法：或许她可以借这个机会，从侧面好好了解一番傅禹航不为她所知道的另一面。

傅禹航下楼时，小胖就在楼下。刚刚他送米咖过来，现在傅禹航坐米咖来时的车出去，这样就可以躲开小区门口某些人的耳目。

傅禹航进入老地方那个包厢，房内飘着浓浓的烟味，是杜越红在抽烟，她满脸心事地坐在敞开着的窗边。

“什么事，这么急着非要马上见？小胖，帮我倒杯茶水……嘴干……”

傅禹航前半句问的是杜越红，后半句则是在吩咐随行的小胖。

“小胖，你守在门口，我有话和傅哥说……没有我的允许，不得放任何人进来。”

杜越红转身把窗关了，叼着烟，眯着眼示意小胖出去，神情是前所未有的严肃。

小胖瞅了一眼，给傅禹航倒了一杯茶水后走了出去。

傅禹航则坐了下来，靠在沙发上抱着胸审视她。今天的她太反常了，似乎是发生什么事了，他便问：“你到底怎么了？”

杜越红疾步走至他面前，左看右看，上看下看，乌沉沉的眼眸里是难以名状的情绪。

最后，她把声音压低，问："你给我一句实话，你在天上人间这么多年，挖空心思进核心部门，到底图的是什么？是为了更多的钱，还是……"她顿了顿，咬着重音，"还是想把天上人间连根拔起？"

这个女人还真是语不惊人死不休啊，突然之间竟爆出这么一句猜疑。

所幸，傅禹航大风大浪见得多了，泰山压顶都不会变色。

他只是歪头瞄她，还故意眯了一下眼，顺便掏了掏耳朵，一副"我没听清"的模样："等会儿，等会儿，你说什么？再说一遍，我听得不是很清楚。"

杜越红耐着性子重复了一遍："我说，你是不是外面来的细作，潜伏这么多年，不顾一切进核心部门，是不是在调查天上人间底下藏着的那些见不得人的贩毒情报？"

这句话说得越发直白了。

是的，天上人间表面上是处普通的KTV，在风月街上经营着正当的生意，尤其是这几年由他经手之后，KTV的发展方向越发地正规化，那些色情服务全被暗处理，只要不是内部出卖，几乎找不出痕迹。

这些生意固然挣钱，然而真正挣钱的是天上人间藏在暗处的白粉生意。

据说那条生意链遍布亚洲，且白粉源源不断地往其他大洲运去。

了解他们的内部脉络，将他们总部的坐标确定下来，查清藏在背后的大Boss，带领缉毒小组一举剿灭他们的老巢，清理所有贩毒人员，销毁所有毒品，是他潜伏天上人间唯一的目的。

为此，他不惜整了容，变了声音，改了笔迹，刻意了解另一个人的生平，替代那个人生活在这世上，花大量的时间在一个肮脏的圈子里运筹帷幄。

为此，这些年来他一直让自己活得像个混混。有时半夜醒来，对着这张不算好看也谈不上难看的脸，他也会迷惑，自己到底是昫珩还是傅禹航？

混得太久了，于他也是一种煎熬。很多长期做卧底的人，在恢复身份后，需要进行一段漫长的心理辅导。

他觉得他以后也需要做一番调整。

而在任务完成之前，他唯一能做的是，活出一个亦邪亦正的傅禹航，不是演戏——演往往是要露出破绽的。

“红姐，你这都是从哪儿听来的？我怎么就成卧底了？我的来历，你可是知道得一清两楚的。高中毕业后，我就在牢里混日子，出了狱就在社会上混。我现在的日子是怎么来的，别人不知道，难道你会不知道？”傅禹航没有脸色大变，而是笑了笑，一眼瞧见茶几上有烟后，就上前抽了一根点着，浅浅吸了一口，语气懒懒地说着。

杜越红的眼睛乌沉沉的，一时无言以对，过了好一会儿才说：“那你混在天上人间到底图什么？钱，你不是很贪。来历不明的钱，你更是从不沾手。女人，你好像一个都瞧不上。混在这个圈子里，换作其他人，哪个没一两个女人。独你，这么多年了，一个女人都没有，人前做戏，人后干净得就像和尚。白粉，你更是一口都不碰，不管别人怎么怂恿，都对你没用。打架，你更不会把人往死里打……和你处得越久，我就越知道，你做事再狠也拿捏着分寸……傅禹航，你倒是说说看，是什么让你在这个肮脏的圈子里保持着自己的特立独行？除了你是内奸，你有自己秉承的原则，我想不通还有什么原因。”

面对指控，傅禹航靠在茶几上，懒懒地坐着，长长地吐着烟圈，双手一摊，笑着道：“这有什么想不通的？首先，我是吴老大带过来的，老大给的钱，我一定拿；其他人给的钱，我拿了就得给别人办事，就得做对不起老大的事……我当然不能接。

“其次，我们来谈谈白粉。你和我都知道，这种东西不是好玩意儿，沾了就得一辈子受它摆布。我早死的老妈和我说过，人活在世上，什么都可以尝试，唯独吸毒不能尝试。我们村有好几个跑去广东做生意，回来后沾了这玩意儿，就此弄得家破人亡。我妈看在眼里，吓怕了。我从小就被我妈耳提面命地教育，所以，不沾毒品是底线……更是我对我妈的孝心。

“至于打架，我觉得，以武力服人，最重要的是在气势上压住对方，拿捏好分寸，把人收服了为己所用，这比把人打残废了，到处树敌来得强。只要对方不是想要我的命，我就不会狠下杀手，夺他人的生机。”

说到这里时，他夹着烟张开自己的手掌，手心手背来回地细细瞧着，看了好一会儿，渐渐地，眼底隐隐流露出戾气，那种戾气只有杀过人的人才有：“其实，我这只手也不干净，先头我救老大时杀过一个人，当时难受了一阵子。上回竞猎，我为了活命，更是干掉了好几条人命……

“杀人也要看情况的，平白无故发狠伤人死人的，就是和自己的日子过不去。我在天上人间混，做着亡命之徒，不是因为愤恨嫉俗，而是想更好地生活……没事就给自己惹事，那我还要不要把日子过下去？有个老前辈教过我的，想让自己正当光明地活在阳光底下，杀人放火的事就算干了，也不能让人知道是你干的，这才是真本事。

“至于女人，对，你说得很对，天上人间多的是。我在这里混得不错，想要个女人是招招手的事，可我就是不稀罕。如果你想问为什么，我想想啊……嗯，这么说吧，想要一个女人和想上一个女人是两种不同的概念。我妈告诉我，想要让一个女人死心塌地地跟你，你就得死心塌地地对她好。想你的女人干干净净地跟你，你自己也得干干净净才行……”

他笑着吐出最后一口烟，话说得颇有意味：“每个人生来都是干净纯粹的，后来被这社会染黑了，有人彻底黑了，有人还保持一点本心，有人做起了伪君子，也有人一辈子只求心安，保着自己的操守……我是第二种，本心还有点，底线还在，对人生还有一点盼头，想活得踏实一点，也想着未来我要是生个一儿半女，得对得起他们……

“杜越红，你该懂的，这世界很大，形形色色的人都有，我可能和其他人是有那么一点不同，拿你的话来说，我就是这么特立独行的。今天，你没头没脑地跑来说我进核心部门是想挖天上人间的老底，断天上人间的财路，这个罪名可是会要我小命的……”

把烟蒂往地上一扔，他的眼神忽变得幽冷，凑过去与她对视时，一张粗犷的脸散发着浓浓的煞气，嗓音也跟着发了狠：“想我这些年在天上人间尽心竭力地为东家办事，什么时候做过拖累东家的事？杜越红，你可知你现在的指控有多让人心寒吗……”

他把她的指控一一驳回，将其驳得哑口无言，眼珠子似发着可怕的光，目光锐利得就像嗜血的利箭，逼得她无从招架。

“等一下，傅禹航，你可别误会了，这不是我想指控你，而是有人举报了你，说吴中第的死是因为你出卖了消息。”

杜越红又扔了一个“惊雷”出来。

傅禹航终于忍无可忍，拍案而起，冷笑道：“我出卖消息？这是从哪儿传来的无稽之谈？杜越红，我倒是想请问一下你了：吴老大出事，我能得什么好处？说到好处这事，我觉得直接的受益人好像是你吧……再说了，吴老大出事的时候，我正在外出差，和一群大佬喝茶，而且警方说了，那是意外造成的，不归在谋杀之列不是吗？通俗点来说，那叫天有不测风云。现在平白无故把这事归罪到我头上，这也太能给人乱安罪名了吧……你告诉我，这是谁在背后乱放枪？我这就和他对质去！也太能在我头上扣屎盆子了……”

勃然的怒气直接就浮现在脸上，这不是演的，而是货真价实的愤怒。

“那个人已经被卫老控制住了，很快他们就会找你问话，我就是事先来问问清楚这件事。一直以来，我和你是一条船上的。你应该明白，我和你是一荣俱荣、一损俱损的关系，我找你问是必然的。你呢，也不要这么铁青着脸，真金不怕火炼，只要你一心一意为天上人间好，天上人间就不会亏待你……”

见他愤怒了，杜越红的语气跟着就变缓和了，坐到了他身边，拍拍他的肩：“卫老今天去开会了，不在，等明儿个我陪你一起去和卫老把这事说明白就没事了……我是这么觉得的，那个人大约是见你现在成了域主，故意往你头上泼污水……也有可能是姓蔡的手段……放心，没事的……卫老素来最明察秋毫了……”

傅禹航的情绪这才一点一点被安抚住了。

杜越红见他的心情平静下来了，就转了话题，问道：“怎么样？养了这些天，身体还行吗？”

抚了抚伤口，傅禹航紧跟着接上了话，语气平和了，算是将刚刚那件事翻篇了：“恐怕得再养上一段日子。这样也好，趁这段时间，我可以好好查查是谁在对我下狠手……我这是第一回被人搞得差点就没命了。要不是刑警队的人来得及时，我失血过多就真的交待在那里了……”

“嗯，大难不死，必有后福，我也挺想知道是谁在暗处针对你……听说那些人好像要从秦家得到一些重要的东西，哎，你现在有查到什么蛛丝马迹吗？”

这个女人这话一出，傅禹航心里那个想法一下就确定了：此时此刻，这间屋子里肯定有个监控摄像头正对准了他俩，而监控的另一头，卫老他们大约就坐在附近看他们对话，试图从他们的闲话家常中抓到有力的证据，而后不费吹灰之力将他经营多年的局面给破了。

也就是说，现在的杜越红就是他们手上的棋子，他们正用她来测验他对天上人间的忠诚度，以及他对于秦家秘密的知情度。

“哪有什么线索，简直就是一头雾水，该死……”

说话间牵动了伤口，他疼得皱了一下眉心，左手轻轻往有伤的地方按了按。

“你悠着点吧！别乱动。”杜越红脸上流露出关切，这种关切是真心的。

“没事没事。”他一边暗暗观察着她，一边摆了摆手。

“现在还有漏网之鱼，我看啊，接下来的日子你得好好留心了。重要的是，你把刑警惊动了，所以，我们这边想护你都不能，一切都得靠自己多加小心了。”

说到这些，杜越红挺忧心的。

“我这边没什么大问题的。”

虽然他受伤了，战斗力大打折扣了，但他若想撂倒一个两个，那绝对不是难事。

“那你老婆那边呢？现在她可是你最大的软肋！”杜越红提醒，“以前你是无牵无挂的孤家寡人，身手又狠，没人动得了你。如今，你娶老婆的事，圈里人都知道了。这于你可不是好事。”

“嗯，我知道的，所以今天我把米咖叫了过去，准备请她帮忙贴身保护薇薇一段日子。”

“米咖？你居然让米咖去看护秦芳薇？”

杜越红闻言，心里不觉发酸。

无他，那个人等于是傅禹航藏在另一个地方的利剑，现在把她调了出来，足以说明他有多看重秦芳薇。

“嗯，现在也没有别的更好的办法了，只能走一步算一步。对方在暗处，我在明处，太容易着道儿了。”

傅禹航耸耸肩，一副“我已经被逼得山穷水尽”的模样，又点了一根烟，狠狠吸了一口：“之前，我有清点过我老丈人留下的东西，没什么特别的发现。那封所谓的遗书，现在成了一个谜。陆瑶那边，我也找过了，连她也不知道我老婆是怎么一个出身。所以，我是完全不知道对方想要什么……”

他的语气是越说越凝重。

……

一个小时后，傅禹航离开，说要去谍报本部，有点东西他想借本部的系统查证一下。性命攸关的事，他得赶紧行动起来。

杜越红本想请他吃饭的，见他很急的样子，就没再留。将人送出了门后，她转身绕进了另一间包厢，那间包厢里坐着五六个男人，一个个皆着黑西装，其中以卫老为首，蔡恒也陪坐在侧。

合上门，脸色一下变得无比肃穆的杜越红踩着高高的鞋跟，将步子踩得铿锵有力，来到卫老面前，与他隔桌对视着。

小曲则从身后跟上来，替她抽出椅子，侍候她坐进去，而后静立在其身侧。

“卫老，您看清楚了吧！从昨天开始，我和傅哥就没有任何联系，这段时间，您的人一直看管着我和小曲，上午那通电话，也是在你们监控下打的。到现在为止，我的表现，还有傅哥的表现，您可还满意？”

杜越红挑了一个闲适的坐姿靠坐着，双眸有力地望过去，又用鄙夷的目光扫了一眼蔡恒，语气凉凉地紧跟着问道：“对于某些人的挑拨，您还能信吗？”

那个姓蔡的想要反驳，却被她迅速地截断。为了不让他找到机会打岔，她把话说得又响又快：“卫老，傅哥就是那样一个人，但这不能说明他就是内鬼。这世上各种各样的人都有，有自己的原则性，对生活向往，才会心思活络地想出各种有利于我们这个团队长远发展的方案。如果一味地贪图眼前的利益，图的是一时的快感，完全不计较未来会有怎样一个下场，那么我们能得到的利益也只是短期的。大家聚在一起这么拼命地挣钱为的是什么？不就是要正大光明地花这些钱吗？我觉得，傅哥做得挺好。虽然他有前科，但现在，谁抓得住他的毛病？挣钱的同时，还得把自己藏好，这才是大本事，他的那个理论，我赞同……”

她在卫老面前肯定了傅禹航，因为她觉得他说的话非常有说服力。

而卫老对傅禹航的怀疑应该不是百分之百的确定。

如果他能确定傅禹航就是内鬼，那他会采取的手段是直接带人把傅禹航干掉，而不是用她来试探傅禹航。

这本身就说明了卫老对这件事所抱有的态度。

“我可以打保票，两天前核心部门出货时出的意外，肯定和他无关。您可以想一想，当时他在医院，而由他管理的所有人员全在自己的岗位上。您如果非要把这事归到他身上，没凭没据的，说出来，这让其他兄弟怎么信服？”

卫老一直在玩茶艺，空气中淡淡飘浮着茶香，注意力全都在这上头，听完这些话，过了一会儿，嘴里才漫不经心地接了一句：“小蔡，这事，你怎么看？之前那些证据都是你弄来的，很显然都没得到核实。空口诬陷一个对天上人间做出过大贡献的人，小蔡，咱们这个团队的规则是什么，你还记得吗？”

边上，蔡恒的额头上冒着一颗颗汗珠，听到自己被点了名，忙站了起来，接道：“记得！”

“那就说来听听。”卫老淡淡地提了一个要求。

“用人不疑，疑人不用。团队内部要精诚合作，不得互相猜忌，不得因为利益彼此构陷……卫爷，这些规矩我记得清清楚楚的……但是我的大舅子得来的消息也是可靠的。那个事于我们难道不是一个警钟吗？”

他仍觉得那个傅禹航太过于邪门，不能重用，会出问题。

“可事实也证明了，傅禹航是清白的。”

卫老盯视着蔡恒，手上拿着他那个宝贝茶壶说道：“小吴没过世前就非常看好这个人，后来更是你亲自来向我举荐了他，现在你又反咬一口，说他有问题。说真的，连我都觉得你这是在嫉妒他晋升太快了。关于两天前的意外，我也觉得肯定和小傅无关。你查偏方向了……嗯，这样吧，这件事你不用管了，我让老七去查。关于小傅是内奸的闹剧，也就到此为止。”

老头子用总结性的话给这场闹剧画了一个句号，而后一气呵成地斟了四杯茶。放下茶壶时，他将一盏清茶冲杜越红推了过去，脸上带着一团和气的笑，早将之前的冷酷收起来了，说道：“小杜，这个事呢，你也消消气。看在我卫老的薄面上，别在小傅面前多说什么，让这事就这样过去。回头小傅要是找我，我会安抚他的。”

他端起茶盏，先放在鼻前嗅了嗅，而后扬了扬杯子：“喝了这杯茶，这事，我们就权当一笔勾销了。同意吗？”

杜越红还能说什么，只能闷闷把这茶水喝了，心里却想到了一些前尘旧事，忽然之间好像对傅禹航有了一番全新的认识，只是这些是她不能说出来的。

这一刻，卫老的怀疑是被打消了，她对傅禹航的怀疑却就此油然而生了。

# 第十二章 生活的强者

关于傅禹航，秦芳薇对他的了解是很不够的。

七年前，她只知道他是个爱打架闹事的差生，好吧，同时，他还是个助人为乐的人，但帮助的对象仅限于她。七年后，她知道他是个混混，在复杂的圈子里是个有点威名的流氓，喜欢调戏她，有点神秘莫测。

现在她从米咖的嘴里知道了他的另一面：一个富有正义感、乐于救人于危难、善于挖掘人才的伯乐。

米咖本是一个健身教练，有个爱人叫房梓，也是个混混。多年前，他们本来都要决定结婚了，结果房梓突然失踪了，生不见人，死不见尸。

后来，她潜进了她爱人工作的地儿——一座名叫富贵城的娱乐城，到那里她一边做调酒师，一边调查，后来发现了一些见不得人的勾当，她被打了个半死，被扔在了死胡同里。如果一直没有人发现，她就算不因为失血过多而死，也会活活被冻死。

就在那个时候，傅禹航去富贵城办事时意外遇上了她，悄悄将她送到了医院。

“想要查找真相，不能急在一时，得慢慢来……”

这是傅禹航对她的忠告。

之后的那些年，他在暗中扶植她，让她在富贵城占了一席之地，更教她如何去收服其他人为己所用，还教她功夫自卫，让她有足够的本事在那个圈子里如鱼得水。

经过这番对话，秦芳薇才知道，这个叫米咖的女人，现在是富贵城里一个可以和曹放平起平坐的狠角色。

当然，现在的她容貌已经大变，根本不会有人将她和当初那个调酒师联系到一起，连身份都是伪造的。

“米姐，你和我说这些，不怕我泄了你的秘密吗？”

听完，秦芳薇的情绪久久起伏着，惊讶于她的信任，毕竟今日她们乃是初识。

米咖笑得可艳了，吐着烟，红唇弯得漂亮，说：“小傅会把我叫来守着你，足见你是他愿意用性命来保护的女人。我信任的是小傅的眼光，之所以和你说这么多，只是想告诉你，小傅是一个不可多得的男人。或许他和邓氏集团的继承人没法相提并论，但他是个不得了的男人……你嫁他不亏的……”

“你……你知道邓氏？”她讶然。

“当然。”米咖笑着眨眼，“小傅看上的女人，我们这些受过他恩惠的人，当然得好好了解的。投你所好，搞好关系，是我们必须做的功课。”一停，又补充了一句，“对了，秦老先生我见过，对于他最近发生的事，我表示很遗憾。”

这一刻，秦芳薇突然明白父亲让她嫁给傅禹航的原因：一、父亲知道他的真实身份；二、他有绝对的能力对抗曹放……

啧，这个时候再回想当初种种，她不得不叹一声：那个男人真会藏锋，真会玩。

后来，米咖带着秦芳薇去了附近一个拳击室。

这个拳击室隶属富贵城，而米咖是拳击室的管理人，并在这里有一个独属于自己的拳击房。

她说：“闲来没事，我最喜欢做的事就是练拳。”

这让秦芳薇颇感意外，原以为像她这样的女人，最喜欢的该是逛街和做脸，因为她打扮得实在是太艳丽了。

米咖是个很善于识眼色的人，马上从她的眼神变化中看到了她的惊讶，便笑道：“是不是觉得有点不可思议？”

“的确。”

秦芳薇答得老实。她不是那种爱绕圈子的人，既然这人值得信任，说话直一点能更好地增进彼此之间的了解。

“因为它能让我身体强健，更能让别人忌惮我。比方说在富贵城，以前我被人打得那么惨，一是因为我地位低下，二则是因为我没有自卫能力。可后来呢，就连曹放都不敢轻视我。这就是武力给予我的保障。你也必须学好，这样才不至于陷入被动的境地。回头我再带你去练射击。懂了这些玩意儿，紧要关头或许可以自保……一个女人一定要学会不依靠男人就能自保自立于世，这样才能真正做生活的强者。”

换上拳击服，米咖展示了她的拳法，并说了一些让秦芳薇很是受用的经验。

由于不知道秦芳薇的底，米咖就想从最基础的教起，结果却惊讶地发现秦芳薇的根基非常扎实，且学习能力非常强，热身后，就开始和她对打起来。

她发现，这个女孩除了反应有点慢以外，打得竟像模像样。

“我练过的，后来荒废了。想当年，我还拿过奖呢……”

提起旧事，秦芳薇有点扬扬得意，可惜的是，当初没有坚持，否则现在有几人动得了她?

嗯，生活的强者，以后她一定要做到。

米咖露出了欣赏之色：“不错不错，只要勤于练习，以后保管能和我打个平手。”

“那你和傅禹航比呢？谁厉害？”她满怀好奇地问，一拳击过去时，轻易就被躲开了。

“当然是小傅厉害。那家伙打起来，本省没几个打得过他的。我曾亲眼见过他以一敌十，在黑道三巨头聚会上给吴中第赢了一个头彩。就此一役后，他成了吴中第的第一爱将。想那个叫蔡恒的家伙跟了吴中第那么多年才有现在的地位，小傅只用了短短几年就成了他们天上人间除却吴中第之外最得人心的一员，这不仅仅是凭借自己的身手，更重要的是，他为人仗义，善于团结帮中所有能团结起来的下属。说真的，那份凝聚力，是天上人间其他人都没有的……

“哎哎哎，这不对。拳头出的时候一定要狠、准、快，快是最重要的……看我的……其实我的攻击速度一点也不快，小傅的身手就胜在快，不光出拳快，跑起来更快……这样吧，最近小傅身体不好，不能带你，回头我天天过来带你去跑……打不过就跑，那也很要紧……”

米咖一边躲着她的拳头，一边夸着傅禹航，一边教着她如何打拳……

秦芳薇想到了傅禹航的拳头，的确就像铁拳似的，又快又狠。上次在本部，他没几下就把三个陪练的给打得直讨饶，那本事可厉害了……

米咖还告诉秦芳薇，傅禹航组建的那个谍报本部，里面的人一个个都是他用心收笼来的，全是一等一的人才，且都死心塌地地跟着他，这就是他的个人魅力。这份魅力，连吴中第都望尘莫及。

从上午练到下午三点，在香汗淋漓当中，秦芳薇挥舞着自己的拳头，心中暗暗做了一个决定，一定要把拳头练得像傅禹航那般快，那么又准又狠。

是的，她练得无比认真，以至于傅禹航来了都不知道。

“她底子好，又好学，比我当初好太多了，只要细细地加以引导，拳法、腿法、射击、疾跑，都会得到迅猛的提升。”米咖一边擦着汗，一边夸赞着秦芳薇。平常她少有夸人的时候，今天例外了。

“那就有劳你抽空帮我盯着了。现在我得好好静养，不能激烈运动……”

傅禹航看着她练得那么认真，眉不觉扬起，嘴角弯起，眼底流露着浓浓的欣赏。

这光景，米咖看在眼里，不觉笑了笑。

这么多年了，她这是第一回瞧见这个男人看一个女人的眼神这么柔软。

以前有人怀疑傅哥的取向，否则外面那么多女人看上他，怎么就没一个能把他拐上床？

原来，他不是不喜欢女人，而是喜欢这种高冷型的女人。

是的，米咖来见秦芳薇之前让人收集了一些有关她的照片，职场上的她纵然面带笑意，给人的感觉也是傲气清冷的。

今日两人在秦家初见，她一身居家服，清丽冷艳，带着一点疏离感，却又是彬彬有礼的，不施粉黛的容颜一点也不显老成世故，反透着一点小女生的新奇。

而经过这大半天的相处，米咖就喜欢上了这个女孩。

熟稔后，她的聪慧，她强大的学习能力，她温和娴静的性子，她浅笑款款的模样，都是无比迷人的……

是的，她不似圈里人那般轻浮妖气，也没有富家小姐那种不可一世的任性娇气，更无成功女强人的强势……她很温婉，同时又是有主见的，这从刚刚她俩的对打中就看得出来。

初初过招时，她输得很惨，后来，她进步神速，而且有了自己的对敌方案，身手灵敏，让人防不胜防。

“米姐，我这一遍快很多了吧……咦，你来了呀……”

打完一遍，她转头看到傅禹航正笑吟吟地看着自己，眼底全是暖暖的光芒，看得她好一番高兴。

“不错不错，多多练习，争取打败小傅……”米咖笑着调侃。

傅禹航扔了一瓶水过去，还用毛巾给她擦了擦额头上的汗。

“嗯，我等着。”

这画面真是太温馨、太美了，看得米咖都嫉妒死了，心里不由自主就怀念起自己那个男人，这么多年了，也不知是生是死……

“打败你这个目标太遥远了，我可不敢想……怎么样？杜总找你什么事？”秦芳薇觉得渴，只顾着喝水，由着男人为自己擦汗，趁喝水空隙，关心地问。

“不是什么大事，KTV 方面的事，就聊了一会儿，后来我去了本部，这不刚从那边回来。米姐说要带我们去见曹放。”

上午发生的事他没有马上说出来，米咖并不知道他真正的身份，那些个猜忌越少人知道越好。他们都是聪明人，有了一些想法，就会想去佐证……让他们以为他就是一个有自己原则的混混也不错。

本来他不想把秦芳薇带去的，但是米咖劝他说：“既然她现在是你的女人，那她就必须学会面临各种风险，而那些风险又是来自秦家的，你就越发该训练她临危不乱的心理状态。整日想着将她深藏，不利于她的成长。”

傅禹航想想也是，就同意了。

“好，我这就去洗澡。”

把喝了一半的水塞回到他手上，她抓过毛巾往独立淋浴间跑去，马尾一甩一甩的，让他恍惚就记起了当年的光景：学校学生运动会上，她是女子参赛选手当中的佼佼者，吸引着所有男女生的目光，包括他。现在呢，她依旧对他有着致命的吸引力。

富贵城的总部在尚市，天上人间的总部则在平市，但是，他们在别处都有分店。

在富贵城，侯仁心是大 Boss，不过这个侯三爷生平无子，曹放是他认的干弟弟，而米咖则是这两年他认的干女儿。

据说那是因为侯三爷生病时，米咖把人家当亲爹似的照看着。那份看护，不是曹放这个拜把子弟弟几句甜言蜜语就可以相提并论的。人侯三爷一高兴，就把她收作了干女儿，且现在她的势头足以让她和曹放比肩了。

富贵城是处顶尖的娱乐城，它在尚市拥有百分之六十的吸金量，而天上人间分部则只有百分之三十的吸金量，这还是得了傅禹航的经营，其他娱乐中心的吸金量则只占百分之十。

这座娱乐城名为富贵城，其整幢大楼装修得金碧辉煌，处处给人一种尊贵华丽的感觉。

无论是进门那高高的台阶，还是那个气势非凡的接待前台，都显得高上大，让置身其中的客人生出一种唯我独尊的信心膨胀感……

虽然在尚市生活了二十年，可这是秦芳薇第一次走进这座销金窟。

不过他们不是从正门进的，走的乃是后门，恍惚中给人一种上门捉奸的感觉。

他们一共进了七个人。

米咖带着两男两女四个手下走在前面，而傅禹航则和秦芳薇跟在后面。

一路之上，米咖雷厉风行的手段就这样一幕幕在秦芳薇面前呈现了出来：两男两女四个手下，其中一个先上去控制监控室，其他三个则先后扣住了三个看上去想要去通风报信的人，最后米咖直冲进一间办公室的休息间，笑着用手机拍下了一些男欢女爱的画面，吓得那男人惊恐地尖叫，那女人则直拉着被子遮羞。

不过秦芳薇没见到任何不雅的画面，因为身边的男人适时将她拉进怀里，没让她看，可那些咒骂和惊叫意味着什么，她是成年人，哪能不知，不觉双颊泛起红潮。

“曹放哥，你还真是干爹的好兄弟啊，干爹他老人家还在呢，只是让你代管一下生意，你居然就连干爹的女人都一起照顾了。哎哟，你真是太能帮干爹干活了，这种事都这么尽心竭力，你说，干爹要是知道了，会不会特别感谢你？”

米咖笑呵呵地走了过去，语气无比轻松。

秦芳薇抬头看了一眼傅禹航，心下不由得一叹：这个人果然从不做无把握的事，曹放本来是个狠角色，如此一来，他哪有可能再狠得起来？

“米姐，这是富贵城的家事，我是外人，就不插手了。”傅禹航望着里面，扬声说了一句。

“小傅见笑了。那就请到办公室等一等吧！”

“嗯哼……”

傅禹航应着，轻轻拍了拍秦芳薇的背，示意她往外走。

他牵着她到办公室，找了一张椅子坐下。

休息间里传出曹放的怒吼，声音震耳欲聋：“米咖，你勾结外敌，信不信我直接崩了你？”

“勾结外敌？你指的是小傅哥吗？”米咖嗤笑一声，拉长那富有魅力的女性嗓音，着重地指出所谓的外敌，“你是狗急跳墙，想直接杀人灭口啊……来啊来啊，有种你开枪！信不信只要我今天死了，你就没那个命见到明天的太阳？

“我和小傅哥是工作伙伴，干爹没和你说吧！富贵城和天上人间打算在上海建一个最大的顶尖娱乐城，我是这个工程的我方负责人，而小傅哥则是天上人间的负责人。这个案子本来早该进入流程，只不过现在因为吴中第的死暂缓了而已。所以，你想往我头上扣一个勾结外敌的帽子，你觉得干爹会信？倒是你照看干爹女人的事板上钉钉了……哎呀，曹哥，道上的曹放哥，哦，不对，我该称你曹叔的，你说你的下场会怎样？现在开始想象一下如何啊……”

房内先是陷入了一阵死一般的沉寂，而后曹放咒骂着吼了出来：“米咖，你……你到底想干什么？”

一阵愉快的轻笑自米咖嘴里溢出：“你想知道我干吗，那就快把你的皮套上，马上给我出来……你这销魂地儿味太重，快熏死我了……”

很快，米咖双手插袋走了出去，那一副大姐大的模样真是让秦芳薇大开眼界了。

原来这个女人的气场这么强大，此刻的她身上哪还有风尘女人的味道，直挺挺的腰肢，利箭似的目光，铿锵有力的步伐，就连那红艳艳的唇色都变得气势逼人。

她不觉冲米咖竖了竖大拇指，看的却是傅禹航，还凑过脸低语了一句：“米姐真牛。她说是你重造了她，是这样吗？”

“不，重造她的不是我，是她自己抓住了机会，做了改变……”

男人谦虚，不接受这种高度评价。

秦芳薇怔了怔，很快就明白过来了。

是的，只有自己想重造，才能从旧的生活当中走出来，在接受新的有价值的东西之后，才有机会完成自我的蜕变。如果自身不愿接受，一切皆是徒劳。

也就是说，人是自己的主宰，人的意志在绝大程度上可以改造自我。

她顿时陷入了沉思，想到了自己，这七年过得就像机械人似的，辜负了青春不说，也辜负了自己的人生抱负，就是因为她一直活在过去，没有那个决心重造自己的人生，想想真是有点可悲可叹。

这个时候，米咖当真是她学习的榜样——一个人活着，不该向命运认输，而是应该奋起，活出自我。

很快，曹放走了出来，套了一条破牛仔裤、一件灰衬衫，没穿鞋，满脸的阴狠，那双眼睛自始至终散发着戾气，留着板刷头，五官凶相毕露，眉头拧到一起时，透着可怕的危险气息。

一眼观之就知道他是个不好惹的角色。

而正是这个人的介入，才有了七年前她的悲剧。

秦芳薇深以为自己并不认识这个人，对方何以要那么针对她呢？

这里面到底藏着怎样的玄机？

“梅宝，进去请广小姐出去，好生照顾着。”

不知何时，米咖身边的一个女下属走了进来。

“是……”

没一会儿，里面出来一个长得很标致的女人，屁股一扭一扭的，用手遮着脸就出去了。

曹放则坐到了自己的办公桌前，双腿左右相叠搁在办公桌上，手上点了一支香烟，冷静下来的他，整个人看起来老谋深算。

吞云吐雾中，他扫视了一圈办公室，目光在扫到秦芳薇时顿了顿，同时邪邪地勾了勾嘴角，眼神一下显得无比狡诈：“哟，这不是秦家那个芳薇小妹妹吗？能在这里见着你，几个意思啊？想通了，准备来嫁给我了？”

当着傅禹航的面，这个男人照吃豆腐不误，笑得还特别的猥琐。

但是，他很快就乐极生悲了。

唰地一下，一颗网球带着一道白光狠狠往他的脸上砸了过去，速度之快，在那个“了”字出口后，球已经砸得他哇哇大叫起来。

他双手捂鼻，惨叫不绝于耳的光景，还真是大快人心啊……

“傅禹航，你……你敢偷袭我，你等着，你等着……我一定不会放过你的……”

不过他的狠话在对上米咖那凶悍的眼神后全给咽了下去，吃瘪的样子让秦芳薇差点忍俊不禁。

这是一处龙蛇混杂的地方，对面坐的又是一个道上人见人怕的坏家伙，可结果呢，因为有傅禹航和米咖在，这人竟变成了一跳梁小丑，她也不知道害怕为何物了。

呵，这种人生经历还真是前所未有啊！

“嘴巴放干净点。曹放，既然出来说话，那就好好地说，别再流里流气、不三不四，吓坏我的客人。撕破了脸皮，大家都不好过。”

米咖来到办公桌前，凑过去，笑得看似无害，可那浑身所流露出来的威胁无比强烈。

曹放一连扯了好几张餐巾纸，擦掉了自鼻孔里流出来的血，而后啐了一口牙血，躲开米咖的目光，恨恨地指着网球袭来的方向，又骂上了："傅禹航，什么时候你变成躲在女人背后的脓包了？"

这话实在太折辱人了。

傅禹航却挖了挖耳朵，笑得满不在乎，还耸了耸肩："这叫客随主便。在这里，米姐是主，我是客。米姐处理家事，我这个客人就只能旁观。嗯，回头你到天上人间时，我定好好招呼你，刀枪剑戟，任由你玩……一定玩到你服为止……"

手上另一个网球伴着话音落下，从曹放耳边呼啸而过，吓得他心中一凛，继而露出了敢怒不敢言的神色——那球就牢牢卡在了墙上。

可见那力道有多大了。

傅禹航一摊手，继续微笑，语气显得慵懒："消消气，说话斯文点，良好的对话有助于我们更好地生活……曹哥，世上没有绝对的朋友，也没有绝对的敌人，你的敌人也不见得就是我。你呢，还是转个角度想想吧……我觉得吧，精诚合作对于我们是最有利的……但合作得有一个合作的态度，请你端正态度，我们才有可能继续沟通下去。"

可惜那人很不识趣："傅禹航，狗屁放完没？你以为你是什么东西？在平市，你也就只是一个给吴中第提鞋的走狗，现在居然敢跑到我的地盘上来撒野？天外有天，山外有山，你也太把自己当回事了……我和侯三爷结拜时，你连根毛都不是……有什么资格来和我合作……滚……"

他的口气那可不是一般的大，完全没把傅禹航放在眼里。或许是因为他所倚仗的人的来头真的很大，所以，他才如此的不屑一顾。

"明白了，明白了，曹哥这是想放弃侯三爷这棵大树，改投别人门下了，所以应该也不在乎今天的事被侯爷知道是吧……行，米姐，那咱们撤吧……刚刚你拍的照片，已经设置定时发送了对吧……"

傅禹航笑着问米咖，虽身在别人家的老巢，却依旧一派风轻云淡，那光景，就好像天下任何难事都不可能难倒他似的。

这一刻，秦芳薇竟忽然觉得这个男人帅翻了。

而米咖则很有默契地接上了话："嗯，已经定时，等我们出了富贵楼，侯三爷应该就会收到。而今晚十二点前，昔日要风得风、要雨得雨的曹哥，估计就会变得一穷二白，烂命一条……那应该会很有意思……走了，走了，他爱做亏本生意是他的事……我们实在不用拦着……"

"嗯，有道理，老婆，走吧……"

牵着秦芳薇的手，傅禹航大步往外走。

米咖紧随其后。

眼见他们就要出办公室了，难道他们就这样无功而返吗？

这个疑问还在秦芳薇心中盘旋，身后就传来了曹放的吼叫，这一次，他显得有点绝望："回来……"

曹放狠狠地踢了一脚桌子，在原地转了一个圈，深吸了一口气后妥协了："你们到底想怎样合作？"

没办法，现在在富贵城，他还不是老大，他所拥有的一切，随时随地都有可能被侯三爷收回去。

秦芳薇转头看到傅禹航嘴角勾出了一个胜利的弧度，拉着她就转过了头，并且笑得特别的明媚："很简单，回答我提的问题，手机和邮箱里的照片，米姐会尽数清空，今天的事，咱们就当作什么也没发生，你看怎么样？"

曹放靠在办公桌上，阴阳怪气地揉着伤得颇为严重的脸，过了半晌才应道："行，你们回来坐好了，我们慢慢谈……"

"嗯，那就勉强其难再聊聊？看样子，我们的曹哥这一次是想清楚了……傅哥，就给他一个薄面吧！"

米咖还配合着傅禹航，故意羞辱了一番那个目空一切的人渣。

傅禹航表现得大方："当然，人家是曹哥，这份颜面是一定要给的。"

秦芳薇想笑，这个男人真是太能谈判了！

而曹放则在他们的一唱一和当中被气得浑身发抖，却又拿他们毫无办法。

三对一，对面而坐，中间隔着一张办公椅，傅禹航坐在正中央，左右两边坐了两大美女。他没马上发问，而是先严重警告了一句："曹哥，请你如实回答我第一个问题，只要你够诚意，我们一定信守承诺；如果你没诚意，我们掉头就走，你的死活，我们概不负责。”

那目光犀利之极，看得曹放心脏一阵紧缩。

都说这小子凶猛野性，今日他算是领教到了——那发狠的眼珠子充满嗜血的气息，让人与之对视后不寒而栗。

“问吧！”他闷声道。

“行，第一个问题。十年前，你几次找邓夫人说的是什么事，居然能让邓夫人失了常态？请想清楚了再回答，因为我是有备而来的，任何谎言都将无所遁形……”

傅禹航逼视过去，用眼中那凌人的气势压住他，就连身边的秦芳薇也莫名感受到了一股威迫感。

奸诈成性的曹放转动着他那双透着阴险气息的眼珠子，像是在估量什么似的先是深深望了他一眼，而后笑得高深：“这么多年以前的事了，你是怎么知道我找过邓夫人的？消息够灵通啊……”

这句话无疑就是承认了。

“谁说的不重要，重要的是你向邓夫人传递的信息是怎么得来的，又是谁告诉你秦芳薇身世的。想好了再说，因为我们已经从邓夫人那边了解清楚了，现在再问你一遍，只是想做一下对比，看你有没有那个诚意和我们合作。如果答案有所不同，后果自负，听清楚了没有？嗯？”

傅禹航双手交叉着搁在桌面上，一字一句，把自己的意思表述得格外的清楚，最后那个“嗯”字透着一股威胁的意味。

曹放靠在办公椅上，鼻子红肿，双眼则一动不动地审视着他，也不知心里在思量什么。

两个人就这样对峙着，一个诡异莫辨，一个深不可测，都不是善茬，都想用眼神来镇压对方。结果，曹放先败下阵来，只因为他在明，而傅禹航在暗。

“是我老头子说的。”最终，他闷声作了回答。

“你老头子是怎么知道的？”傅禹航再问。

这可是一个崭新的发现。

“当年邓铠情妇的孩子，就是我父亲奉了邓夫人之命去弄来扔掉的。”

原来如此。

“既然扔掉了，孩子怎么会到了秦家？”

“半路被人抢了去。”

“谁抢的？”

“不知道。”

“既然不知道，十五年后，你是怎么确认那个孩子在秦家的？还有，你是出于什么目的去向邓夫人说明这件事的？你想从中得到怎样的利益？”

一连三个问题，令曹放皱起了眉：“这些全算是第一个问题里的小问题吗？”

“对。”

“你用几张床照来威逼我回答这么多问题，我是不是太亏了？”他又想讲条件了。

傅禹航皮笑肉不笑，表情显得有点无耻有点坏：“你也可以选择不回答，到时你可以比较一下，到底是回答比较亏，还是不答比较亏。”

曹放顿时沮丧了，那可是要掉脑袋的，谁接受得了？

识时务者为俊杰，所以，他想了想，还是老老实实作了回答：“一个名叫车左华的男人告诉我的，让我向邓夫人道破这件事，这样我就可以报仇雪恨了。”

当真不出傅禹航的意料，这家伙背后果然有人在出谋划策。

“报仇雪恨？你这是和邓家有仇，还是和秦家有仇？”

斟酌着字句，他又发了一问，仔仔细细地想要将个中的区别问清楚。

“邓家。”道出这两个字时，曹放捏紧了拳头，眼底全是骇人的戾气，“想当初邓夫人让我爸偷了婴儿，钱倒是给了不少。但不久后，邓铠知道了这件事，在追杀我爸时害我爸死于车祸。我把这个‘炸弹’扔进邓家，就是要邓家乱成一锅粥。”

说着说着，他露出了一抹得意的阴笑：“结果效果非常好，不光报复了邓铠，还报复了邓夫人。若不是这个女人嫉妒心重，用重金利诱我爸，我也不至于就此成了孤儿。这就是因果报应。”

把所有责任都归结到别人身上，这是人性自私自利的表现。

如果当初他父亲不被利诱，那他们家也不至于出现这样的变故。

听得如此回答，秦芳薇恨不得上去掴他几个耳光。但她不能这么做，只能捏紧拳头忍耐着。

“谁是车左华？”她问出了这个问题。

“你们……居然不知道车左华？”

曹放懒懒的目光一下变得锐利起来，来回一扫后露出了恍然大悟之色：“我明白了，你们根本就一无所知，只是在诓我对吧……”

不好，被他发现了。

秦芳薇心头一颤，就怕这家伙接下去不肯再说实话，从而影响他们的询问。

由此可见，和人对话是一件非常考验智商的事，而她并没有这种临敌质问的本事。

不过傅禹航可不是那种轻易变脸的人，冷冷一笑就撂了一句话过去：“她不知道，不代表我不知道。车左华是秦校的管家，得称我老丈人一声少东家。”

什么？

爸的家人竟知道她的身世，还找人给邓夫人通风报信，借邓夫人之手毁掉她？

天哪，那些人究竟是什么意思啊？

她惊骇得瞪直了眼。

米咖脸上也浮现了一些讶然之色，直觉这底下还有更为复杂的内幕。

傅禹航也没想到事情会牵扯到老岳丈家，也知道自己这话一出，肯定会惊到秦芳薇，但现在他无暇去安慰她，继续往下说道：“很好，第一个问题，你回答得很诚恳。现在请回答第二个问题：前一阵子，邓夫人为什么威逼我太太嫁给你？”

他觉得，不管是曹放还是程铎，突然之间都对秦芳薇那般关注，肯定不是因为她突然长成第一美女了，他们肯定是在她身上发现了可以利用的巨大价值，所以才有了逼婚这样一个事件的发生。

“这事你别问我，想知道就去问车左华去，是那家伙让我提出这个要求，而后我去找了邓夫人，用她以前那点烂事和她协商结盟，而她正好也在找法子解决秦芳薇，于是我们俩一拍即合，就这样结成了利益联盟。这件事本该是一帆风顺的，谁知道秦牧棋高一着，先一步把秦芳薇嫁给了你。邓夫人为达目的，就在牢里让秦牧吃了一点苦头，可惜的是，事情有点失控，最后秦牧居然不明不白地死了，邓夫人也被她儿子给控制了……”

曹放答得非常爽快，答完还盯着傅禹航左右瞧：“我还听说，你们后来被人袭击了？九死一生。怎样？查到是谁干的了吗？哎，你可别这么盯着我看，杀人放火的事，我现在很少沾手。所以，千万别问我是谁冲你们下的手，我不知道，真不知道……”

几个不知道，把他和这件事的关系撇得干干净净。

善于观察的傅禹航一直没放过曹放脸上的表情，一番琢磨后，基本上可以肯定他没有撒谎。

看来他们遇袭的事，与他是没什么关联的。

“不过从现在已知的情况来判断的话，很显然，一直为难你老婆的人是秦老先生的家里人。如果你们想进一步了解他们这么做的目的，不要问我，我答不上来，去找秦校比较合适。按理说，秦牧是秦家的独子，秦家无论如何都不可能弄死秦牧。所以，秦牧的死应该不是秦家人干的。也就是说，这件事涉及的有关人员肯定不止一个。”

不管曹放如何渣，这几句话算是说到重点了。

看来接下来，他们得去一趟秦家了。

傅禹航心里有了下一个拜访的目标。

就目前来说，他们从曹放身上获得的信息有限，而且他所言也未见得可以尽信，但他们总归是弄清了一点因果关系，至于其他，只能一步一步去核实了。

“怎么样？还有问题吗？”曹放见他们不再发问，反问了一句，“要是没了，那就把手机给我让我砸了，邮箱里的定时发送也给我取消。不对，把你那个邮箱的账号还有密码全给我，以后那邮箱就是我的了。”

米咖和傅禹航交换了一下眼神，见他点了一下头，才把手机扔了过去：“这是一部新手机，里面就拍了几张照片，其他信息一概没有，也没有邮箱，刚刚和你说的定时发送只是唬你的。现在手机给了你，资料就全在里面了，你可以查验一下……”

说完这些后，她噌地站起，和身边的伙伴打起招呼：“小傅，小秦，走了……”

被耍的曹放闻言，脸色黑了黑，在查看了手机，确定手机上没有登录邮箱的渠道后，他先是把照片给删了，而后恨恨地把手机砸在地上，继而从抽屉里取出一把枪对准了傅禹航。

“姓傅的，今天我要是不在你身上留下一点记号就放你们出去，那就太对不起我曹哥的招牌了。”

砰砰，先是两记空枪，志在立威。

秦芳薇吓了一跳，脸色赫然发白。

傅禹航却依旧没改半分颜色，一边将她护在身后，一边缓缓转身瞧着那个嚣张的家伙，疾步上前，任由黑漆漆的枪口对着他的额头。

这光景太骇人了。

秦芳薇紧紧抓着他腰际的衣服，手心已然是一片汗意。

可他仍是风轻云淡的模样。

“忘了告诉你，晚上八点前，只要我们三人当中有一个人没有毫发无伤地出去，那么你和广小姐在游艇上干某事的精彩画面会第一时间出现在侯三爷面前。现在距八点还有十五分钟，想要怎样一个后果，你自己看着办……”

傅禹航无半分畏色，扔下的这句话令那曹放像吃了苍蝇似的，整个人僵住了。

而他则旁若无人般从自己的口袋里取了手机，调出了一个视频让曹放看，嘴里则陈述着：“整个过程三十七分钟，花样百出，颇有那啥片的艺术感，要是放到网络上，那得多吸引人！你说是不是？”

下一刻，震惊布满了被威胁者的脸孔。

“啊啊啊……”

“砰砰砰……”

一阵怒吼，伴着一阵枪声响起。

傅禹航等三人却无视那阵惊心动魄的声响，鱼贯而出。

外面的梅宝在看到米咖安全走出来后，重重松了一口气，未及说话，只听得那半掩的门内传来曹放的咆哮：“傅禹航，你最好祈求这辈子都不会落到我手上，否则，我一定会把你折磨得求生不得，求死不能……我发誓，我发誓……我和你誓不两立……”

秦芳薇暗暗吁了一口气，不管将来如何，反正这一次是傅禹航赢了……

这一刻，她发现自己背上一阵湿意。

“小秦，怎么样？有没有被吓到？”坐到车里后，米咖从副驾驶座上探过头来问，“那样的场面没见过吧？”

“嗯。”秦芳薇的腿软得厉害。

“回头带你去练射击，多听听枪声，胆子就会肥起来。”傅禹航摸摸她的头。

秦芳薇：“……”

适时，手机响了起来，是傅禹航的，他看了一眼后接了：“恩恩，有事？好……我们在尚市……”他看了看腕表，“可以见个面。什么地方？行……”

几句话说完便挂了电话，傅禹航对坐在副驾驶座上的米咖道：“星月会所，程恩恩在那里等我们。米姐，有劳你送我们过去……”

“没问题。”米咖让梅宝转道过去。

“程恩恩找我们有什么事？”秦芳薇问，她还没从刚刚的惊魂一幕当中回过神来。

傅禹航将她搂进怀里，在其发顶亲了亲：“我让恩恩从她爸爸那头下手查那个家伙想娶你的真正原因，估计是有戏了……那就辛苦一点，过去听听吧……”

秦芳薇眨了眨眼，心里不由得轻叹：这男人啊，查起事来还真是有效率……

星月会所包厢，程恩恩正对着大屏幕，摇动着那副充满活力的玲珑身子，扯着喉咙大声唱着一青春热曲，浓郁的摇滚味扑面而来，声音惊天动地，不过还别说，唱得还真是不错，很有质感，节奏把握得相当好，貌似有往这个方向发展的潜质。

此时此刻，这小丫头满身尽是金属装饰物，叮叮当当的，一看就是一副“我是坏女孩”的模样。

秦芳薇看着她这副打扮，不由得想起了当初在公司门口被她冤枉当小三的光景，心下不由得生了感慨：现在的小孩子太不让人省心了。想当初，她可乖巧了，除了和邓溯谈了一场恋爱，一直就是个好孩子。后来，即便经历了牢狱之灾，她仍是那种让老师引以为傲的学生。只是自那之后，她再不知开心为何物了。

“嗨，傅大哥、嫂子、米姐姐，你们来了，等一下哈，让我把这首歌唱完……你们在边上坐一坐……”

欢快地打了一声招呼，程恩恩继续蹦蹦跳跳地唱歌，声音还带着急喘。

“这疯丫头……”米咖直摇头，给秦芳薇和傅禹航倒了茶，坐下后凑过去笑着道，“也只有小傅治得了她。瞧瞧，瞧瞧，都野成什么样了？”

秦芳薇开始细细打量这个女孩，穿着打扮真是要多叛逆就有多叛逆。

这不能说秦芳薇与时代脱节了，而是她本身是一个识大体惯了的姑娘，出格的事，看着不正经的事，她不会去做。姑娘家，温温婉婉的，不卑不亢的，不代表没有个性。她的个性其实是很强烈的，只是她不屑做那种被人看轻的事。不是她有多在乎世俗的眼睛会怎么看，而是她从小养成了这样一种温柔而坚韧不拔的个性。

这是环境造成的性格差异！

想程恩恩身在那样一个富贵之家，本该是一个幸福的姑娘，可从她生平的斑斑劣迹看来，她的日子过得要多糟就有多糟。

一个女孩会叛逆成性，与其所处的环境息息相关。如果家庭生活和睦、民主、友善，教养出来的孩子肯定不会很差，反之，就有可能在特定的时期里和全世界为敌，或是就此养成双重性格。

其实她就是一个可怜的孩子。

“我唱好了。”

程恩恩一曲尽兴，放了一曲古典乐，听着像是古筝，而后带着一身的香，走过来坐到了米咖身边，一把就抱住了她：“米姐，好久不见，来，亲一个。”

她说着还真像疯了似的在人家脸上亲了亲，留下一个红红的口红印，把人家的脸蛋衬得无比暧昧妖气。

“疯丫头疯完没？”刚刚在富贵城里杀伐果断的气势，到了这丫头面前却变成了无奈，米咖扯了一张餐巾纸擦了一把脸，见这丫头还想在她另一边脸上亲，忙喝住她，“哎哎哎，别闹了哈，说正事……”

“好吧……让我先喝口水……别急啊……”

撇撇嘴，程恩恩抓起之前她喝过的果汁，咕咚咕咚一番牛饮后，看向了闲闲坐着的傅禹航，一拍大腿就叫了起来：“傅大哥，还真被你说对了，我那个见色起意的浑蛋老爹，之前想方设法地要娶嫂子，真是有原因的，而不是纯粹地看上了嫂子的美色……”

“什么原因，你问清楚了没？”秦芳薇目光一凛，紧跟着问了一句，心下好奇极了，“还有，你是怎么做到的？程先生就这么好说话，会一五一十地说给你听？”

“我爸那奸商，嘴紧得就像蚌壳，哪可能轻易让我套话。我是用傅大哥教的法子对我爸进行催眠才问到话的……还别说，真管用。他吃了傅大哥给我的药后，我问什么，他就答什么，让我挖到不少秘密。哦，对了，我还拍了视频，给你们看啊……咦，我的包呢……傅大哥，帮我拿一下包，在你边上……”

说到最后，她找起包来。

傅禹航瞄到了，伸手勾到包包抛了过去。

秦芳薇愣了愣，凑到他身边小声问道：“你给程小姐什么药了？还能催眠？”

她惊奇极了，这个家伙好像任何不正经的药都能弄得到。

“催眠药，国外带来的。恩恩有催眠方面的特长，我帮她拿的。”

呵，还真看不出来啊，她居然会有这样的特长？

果然是应了那句老话：人不可貌相啊！

“喏，你们自己看吧！”

程恩恩把视频调出来，递给了秦芳薇，却在她要接的时候又收了回去："等一下，嫂子，我都认你做嫂子了，你还叫我程小姐程小姐的，是不是太见外了？难不成还在怪我那日闹腾的事儿？"

"不怪，只是不太习惯。嗯，那以后就叫你恩恩了……"秦芳薇马上改口。

程恩恩这才笑呵呵地把手机递了过去。

视频中的画面是这样的：程铎双颊发红，坐在一张按摩椅上，双眼半睁半闭，程恩恩一改野性难驯的装扮，一身淑女裙装扮，乖乖女似的依偎在边上，正对着视频挥手，一番挤眉弄眼之后，开始对她老头子循循诱问："程铎，现在呈现在你面前的是一个地处海边的古歌特式教堂，你看到没有？所有的亲朋好友都来了，他们来给你祝福，祝贺你娶了一个美娇娥……你瞧见没？那个美丽的新娘正在冲你缓缓走来……她是谁？你看清楚了吗？是不是特别的美啊……"

"看清楚了……"程铎低低地回答着，脸上还泛起了一抹恍恍惚惚的浅笑……

"是谁？"程恩恩在他耳边诱问。

"秦芳薇！"三个字，无比肯定。

程恩恩眨了眨眼，再问："为什么是秦芳薇而不是别人？"

"这姑娘好。"

"怎么好了？长得好？"

"嗯，长得好，品性好……"

"程铎，你知道你比秦芳薇大了多少吗？"

程恩恩气鼓鼓地用拳头在她父亲脑门边示意了一下，但并没有真的打。

"知道。"

"知道还想老牛吃嫩草？"

"年龄不是问题，她嫁给我只有好处，没有坏处。"

程恩恩在边上直摇头，这意思是很鄙视她父亲。

"除了长得好、品性好，她还有什么好？"她又狡诈地问了一句。

"家世好。"

这三个字，不光让视频当中的程恩恩起了疑惑，更让看视频的三个人满脸问号。

“她怎么就家世好了？不就一教书先生的女儿吗？”

程恩恩在视频当中替他们问了一句。

“那是她的养父。她的生父来头不得了。”

“她的生父是怎么一个来头？”

程恩恩一脸的惊讶。

看视频的秦芳薇则愣了愣，心狠狠跳了跳，傅禹航则眼皮抽了抽，而米咖则瞄向了秦芳薇，暗自思量起来。

“不说。”

“为什么不说？”

“秘密！”

程恩恩又鼓了鼓嘴，又想捏拳头揍他了，还皱了皱眉，显得无比淘气。

“她的生父叫什么？”她退而求其次，问了一个别的问题。

结果……

“不说。”

程恩恩不由得瞪了瞪眼，咬唇郁闷了好一会儿才问：“秦牧知道秦芳薇的身世吗？”

“知道。”

“他是怎么收养秦芳薇的？”

“四爷托付的！”

“谁是四爷？”

到这里，程铎拧紧眉头，不肯说了，像是在和药性抵抗似的。

程恩恩马上换了一句问话：“秦芳薇的生母是谁，你知道吗？”

程铎答：“知道。”

“谁？”

“秘密。”

程恩恩抹起了脸，叹了一口气，对着镜头耸了耸肩才继续下一个问题：“死了吗？”

“没死。”

“那她的生父呢？现在是生是死？”

“难说。”

“为什么难说？”

“失踪了。”

“怎么会失踪？”

“他是内鬼。”

“什么是内鬼？”

程铎又不说了。

程恩恩摩挲着下巴，一脸斟酌之色：“你的意思是说，他是卧底？”

“是！”

“是怎么样的卧底？商业间谍，还是政府派遣的？你又是怎么知道的？程铎，你有没有做违法的事？”

“没违法。他是……”

关键的答案就要出来了，可偏偏就在这个时候，有个男人闯了进来，喝问了一句：“恩恩，你在干什么？你爸怎么了？臭丫头，你给你爸吃了什么？”

程恩恩吐了吐舌头，视频一晃，就此告一段落了……

“我就问出这些来，后来我爸助理进来了……没问到关键的，现在暂时就这么多，以后我再找机会下手。傅大哥，这些有没有用？”

双手轻轻地抚着自己的那张小脸，程恩恩望着他们，想知道自己今天做的事有没有价值。

“有用，很有用。”傅禹航的语气无比肯定。

一抹灿烂的笑容出现在程恩恩脸上：“那就好，那就好。傅大哥难得让我办一件差事，我要是搞砸了，就太对不起您的期望了……对了，有个事我得问问，后来我是逃也似的跑出来的，也不知事后我爸会不会记起他被我催眠了……要是记得，我就惨了，肯定会被他削一顿。傅大哥，到时你可得救我啊……”

“不会……那药会让他忘记发生过的一切的。”

傅禹航转头看秦芳薇。

她正双目发亮，里面闪着一丝惊喜，适时插了一句话进来：“傅禹航，我在想，如果这些都属实的话，是不是代表我妈妈还有可能活着？也就是说，燕秋肯定不是我妈妈，对不对……邓夫人和邓溯讲的那些全是谎言……”

有人说过的，第一时间想要确定或是否定的事，往往是说话当事人心头最在乎的事。

很显然，当前秦芳薇最介意的事，就是她是邓家女儿这个说法。又或者，她还在痴心妄想将来有一天还可以和邓溯重修旧好。所以，她才会在那么多信息当中，直接组成了这样一个假设，只为了安慰自己那颗凌乱的心。

他知道自己这么想很不应该，所以，这个想法仅仅是一闪而过，而后，他道出了自己的想法：“从邓夫人对你的反常举动来说，她应该没有撒谎……我猜这其中还有一层我们没理清的关系。曹放不是说，你是他父亲从燕秋手上偷走的婴儿吗？后来那婴儿被人抢走了。现在程铎则说是四爷把你交给你父亲的。所以，那个四爷就是关键所在。”

傅禹航将刚刚看到的信息细细地在脑子里过了一遍：“所以，四爷是谁这件事，我们必须去弄清楚，而且这个人是左车华认识的，否则左车华根本没办法确定那个孩子到底是谁家的。所以，左车华也是个关键。”

秦家会是一个突破口，这一点可以肯定了。

“明天，我们去拜会秦老太爷。”他对秦芳薇低低地说着自己的判断，“虽然老太爷不会加害爸，但是我敢打赌，他对这件事肯定知道不少。或者，这件事和他们父子决裂有千丝万缕的关系……另外，他对你的身世肯定也有所了解……”

“嗯……”秦芳薇点头。

这时，米咖道出了另一句：“二十七年前，程家有涉黑嫌疑。这样，回头我帮你们去问问我干爹，当时被称为四爷的人是怎样一个角色，应该是有点身份的……”

“那真是太谢谢米姐了。”秦芳薇感激不已，心下感觉事情渐渐明朗化了。

城市的另一头，有个白发苍苍的老头站在黑夜里，望着当头的千万繁星，脸上全是琢磨之色：“不对，不对，那个傅禹航的背景肯定有问题，你们给我再细细地、好好地查一遍……秦牧是什么人？怎么可能把女儿托付给那样一个男人？他们肯定不光是棋友……一定还有我们还没有察觉的关系……”

“是……我这就让人去查。”身后有人低低应着，“可要是查出来没问题怎么办？那个人脑子够灵活，手上掌握的资源又丰富，很容易挖出二十七年前的事，这对我们很不利……”

老头沉吟着道：“再看看吧，到时找人警告他一下。要是他冥顽不灵，那就做了他……只要他死了，一个秦芳薇不足为惧！”

“是！”

“去吧！”

# 第十三章

## 突然冷淡了

当天晚上，傅禹航和秦芳薇还是折回了平市，因为他们需要回家拿护照，第二天才能飞去香港，拜访那位素未谋面的秦老太爷。

一路之上，米咖带人护送他们回到了家，彼时已经是午夜十二点半。

秦芳薇去洗了个澡，出来时看到傅禹航已在另一间浴室擦过身子，此刻正光着上半身坐在梳妆台前对着镜子，眸子盯在上面，好像是在研究伤口，又好像是在沉思，面前则摆放着从医院带回家的伤药，一副准备上药的样子。

“傅禹航，在想什么呢？”

她把头发扎起，去洗了洗手，来到他身边，歪着头看他的脸，他那神情，像是在考虑一个很重要的问题。

那会是什么问题呢？

她有点好奇。

“很多很多……”他回神道，“今天发生的事，我在脑子里过了一遍……”

“有什么想法想要和我说的吗？”

是的，今天他们有太多发现了。

“先帮我上药吧！”他指了指伤药。

“哦……”

虽然已经不止一次地帮他处理过伤口，可每一次看到他这肌肉感十足的男性身躯，以及胸口那只展翅欲飞的老鹰，她就不知道目光该放哪儿。

哦，对了，他背部伤痕有好几条，看着怪让人心惊肉跳的。

秦芳薇暗自凝了一下神，而后将酒精拿在手上，用镊子夹了棉球蘸了酒精，再检查了一下伤处："伤口结痂不错，不过还没有完全消肿，等一下我去给你拿药。"

"已经吃过了。"

"那你忍着点啊，我消毒了……"

"嗯！"

她轻轻地替他消起毒，非常小心，一边还在观察他的面部表情，见他微拧了一下眉头后，马上问道："怎么，很疼吗？"

"没事，一点点疼。"

他盯着她，声音无比低柔，只因得到她如此关心而心喜。可同时，他又因为自己得不到她的心而郁闷。

邓溯的回归在干扰他。

秦芳薇哪知他在想什么，眼睛里只有他身上的这两道伤：伤得这么厉害，怎么可能不疼？

"你这鹰是什么时候文的？"

听说说话可以引开注意力，于是她开始和他聊天。

"虚岁二十三岁吧，那时刚出来跟着刘长青混，有一天刘哥去文身，带我一起文的……是不是很有黑社会的感觉……"

他的注意力果然就被引开，一边自我调侃，一边低头瞄了一眼——初初文好之后，他自我觉得像古惑仔了。

说真的，读高中的时候，他憧憬的未来是有朝一日可以进入建筑界，因为这是她的人生规划，而他希望自己的职业可以和她相同，或是和她的职业有关。

后来，秦芳薇的入狱让他深切地感受到了一种不公，于是他的人生规划也就此发生了改变。几年后，他投身进了另一种庄严的使命当中，才有了今天这样一个混迹在黑暗世界当中的他……

她听着，不觉跟着笑了："嗯……是有点……"

“要的就是这种感觉。吓唬人用的……只要我脸那么一板，眼睛一瞪，活脱脱就是一个坏人，保管能把人吓得屁滚尿流……看着啊……”

就像演戏似的，这家伙说板脸就板脸，顿时就凶相毕露。

她却失笑了，点头：“嗯，是有点吓人。”

这样的他的确给人以一种压迫感：那鹰般的眼珠子特别传神，就好像它会立刻冲过来啄人，凶狠之极，再配上那张恶脸，要是不认识他，还真会被他吓住。

但她没有被吓住，因为她知道他是在逗她。现在，她对他越来越了解了。

多一分了解，她就对他多几分好印象，以及几丝打心眼里生出来的欣赏。

“那我以后去洗掉。”他马上露出了笑容，整张脸就像放晴了一般，变得明亮起来——这人太能变脸了。

“真的？”若能洗掉倒是挺好，这样的文身看着总觉得怪怪的。

“真的。”道出这两个字后，他忽勾了勾嘴角，眼底更是生起了兴趣，“哎，秦芳薇，你的这句反问会让我觉得你以后的生命当中仍然会有我的一席之地，我不会是误会了吧……”

这话让正在给他抹药的秦芳薇怔了怔，她继而抬起了头：“你……什么意思？”

他的意思是：这辈子，他怕是终究留不住她的。而她脱口而出的回应，让他有了一种“这辈子他们会一直过下去”的错觉。

“呃，没什么。”见她好像没听明白，傅禹航竟不敢往下挑明了说，而是转了话题，“上药吧！对了，另外和你说件事……”

“什么事？”

她一时没会过意来，关注的焦点还真被转开了。

“接下来的这段日子，你要加倍小心……”

这一刻，他望向她的眼神变得深幽，隐隐透着一点担心。

“怎么了？”

她的情绪莫名跟着紧张了起来。

“天上人间那边对我起疑了……”

傅禹航把他和杜越红聊过的事说了一遍，而后吐着气总结道：“我出来混了这么些年，没什么把柄能落人口舌的，杜越红突然来这一手，明显是在试探，而且我可以肯定卫爷就在暗中某处盯着我，这样猝不及防的试探往往是致命的。出来后我曾给卫爷打电话，但那老东西一直关机，想来是故意而为。后来我细细思量了一番，肯定是有外面的人在怀疑我，想借他们的手动摇我在天上人间的地位。如果他们在我头上扣上那样一顶帽子，在两股力量的夹击之下，我和你势必不会有好日子过……”

秦芳薇已然给他重新包扎，心情却因为这番话而变得七上八下的，不安极了：“那现在呢，他们信不信你的话？”

找来睡衣，她帮他穿上——他的右手现在不能伸展得特别开，而后帮他扣扣子——这些都是妻子照顾伤病丈夫的事宜，现在，她渐渐做得得心应手了。

“八成以上会相信。这些年，我一直很小心，身份上的替换不存在漏洞。但是，就怕他们从其他方面入手，比如你这边。”

傅禹航盯着她，轻轻叹道：“这就是当初我不能和你说的原因。”

“你放心，我死也不会说的。”她信誓旦旦地保证，见他的目光闪动了一下，不觉皱眉，“怎么，你不信？”

“不是不信。”

而是若有一天，当某些利害关系交织在一起后，当只能二选一时，你就会陷入两难——那个时候，你若不知，就不存在为难不为难了。

可这些话，他一个字都没说。

他扬起一抹笑，用左手刮了刮她的脸蛋，细腻的手感令他的心跟着柔软起来，话语跟着就改了：“我只是想说明，你现在是我最大的弱点。在一定程度上，你可以成为我的掩护，但同时有可能让我陷入绝境，更会给你带来危险……薇薇，当初娶你，其实不是一件理智的事……但我又不想错过这个机会……有时我会自省，当初，我是不是做错了……”

秦芳薇有点无法理解他的意思，再三咀嚼着他的言下之意，半晌后才涩涩地反问起来：“你这是在后悔娶我了？”

后悔吗？

他自问了一句，而后收回了手，捏成了拳头：“那你觉得，我该娶你吗？”

秦芳薇顿时被他的话给噎住了，一时不知如何回答。

他将她的反应看在眼里，不觉幽幽一叹：“其实你心里也觉得我不该娶你的对不对？如果我们之间没有婚姻，你就可以和邓溯破镜重圆了……也不至于落得现在这样一个尴尬的处境……”

他站了起来，忍着去揉她毛茸茸脑袋的冲动，眼神则一下变得格外的严肃：“薇薇，我知道你心意的。刚刚我就在想，强求无益，所以呢，等你和老师的事查个水落石出后，我会还你自由。你以后的婚姻，完全可以遵从你自己的心意，而不是像今天这样将就着在我身边做着妻子的本分事，而这些不是你想做的……人生匆匆，将就是一种错误，是一种对自己的不尊重，而我强求你就是对你、对我的不尊重……所以，趁没有陷得太深，我想我该趁早抽身。我……我去睡了。从今天起，我们分房睡……我去爸屋里睡……晚安……”

他说完就往外去了，走得无比决然。

这是怎么了？

他们之前还说得好好的，怎么一下就变味了？

秦芳薇愣在那里，不明白啊。好端端的，他怎么说变脸就变脸了？

这是要离婚的节奏？

她张了张嘴，想叫住他，可他砰地一下就把门给摔上了，把房间让给了她，而她仍一头雾水。

虽然她是很不乐意这段婚姻，虽然她不是很认可这个男人，但是那是以前啊，至于现在，她其实不反感啊……

按理说，如果是之前，她听说他要放她自由，一定很高兴，毕竟她的心一直在邓溯那边……可这只是理论上的想法而已。

不管怎样，她和邓溯之间总归隔着一个邓夫人。他们这对儿，即便可以排除血缘关系，想要再像从前那样心无芥蒂地走在一起，估计是很难的。

所以，这会儿听到傅禹航说那样的话，她竟一点也开心不起来，只觉得难受得不得了，一种突然之间莫名其妙被遗弃的酸涩感，一下子就在心里冒了出来。

傅禹航睡下后翻来覆去睡不着。

刚刚他那么说不是一时的冲动，而是冷静思考后的结果。

他深以为：婚姻应该是两相情愿的结合，单单靠一方的付出和坚守，不会有好结果，比如邓夫人，因为一段不合适的婚姻而毁了一辈子，最后还坑起儿子来；再比如他父母，父亲的强求最终导致的是同床异梦，多年后，母亲更是为了父亲的野心而丢了性命……

强扭的瓜不甜，这是真理，他一直深有体会。只是执念太深，以至于最后，他还是忍不住想冒险一试，想用自己的心和命运赌一场。

如是邓溯不醒，他还能搏一次，毕竟人心都是肉长的，也许秦芳薇那颗冷掉的心能被他的一腔热血给焐热呢？

有句话是这么说的，梦想还是要有的，万一实现了呢？

这是当时他心里对未来的期望。

可现在不一样了！

邓溯醒了，还和秦芳薇见面了。并且，他俩彼此心怀深情厚谊。

在这种情况下，她出于责任留下，仅仅是因为从小到大的道德教育不允许她自私自利，可这根本就不能挽救他们的婚姻。

良好的婚姻关系，必须是两个人一心一意为这个家，彼此心里有对方。而他们之间的关系是强凑起来的，没有黏合力，更没有凝聚力。

他想了又想，觉得与其将来闹得撕破脸皮，倒不如他主动退出。

其实，这是一个以退为进的奸招。

他是这么考虑的：这段日子以来，在这场婚姻中，一直是他在付出，是他在单方面地对她好，她要是有感知能力的话，应该能感受到他对她如何。而接下来，他仍会运用自己可以运用的一切资源，不遗余力地帮她。但在日常生活中，他会克制自己，和她保持一定的距离，不再以丈夫的名义霸占她。

等这一切终结，如果她仍对他没有任何感觉，那么，他退出也是必然的。执着于一份无爱的婚姻，不是一个明智的选择。

人生那么短暂，他不想在一个人身上耗尽青春年华，辜负了这盛世繁华。

再如何爱一个人，帮忙帮到这样一个地步，也算是无愧于心了。

他承认，他贪恋她给予的点点家的味道，这是他从小就想得到的温暖，但他也有自己的骄傲，不会一味地强求，该放手时就放手。一个男人就该有这样一种拿得起、放得下的风度，哪怕这过程会很疼。

而在这个结果到来前，他的心头仍然盼望最终迎接他的是奇迹，而不是他默默离去，独自销魂于无人处。

彼时另一头，邓溯也身受煎熬。

周六下午，他回了香港，却被告知母亲失踪了，手机又关机。

他找了她一宿，第二天下午，才在外公留下的一处小四合院里找到昏睡不醒的她。

她吃了大量的安眠药，陷入了深度昏迷，如果不是他来得及时，她的小命已是不保。

医生说，再晚送两个小时，命恐怕就没了。

他听后心悸老半天，后怕极了。

后来，他就一直坐在病床边上，寸步未离，一直呆呆地盯着病床上的母亲。她的面色惨白如纸，教人看着心生不忍，他脑子里不断翻腾着从小到大经历过的事。

结果，他搜刮完整个记忆库，父亲留给他的印象少得可怜，人生的所有时光，他能想到的家庭生活的点点滴滴，全是母亲的陪伴。在他有独立生活的能力前，母亲这个角色贯穿了他整个童年，却也毁掉了他最为宝贵的七年。

对于母亲，他是爱的、敬的，更是恨的、怨的。

爱恨交织中，他黯然落泪。

每个人生来就只有一个母亲，生命就是这个女人赋予的。从他呱呱坠地那一刻开始，那个可爱的女人用尽所有爱守护他，教他说话，带他走路，手把手描红……在他对大人最依赖的那些年里，是她撑起了他的天空，领着他成长。他们该是相亲相爱的两个人，结果呢……

邓冶始终陪在他左右，并一直劝他该休息了，可他固执地坐着，想等她醒来，想问她一句：为什么要这么残忍？他们这对母子要相爱相杀到什么时候才能罢休？

半夜两点，张爱旖醒了。

邓溯去把值班医生叫来，又给她做了一番检查，最后确定已无大碍。

当病房恢复平静，邓冶寻了一个角落，继续休息。

邓溯仍旧坐在床边，低低地问："要不要喝点水，再好好睡一觉？"

张爱旖摇头，长久沉寂后，开口的第一句话是："救我做什么？怎么不让我死了？"

她竟仍惦着死。

邓溯的心被她的话给撕疼了，红着眼，心头那股怨气莫名就被勾了出来，痛问起曾经最爱的母亲："妈，您做事非得这么任性强势吗？七年前，您毁掉了我；七年后，您又要用毁掉你自己来毁掉我吗？这到底是为什么？这些年来，您一直口口声声说你爱我，但现在这样一个做法，难道就是您爱我的表现？有时我真的挺怀疑您是不是特别恨我，所以要这么无止境地折磨我。妈，我到底是您亲儿子吗？"

最后一句质问，撕心裂肺。

神情显得浑浑噩噩的张爱旖望着那还在滴的药瓶，一向爱抹口红的薄唇现在毫无血色，素来有神的双眸也变得黯淡无光，整个人就像一朵快枯掉的牡丹，不管曾经如何艳冠群芳，现在都已然芳华不在，迟暮之色已然在她脸上呈现了出来。

"你应该感到高兴才对。我这是在给你让路。"她的声音幽幽的、冷冷的，足以让闻者背上一阵阵发凉，"只要我死了，你就可以事事称心如意不是吗？我若活着，你会放过我吗？秦芳薇的冤案，你会就这样算了吗？不，你宁可打我的脸，也不可能不给她平反。邓溯，你对她的那份心早就抹杀了我们的母子情分。如此情况下，你觉得我活着还有什么意义？"

充满嘲意的冷笑在病房里荡漾着，显得那样的尖锐难听，而那干哑的声音更是透露出了她早已心死的悲哀："嫁个男人，男人不把你当回事；生个儿子，儿子不把你当回事；经营了二十几年的事业，又被架空。你想想啊，我都快六十岁了，人生如此不如意，倒不如死了痛快……展望未来，我还有什么好日子可盼？”

这些话于邓溯而言，就像是在狠狠地抽他耳光。

母子闹到如此田地，是任何一个人都不想见到的事。

是的，母亲快到花甲之年，按理说，这个年纪的她该颐养天年、含饴弄孙了，结果现在呢，家不成家，母子不像母子，而像是天生的仇家，非得闹一个你死我活才甘休，何苦来哉？

可是，这一切的一切全是她在折腾。如果不是她百般为难，他们这对母子怎么可能会演变成这样？

邓溯一阵沉默，因为他无言以对，心头却有一个想法突然跳了出来，且那想法越来越强烈，汹涌澎湃地逼迫着他。

他按捺着自己想了想后，终巧妙地道了出来：“妈，您吃安眠药是不是已经料想到再不能阻止我了，所以才采取了这样一种极端的方式，想再次阻拦我和她在一起？因为薇薇根本就不是邓家的女儿。秦老师是死了没错，但他有先见之明，留下来的遗书把什么都说了。如今，您的那些谎言已经不攻自破……您是因为这个才想以死来逼迫我是不是？您这是死也要拆散我们对不对？”

DNA 鉴定结果还没出来，他这么说，只是故意诓她。

邓冶说得没错，如果他和秦芳薇是亲兄妹，母亲的反应肯定更强烈，这里面必另有文章。他想着直接问没什么用，那就用一些似真似假的消息来骗她说真话。

张爱旖的神情变了变，秦牧留下遗书这个事她听说了。今早从别墅逃脱出来之后，她打电话找了一些关系，了解了一下这个案子的进程。在得知有遗书后，她那原本就消极阴晦的心理就被触发了，自杀的念头愈演愈烈，最终走了绝路。

就当时而言，她似乎只剩这条路可以走了。

“对，我就是要拆散你们！邓溯，这辈子，如果你想将她娶进来，就只能等我死了。”

她抬起另一只手，指着自己的儿子，一字一句地咬着字音：“你给我听好了，邓溯，如果你还想保下我这个妈，那么，从今往后，离那个女人远远的……否则，就算你想尽一切办法从傅禹航手上将她夺了过来也没用，你和她的大喜之日就是我的忌日。”

这话说得够狠。

邓溯满心发寒的同时，又重重松了一口气，无他，母亲已然间接承认秦芳薇不是邓家女儿了。

可如果没这样一层血缘关系，那么她为什么还要如此反对？

他思来想去想不通：她如此咬牙切齿，到底为哪般？

“妈，请您告诉我实话，芳薇到底是谁的女儿？以至于您要如此强烈地反对我们在一起……”

个中原因，他真的太想知道了。

张爱旖却错愕了，凝神一看后，忽明白自己又着了儿子的道。

是的，这小子就是这么思维灵活，而她轻易就被他套了话，不过她现在已经无所谓了。

下一刻，她阴阳怪气地笑了笑，“如果我说了，你发誓这辈子再也不和她有所往来！”

事到如此，她还是如此的固执。

角落里的邓冶则在摇头，这个疯女人，这是要把哥折磨到何时才甘心？摊上这样的母亲，真是太受罪了……

邓溯更是满肚子悲凉，却得按下这份情绪，还想和她讲一讲道理，希望她可以别这么执迷不悟：“妈，您是我前半辈子当中最重要的人，可您应该明白的，我后半辈子势必要和另一个女人共度余生，难道您就不能成全我？芳薇是我最爱的女孩，您已经毁了我们七年，往后您就不能高抬贵手饶了我们吗？”

面对如此请求，他母亲给出的却是三个毫不妥协的字眼：“不可能……”

张爱旖半撑起头，与邓溯对视着，头发凌乱，就像个发狂的疯子，还把拳头捏得青筋条条突起，怒吼：“燕秋的杂种，这辈子休想做我的儿媳妇。那个女人毁了我一生，我就只能毁她女儿。这叫母债女偿……”

这话一出，原本躺在沙发上的邓冶顿时惊得站了起来：什么意思，这是什么意思？

秦芳薇当真是他姐姐吗？

邓溯也一下顿悟过来了："杂种？您是说芳薇不是燕秋和爸的女儿，而是燕秋和别的男人的女儿？"

张爱旖低低笑了，笑得阴鸷，诡异的尾音长长地在病房里回响着，最后她往枕头上倒了下去，嘴里则恨恨地叫着："对，她就一杂种，彻彻底底的杂种，是燕秋和其他男人鬼混的杂种。可那个浑蛋男人，宁可守着那样一个女人也不肯回家。我输得这么惨，你还想让我认下这样一个杂种当儿媳妇？不行，绝对不行！你是我辛辛苦苦养大的，是我所有的希望所在，要是娶了她，那就是想毁掉我……我不会允许这种事发生的……决不……"

她拼尽所有力量吼着叫着，声音有点大，生生把值班护士给引来了。

"哎哎哎，现在几点了都，吵什么吵啊？你这个做儿子的怎么回事？你妈才醒过来，需要休息，你这么刺激她……你还要不要你妈这条命了……"

护士把邓溯狠狠训了一通。

病房邓溯是再也待不下去了，他转身出来，在门外的走廊上闭眼靠墙站着，虽然痛苦之极，但心里一个结总算是解开了：芳薇是燕秋和别人的私生女，这才是所有问题的源头。

握着手机，他想给她拨电话，想欣喜地告诉她，不用等报告了，她的身世之谜终于解开了，可一看时间，快三点了，这个时候，他们夫妻应该早睡下了，他不顾钟点打过去很不合适。

再三思量，他还是放弃了，只是心里难受得厉害。因为这事，他和她失去了七年，最终，她还嫁给了别人，这是何其的悲哀……

"哥……"

邓冶紧跟着出来了，一眼瞧见了邓溯脸上的哀恸之色，心下很是不忍，站了一会儿，才上前轻轻拍了拍他的肩膀，说："不管怎样，事情总算是清楚了。这一次，你妈的说法十有八九是真的。芳薇姐应该是我的姐姐，但不是你的妹妹，因为这层身份，她那么抵死反对说得通……"

这样一来，事情的脉络算是理清楚了，只是……面前哥哥那悲哀的笑容、痛入骨髓的眼神刺痛了他，令他不知要如何安慰。

"就因为这事，她就要这么伤害我们这两个无辜的晚辈？"

邓溯几乎要落泪，越想越心酸，却只能咬牙忍着，强撑着以双手抹脸才将那份难受压下，许久后才又说道："我妈这一生，因为执念太深自毁前程，是她咎由自取。无辜的是我和芳薇，皆被她所累，好好的人生尽数被毁……事到如今，爸已经没了，燕秋阿姨也没了，她却还是放不下那些过去的旧伤，还一味地逼我。你说，我怎么就得了这样一个母亲？"

他难受，真的太难受太难受了。

认识他的人都说他如何厉害，可惜啊，他虽然天生聪慧，却始终无法帮母亲解开心结，帮她从伤她毁她的婚姻当中解脱出来，反而被她折腾得遍体鳞伤。

"哥，世上有些事是自己选择不了的，比如生养我们的父母，比如生死，比如突如其来的意外……我们能选择的是尽量不受这些事的影响……大妈心理有问题，回头我去找个专家，让她做一下心理治疗……至于你这边，如果你做不到对她不管不顾，那就只能对她的思想进行疏导。以前发生的事，你只能选择包容。如果你可以狠下心放任不管，那就别再插手有关她的任何事。生或是死全是她自己的选择。她是个成年人，得对自己的行为负责……"

邓冶挺希望他选择后者，可惜以自己对他的了解，他会选择前者——为人子的良知，令他没办法放弃对母亲的拯救。虽然他是恨她的，可那血浓于水的亲情又是无法抹杀的。

"我……我去透透气，帮我守在这里……"

他怆然欲去。

邓冶担忧地拉住了他："哥，你需要休息，昨晚你都没好好睡过。"

"放心，没事，最难的时候都已经过来了，我只是想静静。"

"好吧！静一下就回来，或是直接出去找宾馆，这里我来帮你看着。"

"好兄弟，谢谢你！"

邓溯抱了抱邓冶：他能活着全是因为邓冶不遗余力的救治，他的母亲呢，却要因为芳薇是燕秋的女儿而这么迫害他们。她怎么不想想，如果没有燕秋的儿子，她的儿子早化成灰了。

当然，如果他这么质问她的话，她肯定会说，邓冶救他是邓冶欠他的，若非邓冶，他如何会从小缺失父爱？

他的母亲啊，在感情这件事上，但凡遇上一点事，就会把所有责任推到别人身上，而把自己定义为无辜受害者。这种病态的心理，早已扭曲到不成形状了。

邓冶看着他沿着走廊往前走去，幽幽的通道中，他那无比单薄的身形显得那么的孤寂。

邓冶跟着沉沉叹了一口气，替他疼——最爱的母亲伤害了最爱的女孩，他夹在里面，不是一般的累。

唉，那女人还真是害人不浅，这一次，她怎么就没死成？

她死了才大快人心，届时，他会劝哥哥放下，重新开始生活；她若活着，哥哥就会两难，就永远都无法开心。

清晨，傅禹航还是起来准备了早餐，平常该干吗就干吗，往后除了不睡在一起，他会继续对秦芳薇好，就看她最后能不能爱上他。

一切准备妥当后，正打算去叫她起来，一转头，他便看到她怔怔地站在他身后。

“早安，我正要去叫你，可以用早餐了……”

他挂着淡淡的笑容，很绅士地替她把椅子给抽了出来，示意她坐。

秦芳薇慢吞吞地走了过来，却没坐，而是眯眼来回打量他：“傅禹航，你到底想干什么？”

他挑了挑浓黑的眉毛，抽了边上另一张椅子坐下，给她盛了粥，自己也来了一碗，还把筷子递了过去：“不干吗，吃早餐啊！”

“你要不说清楚，我不吃。”她眉毛打结，“一会儿要和我划清界限，一会儿又给我做早餐，一会儿冷一会儿热的……你真让我搞不明白……请说清楚，你这样前后矛盾到底是几个意思？”

这丫头一副不妥协的模样，似乎很介意他昨晚没回房睡，是这样的吗？

他暗暗思量，觉得有可能是他想多了，好吧，那他就再解释一下：

“行,那我再细细地和你说一说……给你做饭呢,是因为我答应过老师。和你分房睡，是想给你一个重新选择的机会。离不离婚，在未来的某一天由你自由决定。现在，我正式把主动权交到你手上，这段婚姻该怎么走，你来掌舵。但是，只要我们一日没离婚，我就会一如既往地照顾好你，直到老师的案子查清，你的身世水落石出。到时，如果你还是看不上我，那我们就各自珍重，从此分道扬镳……我不会强留你的……这样够清楚了吧，可以吃饭了吧！”

他把筷子搁到她面前，不再管她，自顾自大口大口地先吃了起来。

秦芳薇心里五味杂陈，静静地看着他。

傅禹航见她不吃，又歪头瞅她，小脸上仍是满满的不高兴。

嘿，真是奇了怪了，这于她不是一件很值得高兴的事吗？

“哎，我说，你臭着脸干吗？之前你不是一直想和我撇清关系吗？现在我想通了，不打算再霸着你不放了，你应该高兴才是，不是吗？怎么还是一副我欠你几百万的臭表情……哎,你不会是对我有想法了吧？”

这家伙又开始嬉皮笑脸不正经起来了，还坏坏地凑过脸去：“如果你当真发现自己爱上我，准备一辈子跟我过，还想和我生崽的话，就早点告诉我，我保证立刻搬回房和你双宿双飞，从此快活似神仙……”

令人浮想联翩的话，把她逗得脸上浮现了不自在之色。

“傅禹航，你是不是一天不嘴坏就浑身难受……”

她闷闷地捧着粥碗，忙坐得离他远远的。

哼，她才没爱上他。

这个确实没有，但欣赏是有的。

他则嘿嘿直笑：“谁让你表现出一副依依不舍的样子，要不然，你让我怎么想？哎，对了，往后你要是对我没想法，就千万别对我好，要不然，我会放不开的……听到没？这是友情提醒。我现在已经在尝试放开，你呢，识趣点，若不想和我过，就尽量和我保持距离，这对你、对我都有好处……”

他说得轻描淡写，秦芳薇却郁闷得不要不要的，总有一种说不出来的不舒服感，可就是不明白自己这是怎么了。面对这个男人的善意提醒，她是应也不是，不应也不是，反正是高兴不起来。

就在这时，房间里手机响了起来，她正好借这个机会撇下他去取手机。

电话是邓溯打来的。

看着那个闪烁的号码好一会儿，她迟疑着没接，一径往外走，对正吃得欢的傅禹航轻轻说道：“是邓溯……”

“那你怎么不接？现在这个时候打来，估计是有什么发现吧！接吧接吧，以后你不用顾忌我……”

他表现得可大度了，其实呢，心里可酸可涩了，但他必须这么故作大方，虽然这种做法还真让人不痛快。

秦芳薇想了想，按了免提，紧跟着邓溯那微微显得暗哑的嗓音就在餐厅内响了起来：“喂，薇薇，起了吗？”

傅禹航听到了，抬头瞄了她一眼，诧异于她的做法。

秦芳薇则坐到了他对面，并将手机搁在了桌面上，答道：“在吃早餐，有事吗？”

他的声音有点不对劲：“有件事想和你说一下。”

“什么事？”

“我妈她撒了谎。她现在已经承认了，你不是邓家的女儿。但你是燕秋阿姨和别人的孩子，而她就是因为这事才想拆散我们的……”

这个消息让秦芳薇呆了呆：真的假的呀？怎么感觉好像哪里不太对劲啊？！

傅禹航则眼神一黯，心下不觉暗暗自嘲起来：他这边才打算放手，邓溯那边就查清了这样一个事实，看来他俩排除万难，重修旧好是老天爷的意思。

不过，这个想法也仅仅一闪而过，下一秒，未等秦芳薇反应过来，他就把手机捞了过去，替她应了：“邓溯，你确定你妈这次没撒谎？”

另一头，邓溯听到他的声音后愣了愣，没想到他会插话进来，还是质疑：“你……什么意思？”

“我这边刚查到的一个消息是这样的，芳薇的生母可能还健在，而其生父应是一个来头不小的人物。如果我这边的消息是正确的，那就只能说明你那边获得的消息，要么就是邓夫人仍在撒谎，要么就是她被人耍了……我以为，我的消息出处相对可靠……”

傅禹航比较相信程铎说的那番话，因为那家伙是在无意识当中吐露的，不太可能掺假。

“谁说的？”邓溯立马凝神而问。

“程铎……我使了手段从他嘴里挖出了一些鲜为人知的内幕……”

“不可能，我妈不像是在撒谎。”

“那就只能说明邓夫人有可能被耍了，又或者，她另有不可告人的事瞒着你……”

他一边暗暗琢磨，一边轻轻在桌上画着圈圈：“算了，不管她有没有撒谎，再过几天就能知道答案了。两边的 DNA 检测总归有一处能给我们一个真相的，你也不用着急……哎，对了，邓溯，你声音不太对，怎么了？”

那边一阵沉默。

“如果不方便说，那就算了……”

他不会强求人家回答，只是直觉告诉他，邓溯那边好像出事了。

“嗯，是出了点事，我妈在医院。昨天她试图自杀，幸好我发现得及时。傅禹航，她这种死也要拆散我和芳薇的做法，让我没办法相信她在说谎。而如果真如你所说，这么多年，她一直信以为真的事实是别人在愚弄她的话，我和芳薇这七年受的苦，那也太可笑而可悲了……”他幽幽地轻叹着，随即匆匆地挂了电话。

电话里传来忙音时，秦芳薇还在愣怔，心里则一阵阵地发疼：是啊，如果一切如傅禹航所言，那之前他们正处于黄金年龄的七年，他们生生错过的七年，被毁得也太滑天下之大稽了……

她笑了笑，只是笑容是苦的，心也是苦的。

适时，傅禹航搁在桌面上的手机响了，打破了这样一种沉重的气氛。他放下秦芳薇的手机去取自己的，一看，却是卫老打来的——这老狐狸怕是来安抚他的。

思忖中，他转了一下眼珠子，接了，语气恭敬中带上一股恰到好处的不满，直直叫嚷了过去：“卫老，您总算是回电话了，昨天我可是一连打了十来个电话给你……”

“不好意思啊，小傅，出差在外，才下飞机没多久。这不，一开机就瞧见了你的连环 call，马上就给你打电话了。这是为了什么事呀，call 得这么急？”

那老东西还故作疑惑，呵，还真是会做戏。

行，他奉陪……

“是这样的，昨天红姐找我来了，莫名其妙往我身上扣了一个内鬼的罪名，真是太过分了。这些天，我因为身体问题一直将养着，天天待在医院，这是谁在背后往我身上泼脏水？不对，这是想要我的命啊！您说，我能不急吗？卫老，您现在在哪儿？我这就去当面和您好好说个清楚！谁在怀疑我，还请卫老叫出来，当面和我对质。我傅禹航对天上人间怀的可是赤胆忠心，谁敢污蔑我，我就和谁急！这事关乎人品，若不查个明明白白，往后我在天上人间还怎么混，怎么处理事情？”

他越说越气，越说越急，那情绪一波波地上扬，宛如他真被冤枉了一般。

秦芳薇听着，注意力被转开，心下叹息不已：他太能扯、太能编、太能骗了……

电话里，卫老一径笑着安抚道：“小傅，你的人品我怎么可能不相信？那些挑拨离间的话，我是不会听的。那全都是一些子虚乌有的事，要是怀疑你，我早把你叫来问个清楚了，怎么可能还有这份闲情逸致跑到外边去出差？放心吧，我对你的信任，跟我对小吴的信任是一样的。”话说得可动听了。

这老东西在圈里可是出了名的人精，见人说人话，遇鬼说鬼话。

“不行，我一定要和那个人对质，这事关乎名誉。我在天上人间卖命，什么都不怕，连死都不怕，就怕被人质疑，必须说个清楚，我心里才会舒服……”

傅禹航不肯罢手，态度很强硬，一副誓要给自己讨个公道的架势。

卫老在电话里又是好一番安抚，最后说道：“我呢，现人在国外，一时半会儿也回不来。你呢，好好在家养着，只有把身子养好了，你才能更好地为天上人间工作……小傅啊，我可是相当看好你的。你年轻又有为，前程不可限量啊……过一阵子，我这边另有个大任务需要交给你，所以，你也就别生气了。从今往后，我会加倍重用你。只要你任务完成得圆满，那些闲言碎语自然就不攻自破了……”

聪明如傅禹航，最懂张弛之度，他立马借势缓下来，末了又和卫老闲聊了一番后方挂了电话。

那一刻，他心下清楚，这一关总算是有惊无险地过去了，但是这不代表危险就此不复存在。相反，情势越来越紧迫。

此事关乎两个人的性命，他，还有秦芳薇。

是的，从他娶秦芳薇那一刻起，他和她的命运就紧紧拧在了一起。

秦牧父女身上藏着一个天大的秘密，在他们背后，有一双无形的眼睛一直在盯着他们。而随着他的介入、秦牧的死去，那双眼睛跟着就盯上了他，并且誓要在他身上找出可以拿捏他的把柄来。

所以往后，他的行动绝对不能有任何差池，那双眼睛会把他发现的事告知天上人间，那人会借天上人间来对付他。

当初他进天上人间时已经将生死置之度外，但现在不一样了，他可以拿自己的命当赌注，却不能搭上秦芳薇的。

“怎么样？”秦芳薇见他打完电话，神情依旧严肃，心头一紧，关切地问。

他抬了头，稍稍缓了一下神情，宽慰道：“只要他们找不出真凭实据，卫老会选择信任我。他说过阵子要交个大任务给我。不过，现在他这么说只是安我心，等真的要交任务给我时，恐怕还会考验我，说不定还会拿你做文章。所以，趁这段日子，你需要好好地练一练。薇薇，等一下米咖会过来带你去练射击，你要学会怎么开枪。紧要关头，这对你、对我都有用。然后，下午我们去香港。”

现在，他最担忧的是她的安危问题。他有点抱歉将她带进了这样一种复杂的局面，但若细思的话，她本身就陷在这样一个局里，他的介入反而可帮助她更好地提升自己。

“好！我去练。”她全力配合。

若是以前，她肯定无法想象自己会去练什么射击，她连练搏击都嫌太粗鲁了。可现在时势逼人，为了让自己不至于任人宰割，学会自保是必然的选择。

想她如果不是遇上傅禹航，而是落到了曹放手上，又没半点自保能力，那她的境遇得有多惨？

“我和米咖去练射击，那你呢？”她忽想到了这点。

他又开始喝起粥来，答道：“我去买菜，给你做好吃的……等一下我得去一下菜市场，去添点食材，冰箱里的菜吃得差不多了……”

主要是秦芳薇跟着米咖走，比较不引人注意，而他另外有事去处理。

“先吃饭吧……”他给她夹了菜，“多吃点，剧烈运动需要充足的体力。”

她看着自己粥碗里那垒起来的菜，也不知怎的，心里竟暖暖的，默默地坐了下来。

在这个家里，唯一会给她夹菜的父亲永远没了，但在这张餐桌前，深爱她的父亲给她挑的男人和他一样，愿意担起买菜做菜的重任，在吃饭的时候，会时不时地夹菜给她。

此时此刻，她不仅感受到了父亲逼她嫁给傅禹航的良苦用心，更感受到了他的好，只是感受得到不代表接受得了。

现在于她而言，情况变得有点奇怪：自己的丈夫，她有欣赏，却在情感上有些抵触；曾经的情人，她仍然爱着，却又在理智上有些抵触——邓夫人隔在他们中间，好似成了跨不过去的银河。

“如果我们这边可以完全确定你不是燕秋的女儿，张爱旖不可能再反对，到时你和邓溯就再无外在阻力了，那么，一切可以回到过去……”吃着吃着，一句话钻进了她耳朵里，是傅禹航说的，“前提是，你得包容下张爱旖曾对你造成的那些伤害。”

提到那些伤害，秦芳薇心里又难受起来。

是的，照现在的情况来看，外力阻挠有望消失，可内心的疙瘩能消除吗？

因为邓夫人，她不光坐了牢，还嫁给了别人，白净无瑕的人生已经染上了其他颜色。就算她可以放下这个男人，邓溯也不介意她已非完璧之身，她离开眼前这个男人，回到曾经深爱的男人身边去，当真还会获得幸福吗？

谁知道呢！

何况，她觉得自己好像有点放不下傅禹航了……

最后一个念头一闪而过时，她不觉呆了呆——天哪，她怎么突然之间有了这样一个想法？

这一刻，砰的一声，她的脑子蒙了，心乱了，暗暗吃惊了……

“以后的事，以后……考虑……”

谁知道将来会如何？

她连说话都不连贯了，心脏更是怦怦怦急跳起来。

为了防止被他发现异样，她吃得特别的急，三两下就把粥喝了，将碗一推，掉头就走：“我去换衣服……”

她走得可快了。

傅禹航抬头看着她，眼神一黯，顿觉索然无味，心里不舒服极了。

也许她会因为深爱邓溯而包容邓夫人，毕竟那是邓溯的母亲。

而他的结局，似乎只有黯然退场……

回到房间，秦芳薇把门关上，贴着门板，脸上的表情古里古怪的，心情也是古里古怪的，脑海里有两个声音在彼此争论着。

一个声音在问：“秦芳薇，难不成你对门外那个男人真的有想法了吗？”

另一个声音马上否定起来：“不不不，不会的，我爱的一直就是邓溯，怎么可能会突然之间喜欢上别人？是的，这一定是错觉，一定是的。”

前一个声音紧跟着反问道：“不对，如果你不是喜欢上了他，那么在他宣告要和你离婚时，你怎么会不太高兴？如果你对邓溯的爱仍无比坚定，你应该非常高兴终于能够恢复自由之身才对，结果呢，你一点也不开心不是吗？”

后一个声音立刻强调道：“不不不，我是开心的，只是因为邓夫人，我对未来很不确定，所以才兴奋不起来……你是知道的，邓夫人她害我多惨……我害怕她，真的很害怕，这你能理解吗？”

前一个声音嗤笑一声：“才不是，你就是喜欢上别人了。秦芳薇，承认了吧，你对那个几次三番护你的男人有点感情了，这是肯定的，否则，你怎么会这么纠结……”

后一个声音连连否认：“不不不，不是的，不是的，我喜欢的是邓溯，一直一直就是他。除了他，我对谁都没有感觉。你忘了吗？我和他的深情厚谊不是一年两年积累起来的，而是很多很多年的结晶……任何人都替代不了他在我心里的位置……”

前一个声音嘲笑：“自欺欺人，这是自欺欺人，你就是对傅禹航生出感情了……”

后一个声音怒吼：“没有的事，没有的事……你这是在胡说八道……”

两个声音在她的大脑里吵得不可开交。

她心乱如麻，不断地拍着脸孔：“不要再多想了，不要再多想了，我不喜欢他，我肯定不喜欢他……”

她喃喃自语着冲向衣橱，找了件适合外出的衣服套上，又去梳了一下头发，却在镜子中看到了自己心慌意乱的模样……

天哪，她到底怎么了呀？

“薇薇，好了没？米姐来了。”门外面，傅禹航在喊。

“来了……”她心头一颤，应了一声。

她来到客厅后，米咖和傅禹航的目光都投了过来。

“脸怎么这么红？”米咖眼尖，一下就发现了。

“是啊？你干吗了？发烧了吗？”傅禹航也看到了，伸手想摸她额头。

“没有，我好得很……”

秦芳薇急急忙忙躲开了，上去挽住了米咖的手，头也不回地往外走去：“米姐，我们走吧！”

被冷落在一旁的傅禹航的手还定格在半空中，眼神因为她的躲避而一黯：这丫头还真是心狠，现在当真连碰都不让他碰一下了。唉，这全是他自找的，他活该。

米咖是个聪明人，哪能看不出他们之间有问题，待上了车后，转头再细瞧，现在的秦芳薇倒是恢复平静了：“哎，你和小傅怎么了？”

“没什么呀！”

“才怪，刚刚你明明在心虚，眼光还泛着羞涩，你干吗呢？”

她是过来人，最懂女儿家的心事了，眼珠子一转就嘻嘻笑着凑上前猜测了起来：“哎，你不会是突然之间发现自己爱上小傅了吧？！”

“哪有！”秦芳薇低低反驳了一句，捂着发烫的双颊，心里如小鹿乱撞——这种如少女恋爱时被发现小秘密的紧张感、局促感，她已经很多年没有过了，七年来死水似的心湖翻起了巨浪。

哎呀，难道她真的爱上他了？

不可能的，绝对不可能的。

她连连在心里否定。

“你否定得这么急，这么严肃干什么？”米咖觉得这丫头肯定有问题，“真要爱上才是好事。结了婚的两个人要是没感情，迟早得一拍两散；如果僵着，就是一辈子不得开心，我见多这种婚姻了。男人们在外鬼混，女人们在家苦兮兮地带孩子，天天过得乌烟瘴气的，没意思透了。”

她开着车往小区大门而去：“女人嫁男人，图的是那个人对自己的好。小傅待你是真的很不错，你啊，可一定要好好珍惜，别到时错过了才来后悔。”

逮到机会，米咖就帮傅禹航说好话，可见那个男人留给她的印象很是不错。

好吧，他是不错，但是……

可但是什么呢，她又说不出一个名堂来。

沉默了半天，她想到了一个事，转头问：“米姐，你谈过几次恋爱？”

“一次，干吗？”

“就一次？”

“当然。”

“你昨天说过的，你是为了男朋友才开始混这个圈子的，是吧？”

“是。”

“这证明，你心里很爱很爱你之前的男朋友，我没理解错，对不对？”

“嗯。”

“米姐，你现在几岁了？”

“三十一，唉，老嘞……”

说到年纪啊，米咖就纠结。青春匆匆逝去了，有时她都不敢看镜子里自己那张脸。

“你和你男朋友分开几年了？”

“四五年了吧！”

“这些年，米姐你想过再找一个男朋友吗？”

“想过啊，怎么没想过……只可惜啊，在我那个圈子里，适合我且让我瞧得顺眼的人真是太少太少了。”

这绝对不是真话，她要是想另外找人，就不可能还在那个圈里混，她绝对是个情深之人。

但秦芳薇没就这件事质问她，而是反问了一句：“那傅禹航在你眼里是怎样一个人？”

“他啊，他是一个非常出色的男人，办事能力强，身手又好，讲义气……缺点是，他的心思深得让人猜不透……”

米咖简单描述了一下，通过这一来一往的对话，她心里已经明白这丫头想要说什么了。

“既然你看他挺顺眼，那你会因此爱上他吗？”

这句反问令米咖笑了，直点头：“明白了，明白了，你想跟我说，感情的事，不可勉强是不是？”

的确，她就是这个意思。

“米姐看不上别人，是因为心里有那个人。只要那个人一直存在，你就没办法去接受另一个人。女人不比男人，对感情更多是一心一意的。”

“行，我知道了。你和小傅的事，我不会再多说半句了……”

将心将心，米咖明白秦芳薇的心情，只是可惜了傅禹航这么抢手的一个男人……

“谢谢米姐。”

感情世界里的事，只可自己体会。

鞋合不合适，只有脚知道。

可是，傅禹航这只鞋真的不适合她的脚吗？

好像不是！

只是她并不想穿这双鞋，因为她有一双更喜欢的鞋子，之前无缘穿，现在她有个机会重新得到那双鞋，可还能不能穿，穿了后合不合脚，她就不知道了。

七年时光，他们分得太久太久了……

唉，一想这事，她的心就特别乱，都不知要如何是好了……

# 第十四章

## 死亡的威胁

射击馆和之前他们去过的拳击室同属位于平城的富贵城。

米咖带秦芳薇进了一间独立的射击房，并让人取了两把还没有组装好的枪来，将其中一把的零件倒到组装台上，而后抱胸站在那里说道：“这是运动枪，也叫竞赛枪，它的种类很多，一般包括运动手枪、运动步枪和运动猎枪。与军用枪械相比，运动枪的主要特点是：采用手工装填、大角度回转闭锁和击针式击发机构，配备具有高度精密光洁内膛的枪管和机械瞄准具或光学瞄准镜，射击精度高，射击密集度好。贴腮板、托底板、握把、拇指孔、扳机等可根据射手的需要进行调整，使人与枪达到最佳的配合状态……现在摊在我们面前的是一把运动步枪的零部件，接下来，我教你认识这些组装件，并将它们组装起来……”

米咖很认真地教着，她拿一个部件，秦芳薇跟着拿一件，一一对应着将所有部件排列好。

而后，米咖就像装玩具似的将它们一件件地组合成一个整体。

秦芳薇听着指令，有条不紊地跟进，没一会儿，一把运动枪就出现在她手上。

“我想再练一遍……米姐，你现在教我怎么拆……然后我试着看能不能凭着记忆将它组装起来……”

秦芳薇想到那天傅禹航在她面前拆枪的姿态帅得不得了，想知道枪是怎么拆的。

米咖本来想说，组装和拆卸的过程需要不断的练习，急不来的，刚开始的时候，能把这些零部件认熟就不错了，可见她兴致这么高昂，就没给她泼冷水，而是把拆枪的步骤一五一十、仔仔细细讲述了一遍。

秦芳薇跟着米咖说的做，很快，完整的手枪又变成了一堆零部件，她看着它们，神情颇为兴奋地搓了搓手心：“现在我来试试看。米姐，你别说啊，看我装得对不对……”

“嗯……”

米咖在边上看着，红艳艳的嘴角勾着一抹笑，闲闲靠着，看着她就像吃大白菜似的，从那堆凌乱的零部件里精准地找出合适的抓在手上，熟门熟路地组装了上去，整个过程不过两分钟，快到让米咖不由得露出了惊怪之色。

“怎么样，我没装错吧？”

这次比上一次快多了，秦芳薇把玩着枪，脸上露出欣喜的笑容，看向米咖时双眼直发光。

“小秦，你当真是第一次碰枪？速度怎么这么快？看上去就像老手，真是神了……”米咖乍然惊呼。

秦芳薇有点不好意思：“是第一次玩枪。”

“那你怎么记得这么熟？想当初，我可学了好一阵子才有你现在组装的手速，你这学得太快了……”

“我只是记忆力比平常人强一点。”

只要她用心记，通常都能过目不忘，而刚刚米咖教过的画面就像立体图像一样，在脑里进行了一番回放，手上则照着米咖之前说过的指令一步一步进行，一切就像信手拈来的，感觉很简单啊！

米咖冲她竖了竖大拇指：“这么厉害的初学者，我第一回见，不得了。”夸得她的脸不觉红了。

而后的射击，秦芳薇的表现更是让米咖叹为观止，二十五米靶，除前三次打靶环数不佳外，后来的打靶一次比一次精准，最后一枪还打出了一个十环，简直把米咖惊呆了……

天哪，这姑娘还真是不鸣则已，一鸣惊人啊……

彼时，傅禹航在干吗呢？

秦芳薇被米咖带走后，他先把碗给洗了，解下围裙，正准备去菜市场，手机响了，是小胖的来电。

“什么事？”

“今早晨跑时，遇上老徐了，让你打个电话过去。”

“知道了，这就打。”

他折回房间，找出张电话卡装进手机，打了个电话出去，没响两下，老徐就接了，问道：“你现在方便吗？”

“不是很方便。我这边貌似被人监控了，如果你想和我见面，恐怕不行。”

“怎么会被监控了？”老徐顿时皱眉。

傅禹航没具体说，说多了，对方又得埋怨他私自结婚这件事了，他只道：“总之，最近这段时间我不宜和你们任何人见面。如需要你们出手，我自会留下信号……”

“那你要的东西怎么给你？祖澜帮你去取来了，她本想邀你中午见个面。”

“没法见。至于东西，你让她放到超市储物箱。哦，对了，进去存放东西时，让人把那边的监控给黑掉。”

这叫防患于未然。

回头去取东西时，他也会黑掉那边的系统，造成一种功能性故障的假象，以防止有人查出问题来。

“好吧！我这就通知她。你这个手机暂时别停用，等我把储物箱的密码给你发过去。”

“有劳。”

他挂了电话，心下生了一点兴奋感，那幅画终于可以拿到了，一直困扰他的秘密终于要浮出水面了。这个案子和他现在查的案子之间有着必然的联系，只要把秦牧刻意藏起来的资料拿到手上，就有可能加快他手上那个案子的进程。

没一会儿，手机再度响了起来，却是祖澜的来电。

这个女人……又想干吗？

他皱了一下眉头，还是接了。

“老爷子让我传一句话。”

祖澜在那边冷静地陈述，一副公事公办的样子。

“说。”

“现在以完成你手上的任务为主。罂粟行动队的遗留问题，你现在不要深入地调查，如有线索，暗中留意，切忌冒进。如果你那边有重要的发现，直接向我说明情况，再由我去向封蕾同志汇报情况……”

傅禹航听着，神情不由得一变。她会提到罂粟行动，肯定是因为老徐和她说了什么。

“你去问了？”

“嗯！”

“罂粟行动队当中可有个名字当中带江的人？”

“有。”

“谁？”

他想不到会有这样意外的收获。

“爷爷不肯说。他只让你以当前任务为重，罂粟行动队的事可能很复杂。”

“知道了。”他的语气一下就淡了。

“阿封，你一个人在外，凡事都得小心些。”

“知道了。你快去找个超市把画给放好了，等一下我就去取。”

“最后一个问题，你要画有什么用？”

“有用。”这等于废话，也说明他不想回答。

“如果你不告诉我，画暂时由我替你保管，等你回来后，我再还你。”她威胁起他来了。

“不行，我必须马上拿到它！”

“那请说明画的用途。这是命令。”这个女人总是这么强势。

呵，她这是在向他炫耀她现在的级别比他高吗？

想当初在特种兵团，他是男兵中最优秀的，而她是女兵中最精锐的一员，但在他面前，她永远略逊一筹。

后来，她选择进了最强特种行动组，她以为那是他的目标，结果他选择的是潜伏。

这几年，她一次次出色地完成任务，军衔一步步在提升，而他呢，依旧是一个无声无息的卧底。这很浪费他的才能，但是他甘之若饴，因为他要查明某件事的真相。

以傅禹航的脾气，换作以前，他早挂她电话了，但今天不行，那幅画他必须拿到手上，只能忍着答了一句："是私人原因，与案子本身无关。"

他始终不肯说明真实情况，无他，就怕那幅画被她扣下。

"一个小时之后，你家附近的麦德龙超市。"

"知道了。谢谢……"

这个电话才挂断，这部手机上的原号码有电话呼入，是陆瑶的电话。

他接了，可能是照片找着了，那个女人要来和他谈条件了。

谁知电话一通，里面就传来了陆瑶的惊呼："傅禹航，救命……"

傅禹航神色一凛："发生什么事了？你现在在哪儿？"

"有人在追我，有人在追我……他在用车子撞我……啊……"

一阵无比尖锐的碰撞声通过电波传了过来，伴着陆瑶惊恐的尖叫声钻进他的耳朵。

"你现在在哪儿？"意识到事情严重性的他沉声喝问。

"我在来平市的路上。"

"哪条路？我马上过来。"

"铜海湾路……啊……"

伴着一声惨叫，他的眼皮狠狠跳了跳，手机里的说话声顿时变成了忙音。

那边出事了。

有人在追杀她？

为什么？

就因为她有那个阿江的照片吗？

傅禹航凝神想了想，先谨慎地将手机里的另一张卡给卸了藏起，而后抓起手机和车钥匙往楼下而去。待坐到车里，他一踩油门就往铜海湾路而去。

十几分钟后，他在路上看到远方起了火，绕过环岛后，看到两辆警车正停在路当中，一辆火光冲天的车子正在路边熊熊燃烧。一个交警在附近拉起了警戒线，另几个正用灭火器对着车子灭火……

那是一辆白色奔驰，头部变形，大火已将它烧得不成形，车头扁得不堪入目，可见当时撞得何等的惨烈。

他见过的车祸也算多的了，可如此惨烈的车祸，这是第一回见，看着看着，背上不觉就传来一阵寒意，瞧这光景，里面的人怕是……

周围围着一些过路人，可能是附近的居民，三三两两地簇拥着，对着那出事的车辆指指点点。

他把车在马路边上停下，下了车凑过去看，隐约的议论声传入他耳朵里："也不知道被烧死前死绝了没……"

"太可怜了，烧得肉都要熟了……"

"真是奇了怪了，车子只是被撞了，怎么会起这么大的火？"

"是啊，这火是怎么来的？"

"还有那肇事者，真是没良心，出了这么大的事，也不帮忙救人，就那么逃之夭夭，真是太没人性了……"

他的心止不住往下沉，不知不觉就穿越了警戒线，想往驾驶座那边探头看，却被一个交警给拦住了。

"这里出车祸了，严禁跨过警戒线。"

交警看到他想围观，挥手驱赶他。

"对不起，对不起……"

他马上折回到警戒线外，远远地望着那辆车子，驾驶座上被烧得黑乎乎的遗体始终保持着同一个形状。

他四处一打量，这个地方很偏僻，出了事也不易发现，来往车辆也不多，附近有个老小区，里面多是退休老人，就算瞧见这样起火的车祸，也不知要如何救火，所以这场火才会烧得这么旺。

如此一烧，她带在身上的东西就和她一起付之一炬了，那个阿江的庐山真面目怕是再难看到了。

他很是遗憾地陷入了沉思，好奇心越来越重：那些被秦老师藏起来的东西得多么见不得光啊……

思量罢，他折回自己的车上，给阿海打了电话。

“傅哥，有事？”

“嗯，帮我查一下，就大约半个小时前，铜海湾路出了车祸，一辆车牌号为 456Z 的白色奔驰本地车被撞飞起火。按理说，车子不该起火的，你查一下附近的监控，看一下有没有可疑车辆。”

“好，我这就查，稍等。”

两分钟后，阿海回复：“傅哥，七点四十八分时，平山路上的监控显示有白色奔驰转入铜海湾路，但之后监控出现故障，无法看到铜海湾路上发生过什么。四个监控摄像头，哦，不，是铜海湾路附近所有的监控摄像头陆续出现瘫痪状况，到目前为止都没有恢复正常……”

“明白了……”

对方故意的。

傅禹航知道，自己这是遇上高手了。

他这边才挂了电话，窗外有人敲响了玻璃。

他把玻璃摇下，探出头去，是杨凡过来了：“杨队，什么事？”

“这正是我要问你的，你怎么会第一时间出现在这里？”

这个经验老到的刑警盯视他的眼神总带着探究。

“半个小时之前，陆瑶给我打过电话……说有人在用车撞她。”他实话实说。

这是没办法瞒的，警方肯定会查她最后一次通话记录，而他又正好出现在这里，所以，就算现在他什么也不说，到时这个杨队还是会查到他头上的，他倒不如乖乖地交代。

杨凡目光一闪：“她为什么要打你电话，而不是选择报警？”

“这我哪儿知道啊？我又不是她肚子里的蛔虫！”

他一副“我也很茫然”的模样。

“下来，下来……”

杨凡冲他招手，探进车里还把车门开了。

傅禹航只得下去：“杨队，还有什么事？”

“据我所知，前几天，你和秦芳薇跑去尚市见过陆瑶吧！”杨凡一脸探究之色，紧紧地盯着他，“你们去干什么了？”

“就是我老婆身世的事情，我们去问了问。”

“问到什么了没有？”

“没，她和我老丈人关系不好。当年我老丈人收养薇薇没经过她同意，孩子是怎么来的，她不知道。”

“那她今天找你只是和你说她被人撞了？”杨凡表示很怀疑，“你什么时候和她关系这么密切了？”

一般来说，女人遇上这种事，第一时间想到的是告知自己的男人，如果那个男人指望不上，那就只能报警，而陆瑶选择的是和傅禹航打电话，这说不太通。

“哪里密切了？要不是因为想问她我老婆的身世，我根本就不可能去找她。今天她会打来电话，我也挺惊讶的……”

他没说实话，那些事他不想通过刑警队来查，他们的介入只会让他举步维艰。

“杨队，还有别的什么问题吗？”

杨凡又打量他一圈：“基于你是最后一个和陆瑶通电话的人，麻烦到刑警队做一下笔录，把你知道的如实再说一遍。”

“没问题。”他全力配合。

一个上午，傅禹航因为陆瑶车祸而亡在刑警队耽搁了，警方那边已经排除意外车祸的可能，而确定为故意谋杀，因为车子着火是人为投掷炸弹引起的。

这个事情是杨凡对傅禹航说的。在警局，这个家伙亲自给他做笔录，最后还说了说警方的最新发现。

杨凡这么说是有目的的。

“秦牧才死没多久，秦牧的前妻紧跟着死于非命，而你和秦芳薇也遭遇了类似的袭击，这一切足以说明你们的处境很危险。秉着市民的生命安全高于一切的原则，我希望你可以全力配合我们警方，把你们知道的通通告知我们，如此，我们才能更好地保护你们……在这里，我建议你们自发申请特别保护……”

之前由于上级的指示，他们对于傅禹航和秦芳薇的贴身保护改为暗中保护，现在他没办法对傅禹航进行近距离跟随，这几天，傅禹航已经有好几次从他们眼皮底下走掉，这对他们破案很不利。如果傅禹航肯申请特别保护，他们就可以对他俩进行全面监控。

“您的建议，我回去会和我太太好好商量的……中午了，我得去买菜了……杨队，我能走了吗？”

傅禹航四两拨千斤，把这件事搪塞了过去。

当傅禹航坐上车驶离刑警队，杨凡一边目送着他，一边把小游叫了过来，叮嘱道：“好好盯紧他！这个人肯定有问题。”

傅禹航先回了一趟家，用另一个号码接收了一条短消息，拿到了超市储物柜的密码，而后将那张卡藏好，正准备离开时，手机响了，是一个陌生号码。

他站住，深深看了一眼，才将手机搁到耳边：“喂，哪位？”

一个处理过的沙哑声音传了过来：“傅禹航，不管你查到多少，停止你手上的排查，陆瑶就是一个血淋淋的警告。如果你执意查下去，那么接下来，你和秦芳薇就会重蹈她的覆辙。”

不容他插话，对方说完就直接挂断了电话。

果然不出他所料，陆瑶的死当真是一种警告，他们这是想要阻止他继续往下查。

可越是如此，这背后所隐藏的问题越大。

暗暗思忖着，他打了回去，可惜，对方已经关机。

对方这是要把一切危机扼杀在摇篮里，为了芳薇的安危，他似乎得暂缓行动，否则把他们逼急了，他和芳薇就会有危险。

就在这时，手机再次响起，来自米咖，一接通，那女人就叫嚷了起来：“哎，小傅，你家女人不得了，打起靶来超准啊……学什么都一学就会，天哪，太不可思议了……”

面对如此夸赞，傅禹航不觉微微一笑，心一下变柔了，紧张感跟着缓和了。

“嗯，她的记忆力很强大。”他的语气无比骄傲，“米姐，你让她听一下电话……”

“等一下，她在接电话……小秦，怎么了？谁打来的？脸色怎么变这么差？”电话另一头传来了米咖焦急的问话。

傅禹航听得心中一凛。

下一刻，话筒里就传来了秦芳薇略显紧张的声音：“喂，傅禹航，有事吗？”

“薇薇，你刚刚是不是接到威胁电话了？”他猜测着。

“你怎么知道？”秦芳薇震惊之极。

“那人和你说什么了？”他不答反问。

“他说：‘不管你查到什么，马上停止，陆瑶就是一个血淋淋的警告，如果你执意查下去，那么你和傅禹航都不得好死……’”

秦芳薇复述着，语带惊慌：“这是出什么事了吗？陆瑶怎么了？你是不是知道什么？快说呀……”

“死了，刚死，是人为谋杀。”傅禹航回答，“我也接到了类似的警告。”

“怎么会这样？”

秦芳薇不由得失声尖叫，声音发颤。

“所以，我想暂缓调查。这样，你今天就在俱乐部好好练习，香港之行我们暂缓，秦老太爷那边先不去了。对方在暗，我们在明，太吃亏。现在我们要做的是自我保护好，逼得太紧，他们会直接拿我们开刀。”

“话是如此，可是这件事一天没个了断，我们就多一天的危险……”

“我知道，所以，你需要好好地练，只有你足够强大了，才能对抗各种危机。”

“好，我知道了，都听你的。”

挂断电话，傅禹航再次出了门，目的地：麦德龙。

现在，他只能把希望寄托在那幅字上了，但愿可以通过它解开那些谜团。

出了这样的事，他本来该第一时间去把秦芳薇接回家的，可他想了想，并没有这么做。

他觉得，就目前而言，对方似乎没有要他和秦芳薇的命的意思。否则，陆瑶也不会死，死的该是秦芳薇，或是他。平时想要弄死他不是易事，但是最近他有伤在身，这是个机会。而他们没这么做，应该是有所顾忌。

可以这么说，暂时他和她是安全的。

现在，他最应该做的是尽快找到案子的转折点，而于秦芳薇来说，她要做的是加强训练。

“怎么了？”

米咖一听到秦芳薇刚刚接到了一个恐吓电话，又见她的脸色白得厉害，意识到外面出事了，便在她和傅禹航通完话后忙问了起来。

“陆瑶刚刚死了。傅禹航说，是谋杀致死。”

秦芳薇无力地靠到墙上，脑子里闹哄哄的，心突突突跳得飞快，难受极了，小时候的画面一幕幕全在脑海里如浮光掠影般闪过。

不管怎样，她曾叫过陆瑶好几年的妈妈，爱过也恨过，而在知道陆瑶不是自己生母之后，她恨不起来了，那份纠结的感情算是彻底放下了。现在知道陆瑶死了，她心里竟生出了几丝疼。

好好的人，说没就没了，这太可怕了。

她低头看，发现自己的汗毛根根竖了起来，嘴里发出的声音也在发抖：“那些人下手真狠，还威胁我，要是我继续往下查，就会把我和傅禹航一起弄死……我就不明白了，我的身世到底藏着怎样见不得人的秘密？我爸又知道了他们什么事，竟遭了他们的毒手？还用陆瑶的惨死来警告我们……这世上，怎么会有这种行为偏激，做事不择手段的人？”

米咖听着，给了秦芳薇一个拥抱。关于这丫头的事，傅禹航说过一点。她是秦家收养的孩子，之前秦牧好似得罪了什么人，被人弄死了，现在秦牧的前妻也死了，再加上之前傅禹航和她遭了袭击，这底下的情况绝对是复杂的。

“小秦，我呢，不太会安慰人，只能说你要振作精神，慢慢来，总能把事情查清楚的。”

是的，对方越是不想她查清楚，她越要把真相弄个清楚明白。她要让自己强大起来，总有一天，她会见识到他们的庐山真面目的。

“对，现在我该做的事是：继续练。”

思量罢，她眼神变得无比坚定。

是的，她要把自己练得坚不可摧，绝对不能让他们掌控了命运。

米咖闻言笑了，这丫头，求学的心态是好的，但也太拼命了吧。见她站直了，又要开始练习，米咖忙收了她手上的枪："等会儿吧，都中午了，你需要休息一会儿。练是要练，但是也得劳逸结合……你不觉得累吗？"

是有点累，秦芳薇看了看腕表："时间过得真是够快啊……"一个上午就这样没了。

"走了，去吃饭。吃完饭，下午我们练自由搏击。接下来的日子，每天上午练射击，下午练搏击，大清早我过去陪你晨跑……"

"好，米姐怎么安排，我就怎么练。"

秦芳薇没任何异议。

两个人收拾了一下，快到门口时门开了，是米咖的助手梅宝走了进来，她神情有点古怪地说："米姐，三爷来了，让你带上秦小姐过去见他。"

"三爷怎么知道秦小姐在这里？"

米咖皱眉，心头很是惊怪。

她干爹现在不问世事，若不是有人刻意和他说了什么，他断断不可能刻意跑来这里，还指名道姓要见秦芳薇的。

可谁会多嘴，去和老头子说这些小事呢？

"不知道。"

"一共来了几个人？"

"三爷，外加庄哥和冯哥。"

"知道了。你先下去，我和秦小姐先洗个澡再去见他们。"

"是！"梅宝退了出去。

米咖眯眼陷入了沉思。

"侯仁心为什么要见我？"

秦芳薇有点紧张。当初一个曹放就险些把她吓破胆，现在又跑出个侯仁心，而且他是曹放的老大，比曹放还要厉害。

唉，最近也真是邪门了，她怎么竟和道上的大混混扯上关系？

“其实这也是我现在在想的。”米咖吁着气，“走吧，见见就见见。老头子凶是凶了点，但是现在他的态度比往年好多了，不会拿你怎样的……”

# 第十五章 决心要调查

半个小时之后，秦芳薇见到了侯仁心，他坐在轮椅上，一五六十岁的白发老头，很清瘦，目光犀利，靠在座位上抽着雪茄，目光带着探究，身边站着两个大汉，皆孔武有力，虽然不见得凶神恶煞，然而生人勿近的骇人气势让人心里直发怵。

刚刚米咖和她聊了聊这个侯仁心，昔年出道时，他是个心狠手辣的角色，生平最是喜怒无常，年轻时非常能打，铁拳之下，道上混的人无不闻风丧胆。现在他老了，又病了几年，戾气消减不少。

秦芳薇偷偷瞄了几眼，觉得这人余威凌厉，那两道如利箭一般的目光，教人不敢迎视。

“你就是秦芳薇？”

嗓音很沙哑，那种高高在上的优越感非常明显。

“是。”

“小傅刚娶的老婆？”

“是。”

“尚市邓家现在的当家人邓溯的前女友？”

这一问，令秦芳薇皱了一下眉心，但还是作了回答：“是。”

“秦牧收养的女儿？”

“是……”

侯仁心极为放肆地将她上下一番打量后点了点头：“长得不错，娴娴静静的，秦牧倒是个会调教人的。更让我想不到的是，小傅也有英雄难过美人关的时候，可惜啊，是个煞星。”

这个评价让秦芳薇一怔，不明白他是怎么总结出来的。

说来，她还真像是煞星啊：一出生，父母就出事；到了养父家，养父母皆身故；对她好的邓溯，也差点死掉。

可煞星这一说法完全是迷信，她才不信这种东西呢，就直视侯仁心：“三爷，我怎么煞了？”

她这是想套话。

这个三爷对她的生平应是有了一个全面的了解，才会有这么一个说法，这是不是代表这人知道她亲生父母是谁？

米咖再次眯了一下眼，她干爹现如今很少管外面的人和事，一直定居在杭城养身子，今天会突然跑来，还知道秦芳薇和她在一起，显然是有目的而来的。

“干爹，秦牧是被人害死的，他的死和小秦的身世有关。而之前我们了解到，二十几年前，小秦是由一个被尊称为‘四爷’的人送到秦家的，这是程铎说的。干爹，您知道谁是‘四爷’吗？”

这话一出，眼尖的秦芳薇捕捉到侯仁心的眼中有幽光闪过，很显然，这人是知道四爷的。

“秦芳薇，我想给你一句忠告。”侯仁心没有回答，而是不咸不淡地岔开了话题。

“什么忠告？”秦芳薇接道。

“如果还想好好过日子，那么，你唯一能做的是，放弃查找自己的身世。就这样过下去，或者你可以有个善终。否则，意外迟早会落到你头上。这是我对你的忠告，回头你再原封不动地带去告诉小傅。”

秦芳薇心里咯噔了一下，脱口就问了出来：“侯三爷，关于我的身世，您是不是知道一些什么？”

“我只能说，敢动秦牧的人，来头肯定不得了，毕竟秦牧是秦家唯一的儿子。你要执意查下去，那就是自寻死路。不要问我阻止你查的人是谁，这个我不知道，一切只是凭经验在猜。依我看来，那个深藏着的人，光凭傅禹航，根本挖不出来，惹火了他，你们只有被埋的份……听我一言，识趣点，这样才有机会见着以后的太阳，如果执迷不悟，那你们俩谁都不会有好下场……”

米咖听着有点诧异。

她所认识的侯仁心可不是什么善茬，也没有那种菩萨心肠，今天居然跑这么远来劝说秦芳薇,且说得这么语重心长,这是老天要下红雨吗?

“侯三爷，您以为我想查吗？如果不是因为他们杀了我爸，我的生活就不可能会被颠覆，日子就会踏踏实实地过下去。现在我爸死得那么惨，我的身世又成谜，如果是您遇上这种事，您会怎么做？甘心忍气吞声就这样不明不白地苟活吗？”

她平静地反问，但这种反问表明了她誓要查到底的决心。人虽然柔弱，但眼神是不屈不挠的。

侯仁心的神情先是恍惚了一下，而后则不耐烦地一挥手，语气变得恼怒：“你想死，我不拦。阿庄，我们走。”

“是……”

那叫阿庄的大汉应声推着他准备离开，

“等一下，侯三爷，刚刚米姐问四爷的事，您还没回答。现在，我也想问上一问，那个所谓的道上四爷，您认识吗？”

秦芳薇大着胆子拦住了他们，重复了刚刚米咖问过的那个问题。

这个人明明是不好招惹的,刚刚那一喝更是吓人的,但她还是拦了，因为有种直觉告诉她：这人对自己并无恶意，他的不高兴，仅仅是因为她不肯听他的劝。

“不认识，不认识。”侯仁心瞪着眼直嚷，“把这丫头赶走！不听老人言，撞个头破血流全是自己活该……滚开……”语气顿时变得恶劣无比，喜怒无常的本性显露出来了。

米咖一把拉住了秦芳薇，示意她别再顶撞侯仁心，等这个脾气暴躁的老头子走远了后才说：“没用的，他不想说的，你是怎么也没办法从他嘴里挖出来的。”

“米姐你不觉得吗？侯仁心一定是认识那个四爷的，他就是不肯说。”

秦芳薇情绪激动地抓住米咖的手，这代表侯仁心有可能是知道她身世的，甚至可能是认识她父母亲的，所以，他才会特意来劝。对，她觉得这样是解释得通的。

“嗯，你别急，回头我再去问问。侯三爷的脾气就这样……不过，说来也够奇怪的……”米咖又把秦芳薇上上下下打量了一番，脸上尽是纳闷之色。

“什么事情够奇怪？”秦芳薇也把自己瞅了一遍，没什么不妥啊！

“我这个干爹现在是两耳不闻窗外事，一心只读圣贤书，日常生活就三件事：看书，下棋，打太极。所以，现在的富贵城是我和曹放在分管。干爹身边那些个看上他钱的女人，他一个都不留，侍候他的那两个保姆是我安排的，因为他不放心别人。阿庄和阿冯全是他新培养起来的，对他忠诚得不得了。富贵城的事，他除了每月看一下报表，几乎不插手，江湖上的事根本不管，今天他却跑来管了你的事，劝得还那么刻意，我从来没见过。”米咖“啧啧”惊怪。

“那你觉得他为什么会行为异常？”听米咖这么一分析，她也觉得那侯仁心是挺古怪的。

“而且，他是怎么知道你的事的？谁和他说的？你又不是什么大名人，他怎么会注意到你？就算小傅留给他的印象很深，他也不至于因为这个事注意到你……”米咖自顾自言语着。

秦芳薇听着，一个想法在脑子里越来越清晰：“会不会是这样的，因为他认识我亲生父母，又知道谁害了他们，所以才刻意来劝我？”

“嗯，这个可能性挺大。”米咖点了下头。

侯仁心这个人，平常脾气很大，但是只要是他瞧得上眼的，义气两字，他也极为看重。若非如此，他早把曹放给收拾了。不要以为他老了，眼有点花了，心就跟着被蒙蔽了，不是的。那个姓广的女人和曹放打得火热，他知道。可他没管这事，睁一只眼闭一只眼，心宽得不得了，主要是因为曹放救过他。

“这样，今晚我再去敲敲边鼓，看能不能套出什么话来。现在，咱们吃饭去。我早上吃得少，肚子快饿扁了……走了，走了……”米咖笑着把人拉出了办公室。

傅禹航抵达麦德龙时，看了一下手表，时间为中午十一点五十分。他打了一个电话给阿海，让他侵入麦德龙的监控系统，黑掉储物箱附近的监控。

待一切布置好后，他进了超市，先到储物箱区寄存了一下随身带的购物包，而后进麦德龙买食材，再到储物箱区取购物包，将食材放进去，顺带把祖澜放在这边的一个黑色袋子取出塞进购物包，最后出超市，驱车离开。

回到家时，十二点四十八分，他先将食材塞进冰箱，而后把黑色小包取出来，来到餐桌前。七年前秦老师给的那幅字一点一点被他铺在了桌面上，豪放洒脱的字迹，教人看着很是喜欢。

傅禹航虽不是字画爱好者，但是欣赏能力还是有一点的。

他可以肯定，能写出这种字儿的，肯定专门学过、练过，一般的市民，如果家里父母不是老师，很少人会在意孩子的毛笔字写得漂不漂亮、好不好看，只要平常的字能写好就行了。所以能写出好字的，多是家境好、背景好的，从小培养过。

据他所知，当年的罂粟行动队当中似乎有几个队员的来历非同一般，所以，程铎所说的秦芳薇生父来头不得了肯定是真实的。

可惜啊，关于罂粟行动队里的成员是怎么个出身，他一无所知。当初在部队的时候，他就该杀进一级机密系统看上一眼。凭他那一手技术，进去看上一看是神不知鬼不觉的事。可惜了，现在他人在外面，没法远程操控。

至于他爷爷，那是个死脑筋，既然让祖澜传话让他别管那件事，现在就算他杀过去，他爷爷也不见得会说。

“老师啊老师，字呢，我是拿到手了，可你们把秘密藏哪儿了呢？”

来来回回地看，傅禹航实在看不出它有什么名堂，既没落款，也没其他提示性的文字，白纸黑字，简单明了。

“北国风光，千里冰封，万里雪飘。望长城内外，惟余莽莽；大河上下，顿失滔滔。山舞银蛇，原驰蜡象，欲与天公试比高。须晴日，看红妆素裹，分外妖娆。江山如此多娇，引无数英雄竞折腰。惜秦皇汉武，略输文采；唐宗宋祖，稍逊风骚。一代天骄，成吉思汗，只识弯弓射大雕。俱往矣，数风流人物，还看今朝。”

他念了一遍，又一个字一个字地研究，可恕他眼拙，看不出什么花样来。

于是，他又把它翻过来看，可背后干干净净的。从上到下，他细细观察，就差用放大镜来看了，可一无所获。

但这不可能没线索的。

他摸着下巴审视着这幅字，秦老师给他这个东西肯定是有目的的。这上面的字和秦老师留在军工密码箱内的那封遗书上的字绝对出自同一个人之手，所以，这绝对不是他的随手赠予，而是一种刻意的行为。

可这纸很普通啊，里面不存在夹层，也不可能像电视剧里演的那样，得用水洗洗才能现出字儿来。

他绕着桌子瞧啊瞧，不知看了多久，最后把每句诗的首字连起来，终于看出一点意思来了：北望山，须江，皆在平市附近，而北望山和须江中间则有一座山寺，叫西山寺，正是之前他带秦芳薇去过的那个地方。据他所知，寺里有个老和尚，叫一居大师，所以“惜”应该是西山的意思，而“一俱”就是一居的谐音。

是了，想来东西应是在那个一居大师手上，而这幅字应该是去取那件东西必须持有的凭证。

如此一想，一切豁然开朗。

而后，他把字卷好，塞回袋子，抓起车钥匙就出了门，往秦芳薇所在的富贵城而去，路上打了个电话给秦芳薇让她下来。

这一路之上，刑警队的小游一直跟着傅禹航，他心下纳闷啊：这个傅禹航这是在干什么呀？

傅禹航到富贵城俱乐部时，秦芳薇和米咖就守在门口。

“这么急，怎么了？”坐上车，她问。

傅禹航和米咖挥手，将车驶出富贵城之后才作了回答：“去西山寺，之前我们去过的。”

“去那边干什么？”

那是一个修身养性的好去处，但现在不是他们该贪恋的地方。

“爸给我的那幅字我取回来了，在储物柜里……”

“真的呀！”她忙将字取来看，“有什么发现吗？”

“北望山和须江的交界处坐落的正是我们去过的西山寺，那里还正好有一个一居大师……”

秦芳薇将那幅字抽出来看了一眼，明白了：“这是藏头诗？”

“八九不离十。”

秦芳薇看着那字良久，才将它重新卷好，装回去。

这时，她想到了之前自己遇上侯仁心的事，就把前前后后的事一五一十地告诉傅禹航，最后假设道：“如果，我是说如果，如果那侯仁心认识我生父，那是不是代表我生父在道上混的时间应该很长？”

“应该可以这么说。”傅禹航听完沉思片刻，回答道，“不过，侯仁心最初混得不是很好，后来他在境外发了一笔横财，才渐渐发达了起来……也就这二十几年间的事。所以他发达前和谁走得近难查得很，重要的是，他在境外待过几年，而那个程铎也曾在灰色地带混过几年。所以他们认识的人也应是境外的，或是在边境之上。不过这么多年过去了，想要查这些事，很容易惊动经历过那些事的人，所以暂时我们不能再进行明面上的查访。否则，他们会对我们下狠手的，就像对付爸还有陆瑶一样对付我们……”

一想到父亲的死，以及今天陆瑶的死，秦芳薇就心颤，低呼了一句：“真是太猖獗了……”

两条活生生的人命，就那样说夺走就夺走。

“那些人到底还有没有人性啊？”

傅禹航扯了扯嘴角，一边观察着路况，一边回答道：“人性？事关利益，哪来的人性可言？如果每个人都像你这样心思单纯，这世上就不存在毒王了。我告诉你，为了谋求利益，那些贩毒的都是不择手段的。而一旦加入那个利益链条，没有人抽得了身，死一两个人算什么……这个世界上，你没见过的肮脏事多了去了……那些境外交易，比如说数量巨大的毒品交易，毒害的是千千万万健康人的身体，而脏器交易才叫一个真正的残忍、真正的没人性，它是直接要人性命的。要真落到那些人手上才是最可怕的，他们只会把人当作牲口一样养在小房间里，一旦脏器匹配上了就……算了，不说了……”

他没再说下去，那些丑陋的事知道得太多，只会让人心生阴晦，而她的生活应该是明媚而充满阳光的。

秦芳薇不由得打了一个寒战，牙齿打起架来：“你见过这种事？”

“见过。还没在道上混的时候，在一次境外维和时，遇上二十几个人，以及一批没来得及送出去的脏器……”

他看到她脸上都没血色了，马上住了嘴：“不说了，这些事说多了，会让你害怕的。”

“那你进天上人间是因为毒品，还是因为脏器？”

求知的欲望逼得她询问起这个敏感的话题，等问完，她才意识到自己过界了，忙道：“对不起，我不该问的，你不用回答。”

傅禹航默默开着车，过了好半天才道：“这些你不用知道。知道得越少，对你来说越安全。”

“行，我知道了。”

“睡一觉吧，等到了我叫你。”

“好。”

她闭了眼，想睡，可哪睡得着啊，脑子里不断地在想着，她的生父到底是怎样一个人？

秦芳薇最后还是朦朦胧胧睡了过去，梦里好似回到了幼年。

有人抱着她在走动，她觉得自己在半空中飘着，努力想睁眼，可好困，她睁不开眼。

“这丫头累坏了。”她听到父亲低低地说。

“嗯，练得有点猛，是我训练得太过了。”另一个温和的声音回答，“这丫头随她父亲，学什么都一学就会。”

“如果你能一直来教她，她会进步神速的。”父亲的语气带着期盼。

“不能啊，他们会起疑的。”

“她爸还没下落吗？”

“是啊！这么久了……唉……”

“凶多吉少了。”父亲在叹，情绪有点沉重。

“功亏一篑，还被扣了那样一个污名……”温和的声音里带了恨意，“总有一天，我们会为他平反的。”

“嗯，但在这天来之前，阿江，你自己得小心点。”

“嗯，我要走了。好好养着娃娃。”

这些话是什么意思？

她不知道。

画面又一转，她发现自己缩小了。

一天晚上，她从外面回来，电话铃响，她去接，奶声奶气地问：“哪位？”

电话里传来了一个虚弱的声音：“仰光，我在仰光……”

她眨眨眼：“你是谁呀？”

那人急喘了一下，问：“你是薇薇吧？”

“是啊，你是谁？怎么知道我叫薇薇？”

“告诉你爸，我在仰光……”

那边的声音戛然而止。

后来，她把这事告诉了父亲，父亲又惊又喜地跑了出去，也不知在高兴什么。

画面又一转，半夜时分，她独自下床，出了小房间，看到父亲正对窗抽烟，喃喃自语：“阿江，你去仰光这么久，一直没音讯，这是出事了吗？”

她走过去，拉了拉父亲的衣袖：“那是什么地方？”

那时，她甚至不知那两个字是什么样的。

……

“到了，到了，薇薇？”

有人在推她。

秦芳薇醒了，揉了揉惺忪的眼，对上了傅禹航的视线，才发现他们已经到了西山寺。这一觉，她竟睡得这么沉，想来是之前练得有点累了。

“到了？”

“嗯。”

她下了车，伸了个懒腰，脑子一径在回想，觉得那该是一个很重要的地方。

傅禹航已经锁门，正准备拾阶而上，看到秦芳薇靠在那里发呆，问："走了，发什么呆？"

"仰光……"她低低喊了一声，左右环顾一圈后，急步来到傅禹航身边，"阿江去了仰光。在我很小的时候，有个人给我家打电话，我接的，是个男人，让我告诉我爸，他在仰光。然后，阿江去了仰光，就此没了下落……我刚刚想起了这些个事，忽有了一个联想。你之前说过的，程铎和侯仁心都曾在境外待过一段日子，那么所谓的仰光，会不会就是缅甸最大的那个城市……"

"是……肯定是……"

之所以会这么认定，那是因为他知道：二十七年前的仰光盘踞着一大黑帮。

"可惜那是二十几年的事了。"秦芳薇颇为遗憾，"也不知阿江去那里找谁。那个人还叫得出我的名字……"说到这里，她目光一闪，轻轻道，"哎，你说，会不会是我的生父？"

"有这个可能。"

他知道的是，二十七年前，罂粟行动队就潜伏在中缅边境，后来就消失在缅甸境内，一共八个人，陆续失联，生死不明。

"你刚刚睡觉的时候都回忆起什么了？快和我说说。"

秦芳薇想了想，将之前想起的零零碎碎的片段说了一遍。

傅禹航结合她所说的和自己所了解到的，明白了，那个打来电话的人可能被人陷害了，而阿江则是去救人的，结果一去不复返，也栽在里面了。

是的，据他所知，那次整支队伍失联是因为内部出了内奸。而从现在的情况看来，被人指证是内奸的人应该不是真正的内奸。真正的内奸应该是个不得了的人物，以至于那个打电话求助的人都不敢向自己的上级求助，又或者，那个上级也是内奸。

这么一想，傅禹航的背上一阵恶寒。想当年，那支队伍是他爷爷组建起来的。虽然爷爷不是那支队伍的最直接领导，却是最高统帅，而那两个直接领导是爷爷派出去的人……

天哪，当年罂粟行动队全军覆没的背后，究竟藏着怎样可怕的内幕啊？

“傅禹航，你怎么了？我的话让你联想到什么了？”

“没什么，没什么……走吧……”

她还以为他想到什么了呢……

秦芳薇有点失望，而心下那种想把真相调查出来的渴望现在越来越强烈了。

# 第十六章 水越来越深

西山寺，傅禹航熟门熟路地把秦芳薇带去禅房区。

他们一进门，一个老和尚笑着迎了上来：“哟，小傅施主来了，这是找一眼师父下棋来了？”

“我啊，我是忙里偷闲来的，手痒，想和一眼师父杀两盘，这是人生当中最过瘾的事。在吗，他？”傅禹航往里面指了指。

“在看佛经，要是看到小傅施主来了，一定高兴得不得了……”

他们一番寒暄，在清幽的小道上走着。之后他们入一处拱门，到了一处厢房，看到一个光头和尚盘坐在蒲团上，手上拿着一串佛珠，正在看书。

“一眼师父，我来了，想不想我啊……”

傅禹航笑呵呵地进去，语气直爽。

那一眼是一个四五十岁的汉子，听到叫声一抬头，走上来抱了抱他，脸上露出了弥勒佛似的笑：“哟，来了啊。上回你来，我在外面，这次来，一定要好好杀上几盘啊……哎呀，瞧见你，我的棋瘾全被勾上来了。来来来，马上上棋……咦，这位是……”

“我媳妇儿。”他笑着介绍，把秦芳薇拉了过来，“这是一眼师父。”

“一眼师父好，我叫秦芳薇。”秦芳薇笑得落落大方。

那一眼师父瞅着她，眼睛眯了眯，几丝惊讶在其眼底浮现，竟细细地把她打量起来：“你姓秦？”

“对。怎么了？”

有什么不妥的吗？

她转头看傅禹航。

“哦，没什么，没什么，我认错人了……哎，小傅，先头你是怎么说的？不是不打算结婚吗？怎么这么快就找着有缘人了？”一眠笑着把话题岔开。

“遇上合适的，当然得结了……来来来，把棋取出来，先杀上一盘……”

傅禹航脱了鞋，坐到了小几边上，而一眠则去取棋盘。

秦芳薇跟了过去，看着他们有点困惑，不是来见一居的吗？怎么把时间都花在这里了？

不过傅禹航没理会这些，还当真聚精会神地和一眠对战了起来，两个人杀得难解难分，直到太阳快下山了才分出胜负，自是傅禹航赢了。

“明天再战一天，不许回啊……”一眠还没过瘾。

“可以，但你得帮我一个忙。”

在这个时候，傅禹航终于道出了他的目的。这是一个套路，先勾出他的棋瘾，再来求他办事，事情办起来要容易得多。这个一眠，平常可死板了，油盐不进，也只有投其所好，才能说动他帮忙。

“哎，你这小子这回来是给我下套来了？”一眠也是个聪明人，一下明白了，他这番来，志不在下棋，而是另有事儿办，而且事情有点难办，这才没有一见面就求，而是先将自己杀得心痒痒，然后才道出他的来意。

“事先说好啊，太难的事就别开尊口，省得伤了感情。”他把丑话放到了前面。

“不难，只是想见一见一居大师，烦你引见。”

一居大师现在是隐居状态，没熟人引见，这位昔年的老禅师根本不见外人。据说人家现在不住在寺里，先前病了，进了医院，出院后回归田园，现住在哪里，也只有寺里几个上了年纪的老和尚知道。

“你要见一居师父？”一眠顿时皱眉。

“对。我知道的，那是你的师父。其他人不知道一居大师的下落，你肯定知道的对不对？”

一眼拨弄着手上的佛珠：“家师已不理世事多年……”

“我知道，所以才来求你啊……很难吗？”

“不难，但也不容易。带你去容易，但是，见不见得看师父的意愿，我是左右不了的。”

“你只管引见。”

一眼想了想，再问：“为了什么事？你这人从来是无事不登三宝殿的。”

“听说一居师父很懂字画，有幅字想请他鉴赏一下。”

“什么字？”

“薇薇……”

那幅字一直被秦芳薇拿在手上。

“哦……”

她把那幅字从袋子里取出来，将箍在上面的牛皮筋扯掉，展示了出来。

一眼一瞧见那字，眼睛跟着眯了眯，他若有所思，问得奇怪：“哪儿来的？”

“家传的。”秦芳薇轻轻答道。

“知道了。把画收好，跟我来。想来师父会见你们的……”

看样子，这个一眼似乎也认识那幅字，一见那字，态度一下来了个一百八十度的大转变。

秦芳薇将字卷起，丝丝缕缕的希望在心里冉冉升了起来。

他们没有从正门出，而是沿着后门小径，踩着小石子路往山上步行而去。走了二十来分钟，他们从山间走到了一处山谷，那里建了一处清幽的山间疗养院，设计好，环境好，鸟语花香的，景色宜人……

他们进去后，看到里面全是上了年纪的老年人，一些精神矍铄的老年人正在激昂的广场舞音乐中翩翩起舞，动不了的，或坐在边上，或坐在轮椅上，气氛很热烈。

喜欢安静的，绕过一道墙，后面隔着一个小水池的地方，不少老年人三三两两聚在一起，或聊天，或下棋，或打扑克，或看书，在暮色中，他们无比安详。

没一会儿，他们进了一个小院，屋檐下空白的墙壁上写着一个禅字，一眠对着紧闭的房门恭敬地禀了一声：“师父，有客到访。”

“什么客？”一个苍老的声音传了出来。

“《沁园春·雪》故人之后。”

房里一阵静默，本来暗着的灯亮了起来，一阵咳嗽声传来：“请他们进来。”

一眠上前将门开了，示意他们进去。

傅禹航走在前，秦芳薇走在后，一进门，就看到小小客厅内正对面的墙上挂着一幅字，字体和秦芳薇手上那幅一模一样，只是最后题了一个年份。

一个一身僧服的光头瘦老者从里面出来，看到秦芳薇时，微微笑了笑，脸上是细细密密的皱纹：“小娃娃终于长成了，老僧还以为这辈子你不会再出现了……”

这话说明什么？

秦芳薇打量这个骨瘦如柴的老僧，那老眼带笑，更似带着追思，显得慈善可亲。

“你认识我？”她轻轻地问。

“呵，小施主还是先说一说，你凭什么说你是故人之后。可有什么表明自己身份的凭证？”

老僧话锋一转，又来了这么一句，这是想确定她的身份，不过这是应该的。

“我这里有一幅和大师墙上那幅字几乎一模一样的字。”秦芳薇把那幅字铺到了桌面上，“这就是凭证。”

老僧凑过去，一个字一个字地看，手轻轻地摸着那些字，止不住地颤抖，而嘴里则轻轻地叹出了一口气：“这幅字儿终于回来了……”一顿，又道，“小施主应该姓秦……双名叫芳薇对吧……”

“对。我叫秦芳薇，我养父叫秦牧……”

“老僧不认识什么秦牧，但老僧知道你的名字……当初，你被抱去才几个月大……”老僧以枯枝一般的老手比画了一下，“也就这般大。眨眼二十五年，当年的奶娃一下就变成大姑娘了，像极了你妈妈……太像了……”

原来她像她妈，怪不得刚刚还没自我介绍，他就已经有六七分确定了。

“师父，你让他们坐下再好好说吧……”站在一边的一眠提议。

一居这才招呼他们坐，还让一眠给沏茶。

“这么说，一居大师认识我生父生母？”

秦芳薇哪顾得上喝茶，将那幅字收好后，便无比殷切地问起来。

“认识，哪能不认识？你父亲曾是老僧的忘年交，想当初，他那身功夫还是老僧教的……”

呵，他们居然还有师徒情分在。

秦芳薇惊讶地听着，没去打断他的追忆。

“那时老僧还是一个疯疯癫癫的假疯子，因为家中遭了巨变而愤走天涯，一路乞讨，一身破衣游天下高山名川。到得北方时，有一回老僧在山里遇上一个被狼袭击的孩子，受了点伤，后来，是那孩子把老僧带去了他们家，还找来大夫帮老僧治病。老僧瞧着喜欢，就和他结拜成了兄弟，教了他几个月的擒拿格斗，就这样和他结了缘。后来，老僧继续四处游历，不过每隔一阵子，都会去那里看一看他……那些年，我总共去看了他五六回，每次都会教他新的技巧，他很是喜欢……再后来，老僧落发为僧，在这座西山寺定居下来，渐渐就和他失联了。

“直到有一天，他带着一个女人来找老僧。那时，他已经长大成人，还有了自己喜欢的女人，那个女人还怀了他的孩子，那个孩子就是你。一年后，他再次来找老僧，把一个小婴儿放到了这里，说那是他女儿。他遇了麻烦，只能把小家伙搁我这里。几天后，一个叫阿江的男人找了来，把小婴儿接走，说是已经帮她寻到了一个好归宿，从此姓秦，双名芳薇……至于老僧那个小兄弟，自那之后便杳无音信……”

说到最后，他长长叹了一口气，树皮似的老脸之上尽是郁结之色。

一种莫名的激动在秦芳薇心头翻涌着，关于她的身世，迷雾重重，如今总算是找到一个可以理清一切的知情人了。

“一居师父，我能问一下我生父生母叫什么吗？”

她发现自己说这话时，声音在剧烈地颤抖。

傅禹航看了她一眼，知道她的心情无比激动，不自觉地伸手拢了拢她的肩，在一居投递来疑惑的眼神时，补充说明道：“不久之前，秦先生不幸过世，没来得及和芳薇说起她亲生父母的事，所以，她对于自己的身世非常困惑，这是我们今天到访的一个主要原因……”

“阿弥陀佛……生死由命，富贵在天，小施主，凡事节哀……”

一居双手合十，念了几句经。

“一居师父，可否告知一下我父母是怎样一个出身？”秦芳薇无比急切地又问了一句。

一居师父看向一眠：“一眠，你去外面守着，不要让任何人进来，我有事要和这位小施主详说。”

“是。”

一眠退下，把门掩上，室内便只剩下他们三个人。

“他是你的什么人？”

一居的目光自然而然就落到了傅禹航身上：气骨刚硬，身形精健，目光锐利，一看就不是普通人。

“我丈夫。”她想都没想就作了回答，“大师可以和我说的，就可以和他说，请直言相告……”

听到这种不假思索的回应，傅禹航深深看了她一眼，嘴角一勾。

“原来小丫头都已经嫁人了……”一居一听，又用挑剔的目光审视了一番傅禹航，最后笑了笑，“你父亲要是还在的话，看到如此女婿，应颇为欣慰。”

他喝了口茶后，才继续往下说：“现在，来说说你父亲吧……他复姓欧阳，单名一个彦字，老僧认识他时，他还是破小孩。后来，他因为练了一身好功夫，被招进了部队。据说入伍之后，他混得很不错，极受上级看重……”

秦芳薇瞪大了眼：原来她的生父竟是个军人，原来养父留下的照片里面那个陌生人，以及阿海找来的那个棋友欧阳彦当真就是她的生父。

好极了，她终于知道自己的生父是谁了……

“那后来呢……”她紧跟着问下去。

“后来，他被委派至境外做卧底，但遭遇了背叛，一组八名队员全都出了事，而且他被指认为内奸。他的一个直接上级因为他而被斩首，另一个身负重伤。”

这些是绝对惊人的内幕，二十七年了，一居从没和任何人提起过。

秦芳薇听了，不觉呆了好一会儿。

傅禹航的眼睛则眯了起来，如此机密的事，有些连他都不知道，这一居竟知道得如此清楚？

“一居大师，既然欧阳彦是被委派到境外做卧底的，想来这是机密的事，您是怎么知道的？”

“阿彦出事之前曾落脚西山寺，那回，他曾与我说起过这些事。那时他遭人陷害，被多方追杀，自觉生机渺小，就告知了老僧这些旧事……”

这话听着好像也说得过去。

“那我母亲呢？她叫什么？如今可还健在？”按下心头凌乱的情绪，她再次发问。

“小施主的母亲姓燕，单名一个铃字，现在还健在。关于她和你父亲是怎样一个故事，她是最有发言权的。等明天天亮，老僧就让一眠去把人给找来……”

这话一出，秦芳薇惊喜地叫出了声，双眼跟着发亮：“您的意思是说，我生母还活在这世上？”

“对……就在西山镇上……当年，阿江把你带走时没说把你送到了谁家，后来阿江又失联，以至于你生母找来后无处去找你，只得在西山镇上定居下来，就盼有朝一日你可以找来……对了，燕铃至今未婚，一直在等着你父亲回来，可惜啊……唉……”

叹息声让人听了无比揪心。

但不管怎样，这总归是个天大的喜讯。

她转头冲傅禹航露出了欢喜的笑容，眼睛亮闪闪的，特别好看。虽然她早已成年很多年，虽然现在的她已经完全不需要母亲的呵护，可是，母亲还活着的消息于她还是一件非常激动的事。

“我……我能马上见到她吧……”她有点等不及了。

“今天不可能了……上周她出去旅行，明天才能回来……”

秦芳薇有点失望，但是，这总归还是值得期待的。

“那就只能等明天了……其实不瞒大师您说，今天我们来，还有一件特别重要的东西想向您索要……”

傅禹航把话题拉到了他们此行的第二个目的上：“那就是，二十五年前，薇薇的生父应该有留下一件特别重要的东西在这里，现在，我们想把它取回。”

这话一落地，几丝复杂的情绪顿时在一居大师脸上浮现，他的目光在他们身上来回扫了扫，神情是无比谨慎的：“秦先生过世前既然没提到薇薇的身世来历，那就肯定没对你们说起过小彦留下什么东西这件事……老僧倒是好奇了，你们是怎么知道小彦有寄存东西在我这边的？”

这话等于是一种默认。

“我养父是被人害死的，之后我和禹航也曾遭遇过袭击，就昨天，我的养母也惨遭杀害……他们想要一件我养父留下的东西，而我们是根据养父所留下的线索才凭着这幅字查到了这里。所以，我们相信，那件东西肯定在你手上，还请一居大师赐还。我相信，那件东西可以帮我们查清真相……”

谁知，一居却沉沉发出了一阵叹息：“你养父临终前没说过吗？这件事，不宜深查。”

他居然也是这样一种语气。

秦芳薇讶然，想当初，养父秦牧也曾这么说过。

“为什么不宜查？”她困惑，脱口而出。

“但凡查这个案子的人，全都死的死，失踪的失踪，你们要是想往下查，就会担上随时随地丢掉性命的危险。再加上你们现在又被人盯上了，就算知道了，你们知道找谁去申诉吗？又如何能确定你找的那个人公平公正，会帮你们把这么一桩尘封多年的疑案翻出来，查一个水落石出？”

显然，一居大师知道那案子牵扯很广，所以神情才会显得那般沉重。

“大师，我只能这么说，这件事，不光牵扯上了我养父母的死，更关乎我生父，还有阿江叔叔的失踪之谜，若不查清楚，我会永远活在不安当中。所以，我和禹航已经立志，誓要将它查个清楚明白……不到黄河不死心，这就是我们的决心。”她语气无比坚定地表明心志。

“好，既然你们有如此决心，那老僧就把东西交还给你们……跟我来……东西不在这里，在寺里，我们这就去取……”

他领头走了出去，无比消瘦的身子走起路来摇摇晃晃的，看上去随时随地都有可能倒下去。

待出了门，下台阶时，秦芳薇想上去扶一居大师，不过守在外面的一眠先一步一个箭步冲过来扶住他：“师父，这是要去哪儿？”

一居不说，只是很认真地往前走。

回去的路程和来时是一样的，用时却多了一倍，因为一居大师太老，走得很慢很慢。

待入了山寺，他往一处古色古香的阁楼而去，那是寺院的藏经阁，阁门是锁着的，一眠把管阁楼的和尚给叫来，开了锁，亮起了灯。

进去后，一居大师往一处小阁层爬去，指了指一只锁着的大箱子，说：“把这个箱子取下来。”

傅禹航上前帮忙，摸到了一层厚厚的灰尘，想来它搁在这个不起眼的角落里已经很多很多年了，上头还上了锁，都已经生了一层铁锈……

“东西不在箱子里，在上面的墙洞里，一块大砖压着，底下有一个木盒子。小伙子，你上去把它取下来。”一居指着傅禹航说。

“好。”

傅禹航将这个笨重的箱子靠边放好，跳上去，果然看到刚刚搁箱子的地方底下有一块大方砖，可以移动，费了好一番劲儿才将它撬起，里面果然有一个木盒被封在一个透明的塑料袋里。

他取出东西，跳回阁层，把那脏兮兮的袋子扯掉，露出木盒，上面还上了锁。

“大师，锁着呢，有钥匙吗？”他问。

“有……”一居从脖子上挑出了一根红线，上面挂着两枚钥匙，挑了那枚小的递了过去。

傅禹航接过钥匙插入锁孔，木盒开了，这同时预示着尘封二十几年的秘密即将重见天日。

“一眠，你到外面去守着。”

一居再次把一眠遣了出去，这种事，知道得越少越安全，而且个中关系涉及得太广，知道的人实在不宜太多。

“是！”

临走时，一眠冲傅禹航手上端着的盒子瞄了又瞄，挺好奇那里面放着什么东西，居然藏得这么好。

门吱呀一声，开了又合上，室内恢复了寂静。

“我们下去，坐好了，你们好好看，不明白的再问，我知道的，会尽数告诉你们。”

一居抓着扶手往下走，秦芳薇忙上前扶他下台阶，然后往边上阅读区的竹桌竹椅走去。

傅禹航紧跟其后，三个人坐下，一眠靠在藤椅上，秦芳薇看着铁皮盒子。

盒内躺着一个丝绒袋，里面方方正正地鼓着一大块，傅禹航找到口子，将里面的东西倒到桌面上，是一牛皮笔记本和一牛皮纸袋。

秦芳薇迫不及待地伸手将牛皮笔记本取了过去，随便翻了几页，轻声道：“看上去像是日记。”

傅禹航则看了看牛皮纸袋，说道：“我这里是几张照片、几份合同，还有一本账册……”

果然有账册，每半年小结时，上面还有签名，一共有六个人的名字。

看到那几个人的名字，傅禹航的眼睛不觉眯了起来，心头跟着一紧，只因名字分别是：索图男、修平珅、秦校、季同德、顾猛、凌詰……

瞧着这些名字，他背上好一阵寒意，无他，这些人皆是他认识的人，或是颇为熟悉的人。

秦芳薇则在看日记，翻开第一页，与遗书如出一辙的字迹直直闯入眼帘，内容是这样的：

11 月 10 日，我背着烧得很厉害的薇儿偷偷进了西山寺。一居兄见到我时吓了一跳，因为那会儿是凌晨时分，他睡得正香，我却半夜潜入。生性警觉的他在我撬开门锁进屋时，手上持着一僧棒，正想对我痛下杀手。看到是我，他满脸惊讶。我却无法和他叙旧，把薇儿搁到了床上，拿起针筒和药，开始对她注射。

一居兄问我这是发生了什么事情，我却有口难言，丧家之犬便是我的现状。两路人马的追杀令我无法立足于世，铃子还落在他们手上，我必须去救她。那是我的妻、我的爱人，我必须保证她的安全。可是那些资料我又怎么交出去？

我得寻一个两全之策，既要保全铃子，更不能让战友们白白牺牲，他们必须死有所值。

可我现在太乱了，还得照顾孩子，没办法静下心来去细思对策。

无处容身，我只能来打扰一居兄了。

因为我太需要休息，更需要策划……

见到一居兄后，我重重松了一口气，因为我知道我暂时安全了，不用再疲于奔命。

……

11 月 11 日，下雪了，薇儿退烧了，又会冲我笑了，笑得真好看，眼睛明亮动人，嘴里自在地吐泡泡，她哪能了解我心头的焦虑。那种情绪，时时刻刻如同把我架在火上烧。

一居兄问我发生了什么事。

可发生在我身上的事，我能说吗？

那是一场秘密行动，我们潜伏多年，就为了把那个毒瘤拔除，可我们功亏一篑，所有队员折了不说，还中了圈套，叫人泼了脏水。

我们想过去投案，把东西交出去，可怀岳就是太相信他们，死得那么惨。那些浑蛋还把他的死赖到我头上。所以，我不能去。我需要直接见到我的最高指挥官，只有这样才有一线生机。

可现在，我得先去救铃子。

……

11 月 12 日，雪停了，明天我就下山，薇儿只能留在山上。一周为期，我若不回来，就可能再也回不来了。到时，阿江会来带她离开，小秦会帮我照看她的。养在那样的家庭，会是一件幸事。

下午，我抱着女儿在后山走啊走，想着这些年发生的事，有幸，有不幸。些争斗迟早会淹没在历史的洪流当中，而我们只是一些微不足道的牺牲品。但我无悔我的选择，只恨没把那些暗瘤彻底铲除。

晚上，一居兄劝我将我的生平写下来，如果我能平安回来，或许事情还有转机；如果我不能回来，留下只言片语，或许未来某一天，有人会凭着这些记录为我说话，为我平反。

我想了想，还是写了，不为别的，只为了让我的女儿知道我是怎样一个人。

……

我叫欧阳彦，欧阳是母姓，父母离异，父亲是个军人，做了上门女婿，母亲本是民族企业家的小姐……那时母亲因为成分不好，被迫和父亲分开。后来因为父亲去打仗了，我便留在了姥爷姥姥家。

母亲留过洋，见过国外的新格局，受不了国内的运动，吃不得那种天天被人批斗的苦，偷渡去了英国。她立志要做一个巾帼英雄，宁可冒险，也要趁着年轻闯一闯。她说，那个辽阔的天地各种机遇都有，若不拼一下，就会死在这里，她不甘平庸。母亲是个天才，她相信奇迹都是自己创造的。

就这样，我成了一个没有爹娘管的孩子，野性十足，遇得一居兄后更是习得了一身闯祸本事，凭着高出常人一等的记忆，在学校成了天才闯祸王。

之所以是天才，是因为我不用特别用心学，就能考得让所有人眼红；之所以是闯祸王，是因为没人打得过我。在学校里，我是最横的……

后来，我被部队看上，被拉进去接受了魔鬼式训练。

那真是一段暗无天日的生涯，可也是人生当中最正气、最充实的时光。所有队员都是那个时候一起练出来的，我们是最出色的一批，也是最让首长们引以为傲的一支特种精英。我为加入这样的部队而感到骄傲。

部队八年，我是铁血儿郎，无愧天地，无愧自己。

后来，母亲回国了，成了改革开放后第一批进入中国市场的外资企业家。她在国外嫁过人，无子，再婚丈夫因为攀岩意外身故，留下一个大公司给她，而她通过自己的努力，终成了一个耀眼无比的女强人。

她说她需要继承人，可是我更想在部队里履行捍卫国土的神圣职责，一口拒绝了。

再后来，组织上建立了一支特别行动队，总共八名队员，各怀使命，前往指定地点潜伏，誓要将我国初期遗留下来的毒品问题从根本上加以拔除。所以，这一次的行动代号为：罂粟。

我是其中一员，改名换姓为廖锋后悄悄去了云南，凭着自己的本事，一步步潜入一个庞大的毒品组织，誓要将这个组织消灭殆尽。

这是一个漫长的过程，本以为两三年就可以清剿，结果我和我的战友们在里面一待就是五年。

十七岁入伍，二十五岁化身廖锋，五年的黑帮生活中，我无时无刻不盼望着有朝一日可以回到阳光底下。

那真是一段煎熬的时光，可我们始终坚信，邪不胜正，光明一定会到来。

只是当我们离那个核心越来越近时，我发现我们面临的形势越来越严峻：一些国外的间谍已经渗透进我们的队伍，他们也在潜伏，并一步步找出了我们的潜伏人员，让我们陷入绝境……这是一件很可怕很可怕的事……

我这里有一本账册，上面的人都是靠这个毒品资源在崛起的商人，以及间谍，外加腐败分子……

索图男和修平珅，他们是后起之秀，在经商的大潮里，他们混得如鱼得水，钱来得那个快，教人无法想象，可是他们最挣钱的是洗钱。

秦校，一个华侨商人，更是混在这摊黑水里挣了一个盘满钵满。

顾猛，十足的腐败分子，是他一手毁了我们这支队伍，若让我瞧见，定抽他筋、喝他血。

凌詰，他是不折不扣的间谍，曾经我亲眼见他往外输送国家机密。差一点，我就抓到他的把柄了，结果却被另一个战友打草惊蛇，追杀风暴就此掀起……我恨不得将他五马分尸……屈死的冤魂不会放过他的，绝不会……

季同德，他是国外黑势力的代表，毒品交易的发起者之一……

……

秦芳薇看得脸色惨白如纸，难以置信地盯着前三个名字良久，有点怀疑自己看到的。

索图男是索娜的爷爷，修平珅是修敏祺的爷爷，秦校是她养父的父亲……这些都是她认识的人，竟然……竟全是当年那个毒品集团的核心人物?

“顾猛是谁?凌詰又是谁?”

看着她生父的描述，好像这两个人是相当厉害的角色，因为他们的联手截杀，她生母才被擒，她生父才断了生机，而后就此失了踪。

傅禹航正在看账本，上面的数字是惊人的，而且其中一半流出了国，只有一半是五个人均分的。

听得问话，他的背脊一僵，转头看她手上的资料，正好看到了顾猛和凌詰那段，便咬着牙不应答。

应答的是一居：“顾猛是他们那支行动队的副指挥官，而凌詰则是另一个军部领导人。现在的他们，一个是商业大亨，一个是军区退休老干部，在军商界皆有地位……所以，你想替小彦彻查此案，老僧只有四个字：难如登天……光靠小彦留下的东西是远远不够的……”

秦芳薇听得两耳嗡嗡作响，心下惊骇之极：天哪，这底下的水得有多深啊……

“至于最后那个季同德，他是国外毒品组织的大头目，之前我在新闻上看到，这个人至今还活跃在金三角。”

一居的话震撼着秦芳薇的心脏，好人不长命，坏人活千年，这也太不公平了。

“难道法律不能制裁他们吗?”

一股悲愤从心里腾腾冒起，想到那些千锤百炼打造出来的英雄们，一个个为了家国，为了千千万万的人民，潜于最危险的地带，誓要为千家万户带去幸福安宁，结果却因为自己人的出卖，而一个个为国捐了躯，一阵心痛在体内蔓延开——如此牺牲，真是太不值得了。

“法律当然能治他们。如果是当年，小彦奋力一搏，或有几丝希望，可惜他没能活着回来。而现在，这个案子过去已经二十几年，小彦又不在了，仅凭这些资料，谁敢去立案，敢对一个表面看来对国家做出过巨大贡献的老干部治罪?这牵扯实在是太大太大了……所以，这个案子，若寻不到一个合适的契机，根本休想将它翻个底朝天。老僧一居自认没那份能力……”

说这话时，一居脸上浮现了羞愧，枯瘦的手指不断地拨着佛珠，语带叹息：“老僧能做的是将小彦亲手留下来的东西深藏……小彦当年说了，如果他不能活着回来，那就把它放好，不要给任何人；如果他的女儿不找来，就由着它随着老僧的老死永永远远地埋葬；如果他女儿找来了，就证明小秦有帮着他女儿找到一个好男人，这个男人肯定是有能力的，老僧可以将这些不该见光的东西交出去。小彦还特别叮嘱，将这份东西交给你们，不是非要你们替他雪冤翻案，凡事量力而为。他只是希望你们能知道他欧阳彦此生无愧国与家，无愧天与地……”

饱经风霜的嗓音无比铿锵有力，让秦芳薇生出了一种错觉，眼前好像浮现了一个如山一般高大伟岸、似青松一般俊挺的男子，他站在月光底下，悲恨地拍着胸脯，心怀无尽委屈，却只能被人冤枉，那份无奈，那份坚忍，无比刺痛人心。

秦芳薇把日记本合起，贴到了心上，那里有巨浪在翻涌。

甫出生时，她该是父亲最疼爱的女儿，可惜那时的她太过幼小，对父爱无知无感，现在始知自己有那样一个铁骨铮铮的父亲，她敬畏的同时，更是愤恨的——恨那些人的残害。

“他是怎样一个人，我知道了。他所承受的冤屈，未来我一定要替他洗刷。”

怎么能让好人冤死，又怎么能允许坏人逍遥法外？

为人子女，这件事，她一定要竭尽所能去办成。

但一居并没有因此欣喜，老脸上浮现的是前所未有的肃穆：“这件事任重而道远，一切得从长计议，一定不能操之过急。”

一直沉默的傅禹航终于开口说了话：“您放心，我们会好好合计的，定要让亡者死得其所，让虚伪的小人露出本来面目，从此身败名裂……”

他坚定的决心，甚得秦芳薇之心。

她看向他，读不懂他深玄的目光，但值得庆幸的是，未来这条平反的路上，有他与她相伴而行。

本册 · 完

**图书在版编目（CIP）数据**

傲娇系男神. 2 / 潇潇红尘著. -- 南京：江苏凤凰文艺出版社，2019.4
ISBN 978-7-5594-3349-7

Ⅰ. ①傲… Ⅱ. ①潇… Ⅲ. ①长篇小说 - 中国 - 当代
Ⅳ. ① I247.5

中国版本图书馆 CIP 数据核字 (2019) 第 029143 号

# 傲娇系男神. 2

潇潇红尘 著

责任编辑　丁小卉
特约编辑　册　子
装帧设计　桃　桃
责任印制　刘　巍
出版发行　江苏凤凰文艺出版社
南京市中央路 165 号，邮编：210009
网　　址　http://www.jswenyi.com
印　　刷　长沙鸿发印务实业有限公司
开　　本　880 × 1230 毫米　1/32
印　　张　10
字　　数　298 千字
版　　次　2019 年 4 月第 1 版　2019 年 4 月第 1 次印刷
书　　号　ISBN 978-7-5594-3349-7
定　　价　38.80 元